Mentiroso

SELVAGEM IRRESISTÍVEL

Universo dos Livros Editora Ltda.
Rua do Bosque, 1589 – Bloco 2 – Conj. 603/606
CEP: 01136-001 – Barra Funda – São Paulo/SP
Telefone/Fax: (11) 3392-3336
www.universodoslivros.com.br
e-mail: editor@universodoslivros.com.br
Siga-nos no Twitter: @univdoslivros

CHRISTINA LAUREN

Mentiroso

SELVAGEM IRRESISTÍVEL

São Paulo
2016

UNIVERSO DOS LIVROS

Diretor editorial: **Luis Matos**
Editora-chefe: **Marcia Batista**
Assistentes editoriais: **Aline Graça e Letícia Nakamura**
Tradução: **Cristina Tognelli**
Preparação: **Alexander Barutti**
Revisão: **Mariane Genaro e Cely Couto**
Arte e adaptação de capa: **Francine C. Silva, Valdinei Gomes e Cristiano Martins**

Dados Internacionais de Catalogação na Publicação (CIP)
Angélica Ilacqua CRB-8/7057

L412m

Lauren, Christina
Mentiroso / Christina Lauren ; tradução de Cristina Tognelli.
– São Paulo : Universo dos Livros, 2016. (Selvagem Irresistível ; 4)
384 p.

ISBN: 978-85-503-0028-3
Título original: *Wicked Sex Liar*

1. Literatura norte-americana 2. Literatura erótica 3. Ficção
I. Título II. Tognelli, Cristina

16-0562 CDD 813.6

Para as capitãs Alice e Nina. Aqui está.

Capítulo 1

London

Acontecem algumas coisas quando não se faz sexo há um tempo: sem querer você produz um som durante cenas de beijos em filmes românticos – um som que se encontra entre uma bufada e um audível revirar de olhos e que quase sempre faz com que uma almofada seja jogada sobre você da ponta oposta do sofá; você consegue nomear pelo menos três lojas de artigos de brinquedos adultos *on-line* de cabeça, citando com precisão as taxas de envio, a sua confiabilidade e a rapidez na entrega. Pelo menos duas dessas lojas ressurgem após uma única letra ser digitada na barra URL, e você é sempre a colega de quarto que acaba tendo que trocar as pilhas do controle remoto, do aspirador manual e das lanternas.

O que é ridículo quando você pensa sobre, porque todos sabem que os melhores brinquedinhos sexuais têm fio ou são recarregáveis. Amadores.

Você também se torna perita em masturbação. Ótima, excelente *mesmo*. A essa altura, fazer sexo consigo é a única opção, porque como pode um homem ter esperanças de competir com a sua própria mão ou com um vibrador de 120 volts e dezessete velocidades variáveis à disposição?

Os efeitos colaterais de uma vagina menos sociável são especialmente percebidos quando você está constantemente rodeada por três dos casais mais desagradavelmente felizes. A minha colega de apartamento, Lola, e as duas melhores amigas dela, Harlow e Mia, conheceram seus parceiros num fim de semana de devassidão totalmente insano, daqueles que jamais acontecem na vida real, em Las Vegas. Mia e Ansel se casaram e mal param para respirar. Harlow e Finn parecem ter se tornado peritos em sexo só com a troca de olhares. E Lola e seu namorado, Oliver, estão numa fase do namoro em que tocar é uma constante e o sexo parece acontecer quase espontaneamente. Cozinhar se transforma em sexo. Assistir a *The Walking Dead*? Algo evidentemente excitante. Hora para o sexo. Às vezes, eles só passam pela porta, conversando à toa, e param, olham um para o outro, e lá vão eles de novo.

Informação demais? Oliver é muito barulhento, e eu não fazia ideia de que a palavra que começa com B fosse usada com tanta facilidade na Austrália. O bom é que amo os dois.

E, caramba, isso *é* verdade. Conheci Lola no programa de artes da UCSD e, apesar de não sairmos juntas com mais frequência até ela se mudar para o meu apartamento no verão passado, sinto como se a conhecesse a vida inteira.

Ouvindo-a arrastar os pés pelo corredor, sorrio. Ela aparece, o cabelo todo emaranhado e o rosto ainda corado.

– Oliver acabou de sair – eu lhe digo antes de enfiar uma colherada de Raisin Bran na boca. Ele saiu aos tropeços uns dez minutos antes, com um sorriso preguiçoso no rosto e um estado descomposto parecido com o dela. – Eu o saudei e lhe dei uma garrafa de Gatorade para tomar no caminho porque ele *só pode* estar desidratado depois de tudo aquilo. Sério, Lola, estou impressionada.

Não achei que fosse possível o rosto de Lola ficar mais vermelho. Eu teria perdido essa aposta.

– Desculpe – ela diz, lançando-me um sorriso tímido por detrás da porta do armário. – Você já deve estar enjoada da gente, mas eu logo vou viajar para L.A. e...

– Você não vai se desculpar porque o seu lindo e encantador namorado australiano transa com você até você perder os sentidos – digo a ela e me levanto para lavar a tigela. – Eu diria alguma coisa se vocês não estivessem se pegando todos os dias.

– Às vezes, sinto que ir até a casa dele leva uma eternidade. – Lola fecha o armário e fixa o olhar ao longe. – Isso é loucura. Nós somos *loucos*.

– Tentei convencê-lo a ficar – conto. – Vou passar o dia fora e vou trabalhar à noite. Vocês dois teriam o apartamento inteirinho para vocês.

– Vai trabalhar hoje à noite de novo? – Lola enche o copo e apoia o quadril na bancada. – Você fechou todas as noites desta semana.

Dou de ombros.

– Fred precisava de alguém, e essas horas a mais não fazem mal a ninguém. – Seco a tigela e me estico para guardá-la. – Mas você não tem painéis para terminar?

– Eu tenho, mas gostaria de ficar um pouco com você... Você está sempre na praia ou trabalhando no...

– E *você* tem um namorado gostoso pra cacete e uma carreira fulgurante – digo. Acho que a Lola é a pessoa mais ocupada que conheço. Quando não está editando a sua nova *graphic novel*, *Junebug*, ou visitando a locação da adaptação da sua primeira *graphic novel*, *Razor Fish*, ela está num avião para L.A. ou Nova York, ou qualquer outro lugar onde o estúdio ou a editora dela queiram que ela esteja. – Eu sabia que você ia trabalhar hoje e que provavelmente passaria a noite com o Oliver. – Com a mão no ombro dela, continuo: – Além disso, o que mais se pode fazer num lindo dia como este além de surfar?

Ela sorri para mim por cima da beira do copo.

– Não sei... Talvez ter um encontro?

Dou uma bufada ao fechar a porta do armário.

– Que gracinha que você é.

– *London* – ela diz, cravando um olhar sério em mim.

– *Lola* – rebato.

– Oliver falou que tem um amigo chegando, talvez a gente possa sair juntos. – Ela abaixa o olhar, fingindo fascinação por alguma coisa na unha. – Que tal um filme ou alguma coisa do tipo?

– Nada de encontros arranjados – declaro. – Minha querida amiga, já tivemos esta conversa pelo menos umas dez vezes.

Lola sorri encabulada de novo, e eu solto uma gargalhada, virando para sair da cozinha. Mas ela me segue.

– Não pode me culpar por me preocupar um pouquinho com você – ela diz. – Você está sempre sozinha e...

Faço um gesto de pouco caso.

– Estar sozinha não é o mesmo que se sentir sozinha. – Isso porque, por mais que a ideia de fazer sexo com uma pessoa de verdade tenha seus atrativos, o drama que inevitavelmente a acompanha não tem. Estou bem servida na parte social tentando acompanhar Lola e seu grupo de amigas sempre unido e em expansão, além dos seus parceiros. Mal consegui passar pelo "Estágio de Saber os Nomes". – Pare de sintonizar a Harlow.

Lola franze a testa quando me inclino para beijá-la no rosto.

– Não tem que se preocupar comigo – digo quando olho as horas. – Tenho que ir, maré boa em vinte minutos.

~

Depois de um longo dia no mar, coloco-me atrás do balcão do Fred's – o lugar que quase todos chamam carinhosamente de *Regal*

Beagle[1] por causa do nome do proprietário, Fred Furley – e prendo o avental na cintura.

O pote com as gorjetas já está na metade, o que significa que o movimento foi contínuo, mas não tão intenso a ponto de Fred pedir uma mão extra. Há um casal conversando baixinho numa das pontas do bar, com taças de vinho pela metade diante de si. Estão envolvidos na conversa e mal me percebem quando surjo no campo de visão deles; não estão precisando de nada. Quatro mulheres mais velhas estão na outra ponta. Noto as belas roupas e as bolsas ainda mais descoladas. Estão rindo e, possivelmente, comemorando alguma coisa, o que significa que estão se divertindo e que darão belas gorjetas. Faço uma anotação mental para verificar se precisam de alguma coisa daqui a uns minutos.

Gargalhadas roucas e alegres chamam a minha atenção para os fundos, onde vejo Fred distribuindo cerveja para um grupo de rapazes ao redor da mesa de bilhar. Satisfeita por ele estar cuidando do grupo, começo a fazer meu inventário.

Só faz um mês que trabalho no Fred's, mas é um bar como outro qualquer e foi tranquilo acompanhar a rotina. Tem luminárias de vitral, madeira acolhedora e banquinhos redondos de couro, e é muito menos gasto que o clube de dança no qual trabalhei nos dois últimos anos da faculdade. Mesmo assim, tem a sua porção de esquisitões, uma desvantagem inevitável nessa linha de trabalho. Não que eu seja particularmente atraente, mas há algo no fato de haver uma mulher deste lado do balcão que às vezes faz com que até o mais bem-intencionado dos homens esqueça as boas maneiras. Sem ajuda, sou eu mesma que faço a maioria dos drinques e da preparação, mas Fred é um chefe maravilhoso e divertido de se trabalhar. E ele também consegue detectar os esquisitos muito melhor do que eu.

---

1 *Real Beagle* é o nome do bar onde as personagens do seriado *Um é pouco, dois é bom, três é demais* se encontravam, sendo que uma das personagens se chamava Furley. (N. T.)

Motivo pelo qual ele está com os rapazes nos fundos e eu não.

Sou bem detalhista com relação à preparação, por isso começo a dispor tudo atrás do bar do jeito que eu gosto: o espeto para os pedidos, faca, descascador, socador, coador, descascador *zester*, mexedores, copo misturador. *Mise en place* – tudo no seu lugar.

Estou prestes a começar a cortar as frutas quando um freguês se apoia no balcão e pede dois *White Russians*, um com gelo, outro sem. Aceno e pego dois copos da prateleira quando Fred para atrás de mim.

– Avise se aqueles caras derem trabalho para você – ele diz, apontando, com a cabeça, para o grupo ao redor da mesa de bilhar que está gritando alguma coisa relacionada a rapazes lá nos fundos.

Eles se parecem com os típicos caras da UCSD que aparecem ali: altos, em forma, bronzeados. Alguns usam camisetas desenhadas, outros, camisas de colarinho. Dou uma olhada de vez em quando neles enquanto preparo as bebidas, chegando à conclusão, devido à altura, ao físico e ao bronzeado, que devem ser jogadores de polo aquático.

Um deles, de cabelos escuros e um maxilar com o qual provavelmente você poderia fazer sexo, levanta a cabeça bem quando estou olhando, e nossos olhares se cruzam. Ele é bonito – sendo bem justa, todos eles são –, mas há algo nesse cara que me faz observar de novo e sustentar o olhar dele por um respiro, sem querer deixar de examinar. Infelizmente, a beleza dele é daquela inalcançável, típica dos cretinos.

Com esse lembrete do passado, desvio os olhos.

Volto para o Fred e pego outro pote de vidro, este com o rótulo FUNDOS PARA O CARRO, debaixo do balcão, e o coloco diante dele.

– Acho que nós dois sabemos que não tem que se preocupar comigo – digo e ele sorri, balançando a cabeça ante o pote enquanto termina de servir suas bebidas. – Então, somos só nós dois hoje?

– Acho que sim – ele responde e desliza duas cervejas no balcão do bar. – Neste fim de semana não vai haver nenhum jogo importante.

Acho que a noite vai ser constante, mas sem picos de movimento. Talvez a gente até consiga fazer parte do inventário.

Assinto ao terminar de preparar os drinques e entregá-los antes de lavar as mãos e ver se a minha estação de trabalho precisa de mais alguma coisa. Ouço um pigarreio atrás de mim e me viro, encontrando-me a menos de um metro de distância dos olhos que segundos antes estiveram do outro lado do bar.

– O que posso lhe servir? – pergunto de maneira educada e com um sorriso amigável, porém profissional. Seus olhos se estreitam e, apesar de não os ver descer pelo meu corpo de maneira perceptível, tenho a sensação de que ele já me avaliou, decidiu e me rotulou do modo como todos os homens fazem com as mulheres: transável ou não. Segundo a minha experiência, não existe um meio-termo.

– Pode nos dar mais uma rodada, por favor? – ele diz, e aponta por cima do ombro. O celular dele vibra na mão, e ele olha para baixo, digitando uma mensagem rápida antes de voltar sua atenção para mim.

Pego uma bandeja. Não sei o que tinham pedido antes, já que foi Fred quem os serviu da primeira vez, mas já tenho um palpite.

– Heineken? – pergunto.

Os olhos dele se estreitam de brincadeira, como se se sentisse insultado, e isso me faz rir.

– Ok, *nada* de Heineken – digo, levantando as mãos num pedido de desculpas. – O que estavam bebendo?

Agora que presto atenção, ele é ainda mais bonito de perto: olhos castanhos emoldurados pelo tipo de cílios pelo qual as empresas de cosméticos cobram uma fortuna, e cabelos escuros que parecem tão macios e espessos que eu simplesmente *sei* que a sensação seria maravilhosa caso eu enfiasse meus dedos...

Mas acho que ele já sabe disso, e a confiança que percebi do outro lado do bar praticamente satura o ar. O celular dele emite mais um sinal, mas ele só olha rapidamente antes de silenciá-lo.

– Por que presumiu que fosse *Heineken*? – ele pergunta.

Empilho alguns guarda-copos na bandeja e dou de ombros de novo, tentando não alongar a conversa.

– Por nenhum motivo.

Ele não acredita. O canto da boca dele se vira um pouco e ele diz:

– Qual é, Covinhas?

Quase no mesmo instante eu ouço o "pelo amor de Deus" do Fred e estico a mão, pronta para receber a nota de um dólar novinha em folha. Satisfeita, coloco-a no pote.

O cara segue meu movimento e pisca confuso para mim.

– Fundos para o carro? – ele pergunta, lendo o rótulo. – O que isso quer dizer?

– Não é nada – respondo e depois aponto para a fileira na máquina de chope. – O que vocês estão bebendo?

– Acabou de ganhar um dólar por algo que eu disse e nem vai me contar o que aconteceu?

Empurro uma mecha solta de cabelo atrás da orelha e desisto quando percebo que ele não vai pedir nada até eu responder.

– É que eu ouço muito isso – respondo. Na verdade, acho que é algo que ouvi mais vezes que meu próprio nome. Covinhas fundas marcam minhas bochechas, e eu estaria mentindo se não dissesse que ambas são ao mesmo tempo minha característica mais e menos predileta. Junte a isso o cabelo aloirado pelo sol – e frequentemente desgrenhado pelo vento – e as sardas espalhadas, e não tenho como ser uma garota mais comum.

– Fred não acreditou quando comentei com que frequência ouço isso – continuo, apontando o polegar por cima do ombro. – Por isso, fizemos uma aposta: um dólar para cada vez que me chamam de Covinhas ou que alguma referência a elas seja feita. Vou comprar um carro.

– Na semana que vem, nesse ritmo – Fred reclama de algum lugar atrás de mim.

O celular do cara toca de novo, mas, dessa vez, ele nem se digna a espiar. Em vez disso, guarda-o no bolso de trás do jeans, passa o olhar do Fred para mim de novo e sorri.

Bem que nessa hora eu precisava de um tempo.

Se antes eu o considerava bonito, não há como descrever como seu rosto se transforma quando ele sorri. Uma luz foi acesa atrás dos olhos dele, e qualquer traço de arrogância pareceu... evaporar. A pele dele é limpa e bronzeada – praticamente reluz com um calor que parece irradiar de dentro, colorindo suas faces. Os ângulos do rosto se suavizam; os olhos enrugam um pouco nos cantos. Sei que é apenas um sorriso, mas é como se eu não conseguisse decidir de que parte eu gosto mais: os lábios cheios, os dentes perfeitos e brancos; ou como um canto dos lábios se ergue apenas uma fração a mais que o outro. Ele faz com que eu queira retribuir o sorriso.

Ele gira o porta-copo na bancada diante dele e continua sorrindo para mim.

– Quer dizer que acha que não sou original – conclui.

– Não acho nada – respondo, acompanhando o sorriso dele. – Mas agradeço que isso seja verdade, pois vou guardar o dinheiro.

Ele avalia minhas bochechas por um instante.

– São covinhas bem bonitas. Consigo imaginar apelidos bem piores. Ninguém vai chamá-la de Perna de Pau nem de Mulher Barbada.

Esse cara não pode estar me cantando.

– Então, voltando à bebida... Cerveja em garrafa ou chope?

– Quero saber por que deduziu que eu pediria uma Heineken. Acho que meu orgulho ferido merece pelo menos isso.

Olho por cima do ombro dele, onde os amigos estão evidentemente jogando bilhar tentando acertar o saco uns dos outros com os tacos, e decido ser franca.

– Tipicamente, e por "tipicamente" quero dizer sempre, tomadores de Heineken tendem a ter grande autoestima e falta de modéstia.

Também são os primeiros a precisar ir ao banheiro quando a conta aparece e têm trinta por cento mais de probabilidade de dirigir carros esportivos.

O cara assente, gargalhando.

– Entendi. E isso é um estudo científico?

A risada dele é ainda mais adorável. É bobona, já que os ombros se erguem só um pouquinho, como se ele tivesse o riso frouxo.

– Rigoroso – confesso. – Eu mesma fiz os testes clínicos.

Dá para ver que ele está segurando uma gargalhada maior.

– Então, você se sentirá melhor em saber que, de fato, eu *não* vim pedir uma Heineken, mas sim perguntar que chope vocês têm porque acabamos uma rodada de Stella e eu queria algo mais interessante.

Sem olhar para a máquina, listo:

– Bud, Stone IPA, Pliny the Elder, Guinness, Allagash White e Green Flash.

– Vamos de Pliny – ele responde, e eu tento esconder o quanto isso me surpreende; uma necessidade ocupacional. Ele deve conhecer cervejas, pois aquela é a melhor escolha ali. – Seis, por favor. A propósito, sou Luke. Luke Sutter.

Ele oferece a mão e só com um pouco de hesitação eu a aperto.

– Prazer em te conhecer, Luke.

A mão dele é grande, não é macia demais... É bem gostosa. Com dedos longos, unhas limpas e uma pegada firme. Abaixo a minha mão quase imediatamente e começo a servir.

– E o seu nome é... – ele pergunta, alongando a última palavra.

– São trinta dólares – respondo em vez disso.

O sorriso de Luke se torce um pouco, divertido, e ele baixa o olhar para a carteira, pegando duas notas de vinte e colocando-as no balcão do bar. Pega os três primeiros copos e acena para mim antes de se afastar.

– Volto para pegar o resto – anuncia. E se afasta.

A porta se abre e um grupo de moças numa festa de despedida de solteira enche o bar. Nas três horas seguintes, preparo mais drinques cor-de-rosa e com mais menções sexualmente explícitas do que consigo contar. Quer tenha sido Luke ou um dos outros caras a pegar os três copos restantes, não sei dizer, mas digo para mim mesma que é melhor assim, porque criei uma regra à qual obedeço com unhas e dentes: não saio com caras que conheço no trabalho. Nunca.

E Luke é... Bem, ele é o reflexo de todos os motivos pelos quais essa regra existe, para início de conversa.

~

Quando o último freguês sai, ajudo Fred a fechar o bar, dirijo para casa, encontro um apartamento vazio e me largo na cama.

Os meus pais estão bem pouco entusiasmados com a vida que criei em San Diego e atentam para me lembrar disso todas as vezes que os visito. Não entendem por que divido o apartamento quando minha avó o deixou para mim, sem dívidas. Apesar de eu ter passado boa parte da minha infância aqui, eles também não entendem por que eu simplesmente não o vendi depois da formatura e voltei a morar em casa, mas, veja bem... Colorado congelante em vez de San Diego ensolarada? Acho que não. E, definitivamente, não concordam com o fato de eu surfar o dia todo e trabalhar de bartender à noite enquanto o meu diploma em artes gráficas pelo qual tanto me esforcei fica de lado, empoeirando.

Tudo bem, isso eu entendo.

Mas, por enquanto, estou contente com a minha vida. Lola se preocupa por eu estar sozinha por tempo demais – e eu *fico* mesmo sozinha boa parte do tempo, mas nunca estou infeliz. Trabalhar no bar é divertido, e surfar é ainda melhor. É uma parte de mim. Amo ver a água se erguer lentamente e se curvar, observando as pontas se quebrarem naqueles cilindros vítreos espumosos. Amo subir por dentro das ondas tão grandes que formam túneis ao meu redor, rugindo nos meus ouvidos. Amo a sensação da água salgada enchendo a minha boca, forçando os meus pulmões. Cada segundo em que o oceano constrói um castelo e depois o rompe. Jamais me cansarei disso.

E gosto de despencar na cama, cansada porque surfei até não poder mais e fiquei de pé a noite inteira, e não por ter ficado sentada numa cadeira, diante de um computador.

Por enquanto, a vida é boa.

~

Mas, no início do meu turno no sábado à noite no Fred's, sinto-me tanto uma náufraga quanto ansiosa: as costelas doem e eu ainda tenha a sensação de estar afogada numa bocada de água salgada.

Alguns dias o oceano coopera e as ondas vêm perfeitas para mim. Hoje não foi um desses dias. As vagas pareceram decentes no começo, mas eu não consegui pegar nenhuma direito. Ou eu desisti cedo ou cheguei tarde demais; perdi a conta de quantas vezes caí ou fui derrubada de bunda. Passei todos os feriados da minha vida anterior à faculdade na casa da minha avó e surfei nas praias Black's e Windasea desde que tinha idade suficiente para carregar minha própria prancha. Porém, quanto mais ficava por lá hoje, mais frustrada me tornava, e a gota d'água foi quando fui surpreendida por uma onda grande e rolei... *pra valer*.

O cara do cabelo e do sorriso está de volta. Luke, eu me lembro, como num eco. Hoje ele está sentado num dos reservados com mais dos seus amigos, mas eu o vejo assim que entro.

O lugar está lotado, e eu sinto um breve desejo quando ouço a risada da Harlow se elevar acima da música. Gostaria de estar sentada com eles em vez de trabalhar hoje à noite, por isso minha postura indica minha irritação quando me coloco atrás do balcão e visto o avental por cima da camiseta.

– Alguém está num dia ruim – comenta o Fred, dando os toques finais numa bandeja de margaritas. – Não foi você quem me disse que o pior dos dias na água ainda é melhor do que o melhor dos dias em qualquer outro lugar?

Droga. Eu disse isso mesmo. Por que as pessoas têm sempre que lembrar o seu melhor quando você está num dia ruim?

– Só estou dolorida e irritada – disse, tentando sorrir. – Vai passar.

– Bem, você está no lugar certo. Pessoas embriagadas berrando são ótimas para curar mau humor.

Isso liberta meu sorriso relutante, e Fred estica a mão, dando um toquinho no meu queixo.

Uma fila de pedidos me aguarda no balcão, e eu pego um deles. Dois martínis, *dirty*, com azeitonas extras. Coloco dois copos na bandeja, encho uma coqueteleira com gelo, ponho vermute, uma dose de gim e um pouco da salmoura das azeitonas. Deixo-me levar pelo ritmo do trabalho: medir, sacudir, despejar, servir... E os movimentos conhecidos me relaxam, de verdade.

Mas ainda me sinto inquieta com a falta de ar, os poucos segundos aterrorizantes em que pensei que não conseguiria abrir caminho para chegar à superfície. Isso já aconteceu comigo um punhado de vezes e por mais que, pela lógica, eu saiba que vou ficar bem, é complicado me livrar daquela sensação remanescente de afogamento.

Luke se movimenta na minha visão periférica, e eu levanto a cabeça quando ele dá a volta no reservado, digitando no celular. Então, ele é um desses, penso, imaginando para quantas garotas ele está mandando mensagens agora. Na mesa deles há uma morena que parece bem interessada no que ele está fazendo, e fico tentada a me aproximar dela sob o pretexto de servir a bebida e lhe dizer para desistir e investir num dos *nerds* do reservado mais distante.

Sacudo e sirvo o líquido turvo nos copos, relendo o pedido antes de acrescentar dois palitos cheios de azeitonas. A garçonete sorri e se afasta com o pedido, e eu parto para o seguinte, pegando a garrafa de Amaretto quando ouço o banquinho do bar ser arrastado no chão atrás de mim.

– E aí? Como andam os fundos para o carro?

Reconheço a voz dele de imediato.

– Nada hoje ainda – respondo sem olhar para ele, terminando o drinque. – Mas não estou muito sorridente, por isso não tenho muitas esperanças.

– Quer falar sobre isso? – ele pergunta.

Viro de frente para ele: dessa vez ele está usando uma camiseta azul-escura, o mesmo cabelo perfeito, e ainda bonito demais para não ser um problema. Sem conseguir resistir, lanço um sorrisinho.

– Acho que essa frase deveria ser *minha*.

Luke recebe o comentário levantando uma sobrancelha de maneira bonitinha antes de dar uma olhada no seu grupo.

– Além disso, parece que algumas pessoas estão esperando por você – digo, percebendo o modo como os olhos da morena seguem todos os movimentos dele. Ele enfia a mão no bolso, dá uma espiada no celular e depois olha de novo para mim.

– Eles não vão à parte alguma – ele diz, e seus olhos sorriem por uma fração de segundo antes que os lábios formem a curva suave, inclinada. – Achei melhor vir aqui pegar uma bebida.

– O que posso lhe servir? – pergunto. – Outra cerveja?

– Sim, claro – ele responde. – E o seu nome. A menos que queira que eu continue a chamá-la de Covinhas pelo resto da nossa vida.

Os olhos de Luke se arregalam jocosamente quando ele sussurra um "ops" deliberado e aparece com uma nota de um dólar antes de colocá-la no jarro.

– Vim preparado – ele diz, vendo-me servir uma IPA na caneca. – Só para o caso de você estar trabalhando hoje.

Tento não me deliciar com o pensamento de que ele trouxe um monte de notas de um dólar especialmente para mim e para essa brincadeira.

– É Lon... – começo a responder, bem quando a porta do bar se abre e Mia entra com Ansel logo atrás dela. A cabeça de Luke se vira na direção deles bem quando eu terminava de murmurar: – ... don.

Depois de um segundo, ele volta a me fitar, os olhos estranhamente contraídos. Ele assente rapidamente.

– Que bom conhecê-la oficialmente.

Tenho certeza de que ele não ouviu meu nome, mas, se para ele tudo bem não saber, fico bem em não repetir.

Outro cliente se senta junto ao bar e acena para chamar a minha atenção. Passo a cerveja para Luke e sorrio quando ele levanta o olhar, esbarrando o porta-copo na mão dele.

– Cinco dólares.

Piscando devagar na minha direção, ele agradece:

– Obrigado. – E pega a carteira.

Mudo de posição para atender o novo cliente, mas, pelo canto do olho, vejo que Luke bate uma nota na bancada e volta para perto dos amigos sem esperar pelo troco. Ou ele não deixou gorjeta, ou deixou uma bem generosa.

Infelizmente, para a minha determinação em considerá-lo um idiota, tenho certeza de que sei qual é a alternativa correta.

Dois uísques sours, quatro blue moons e um jarro de margaritas mais tarde, estou na caixa registradora. Mia, Ansel e Harlow estão de pé ali perto, esperando por Finn antes de todos saírem para ir ao cinema. Observo-os pela duração de três respirações, questionando-me pelo que pareceu uma eternidade sobre a minha ambivalência quanto a relacionamentos. Por um lado, vejo as pessoas ao meu redor tão felizes – algumas delas até casadas – e quero isso. Por outro lado, sei que não estou pronta.

Faz pouco mais de um ano desde que Justin e eu terminamos, e ainda me lembro de como é estar comprometida assim, quando os planos são feitos tendo outra pessoa em mente e depois reconsiderados num grupo de amigos como aquele. Tenho certeza de que a maioria das pessoas não acreditaria em mim, mas, depois de tanto estudo na faculdade e de ter namorado o mesmo cara durante todo esse tempo, é legal não *ter que* fazer nada. Eu surfo, eu trabalho, eu vou para casa. Tomo minhas decisões com base no que é bom para mim, em vez de me considerar a metade de um casal.

Ainda assim, algumas vezes, como hoje à noite, percebo que isso *pode* ser solitário, e que não se trata só de sexo, mas sim de companheirismo e de ter alguém que olha para mim como se tivesse esperado por isso o dia inteiro. Trata-se de ter alguém para me distrair com filmes ou uma conversa, ou um corpo quente que me ajude a adormecer.

A caixa registradora faz um barulho metálico quando empurro a gaveta e entrego o troco a um cara. Levanto a cabeça na direção da risada da Harlow e me surpreendo ao ver Luke e Mia agora parados perto dos banheiros, conversando.

Todos nós frequentamos a UCSD, por isso, mesmo existindo diversas faculdades dentro da universidade, não me surpreendo que eles se conheçam. Ainda assim, isso me faz rir por dentro porque eu vivo com a sensação de que existem muitos detalhes para serem unidos no meu mapa de relacionamentos sobre os amigos da Lola.

Eu sabia que a Harlow tinha pais famosos, mas só recentemente percebi que a mãe dela era a atriz predileta da minha quando eu era criança.

Eu sabia que a Mia costumava dançar, mas só recentemente fiquei sabendo que a trajetória dela foi arruinada quando foi atingida por um caminhão.

Eu sabia que o Finn era próximo do pai e dos dois irmãos, mas não sabia, até meter os pés pelas mãos e lhe perguntar o que ele faria no dia das mães, que a mãe dele morrera quando ele era garoto.

Meu nome é chamado na ponta oposta do bar, e eu pisco para voltar a me concentrar. Levo uma bandeja de bebidas para uma mesa, e Harlow me segura quando estou voltando, abraçando-me com força.

– Ei, sumida – ela diz, com os olhos percorrendo meu rosto antes de segurar uma mecha do meu cabelo. – Parece que faz séculos que não a vejo. Que tal se você passasse um pouco de bloqueador solar e deixasse um pouco de beleza para a gente? Jesus, você está parecendo um anúncio publicitário da edição de roupas de banho da *Sports Illustrated*, surfistinha. Vão se foder você *e* essas suas sardas adoráveis.

Eu lhe dou um amplo sorriso.

– Eu deveria carregar você sempre comigo, Infladora de Egos.

– Consegue sair antes e pegar um cineminha com a gente hoje? – ela pergunta.

Balanço a cabeça, e os lábios dela formam um biquinho.

– Sou só eu, o Fred e uma garçonete hoje, e mais tarde a nova banda vai tocar – explico.

– Quem sabe neste fim de semana? Os três meninos Roberts estão na cidade.

Assinto, animando-me com a ideia de uma noite divertida com um grupo grande.

– Vou dar uma olhada na minha escala. – O marido dela, Finn, ex-pescador comercial, está para se tornar o mais gato das estrelas de um *reality show* chamado *Os Pescadores*, um programa com Finn, o pai e os dois irmãos mais novos no mar.

As sobrancelhas de Harlow se erguem lentamente, e eu percebo o meu erro. Só conheço Harlow há nove meses, mas sua habilidade de intervir na vida dos outros é lendária.

– Talvez a gente consiga que você e o Levi...

Já estou procurando uma saída.

– Não. *Nada disso* – eu lhe digo e olho para o bar onde algumas pessoas estão esperando para ser atendidas. – Preciso voltar, senhorita Casamenteira, mas eu lhe mando uma mensagem amanhã para avisar se vai dar ou não.

Harlow assente antes de voltar para a mesa.

– Tá bem, sua teimosa! – ela diz ao se virar.

Quando chego lá, vejo Fred servindo umas cervejas, conversando com alguns dos clientes frequentes. Mais no fundo do bar, sentado sozinho, está Luke.

Ele parece... Não sei, parece triste, com uma expressão séria que não consigo imaginar que seja muito costumeira nele. Claro, não sei quase nada sobre o cara a não ser que garotas o têm na mira o tempo inteiro, que ele tem a aparência de um babaca completo, apesar de não parecer quando a gente o vê falando, e que recebe mais mensagens numa noite do que eu numa semana. Mas o que mais posso saber?

Olho de relance para Mia, Ansel e Harlow juntando seus pertences e acenando na direção de Finn, parado junto à saída.

– Tudo bem por aqui? – pergunto a Luke, apanhando um copo de *shot* de baixo da bancada.

Ele faz que sim e, assim que olha para mim, a expressão séria se esvai, substituída pelo sorriso bonito. Seguindo meus instintos, desvio o olhar, enfiando uma pazinha dentro da caixa de gelo.

– Só me distraí pensando em nada – ele diz. – Um bar parece um lugar adequado para fazer isso.

Concordo com a cabeça. E, por ele parecer esperar que eu fale alguma coisa, eu digo:

– É o melhor lugar para pensar na vida. Notas ruins. Empregos perdidos. Problemas financeiros. Primeiros amores.

Os olhos dele capturam os meus novamente.

– Falando por experiência própria? – ele pergunta.

– Pode crer – respondo, servindo uma dose de uísque e deslizando-a até ele sobre o balcão. Mesmo com o sorriso, ele parece estar precisando. – Experiência de bartender. Talvez você só precise de uma distração. – Olho sobre o ombro dele para onde seu grupo de amigos está sentado, junto com a morena cujos olhos ainda o acompanham. Ele segue meu olhar e depois se volta para mim balançando a cabeça de leve.

Luke levanta o *shot*, inclina a cabeça para trás e engole o líquido de uma vez só. Deixa o copo na bancada e exala forte, tossindo um pouco.

– Obrigado.

– De nada.

– E quanto a você? – ele pergunta.

Vou até a pia e deixo o copo na cuba.

– E quanto a mim o quê?

– Está precisando de uma distração?

Por dentro, alguma coisa afiada se retorce nos meus pulmões, mas consigo formar um sorriso amigável.

– Estou bem assim.

Luke abaixa a cabeça, olhando para mim por baixo dos cílios ao falar:

– Como assim, você "está bem assim"?

Pego um pano de prato e fico olhando para ele ao responder:

– Significa que não saio com caras que conheço no trabalho.

– Não estou pedindo nada sério, Covinhas. – Com um sorriso travesso, ele põe a mão no bolso e pega outra nota, colocando-a no pote. Seus olhos se fixam nos meus e alguma coisa se contrai entre minhas costelas e meu umbigo. O olhar dele é *de quem saca*, como se ele entendesse que meu dia foi horrível, que entendo que ele está tendo uma noite horrível, e que ele gosta que nós dois saibamos dessas coisas.

Não gosto de ter essa química com ele, não gosto da conexão sem palavras.

Ou talvez eu não goste *do quanto* gosto disso. Ainda estou com a sensação de sufocamento daquela manhã, mas ela vai se afrouxando inexplicavelmente quanto mais ele se demora aqui, conversando comigo.

– Falando nisso – ele diz com suavidade –, não vi muito daquelas covinhas hoje.

Erguendo os ombros, digo:

– Digamos que foi um dia daqueles.

Ele apoia os dois cotovelos no bar, avaliando-me.

– Parece que você também está precisando relaxar um pouco.

Rio disso e, sem conseguir resistir, admito:

– Deve ser verdade.

Esticando-se para pegar um porta-copo, ele o gira lentamente diante de si.

– Talvez alguém possa ajudá-la com isso.

Ignoro-o e começo a limpar a bancada. Não é a primeira vez que recebo uma proposta dessas no trabalho, nem de longe. Mas é a primeira vez que fico tentada a aceitar, porque, no íntimo, fico toda ouriçada ao imaginar o que ele está oferecendo.

– Você tem namorado? – ele pergunta, destemido, e eu meneio a cabeça.

– Não – respondo. Se o modo como os braços dele ficam naquela camiseta servir de indicador, aposto como ele fica fantástico nu.

E aposto como ele sabe disso também.

É um sinal de que faz tempo demais desde que fiz sexo se estou tendo aquela conversa comigo mesma. A última coisa de que preciso na minha vida é um cara como o Luke. Inspiro fundo e, dando um passo para o lado, aumento a distância.

Seguindo-me com os olhos, ele pergunta:

– Então, essa coisa de não sair com caras do trabalho é uma regra verdadeira?

– Por aí. – Dobro o pano de prato e o enfio na parte de trás do avental, enfrentando o olhar dele.

– E se eu prometesse que, absolutamente, valeria a pena?

Por que será que acho que ele está *absolutamente* dizendo a verdade? Ele sorri com timidez, mas, atrás dos olhos castanhos como mel, vejo que ele está à caça.

– Tenho certeza de que você é incrível. – Encosto na pia, encarando-o chocada por ainda estar ali parada. – Mas nem me lembro do seu nome.

– Lembra, sim. – Ele se inclina para a frente, cruzando os braços sobre a madeira polida.

Refreio um sorriso.

– A que horas você sai hoje? – ele pergunta.

Não consigo deixar de olhar para a boca dele e imaginar como é senti-la se movendo, quente e aberta, descendo pelo meu pescoço, pelos seios, sobre as costelas.

Penso que, se é para acabar com uma sequência de derrotas, o melhor seria seguir algo certeiro, não é mesmo? Quem melhor para me tirar dessa seca de sexo do que alguém que evidentemente sabe o que está fazendo? E alguém que não precisa significar nada?

Alguns instantes de silêncio se passam entre nós antes de eu me endireitar, esticando a mão para o pedido que a garçonete deixa ao meu lado. É agora ou nunca.

– Saio à uma.

Capítulo 2

Luke

Não tenho bem certeza da razão por que essa garota é tão diferente de qualquer outra que levei para a minha casa, mas me descubro correndo ao subir as escadas para chegar à porta antes dela, dando uma passada rápida de olhos na sala de estar escura e uma espiadela na direção da cozinha.

Nada tão ruim.

Não há sobras de comida sobre a mesa de centro e, mais importante, nenhuma cueca no chão da cozinha. Estou saudando mentalmente os deuses para ter certeza de que estejamos na mesma página: que é melhor que não haja nenhuma embalagem de camisinha visível no quarto. Ou no banheiro, é bom incluir.

Abro bem a porta para ela e dou um amplo sorriso.

– Entre.

Logan olha para o meu rosto e depois para a escuridão antes de dar um passo cauteloso à frente. Depois que ela passa, estico o braço e acendo as luzes da sala de estar.

E lá está: a diferença. A maioria das garotas entra na minha casa de costas, com os punhos cerrados na minha camisa. Algumas entram me olhando no rosto, à espera do levantar sutil do meu queixo para a esquerda, o silencioso "o quarto é por ali". Essa anda olhando tudo como olha para *mim*, como se não tivesse certeza de querer tocar em alguma coisa.

Quase consigo ouvir as palavras incrustadas na inspiração profunda antes que ela diga em voz alta:

– Acabei de perceber que não sei o que estou fazendo aqui.

Recuo um pouco. Sem hesitação, a minha resposta é:

– Nada que não queira.

Mas, por dentro, estou emitindo um gemido alto e sofrido; o dia foi comprido e repleto de drama. Eu queria mesmo relaxar com um pouco de sexo rápido, mas não quero que seja uma sedução longa e arrastada.

Como se já tivesse desistido do plano A, o meu estômago ronca, e eu olho para a cozinha.

– Está com fome?

Ela ergue os ombros.

– Um pouco.

– Tenho... – Entrando na cozinha, abro a geladeira e me inclino, inspecionando. – Cerveja. Tortilhas. Sriracha.[2] Salsão, pepperoni e... – abrindo uma gaveta, digo: – Queijo de desfiar.

Viro-me e olho para ela quando me deparo com o silêncio, e a expressão precavida dela é hilária. Faço um círculo no ar, perguntando:

– Que cara é essa?

– Não faço a mínima ideia de como está o meu rosto – ela responde, endireitando-se e me lançando um sorriso débil.

Apoio o braço na geladeira aberta.

– Então me conta no que está pensando.

---

2 Sriracha é um molho de pimenta tailandês. (N. T.)

As sobrancelhas se levantam como que para confirmar se eu quero mesmo ouvir. Quando assinto, ela diz:

– Você é quase estereotipado demais para ser de verdade.

Uma gargalhada me escapa.

– Eu sou?

A verdade sai numa torrente:

– Você é tão gostoso que chega a ser um pecado, teve que dar uma checada para ver se a última garota não deixou a calcinha no sofá e a sua geladeira está vazia como a de qualquer solteiro inveterado.

Então acrescentemos *observadora* à lista de coisas que me intrigam nessa garota.

Dou de ombros, dando um sorriso rápido.

– Como muito fora de casa.

Ela desvia da minha insinuação com um sorriso malicioso.

– Mas, se essas coisas estiverem correlacionadas, como suspeito, isso significa que você é muito bom de cama e, provavelmente, tem um pênis enorme.

Um sorriso repuxa o canto dos meus lábios, e eu tento segurar o quanto posso, mas uma gargalhada explode de dentro de mim. Por fim, ela cede e também me lança um sorriso genuíno que me atinge em algum ponto empoeirado e inesperado. Sorrisos sensuais vão direto para o meu pau, mas o sorriso dela não é só sexy, é *feliz*. E não só por causa das covinhas. Está no brilho do olhar dela, algo que parece mais profundo que a superfície. Nem sei se é possível para um sorriso feliz ser qualquer coisa além de simplesmente feliz, mas o dela é o melhor sorriso de contentamento que já vi em...

Passo a mão pelo rosto e me aproximo dela, combatendo a tensão que prende minhas entranhas quando pego uma mecha solta do seu cabelo. Levo-a para trás da curva da orelha, sussurrando:

– Olha só, Logan...

Os olhos dela se estreitam cheios de ceticismo por um instante, e logo ela está refreando um sorriso.

Penso em perguntar o que foi, mas é meio irresistível vê-la assim, longe das luzes coloridas e fracas do Fred's. Lá, ela parecia mais dura, com os olhos resguardados por trás de um sorriso jocoso. Aqui, vejo que os olhos dela não são apenas azuis, mas têm um círculo de cobalto escuro ao redor da mais brilhante das turquesas, e que o nariz dela está salpicado por sardas fininhas. Ela está mordendo o lábio inferior enquanto passa os olhos pela sala de estar uma vez mais.

Puta merda, será que ela é virgem?

Seria melhor perguntar?

Não. Ela está com botas de bico duro e saia plissada, e de jeito nenhum vou me arriscar a levar um chute na canela, ou em lugar pior.

– Se quiser ficar comigo, eu topo – eu digo. – Você é linda, meiga, e a sua boca parece um doce. – Estou olhando para os lábios dela quando digo isso, mas não consigo deixar de sentir que ela acabou de revirar os olhos. Ela tem um ar de estranha dualidade: exterior duro aliado a uma expressão que ainda requer um tratamento cuidadoso.

– Ou – continuo, recuando um passo – podemos pedir pizza e jogar um pouco de *Titanfall* no Xbox. – Imagino que ela vai recusar isso, e, por mim, tudo bem, porque não consigo visualizar uma garota gostosa como ela sabendo o que é *Titanfall*.

Não antecipo o brilho no olhar dela e, antes que ela consiga disfarçar sua expressão, vejo-a observando minha sala de estar. Pelo visto, eu a interpretei muito mal.

Chutando meus sapatos, volto para a cozinha, pego duas cervejas e aceno na direção da sala.

– Vamos lá.

Com um sorriso e um leve saltitar nos passos, ela avança e se acomoda no sofá ao meu lado. Vejo-a apanhar o controle com a mão direita, o polegar escorregando com destreza sobre o pequeno joystick.

– Vai ficar envergonhado se eu ganhar de lavada? – ela pergunta.

Balanço a cabeça, sorrindo ao ligar o aparelho.

– Não. A minha avó me deu isso na semana passada e posso apostar que ela vai adorar saber que uma amiga me deu uma surra.

Sinto o olhar dela no meu perfil enquanto navego pelo menu. Quando me viro para ela, as covinhas aparecem ao sorrir.

– Isso é fofo.

– O fato de a minha avó ter me dado um jogo violento é fofo? – Sinto-me tentado a contar sobre o ano em que a vovó me mandou para Las Vegas como presente de vigésimo primeiro aniversário e me disse que tudo bem se eu me tatuasse, mas me fez prometer não contratar nenhuma prostituta. Quando lhe respondi que nunca precisei pagar por sexo, ela me deu um tapa na parte de trás da cabeça.

– É. – Logan desvia o olhar para a televisão. – Mas quantos anos você tem mesmo? Vinte e dois?

– Vinte e três. Vinte e quatro em outubro.

– Ai, *que graça*! Vinte e três e meio! – Ela aperta a minha bochecha. – O meu primo de onze e meio também faz isso.

– Você é muito engraçada.

Sua resposta em forma de risada vibra dentro de mim.

– *Quase* vinte e quatro – ela diz. – Talvez, então, seja hora de abrir mão dos jogos de videogame?

Aponto com a cabeça para as mãos dela.

– Olha só quem fala. Você parece bem à vontade com um controle na mão.

Ela dá de ombros e olha para mim de novo.

– Digamos que tenho segurado um destes mais do que um desses. – Ela acena para o meu colo, e eu dou uma tossida, quase engasgando no gole de cerveja. Quando ela volta a olhar para a TV, solta uma gargalhada, apontando para a tela. – Por favor, me diga que você não é GiganteD92.

Com uma piscadela, eu lhe digo:

– Acho que você sabe que sou eu.

Logan balança a cabeça, mas isso ainda não me parece um sinal de exasperação. O rosto está corado, algo visível mesmo à luz da TV, e ela está sentada a meros centímetros de distância de mim.

Ela se junta ao jogo, e escolhemos nossos pilotos. Só quando o jogo carrega e estamos no mapa que percebo que nunca joguei videogame com uma garota, além da minha irmã Margot, que é péssima nisso. Sei o básico no que se refere a subir em paredes e dar saltos, coisas assim, mas ainda estou tentando entender os controles do *Titan* e alguns dos truques táticos. Ao meu lado, Logan não tem dificuldade nenhuma com nada disso, e estou começando a acreditar que ela é viciada.

Ela não é de ficar jogando conversa fora. É meiga, mas não fica dando risadinhas, e evidentemente não está tentando me impressionar. Mesmo assim, já está me deixando no chinelo. Apesar disso, a situação entre nós está confortável, nada além do som dos tiros no jogo e as nossas ocasionais exclamações de vitória ou de frustração.

– Use o rifle com mira! – ela berra, apesar de estar ao meu lado.

Nossos polegares batem nos controles.

– Não, gosto da MK5.

– Cara, você está atirando para tudo quanto é lado, vai acabar me acertando. Dá para atirar com mira pelo menos por dois segundos?

Rindo, troco de arma e, em poucos segundos, consigo matar um ogro, liberando o caminho.

– Admita, eu tinha razão – ela cantarola.

– Você tinha... *Porra!* – grito. Numa chuva de sangue, o meu piloto é morto pelos tiros de uma automática da outra equipe. – De onde veio isso?

Ela pausa o jogo.

– Uau. Você não aguentou muito. – Seus olhos reluzem de contentamento, os lábios estão virados num riso sardônico.

Ela parece à vontade fazendo insinuações, brincando sobre sexo – sobre o motivo de estarmos ali –, mas pressinto que não consegue dar o primeiro passo.

– Posso lhe fazer uma pergunta? – questiono.

Ela pega a cerveja.

– Outra, você quer dizer?

Começo a encará-la.

Cedendo com um sorriso brincalhão – as malditas covinhas fazem com que algo dentro de mim derreta e depois comece a ferver –, ela diz:

– Sim, tudo bem. Contanto que não se ofenda caso eu me recuse a responder.

– Por que saiu comigo hoje? Correndo o risco de parecer um completo idiota, você disse que não sai com clientes, mas está aqui.

– E não saio – ela diz rapidamente, mas com suavidade. – Nunca.

Era para ser uma pergunta geral, mas a resposta dela me surpreende.

– *Nunca?*

Ela balança a cabeça.

Fico me perguntando se é isso tudo o que vou receber. Ela não respondeu à minha pergunta, mas, quando olho para ela, é como se ela estivesse refletindo a respeito. Por fim, levanta uma perna para o sofá e fica de frente para mim.

– Me deixe perguntar uma coisa também – ela diz.

Levantando o queixo num pequeno gesto de concordância, tomo o gole de cerveja e espero.

– Você faz isto com bastante frequência?

Ainda que o gesto que acompanha a pergunta englobe toda a sala, tenho quase certeza de que ela não se refere ao videogame.

Tento fazer um rápido cálculo mental. Talvez umas dez nos últimos dois meses? Isso pode parecer muito para ela.

– Hum... Não toda noite, mas, sim, às vezes.

– Por quê?

Por quê? A pergunta parece absurda. Por que eu gosto de sexo? Ela existe mesmo?

Eu a estudo por um instante. Os olhos azuis reluzentes estão fixos no meu rosto, aguardando uma resposta. Como é possível alguém parecer tão inocente e tão desconfiada ao mesmo tempo?

De verdade, já me fizeram essa pergunta de diversas maneiras, algumas vezes. Normalmente a mulher olha para mim na cama, antes ou depois da transa, e comenta o mais casualmente possível.

Você deve ter trazido muitas garotas para a sua cama.

Quando foi a última vez que trouxe alguém para casa?

Espero que saiba que não faço isso o tempo todo. Isto é diferente, Luke.

Mas não me fizeram essa pergunta no sofá, no meio de uma conversa, totalmente vestido, com olhos francos me encarando e, basicamente, sem julgar. Só parece que Logan está tentando entender.

– Nesse instante eu seria terrível em qualquer outra coisa além disso – respondo. – Não quer dizer que eu tenha medo de um compromisso, nem nada do tipo. O que quero dizer é: já estive apaixonado antes e não sei se consigo fazer isso de novo.

Ela responde com uma risada curta, afiada, assentindo ao inclinar a cabeça para levar a cerveja aos lábios.

– Pelo menos – prossigo –, não agora que estou trabalhando como um doido. – Isso soa ridículo. Percebo isso, ouço a absurdidade. *Todos* estamos trabalhando como doidos. *Todos* somos ocupados, jovens e caóticos. – Mas, apesar disso, sou homem. Gosto de sexo. Gosto de mulheres. É esse tipo de honestidade que você queria?

Ela assente.

– Sua vez – eu digo. Algo muito antigo parece estar se rompendo e voltando à vida dentro do meu peito. Faz muito tempo que não tenho uma conversa como esta – franca, aberta – com alguém além da minha família, e eu tinha me esquecido de como isso é bom.

Ela toma um longo gole antes de responder. Observo a garganta dela enquanto ela engole. É longa, pálida, suave.

– Saí com você porque levei um caldo de uma onda hoje de manhã.

Ela surfa... Isso certamente explica seu corpo.

– Faz muito tempo que não rolo daquele jeito – ela explica, encarando a garrafa na mão. – Eu tinha me esquecido do quanto isso é amedrontador. Na primeira parte da manhã, não consegui pegar nenhuma onda decente. E, então, uma se formou e me enterrou. Fiquei meio tensa o dia inteiro. Nunca me ocorreu relaxar essa tensão com sexo. E hoje eu pensei: por que não?

– Por que não? – repito com suavidade, sentindo a pulsação acelerar quando aquilo parece se tornar uma possibilidade.

Ela assente, mas seus olhos agora estão nos meus lábios.

– Só o que você quiser, está bem? – eu lhe digo.

Muito, mas muito lentamente, consigo ver as emoções passando pelos seus olhos: incerteza, medo, desejo, determinação. Ela se inclina para a frente e resvala a boca na minha. Parece feita de seda.

– Só vamos fazer isto hoje – ela diz, recuando alguns centímetros para ver meus olhos. E, quando ela diz isso, não se parece com nada que tenha vindo das outras garotas. *Ela* não tem receio de cair na armadilha de pensar que pode haver mais; ela teme que *eu* faça isso. As covinhas se afundam nas bochechas quando ela sorri, dizendo: – Por isso, certifique-se de me mostrar todos os seus truques.

Rio no meio de outro beijo.

– Sim, senhora.

– E não volte ao bar esperando um boquete no estacionamento – ela diz ao encontro da minha boca. – Não sou esse tipo de garota.

Viu? Eu estava certo.

Recuo para fitá-la e faço uma saudação com os dedos na testa.

– Entendido.

Sem muita cerimônia, ela segura a bainha da minha camisa e me ajuda a tirá-la. As mãos sobem, quentes, mas hesitantes, com as pontas dos dedos antes das palmas alisando minha pele. Explorando, como se fizesse muito tempo desde a última vez em que fez aquilo e tivesse se esquecido da sensação de uma pele. As mãos são macias; as unhas, longas o bastante apenas para arranhar de leve o meu peito e abdômen antes de começar a abrir os botões do meu jeans.

Uau. Jesus.

Desvio o quadril só para ficar longe do alcance dela e puxo uma camisinha do bolso, deixando-a ao lado do quadril dela.

– Quer ir para o quarto?

Ela balança a cabeça.

– Aqui está bom. – Ela me atrai para perto e desce tanto as calças quanto a cueca pelo meu quadril antes que um pensamento detivesse seus movimentos. – Você mora sozinho?

Eu a beijo, falando ao encontro dos seus lábios enquanto chuto a calça para o chão.

– Você está me despindo no meu sofá, então, meu Deus, espero que sim.

Sinto-a dar uma risadinha contra minha boca quando a inclino para sugar a garganta dela, sutilmente me afastando das suas mãos. Ainda não quero as mãos dela no meu pau; nenhum de nós está pronto ainda e para que a pressa? Aquela é uma guinada de cento e oitenta graus em relação a apenas cinco minutos antes. Ela já não está hesitante, nem um pouco. Fico imaginando se ela é assim com tudo: precavida, em seguida quase que envolvida temerariamente. Ainda assim, sinto uma camada de distanciamento, como se ela estivesse ticando coisas numa lista mental sem de fato se entregar a nada.

É estranho.

Normalmente, sinto uma necessidade frenética de conexão – o laço inevitável do contato visual, uma sequência de perguntas baixinhas, beijos que parecem segredos sendo oferecidos – e isso significa que posso escolher o quanto daquilo eu quero. Mas Logan não está atrás de uma ligação profunda comigo; ela parece querer o paradoxo de acabar logo com aquilo *e* de ser consumida.

Sou lembrado, estranhamente, de uma viagem pelas Rochosas com meus pais durante uma tempestade de neve: mamãe observando com alegria o quanto tudo era adorável enquanto meu pai se concentrava nas especificidades de nos tirar de lá em segurança. O meu trabalho ali era o de nos navegar por aquela situação.

Ela guia minhas mãos para sua camisa e depois fecha os olhos enquanto a desabotoo, beijando-a. O cheiro dela é de laranja e do doce aroma de mulher.

Afasto a camisa pelos ombros, desço pelos braços e abro o fecho do sutiã. Cacete, o peito dela também é bonito. Seios maiores que minhas mãos. Ventre liso, bronzeado. Ela tem o corpo de uma garota que não se importa em surfar de biquíni: cheia de curvas, bronzeada e definida. Quero me perder naquilo, quero sentir o alívio que ela vai obter com aquilo; ou até sentir alguma urgência sobrepor a capacidade de ela se controlar. Para variar, quero ficar na cama, com as luzes acesas, jogando conversa fora enquanto beijo todas aquelas partes perfeitas do corpo dela.

Mas sinto a tensão no abdômen dela, o modo como ela só quer ir em frente, prosseguir, chegar ao ponto.

É assim que é estar *comigo* quando *eu* estou distraído e só preciso de uma transa?

Inclinando-me, beijo-a no queixo, nos lábios, afastando-os com os meus. A língua dela é pequena e suave dentro da minha boca e, sob o gosto da cerveja, o *sabor* dela também é de laranja. Imagino-a pegando uma no bar, chupando-a sem pensar entre o preparo de um drinque e outro.

– Vem – sussurro, sugando o lábio inferior dela. *Me dê alguma coisa.* – Me toque.

Ela lambe meu lábio superior e um som estrangulado de desejo escapa da boca dela.

– Tudo bem fazer isto. *Eu* quero. Você não está fazendo nada errado.

Uma mão hesitante escorrega para a minha nuca, as pernas se afastam quando ela me puxa entre elas e

vai

vai

ali.

Sinto quando ela se afrouxa debaixo de mim, cedendo. Uma mão sobe para o meu rosto, a outra desce, enroscando-se ao redor do meu pau. Fico duro com o toque e inspiro o doce aroma cítrico dela, inclinando-me para sugar um mamilo, gemendo quando ele endurece ao encontro da minha língua.

Começo a mexer na saia dela, escorregando-a pelo quadril.

– Ai, cacete – ela diz, e depois abafa uma risada com a mão.

Paro de pronto, olhando para ela.

Maldição... Claro que vai ser nessa hora que ela se lembra de que está menstruada.

– O que foi? – pergunto com toda a calma que consigo.

Os olhos azuis dela me encaram, arregalados e revelando um pedido de desculpas.

– Não depilo as pernas... já há algum tempo.

Exalo, o alívio faz com que minhas mãos fiquem atrapalhadas quando termino de arrancar a saia dela.

– Não esquenta. Eu também não.

Ela dá uma risadinha e, quando olho para ela, ela é linda pra cacete. Fica imóvel sob o meu olhar, deixando que passe os olhos de cima a baixo sobre seu corpo. As pernas podem não estar depiladas, mas eu jamais teria percebido. Basta dizer que Logan é uma loira natural, e cada parte pertencente ao biquíni dela faz minha boca salivar.

Só quando estou acima dela assim, posicionado entre as coxas e registrando como ela fica totalmente à vontade nua diante de mim, é que consigo entender de fato: Covinhas não está aqui por causa de ninguém além dela mesma.

A maioria das garotas não vem para casa comigo só pelo prazer delas mesmas. Por mais que insistam que esse é o motivo, elas vêm porque querem um relacionamento, querem ser adoradas. Querem que eu fique com elas além daquela única noite, que eu *goste* delas além do que fazemos na cama.

Mas Logan não parece se importar com o que penso dela ou se voltaremos a nos ver de novo. Ela está *me* usando.

Sinto uma pontada de rejeição e o calor do respeito ao mesmo tempo.

Ela morde aquele gostoso lábio inferior dela com os dentes.

– Tudo bem?

Fecho os olhos, inspirando fundo o cheiro dela.

– Só estou olhando para você – respondo. – Você é... – *Surpreendente.* – Você é linda demais.

Ela não me agradece. Mal reage, só me observa com os olhos pesados de desejo.

Passo a mão entre o vale dos seios – fartos com pontas pequenas e rosadas –, pelas costelas, desço pelo abdômen. O quadril dela espelha o movimento da minha palma, perseguindo meu toque.

– Vai me deixar beijá-la aqui? – pergunto, descendo os dedos para o meio das pernas dela. Ela está macia, molhada o bastante para me tentar, mas ainda não o bastante para me garantir que ela vai explodir como uma bomba do jeito que eu quero.

Ela mexe a cabeça de leve, lançando aquele sorriso amplo para mim.

– Não, senhor. Isso é especial.

Porra. É especial e pela duração de uma longa inspiração fico extasiado que ela pense assim. Mas a frustração se aproxima: quanto mais tempo passo com ela, mais ansioso fico para que esta noite faça a cabeça dela ir até as nuvens. Se ela vem a um cinema para se divertir, eu vou lhe oferecer a porra do maldito *Poderoso chefão.*

Ela enfia a mão sob a almofada ao lado do quadril dela e encontra a camisinha, entregando-a para mim.

– Pensei que você quisesse que eu mostrasse todos os meus truques? – brinco.

Ela ri, uma única explosão de som, mas o sorriso permanece.

– Só venha cá.

Balançando a cabeça, digo:

– Se vamos pular os *trailers*, você vai, pelo menos, colocar isso em mim.

Com um meigo revirar de olhos, ela se ergue sobre um cotovelo, rasgando a embalagem com os dentes. Lenta, mas bem lentamente, ela desenrola a camisinha ao longo da minha extensão, e eu mordo o lábio, gemendo.

Vendo-a nua... Saboreando a língua dela... A pegada firme no meu pau, e eu estou pronto para foder, mas as mãos dela não me abandonam de pronto. Ela me toca no pinto, nas bolas, no quadril e no abdômen. *Agora* ela está sendo deliberada, *agora* ela está se deliciando. As pontas dos dedos me exploram, suaves e gentis, dedilhando pelo meu peito até se curvarem atrás do meu pescoço, puxando-me para ela.

– Vem aqui – ela sussurra de novo, beijando o meu queixo, o meu maxilar, o meu pescoço.

Talvez eu devesse estar no comando; ela tem mais inocência enterrada debaixo da sua força do que cinismo de verdade. Mas não quero conduzir agora. Ela se estica para me segurar, envolvendo-me, brincando com a ponta do meu pau no clitóris dela, e sinto como meus braços tremem, plantados ao lado da cabeça dela. Ela quer liderar, quer que eu fique parado, quer usar essa parte do meu corpo para se sentir bem. Cada músculo ao longo da minha coluna está retesado, cada pensamento banido a não ser a sensação dela. A porra da *sensação*. Observo o rosto dela e o milhão de expressões que vejo se retesam e relaxam. Nunca antes me vi tão envolvido em observar alguém cedendo.

Por fim, ela me escorrega um pouco mais para baixo. Sinto a fenda, o convite, e entro lentamente.

Ela prende a respiração, mas não emite som algum. *Eu* quero rugir. Ela está quente – uma loucura de quente – e mais úmida agora. Tenho que entrar e sair, um centímetro de cada vez porque ela é estreita, e fico com receio de machucá-la, mas as mãos dela acham a minha bunda e me puxam para a frente, movimentando-se comigo para me fazer ir mais fundo, mais, até o fim.

Gemo quando estou finalmente lá, mas ela está calada. Está tão calada, mesmo com toda a sua extensão ao meu redor; comigo contraído dentro dela, como é que ela não emite um único som? Estou todo dentro, me enterrando para senti-la, boca no pescoço, nos peitos. Sinto-me desgovernado, faminto.

Eu poderia me perder ali. Poderia transar com força.

Mas, Deus, quando ela rola o quadril debaixo de mim, sei que também poderia foder devagar.

Tudo o que ela desejar... É tudo tão bom, e os peitos dela pressionados contra o meu fazem com que eu me esfregue ao seu encontro, pele contra pele.

– Tudo bem? – pergunto, dando uma verificada de leve.

Ela assente, engolindo em seco.

– Está tudo bem.

Gemo, retraindo-me e depois voltando a me mover para dentro dela.

A lenta retirada, a longa entrada.

Tão bom.

O cheiro dela também é delicioso.

Mãos nas minhas costas, na nuca.

Logan está quieta, mas está bom para ela, consigo perceber. Sinto pelo modo como os dedos se emaranham nos meus cabelos, pelo rolar do quadril e pelos mamilos que estão retesados. Ela fez sexo bom antes; sabe o que seu corpo quer. Ela quer fundo, ela me quer pressionado contra ela, enterrando. Não está tímida agora que estamos no meio da ação. Não, ela recebe, absorve, retém.

Mulheres às vezes falam. Ou eu. Mas aqui estamos só respirando; só há os sons das inspirações, das expirações forçadas e da mudança de posição dos nossos corpos unidos. E, então, os arquejos involuntários que nós dois soltamos quando eu começo a me mexer mais rápido, mais firme. Seus seios se mexem debaixo de mim, o quadril se ergue do sofá. Ela me cavalga por baixo, mostrando-me a velocidade, o padrão de que necessita.

O fato de ela estar tão calada significa que o orgasmo dela chega como um choque para mim; ele chega como uma onda que se quebra e, quando ouço o barulho que ela produz – um grito contrito de alívio –, fico absolutamente desvairado: preciso ouvir aquilo de novo, por mais tempo.

Continuo me mexendo até ela parecer desinflar debaixo de mim, aliviada, mas rolo até o chão, levando-a comigo, de modo que ela fica sobre meu quadril.

– Assume – sussurro, na esperança de que ela entenda. Quero lhe dar todo o alívio de que ela precisa nesta noite.

O modo como os olhos dela brilham quando me olha me conta que precisa daquilo. Ela ama sexo. Quero dizer, puxa vida, como uma mulher com aquele grau de experiência e sensualidade não transa toda vez que quer está além da minha compreensão. Ela rola o quadril, começando a me montar, e logo parte para uma nova disparada, aproximando-se daquele ponto de ruptura de novo. A pele reluz pelo suor, os dedos pressionam o meu peito, o meu pescoço, segurando-se em mim com força. Quase ameaçadora. *Só pode ser melhor esta segunda vez*, seu corpo lhe diz. *Maior. Mais duradouro. Mais forte.*

– Ai, porra – ela diz num respiro e lá – *cacete* – lá está ele. Desenfreado, apertado e molhado, tão molhado que ela está a toda minha volta se empurrando mais fundo no meu pau. Gemo, combatendo o modo como meu corpo quer ceder, quer gozar com tanta força que vou ver estrelas.

Mas sei que ela ainda não terminou.

Eu me vejo olhando para o arco suave do pescoço dela, a graciosidade da clavícula reta à medida que ela me cavalga mais lentamente, descendo. Avalio as subidas e descidas rápidas do peito dela quando ela busca respirar. Ela se entregou por completo. Para *mim*. Neste instante perfeito, ela confia em mim.

Tão linda, inteligente e um pouco defensiva, mas, mesmo assim, ela está aqui, deixando que eu a sinta. Quero merecer isso. E temo gozar rápido, tresloucado, e ainda não ficar saciado porque essa pequena amostra que ela está me dando não vai bastar.

– Você está bem? – consigo perguntar, subindo as mãos do quadril para os seios dela, envolvendo-os.

Ela levanta a cabeça com esforço, os olhos ávidos.

– Quero você por trás de mim – ela diz.

Sem nem uma palavra, eu a suspendo, ajudo a ficar de joelhos e depois volto a penetrar, sem conseguir impedir um gemido, longo e baixo.

Estou obcecado com as linhas musculosas das costas dela, com o modo como o clitóris dela fica debaixo do toque dos meus dedos. Estou obcecado com a maneira como ela se mexe não importando a posição em que está, com o som que ela emite quando goza.

Sei que, quando isto terminar, vou levá-la para casa – porque ela não vai querer ficar. Mas, neste instante, o sexo é bom – é tão bom – e, toda vez que ela desliga a mente o suficiente e o corpo assume o comando e desmorona num orgasmo, sinto uma porção da casca dela se partindo.

Quero ver suas partes sensíveis.

Porra. Faz tanto tempo que não quero nada sensível.

~

– Onde você foi parar ontem à noite? – Dylan me pergunta.

Fecho a porta do carro e tranco com o controle.

– Fui para casa com alguém. O que vocês fizeram?

– Voltamos para a casa do Dan. – Dylan abre a porta do Fred's. – Não sei como descrever a erva que ele tinha a não ser dizendo que fez Jenny latir como um cão.

Eu o sigo, sem saber se tinha ouvido direito com aquela centena de pessoas gritando e a música tocando alto.

– Você disse que a Jenny *latiu como um cachorro?*

Ele confirma, o cabelo loiro desgrenhado acompanhando o movimento, e nos leva até o bar. O meu peito se contrai quando vejo Logan ali, trabalhando. Ela está muito sexy: o cabelo preso no alto e meio bagunçado na cabeça, os braços desnudos numa camiseta regata branca que revela a curva das tetas perfeitas, o rosto quase sem maquiagem a não ser por um pouco de batom. Sinto-me uma mistura estranha de idiota e de cretino por não ter antecipado que ela estaria aqui hoje.

Espero que ela não pense que vim por causa dela.

Mas, porra. Também não quero que ela pense que eu a evitaria. Acho que não quero que ela *me* evite.

Crio um punho mental e me imagino me socando no maxilar.

– Ei, Esquisita – Dylan diz para Logan com um sorriso.

Eles se conhecem?

Ela levanta a cabeça, o sorriso se forma com facilidade.

– Ei, Exibido.

Ela não reage da maneira que eu esperava depois de ontem à noite, por isso deduzo que ela não me viu atrás dele... Mas logo ela joga dois porta-copos na bancada do bar e percebo que ela está me cumprimentando como faria com qualquer outro freguês. Isso faz com que algo dentro de mim fique tenso ao mesmo tempo em que outra coisa relaxa. O que eu esperava? Que ela passasse de repente da garota determinada a apenas uma noite de sexo selvagem ao estágio cinco do apego?

Ela apoia as palmas no bar e olha para nós, esperando.

– O que vão querer?

– Um petisco – ele diz. Ela ri, pegando uma cereja e jogando no ar. Dylan a pega com a boca, mastigando enquanto a fita divertido.

Puta merda. Não só o Dylan conhece a Logan, como também *gosta* dela?

Engolindo, ele diz:

– E agora um Amaretto sour.

– Amaretto sour? – Logan e eu repetimos em uníssono.

– É delicioso – ele insiste.

– Anda cultivando o seu lado feminino? – pergunto.

Ele balança a cabeça, me dispensando.

– London faz o melhor dos Amaretto sours. Sério, você tem que experimentar.

Abro a boca para perguntar quem diabos é London quando Logan se inclina, entregando outra cereja para ele.

– Ah, que fofo. Obrigada.

Todos os músculos do meu corpo pausam, e meu cérebro parece tropeçar sobre essa imobilidade súbita.

Ela não está observando a minha reação. Sem perguntar o que eu quero, ela abre alguma obscura IPA para mim, deixa no balcão e começa a fazer o drinque do Dylan. Mas eu não conseguiria despregar os olhos dela mesmo que alguém atirasse do outro lado do bar.

– *London?* – eu digo, apoiando os cotovelos no bar. Pego minha cerveja, dou um gole quando ela levanta a cabeça e despeja o drinque batido dele num copo.

– Hum? – ela atende, piscando rapidamente para Dylan e depois para mim, os olhos apertados num aviso.

Eu me inclino, balançando a cabeça de leve para ela. Contei a ele que fui para casa com alguém, mas não com quem. Além disso, ele está distraído – como sempre –, sacudindo a cabeça no ritmo da música e olhando ao redor do ambiente como se fosse seu primeiro dia fora da caverna, e não conseguisse acreditar em tudo o que está acontecendo ao nosso redor.

– O seu nome é *London*? – pergunto baixinho, o coração batendo forte enquanto tento me lembrar de quantas vezes disse o nome errado ontem à noite. Tentando – em vão – me lembrar se grunhi o nome errado ao gozar. – Eu estava chamando você de Logan.

As covinhas apareceram por uma fração de segundo depois que um sorriso curvou os cantos da boca dela.

– Chamou mesmo.

– Você deixou que eu a chamasse pelo nome errado? – Meu sorriso parece apenas um revelar de dentes. Por dentro, sou um caos de emoções: diversão, irritação, vergonha, confusão.

– Não foi nada demais – ela explica. – Você acertou nos detalhes importantes. – Com uma piscadela, apanha a nota de vinte, registra nossas bebidas e me devolve o troco. Sem nem um olhar demorado nem sequer outra palavra, ela se afasta para atender outro freguês.

Ok, que porra acabou de acontecer?

Sei ser muito casual no que se refere a sexo, mas até mesmo eu corrigiria se alguém estivesse me chamando de Lucas ou de Jake. Ainda mais se estivéssemos *transando*. E pensar que o tempo inteiro eu a chamei pelo nome errado e isso significou tão pouco para ela que ela sequer se dignou a me corrigir...

Dylan se volta para mim, apanhando a bebida dele e sorvendo um gole. A expressão dele se suaviza até a euforia.

– Acho que acabei de ver a sua cara de orgasmo – comento, apertando os olhos. – Isso nunca deveria ter sido visto.

– Experimenta isto. – Ele empurra a bebida para mim.

Aceito o copo e afasto os canudos para tomar direto da borda. *Eca.*

– Não sou muito um conhecedor de Amaretto sour – digo. – Tem gosto de Amaretto e de alguma coisa azeda.

Olho por cima do ombro dele e meus olhos se detêm quando veem...

Merda, sou um bosta no que se refere a nomes.

– Dyl. – Levanto o queixo, indicando que ele deve sutilmente acompanhar a direção que indico até uma morena maquiada demais e sua amiga baixinha que estão se aproximando de nós.

Mas, claro, ele vira com tudo.

– Qual é o nome dela? – pergunto.

– Aubrey – ele responde, acenando para ela. – Acho que o nome da amiga dela é Lou? – Em seguida, suas sobrancelhas se juntam ao me encarar. – Espere um pouco. Você não dormiu com ela no verão passado?

Respondo que sim com a cabeça e faço uma careta de arrependimento enquanto ele me chama de cretino absoluto bem baixinho, pouco antes de Aubrey se aproximar com seus peitos e um sorriso esperançoso direcionados para mim.

– Faz séculos que não o vejo – ela ronrona no meu ouvido.

– Oi, Aubrey. – Prendo a respiração, desejando não ter me atrapalhado com o nome dela também.

– Você se lembra do meu nome!

Dylan tosse uma única palavra: idiota.

Aubrey não o ouve. Seus olhos castanhos arregalados se encontram com os meus, e o convite está ali, evidente. Sinto uma contração no abdômen, o calor da descarga da adrenalina.

Ela foi meiga, agora me lembro, olhando para ela. Ao contrário de London, ela pareceu querer mais do que apenas uma noite. Garantiu para mim que não costumava levar caras para casa, emitiu sons de estrela pornô na cama e fingiu uns dezessete orgasmos, mas ainda assim foi divertido. Na verdade, não cheguei perto de desmaiar como aconteceu na noite anterior com London, mas me saí bem.

Olho para London quando esse pensamento surge e por um segundo de pânico profundo me preocupo com o que aquilo está parecendo. Estou no bar, a pouco mais de três metros da mulher com quem fiz sexo na noite anterior, e existe esta mulher, com quem evidentemente já dormi, parada com o braço ao meu redor, o rosto apoiado no meu ombro num flerte.

Não é a primeira vez que duas mulheres com quem transei ficam tão perto, mas é a primeira vez que me sinto como se estivesse enrolado num filme plástico, ligeiramente claustrofóbico.

Embora eu não saiba por que estou preocupado; London ainda não olhou na minha direção. Ela sequer parece se lembrar do que aconteceu.

Conduzo o nosso pequeno grupo para longe do balcão e me aproximo de Aubrey para que possamos nos ouvir acima do barulho dos gritos e da TV pendurada. Os lábios dela estão pegajosos por causa do *gloss*, os olhos estão pesados por conta do tanto de rímel aplicado. Não me lembro de ter percebido isso antes.

– Como é que você está? – ela pergunta, e depois morde o lábio inferior.

Eu lanço o meu melhor sorriso.

– Nada mal.

Capítulo 3

London

Não é como se eu nunca tivesse feito isto antes – ter uma transa de uma única noite –, mas o número de caras com quem dormi é ainda pequeno o bastante para que, quando Luke entra no Fred's na noite seguinte, o pensamento *transei com ele* seja a primeira coisa que passe pela minha cabeça.

Graças a Deus, o pensamento vem e vai, substituído apenas brevemente por *mas que diabos ele está fazendo aqui?* Sexo com um cara como Luke deveria significar orgasmos múltiplos e um sorriso que você tem que explicar para as suas amigas no dia seguinte. Também deveria significar um *acontecimento único*. Tenho quase certeza de que nós dois entendemos essa parte.

Nunca planejei voltar a ver Luke, motivo pelo qual não me dei ao trabalho de corrigi-lo quando ele ficava me chamando pelo nome errado. Também é por isso que preciso de um instante para me recompor quando ele entra no Fred's com o Grosseirão, funcionário engraçado do Oliver e uma das minhas pessoas prediletas.

Eles vêm direto na minha direção, mas, quando não faço nada além de servir-lhe seus drinques e cuidar da minha vida, acho que Luke capta a mensagem. Porém, não consigo entender muito bem a reação dele e imagino, por um instante, se ele ficou desapontado por eu não estar me debruçando sobre ele, contente em vê-lo e pedindo uma reprise. O que – sejamos francos por um segundo – não seria a pior ideia que já tive, porque, quando Luke alegou saber o que estava fazendo, ele não estava mentindo. Nem um pouco.

Mas não estou atrás de um repeteco. Sabia disso na noite anterior – mesmo quando estava tão bom que eu ficava pensando: não quero que acabe, não quero que ele goze nunca, pondo um fim nisso –, e meus instintos são reconfirmados agora que vejo mais uma morena pendurada nele.

É por isso que esse tipo de encontro nunca funciona comigo. Não gosto de ficar processando tudo mentalmente depois. Não gosto de ficar questionando o meu comportamento, o deles. Existem regras demais nesse tipo de jogo que, supostamente, não deve criar laços.

O bar vai ficando cheio aos poucos. Um jogo está passando com volume alto em algumas das TVs penduradas, e os urros periódicos dos espectadores chegam até o balcão. Estou tão atarefada que quase me esqueci de que Luke está ali, até que me viro para cobrar a bebida de um freguês e o vejo – com a morena – indo na direção da saída. Juntos.

Percebo uma sensação desconfortável, quase pungente, no meio do peito quando a vejo passar o braço pelo dele. Ela ri quando ele diz alguma coisa, e eles desaparecem pela porta. Essa sensação é estranha – não é raiva, não é mágoa. Mas é, no mínimo, uma leve irritação, e, decididamente, vou lhe servir Heineken da próxima vez que ele voltar.

Não percebo que ainda estou fitando a porta vazia até que Fred se aproxima de mim.

– O que é tão interessante? – ele pergunta, acompanhando o meu olhar.

Saio do transe.

– Nada. – Olho para Fred e sorrio. – Só estava provando que eu tinha razão.

– Ora, ora, isso parece interessante – ele diz e apoia o quadril no balcão. – Cara? *Garota*?

– *Cara* – respondo e me estico para dar uma cutucada nas costelas dele. Eu encheria mais o Fred por estar sendo intrometido, mas vê-lo caçoando da Harlow é sempre muito divertido. – Não permita que lhe digam que sutileza não é o seu traço forte.

Ele dá uma risada e sai do meu alcance.

– Eu tento. E esta noite acabou de subir trezentos pontos na escala interessante. Acho que nunca vi você falar de nenhum cara desde que começou a trabalhar aqui.

– Isso porque não estamos sentados debaixo de um secador no salão de beleza.

Fred gargalha ao arrumar uma rodada de *shots* para uma das garçonetes.

– Não acho que eu tenha cabelos em quantidade suficiente para ficar sentado debaixo de um daqueles secadores, de qualquer forma – ele diz, e o flagro olhando de esguelha na direção da porta. – Pena que ele foi embora, hein?

Meus dedos se imobilizam na caixa registradora, e eu olho na direção dele.

– Do que você está falando?

– Do cara que você estava arrasando ontem.

– Acho que nós dois sabemos que isso não restringe muito para mim, Fred – digo com um sorriso doce.

Ele bufa.

– Você sabe muito bem de quem estou falando. O metido com todo aquele cabelo.

– Luke vai adorar que você tenha elogiado o cabelo dele.

– Ah... *Luke*. Você sabe o *nome* dele – ele diz zombeteiro. E prossegue, rindo para si mesmo. – Ele se parece com um Luke. Luke e London... Luke e London de San Diego e Port Charles. Você poderia estar vivendo uma novela, garota.

Esbarro nele a caminho da geladeira.

Fred termina de cobrar um cliente e se vira para mim.

– Então... Me conte. O que foi que ele provou para você?

Reflito enquanto abro uma garrafa de Zinfadel, pensando no que mais me incomodou exatamente ao ver Luke saindo com a morena.

– Acho que fui lembrada de que preciso confiar nos meus instintos.

O sorriso de Fred se suaviza.

– Acho que todos nós precisamos fazer isso um pouco mais.

– É provável.

Depois que abre duas cervejas para dois caras no balcão, Fred se vira para mim.

– Quem era aquela que o arrastou para fora daqui?

Eu dou uma gargalhada. Não parecia que Luke estava sendo arrastado para lugar nenhum.

– Não faço a mínima ideia. Garota Aleatória Número Sei Lá Qual.

– Vocês se conhecem bem, então?

Lançando um pequeno olhar de aviso para Fred, abaixo-me sob a prateleira de vinhos, dizendo:

– Você não tem mais nada para fazer agora?

Ele parece extremamente satisfeito consigo.

– Além de preparar drinques e enchê-la?

– Isso.

– A menos que Harlow apareça, acho que não. – Faz uma pausa. – Mas eu *sou* um barman e já me disseram que sou um bom ouvinte, caso você queira conversar e o movimento diminuir um pouco.

Levanto o queixo para ele num gesto de agradecimento e passo para a outra ponta do balcão. A questão é que não preciso conversar. Me atinge o fato de Luke ter transado comigo há menos de vinte e quatro horas atrás e ter acabado de sair do bar com outra mulher? Um pouco. Não porque sinto como se minha honra tivesse sido manchada ou por eu querer mais do Luke para mim, mas porque isso fez com que eu me sentisse um pouco descartável e, apesar de saber o que é melhor para mim, gostei dele.

Mas vou superar.

~

Algumas horas mais tarde, saio do estoque carregando um caixa de bebidas e vejo que Luke voltou. Sozinho.

Desacelero meus passos ao diminuir a distância entre nós, tentando encontrar uma maneira de não ter que interagir com ele, mas o som das garrafas se chocando chama a atenção dele e seu rosto se ilumina.

– Ah, se não é a minha bartender predileta – ele diz, abrindo seu sorriso mais caloroso. – Pensei que tivesse ido embora, *London*.

Sinto um sorriso tremulando nos meus lábios quando ele enfatiza o meu nome correto, e ele me observa enquanto equilibro a caixa no balcão e a abro, tirando garrafas e dispondo-as na bancada. A minha porção descontraída está fervilhante, mas neste trabalho – e ainda mais com caras como Luke – tive que me treinar para ser um pouco mais reservada. Até aqui, com ele, tenho fracassado miseravelmente.

Mas o que mais me incomoda agora é que sou um público cativo ali atrás do bar, e simplesmente não sei sobre o que mais podemos conversar.

Ele ainda está sorrindo como se estivesse genuinamente contente em me ver, e maldição se aquela atração entre nós ainda está presente, acabando com a minha hesitação.

– Fiquei aqui a noite inteira – informo, e tenho esperanças de que meu sorriso seja o equilíbrio perfeito entre algo amigável e distante. – Não vi você voltar.

Ele está prestes a tomar um gole da sua bebida quando digo isso, e seus olhos se arregalam acima da borda.

– Voltar? – Luke apoia a cerveja diante dele e gira o porta-copo até que o logo fique alinhado.

A minha mãe diz que, quando eu era menor, ela sempre sabia quando eu estava mentindo ou ganhando tempo: eu franzia e unia as sobrancelhas até formar uma linha na testa. Ao que tudo leva a crer, eu ainda faço isso. Ela diz que é a minha dica. Fico pensando se Luke também deixa pistas e se é isso o que estou vendo no modo sutil da inquietação dele. Ele sempre se mostra calmo, suave, vê-lo assim é o mesmo que ver uma gazela jogando cartas com um leão.

– É, eu vi você saindo acompanhado. Mas aqui está você de novo.

– Está falando do Dylan? – Ele vira o guardanapo de modo que ele também esteja com o logo ajeitado para cima.

Preciso de um instante para perceber que ele está falando do Grosseirão. Sorrio, sabendo que, sem querer, acabo de desvendar um enorme mistério entre meus amigos: *quem em nome de Deus é Grosseirão?*

– Acho que nós dois sabemos que não estou falando do *Dylan*.

Luke dá uma gargalhada, e eu sei o exato segundo em que ele se recobra porque ele sorri e é um truque de mágica o modo como aquela cortina de rapaz metido se parte em seu rosto. Não tenho a mínima dúvida de que Luke Sutter consegue se safar de praticamente qualquer situação usando o seu charme.

– Está falando da *Aubrey* – ele diz, assentindo como se as peças finalmente se encaixassem para ele. – Eu a acompanhei até a casa dela.

Dou uma bufada.

– Aposto como fez isso mesmo.

– Só estava garantindo que ela não tentasse dirigir – explica. – Além disso, ontem você conseguiu o que queria comigo e mal olhou para mim hoje. Como é que pode ter percebido que saí?

É a minha vez de rir.

– Luke, está tudo bem. Não há nada de estranho deste lado porque você sabe qual é a minha posição. Só estou enchendo o seu saco.

– Falando sério, Covinhas. – Na mesma hora ele põe a mão no bolso e puxa uma nota de um dólar, enfiando-a no pote. – Eu só estava sendo um bom amigo.

Sem conseguir resistir, brinco:

– Ser "um bom amigo" é o código para um boquete no banco de trás?

Uma gargalhada explode pela garganta dele.

– Não foi nada disso – ele diz, e um canto da boca dele se ergue um pouco mais do que o outro. – Eu juro.

Pego uma das garrafas do monte, abro e substituo a tampa por um bico.

– Fique aqui um pouco comigo – ele pede baixinho. – Me conte alguma história.

Quase fico sem ar com a delicadeza do pedido dele. Por mais que eu queira, não consigo entender esse cara.

– Caso não tenha notado – digo, apontando para o avental branco, minha camiseta e o bar que nos cerca –, estou meio ocupada trabalhando agora.

Ele dá uma olhada no bar.

– É, mas o movimento está devagar agora. Só metade das mesas está ocupada, e a maioria delas com caras comendo batata frita e tomando cerveja. Eles só a chamariam para ver as suas pernas nessa saia. – Ele se estica no banquinho para dar uma olhada melhor. – Sei que eu faria isso.

Bato nele com o pano de prato.

– Por que não está passando tempo com os seus amigos?

Ele encolhe os ombros.

– Os meus amigos são todos uns idiotas, e nenhum deles ganha de mim no *Titanfall*.

Mordo o interior da bochecha para não sorrir.

– Acho que esse seria um bom argumento, visto o seu pobre desempenho. Como anda o seu orgulho masculino hoje?

Ele se inclina na minha direção e sorri.

– Acho que nós dois sabemos que o meu orgulho masculino se recuperou muito bem ontem à noite.

Reviro os olhos, lutando para não rir, e me mexo para me afastar, mas ele segura o meu braço.

– Estou falando sério só para variar – Luke diz. – Como foi que você ficou tão boa no jogo? Sou homem o bastante para admitir que levei uma surra, mas preciso que você me conte todos os seus segredos.

Dou de ombros, libertando o braço da sua pegada suave. O toque da mão dele me faz corar, e me lembro da sensação delas no meu quadril, movendo meu corpo acima do dele.

– Só muita prática.

– Viu, eu jamais teria imaginado isso. E não por você ser uma garota – ele acrescenta, levantando a mão quando parece antecipar o que eu garanto que seria uma tirada feminista brilhante –, mas porque você parece alguém que passa o tempo inteiro numa prancha de surfe e não num sofá.

– Bem, eu *deveria* estar montando o meu portfólio para começar a procurar um emprego de verdade, mas sou uma excelente procrastinadora – explico. – O videogame me chama.

Luke contempla isso.

– Portfólio? Onde você estudou?

– UCSD. Eu me formei na primavera passada. Design Gráfico.

Ele parece confuso, desviando o olhar para as garrafas coloridas acima do meu ombro, para o restante do bar e, depois, de volta para mim.

– E, mesmo assim, você está aqui.

– Estou – confirmo, e ele parece deixar o assunto de lado por enquanto.

Luke e eu transamos e não somos amigos, por isso eu lhe dou um crédito por não perguntar por que estou trabalhando no bar do Fred em vez de usar o diploma pelo qual, evidentemente, paguei uma pequena fortuna. Pontos para o garoto.

– E quanto a você? – pergunto. – Havia umas pilhas bem pesadas de livros na sua casa.

– Eu me formei na primavera passada também. Estudei Ciências Políticas.

– Uau – digo impressionada. – E quanto a esportes?

– Futebol para me divertir, polo aquático mais seriamente.

Polo aquático. Mentalmente eu me saúdo por ter imaginado isso quando o vi pela primeira vez, mas logo o meu coração despenca um pouquinho. A equipe masculina de polo da UCSD venceu dois campeonatos nacionais enquanto estávamos lá. Luke deve ser um atleta incrível.

Limpo a superfície da bancada de preparo dos drinques diante de mim.

– Puxa – digo baixinho. – Polo aquático. Isso é... – *Impressionante.*

Ele dispensa o comentário com um gesto.

– Então você passa o dia surfando e trabalha aqui à noite, de algum modo aperfeiçoando seus talentos nos jogos para acabar com os homens no seu tempo livre.

– Mais ou menos isso – respondo.

– Você é mulher o bastante para uma revanche?

Estou prestes a lembrá-lo que não, que a noite passada foi uma coisa de uma vez só, quando a porta externa se abre e uma porção do sol poente banha o chão. É a Mia, seguida pelo alto e forte Ansel.

Sorrio, e ela dá um pulinho, acenando. Só quando eu me viro para Luke, vejo que ele acompanhou o foco da minha visão e está olhando direto para a minha amiga e para o marido mais que sexy dela. O sorriso de sessenta watts de Luke diminui de intensidade, e ele pisca repetidamente para sua cerveja, ainda girando o porta-copo debaixo dela.

Quando me viro de novo, vejo que Ansel segura a cintura de Mia pela frente e que a desvia para um reservado na ponta oposta. Luke ainda não disse nada.

Não é preciso ser nenhum gênio para perceber que existe alguma espécie de ligação entre Luke e Mia, ainda mais porque os vi conversando no outro dia, lembro-me. Portanto, perguntar a respeito depende de mim, se isso é importante o bastante.

Não tenho certeza.

– Bem, por mais divertido que isto tenha sido, tenho que ir pegar mais algumas coisas – digo, saindo de trás do balcão.

Luke ainda não parece ter saído do transe do que quer que o esteja incomodando e só assente em silêncio, mais ou menos na minha direção.

Aceno para Fred antes de voltar para o depósito. Ele estava se recuperando de uma hérnia de disco quando comecei ali, e Harlow basicamente ameaçou pendurá-lo pelo saco no alvo de dardos se o flagrasse carregando qualquer coisa mais pesada do que uma garrafa de Bombay.

Ainda estou tentando desvendar Harlow, mas descobri o bastante para saber que: 1) ela é intrometida, 2) muito intrometida quando gosta de alguém e 3) tem um gênio e tanto. Sou capaz de carregar quantas caixas forem necessárias do depósito para o bar se isso me garantir que nunca verei uma demonstração pessoal desse mau gênio.

Quando retorno para o bar – com os braços carregados –, Luke desce do banquinho para me receber.

– Cara, deixe eu ajudar – ele diz, tirando a caixa de papelão das minhas mãos.

– Obrigada – agradeço e sacudo os braços. – Essa aí estava mais pesada do que aparentava.

– Quantas mais dessas você tem que trazer? – ele pergunta, olhando por cima do meu ombro.

– Só algumas mais – respondo, cortando a fita para verificar o conteúdo.

– Mostre onde estão que eu ajudo. Ajudei a minha irmã a se mudar umas semanas atrás e, de acordo com ela, deixei escapar o meu chamado para o trabalho braçal.

– Não, eu posso... – comecei a protestar, mas ele já sacudia a cabeça.

– Não estou me oferecendo por alguma tolice de motivo cavaleiresco ou porque você é uma garota e acho que não consegue fazer isso sozinha – acho que nós dois sabemos que você provavelmente consegue fazer o que bem quiser – ele diz com uma piscada. – Estou me oferecendo porque, quanto antes você terminar, mais cedo poderei monopolizar o seu tempo.

– Obrigada – agradeço de novo, ignorando o modo como as palavras deles fazem meu sangue vibrar com um prazer inesperado, e gesticulo para que ele me siga. – Mas nada de "passar o tempo" lá dentro. Nada de "ser um amigo". Só para deixar claro.

– Eu sei, eu sei – diz Luke, dando a volta no bar e solicitando a Fred o exigido Aceno Masculino ao passarmos. Não deixo de perceber a expressão de "eu lhe disse" do Fred quando seu olhar se desvia para mim, e eu lanço um olhar ameaçador em direção a ele antes de virar e descer pelo corredor.

É tão mais silencioso ali atrás, longe das batidas das bolas de bilhar, dos copos ou dos gritos direcionados às TVs.

Luke dá uma espiada dentro do escritório do Fred e depois para na porta da minúscula sala de descanso. Na verdade, é mais uma cozinha, com uma geladeira e um micro-ondas, e às vezes, depois do trabalho, eu acabo dormindo na poltrona de couro gasta no canto.

– Glamouroso, não? – comento e me inclino para ver o que chamou a atenção dele.

Ele olha ao redor e dá de ombros.

– Gostei – diz. – A sala de descanso do meu escritório tem cadeiras ergonômicas e três tipos diferentes de máquinas de café expresso. Francamente, sinto-me um cretino só de sentar lá.

Dou uma risada e prossigo até o depósito. Luke me segue, parando no meio e olhando ao redor por um instante, antes de se aproximar até onde as caixas estão empilhadas e esticar as mãos na minha direção para que eu passe algo para ele segurar.

– Ei, posso lhe fazer uma pergunta? – ele diz.

Dou uma olhada na minha lista e depois vasculho as caixas atrás da etiqueta certa.

– Claro.

– Isso não é da minha conta, mas de onde conhece a Mia?

Olho para ele, surpresa.

– Mia? Ela é a melhor amiga da minha colega de apartamento, Lola. Por quê?

Em vez de responder, ele pergunta:

– Você mora com a Lola?

– Moro. Sempre estávamos no prédio de artes na mesma hora – conto. – Não saíamos muito da faculdade, mas ela se mudou para o meu aparamento no verão passado e logo se tornou um dos meus seres humanos prediletos.

– Além de mim, claro – ele diz com um sorriso, antes de me ajudar a pegar uma caixa na prateleira de cima.

Murmuro um agradecimento e volto a ler a minha lista. Luke é um doce, definitivamente atencioso, e um tremendo paquerador.

Perigo.

– De nada. Então a Mia é mais amiga da Lola do que sua?

Essa é uma pergunta esquisita.

– Acho que sim. Quero dizer, somos amigas, mas não faz muito tempo que a conheço. Como é que você as conhece? – pergunto.

Luke passa a caixa para um braço e desliza a mão ao longo de uma prateleira.

– Crescemos juntos. Eu, a Mia, a Lola e a Harlow. Fomos para a mesma escola.

Quando não digo nada em resposta, ele ergue o olhar. Deve notar a sutil levantada da minha testa que sugere um "e?", porque acrescenta:

– Nós meio que nos conhecemos a vida inteira.

Parece algo mais do que isso, mas aquele é o Luke e provavelmente sempre há mais.

Além disso, entendo perfeitamente seu desejo de esconder as cartas do jogo junto ao peito.

Eu me viro e volto para as caixas.

– Você já tinha vindo ao Fred's antes? Acho que nunca o vi.

– Uma vez, há alguns meses, mas Dylan gosta do lugar, por isso voltamos. Sorte minha você trabalhar aqui – ele diz com mais um sorriso.

Reviro os olhos, mas é surpreendentemente difícil não retribuir o sorriso. O sorriso dele é contagioso.

E, como se eu precisasse de um lembrete de que o bom humor de Luke é o resultado direto de uma chamada para sexo, o telefone emite um som dentro do bolso dele. Ele o pega e dá uma olhada na tela, e eu percebo o modo como seu rosto se ilumina. Eu até consideraria desistir de todas as notas do pote para o carro novo para ver o que fez com que seus olhos se arregalassem agora.

– Boas notícias? – pergunto.

Ele sabe que foi pego, mas não sei se é isso ou o que quer que ele tenha acabado de ler que o faz corar.

– Só um amigo – ele diz, guardando o celular de novo.

– Aham. – Aprumo as costas e verifico o último item da lista, e o sinto bem atrás de mim. Estica a mão para pegar uma caixa pequena de canudos para coquetel das minhas mãos, e eu consigo sentir a fragrância sutil da colônia dele, o calor que irradia do seu braço através do tecido da minha camisa.

– Obrigado por me deixar ajudar – ele diz, e eu olho por cima do ombro; o rosto dele está a meros centímetros do meu. O cômodo subitamente se torna escuro demais e pequeno demais para duas pessoas. Ainda mais se essas duas pessoas fizeram sexo e não deveriam voltar a fazer.

– Você é muito divertida, Logan.

– Devagar aí, tigrão.

Luke dá uma risada, fazendo com que pequenas lufadas de ar quente atinjam a minha pele.

– Falei isso mais num sentido geral, mas, sim... nisso também, claro – ele diz, apertando meu quadril com suavidade antes de recuar e sair pela porta.

Meu corpo inteiro fica arrepiado, e tento esconder um tremor.

Luke Sutter vai ser um problema.

Capítulo 4

Luke

– Você quer que eu as mande por você?

Por um instante, acho que não ouvi direito o que Margot disse, mas, conhecendo a minha irmã, é mais provável que sim.

Estaciono numa vaga, desligo o motor do carro e levo o celular ao ouvido quando o Bluetooth se desconecta.

– Se eu preciso que você poste as minhas solicitações de matrícula para a faculdade de Direito?

– Só que grande parte delas tem que ser postada até terça-feira – ela prossegue – e...

– Margot...

– ... a agência dos correios fica bem pertinho daqui, por isso é fácil para...

– *Margot*. – Eu a interrompo da maneira mais suave possível. – Sério. Posso cuidar disso. Está tudo certo. Olha só, acabei de sair do trabalho e estou morrendo de fome. Posso falar com você mais tarde?

– É que estou tão animada por você – ela diz, moderadamente encabulada agora. – Você tem grandes chances de ser aceito. Sei que estou sendo supercontroladora, mas é que o assunto é tão importante...

Suspiro, assentindo. Tenho sorte por ter uma irmã mais velha tão envolvida, mas às vezes gostaria que ela tivesse algumas outras coisas na vida para distraí-la a fim de que não vivesse a minha também.

– Eu sei, Gogo.

Ela se cala, suspirando quando o nome que uso desde que me lembro de ser gente a faz parar e respirar um pouco.

– Você acha que está pronto para isso? – ela pergunta. – São só mais alguns meses aqui e depois você vai para algum outro lugar.

– A menos que eu estude na UCSD.

– Mas você não vai. Eu conheço você. Sei que quer se mudar.

– É... – concordo. – Acho que estou pronto para essa mudança. – Tivemos essa conversa uma centena de vezes, talvez mais, e quero prepará-la para a possibilidade de eu estar do outro lado do país no ano que vem, nesta época. Margot me enche mais do que todas as outras pessoas da minha vida juntas, mas, ainda assim, é a minha melhor amiga. Ficar perto dela é a única desculpa para eu ir para a Faculdade de Direito da UCSD no ano seguinte. – Quero dizer, às vezes parece demais. Ontem, por exemplo...

– Espere, deixe-me incluir a mamãe na conversa.

Eu me endireito no banco, arregalando os olhos.

– Pelo amor de Deus, por quê?

Mas ela já não está mais ouvindo.

Fico olhando para os arredores do estacionamento, lar da mais deliciosa comida mexicana do meu bairro, que espero ser o local do meu jantar num futuro bem próximo, e observo um punhado de gaivotas brigando por conta de uns restos de tortilha que alguém deixou no caminho. A minha barriga ronca.

Dois segundos mais tarde, ouço um clique na ligação, e Margot pergunta:

– Todos aí?

– Sim – murmuro.

– Aqui – mamãe disse com jovialidade. – O que está acontecendo, Fofo?

Mães e seus apelidos. Francamente.

– Nada – respondo. – Sério, não entendo por que não estou comendo o meu jantar agora em vez de estar numa conferência telefônica.

– Luke está nervoso por causa das inscrições para a faculdade – Margot diz.

– Margot, juro que não estou nervoso! – eu digo. – Estão todas *prontas*.

– Ah, mas isso é maravilhoso, meu bem! Já as postou? – Mamãe pergunta, e eu gemo.

– O prazo é terça-feira – a minha mãe e a minha irmã dizem em uníssono.

– Engraçado – digo –, consegui me vestir sozinho hoje de manhã. Tomei café da manhã. Consegui ir para o trabalho sem a ajuda de ninguém e...

– É mais fácil para mim ou para o seu pai irmos até o correio – Mamãe diz por cima das minhas palavras.

– Ou eu – Margot acrescenta.

– Até me barbeei sem me cortar – lhes digo, mas sei que não estão me ouvindo.

– Luker – Margot diz, completamente destemida –, você se desculpou com a Mia?

Ah, a minha irmãzinha dos infernos.

– Mia *Holland*? – Mamãe pergunta.

Margot confirma com um alegre "sim".

Fecho os olhos, pinçando o alto do nariz e murmurando:

– *Jesus Cristo...*

– Por que ele precisa se desculpar com a Mia? – Mamãe continua.

Balanço a cabeça.

– Eu nunca deveria lhe contar nada, Margot.

A minha irmã ri.

– Como se você conseguisse esconder um segredo de mim.

– Luke – Mamãe a interrompe –, o que aconteceu com a Mia?

– Conte para ela – Margot incita.

Deixo a cabeça bater no encosto atrás e tento descobrir o quanto quero falar do assunto neste instante. Sei que estão interessadas. Amam a Mia de verdade e sempre amarão. Mas a vida segue. *Nós* seguimos em frente.

Mia era a minha melhor amiga. Não só tivemos nosso primeiro beijo juntos ou a primeira carícia e perdemos nossa virgindade juntos – nós nos *amávamos*, porra. Ela me conhecia melhor do que eu mesmo, e isso pode parecer um maldito clichê, mas é a verdade. Eu contava tudo para ela e, se eu não lhe dizia alguma coisa, era só porque ela já tinha descoberto sozinha. Esse tipo de relacionamento só acontece quando as pessoas se conhecem desde crianças e crescem em sintonia. Partilhamos uma história. Qualquer outra mulher entrando na minha vida teria a versão abreviada de mim, mas seria mensurada pelo mesmo critério. E sei que, pelo menos por enquanto, qualquer outra mulher sairia perdendo. E isso não seria justo.

Fecho os olhos quando a conversa no Fred's da outra noite me volta à cabeça.

Mia me apresentando para o marido dela.

Marido.

Ela parece mais velha, mas não fisicamente. Está nos olhos dela, na maneira como estão mais firmes agora, não piscam tanto quanto antes. Ela não gaguejou nem prolongou nenhuma palavra. Apresentou-o – nem consegui ouvir o nome dele com o som do sangue latejando nos meus ouvidos – e eu fui...

Fui horrível.

– Marido? Você... se casou? – perguntei, aturdido. Já não andamos mais no mesmo círculo de amizades. Eu sabia que ela estava saindo com alguém, mas se casar? A informação me deixou no chão, parecendo jogar meus pulmões por terra.

O marido dela se aproximou quando ela me disse:

– Nos casamos em junho.

Ignorando-o, perguntei a ela:

– Depois de conhecê-lo por quanto tempo?

– Não que isso seja da sua conta – ela disse com um sorriso para ele –, mas, hum... Estávamos em Vegas e... aconteceu.

Senti meu rosto se crispar de desgosto. Não, não foi desgosto. Foi mágoa.

– Sério? Um casamento clichê em Vegas, Mia? Não sobrou nada mesmo da garota que um dia eu conheci, não é?

A lembrança da expressão dela depois que eu disse isso faz com que eu me sinta como se tivesse levado um chute no peito.

– Sério, gente – eu digo, balançando a cabeça para clarear as ideias. – Não foi *nada*. Nos encontramos por acaso, eu fui rude.

– Rude? – Mamãe pergunta, e que Deus a abençoe por ela ser incapaz de imaginar algo assim acontecendo.

– Mia se casou – Margot diz num sibilo escandalizado. – Com um *francês*. Um *professor de Direito* da UCSD.

– Mas que maravilha! – Mamãe praticamente berra. – Preciso mandar um presente.

– Sim, excelente ideia – concordo com secura. – Gente, estou morrendo de fome. Posso ir?

– Você deveria ligar para a Mia – sugere Margot.

– Não vou ligar para a Mia, pentelha.

– Vai comer fora, Luke? – Mamãe pergunta. – Por que não vem jantar em casa? Fiz frango e arroz.

– Tchau, mãe, amo você. Margot, você está morta.

Desligo.

~

Entro no restaurante, desviando de outros clientes com a minha visão periférica enquanto rolo a tela de mensagens do meu celular. Bem quando entro na fila, ouço uma bufada junto com uma risada e levanto o olhar, captando um movimento de cabelos loiros quando a bufadora em questão se vira para o balcão.

Com isso, acabo encarando a parte posterior da cabeça de uma loira que me parece muito familiar.

Guardo o celular.

– Olá, Amsterdã.

Não esperava ver London ali, na fila do meu restaurante mexicano favorito a poucos quilômetros do meu trabalho. Mas ali está ela, e o meu coração faz algo desconhecido: ele meio que dá um pulo e depois bate forte, como se eu estivesse especialmente animado por vê-la.

Ela olha para mim por cima do ombro e depois abaixa a cabeça quando faz uma inspeção completa do meu corpo.

– Belo terno.

– O mesmo digo para você. – Puta merda, sei que a vi nua, mas flagrá-la com a parte de cima do biquíni, shorts curtos cortados e chinelos ao pôr do sol me deixa moderadamente tonto. – Mas quem se esqueceu de lhe dizer que está frio lá fora?

Inclinando a cabeça, ela diz:

– Alguém tem a função de me dizer se está frio?

Abro a boca e depois fecho, percebendo que não tenho nada engraçado para dizer. Ela se volta para o balcão com um sorrisinho, inclinando-se para a frente para fazer seu pedido. Consigo ver a curva da bunda dela espreitando debaixo dos shorts. Sério, eu seria capaz de ficar o dia inteiro ali na fila por uma vista como aquela.

Enquanto ela espera pelo troco, volta-se um pouco para olhar para mim.

– Acho que não sei o que você faz durante o dia, porque eu jamais preveria o terno.

– O que você preveria?

– Uma sunga?

– Bem – digo –, na única vez que fui de sunga para o tribunal, fui multado.

Ela refreia um sorriso e me avalia.

– Você é *advogado*?

– Devagar aí. Tenho vinte e três anos e meio; ainda sou só um estagiário. Estou me *inscrevendo* em Direito.

Vejo quando ela abafa um gemido.

– Claro que está.

– Isto é, não é a mesma coisa que surfar o dia inteiro e servir drinques à noite, mas é um começo.

Porra. Isso foi muita cretinice.

Dá para ver o quanto é difícil para a alegre London não repudiar isso de bate e pronto, mas ela ainda consegue formar um sorriso de "vá se foder" ao se virar, apanhando uns potinhos de molho e se dirigindo para a saída. Empurra a porta com a bunda e coloca os potinhos numa mesa do lado de fora. As palavras *oponente notável* passam pela minha cabeça quando ela se vira e volta a entrar para esperar pela comida.

Quando olha para mim, sua boca cheia se curva num sorriso. Avalio o cabelo loiro, as sardas e o corpo inteiro dela: as pernas eternamente longas naqueles shorts diminutos, os seios de algum modo contidos pelos triângulos do biquíni. A minha atenção retorna para o rosto dela e vejo um átimo da sua expressão franca, desprotegida – alguma vulnerabilidade ou curiosidade quanto ao que estou pensando –, antes que ela volte a erguer suas defesas.

O número dela é chamado, e ela pega uma bandeja enorme com comida não identificável. Levantando-a até o nariz, inala profundamente.

– Venho aqui para comer a carne assada com batatas. – Com outro sorriso, ela diz: – Até mais! – E volta para a mesa dela.

Essa garota, eu juro...

Eu não tinha planejado levar a comida para casa e, com apenas quatro mesas pequenas, é um pouco constrangedor se sentar no mesmo restaurante, mas não juntos. O meu número é chamado e, depois de uma pausa, pego meu prato e a sigo até o lado externo.

– Por acaso – eu lhe digo –, eu venho aqui por causa dos *soyriza* nachos.

London levanta o olhar quando acomodo a minha refeição diante dela.

– O que está fazendo?

Eu entendo. Isso é um pouco estranho e, por mais que eu goste dela, respeito o fato de que a outra noite seja um evento único. Mas não vou comer nachos úmidos no carro direto de uma embalagem de isopor para evitar isto.

– Vou comer, espero – respondo.

Ela ri, girando as mãos com as palmas para baixo acima da mesa.

– Não. Não. Nada disso. Não vamos jantar juntos.

Desacelero meus movimentos, mas me sento mesmo assim.

– Isso é o mesmo que não "podemos" jantar juntos? Porque talvez eu tenha perdido essa lição do livro das regras.

Seus olhos azuis se estreitam jocosamente enquanto ela me vê desenrolar o garfo e a faca do guardanapo de papel.

– Por favor, não faça eu me arrepender de ter dormido com você.

– Tecnicamente, nós não dormimos. Mas você se lembra daquela vez em que fizemos sexo no meu sofá? – perguntou ao puxar uma tortilha grande da pilha. – Aquilo foi demais.

– Sim – ela concorda, apontando um indicador acusatório para mim. – Fizemos sexo no seu sofá, mas...

– E no chão.

– E no chão – ela concede, revirando os olhos. – Mas...

– E de novo no sofá.

Ela suspira, as sobrancelhas se levantam como se estivesse se certificando de que terminei com as interrupções. Cedo com um aceno.

– Não seria melhor se nos evitássemos daqui por diante? – ela pergunta.

Assinto enquanto engulo, desacostumado a estar deste lado nesse tipo de conversa.

– Provavelmente.

Ela me encara. Eu encaro também. Os olhos dela lenta e deliberadamente descem para o meu prato e depois se desviam para a mesa vazia ao nosso lado.

– Isso significa que não devo esperar receber *selfies* de nudez mais tarde? – pergunto. – Nem talvez *selfies* seus nesse biquíni?

– Acho que você já recebe *selfies* nas suas mensagens mais do que o bastante.

Como que para provar a observação dela, o alerta de mensagens do meu celular toca perto da minha garrafa de água, e London sorri, com suas covinhas surgindo vitoriosas.

Enterrando os cotovelos na mesa, eu me inclino, lançando meu sorriso mais determinado.

– Olha só, Fresno...

– *Fresno. Amsterdã.* Você é hilário.

– ... *eu* não vou deixar isso ficar estranho. Mas toda essa preocupação de ser estranho vai fazer com que fique estranho. Estamos no mesmo restaurante minúsculo. Somos adultos. Isto é só *comida.* – Pego uma tortilha e a enfio na boca, mastigando bem antes de dizer: – Bem, tecnicamente, é só comida com um cara que a viu pelada algumas noites atrás. Mas, se quiser mesmo que eu mude de mesa, eu mudo.

Ela pisca, e eu consigo ver uma centelha de culpa em suas feições. Vi London interagir com outras pessoas – ela é efervescente, solta piadas e está sempre sorrindo –, por isso sei que essa casca que construiu ao seu redor é por causa de caras e de romance, não porque ela é uma cretina.

Pelo menos, não de verdade.

Voltando-se para mim, ela estreita o olhar por um instante como se me avaliasse, depois dispara a rir.

– Você está com um enorme feijão entre os dentes da frente.

Agora que ela disse, consigo sentir. Abro ainda mais meu sorriso, mostrando todos os dentes.

– Tenho que fazer algo para reduzir o meu poder de atração. Não posso estar cem por cento sempre.

London dá umas risadinhas com isso e dá uma mordida numa das batatas dela.

– Você é louco.

Eu me inclino na direção dela, e ela ri mais alto.

– Dá para acreditar que este é o rosto do homem que, há duas noites, alegremente lhe deu quatro orgasmos?

Ela me encara, a boca se estreitando enquanto a lembrança da nossa noite juntos faz com que ela core.

– Três.

Tiro o feijão dos dentes e me recosto na cadeira, fitando-a. Esperando. Lembro-me muito bem de cada um dos orgasmos dela – o do grito agudo, o do arquejo, o do "ai, porra, ai, porra" e o suado, aquele com uma súplica ininteligível – por isso sei que ela está trapaceando.

– Ok, quatro, talvez – ela diz com um gesto de dispensa. Mas logo me olha de novo, com as sobrancelhas unidas. – E o que isso quer dizer?

Balanço a cabeça.

– Nada. Eu...

– Não, sério. – Ela está agitada agora, muito corada. – O que você quer? Qual é o objetivo – ela aponta para cima e para baixo na direção do meu corpo – de tudo *isso*? O terno elegante, os sapatos lustrados e o maldito cabelo.

– Acabei de sair do trabalho! – Refreio uma risada. – Espera, qual é o objetivo do meu *cabelo*?

– E esse sorriso? Você é... simplesmente... – Ela procura uma palavra, finalmente fazendo surgir "absurdo". E não sei o que tem essa palavra, mas ela me excita. Vê-la fingindo sentir desgosto por mim me deixa estranhamente enlevado.

– Não acho que sei o que você quer dizer com esse "absurdo" – eu a instigo.

– Você trepa com uma mulher diferente a cada noite...

– Não é *toda* noite.

E lá vamos nós. A London composta está se soltando.

– Você sempre *quis* ser o estereótipo?

– Aluno com notas exemplares, jogador de polo que logo vai entrar na faculdade de Direito? Pois é, é um caminho difícil. Já estou morrendo de medo.

Ela se inclina de lado, passando o olhar pelo estacionamento.

– Você dirige um Hummer?

– Eu a levei para casa no meu Prius – eu a lembro.

Ela bufa.

– Você tinha uma camisinha no *bolso*.

– Eu não a julgaria caso você tivesse uma no *seu* bolso – rebato.

Os olhos dela se estreitam. Tenho razão, e ela sabe disso.

– E eu teria ficado muito satisfeito se tivéssemos jogado videogame a noite inteira – acrescento.

Ela enfia uma batata com agressividade na boca.

– Você não tinha nada além de Sriracha na geladeira – ela diz enquanto mastiga.

– Também havia salsão e queijo de desfiar. E eu a fiz gozar *quatro vezes*. Quatro. Você se dá ao trabalho de fazer isso com a caixinha de brinquedinhos que guarda debaixo da cama?

London morde o canudo e depois diz:

– O que o faz acreditar que tenho uma caixa de brinquedinhos debaixo da cama?

E, juro por Deus, ela está ainda mais vermelha agora.

– Está negando? – pergunto baixinho.

Ela ignora por completo a minha pergunta.

– Você transou com outra ontem à noite.

– Tecnicamente, não transei.

Ela ri.

– Então, *tecnicamente*, Aubrey *fez* um boquete em você.

Ela não fez. Chupou meu pescoço e tentou pegar no meu pau, até que eu afastei a mão dela e a acompanhei até a porta de casa. Mas London já está de cabeça feita, então, para que tentar?

– Você sequer se importou por eu tê-la chamado pelo nome errado a noite inteira! – Disparo de volta. – O que lhe importa se recebi ou não um boquete?

Os olhos dela se arregalam.

– Não me *importa* nada. O que interessa é você não permitir que o que tivemos seja apenas uma noite de diversão e fique insistindo – faz um gesto na direção da mesa e no ar – em *comida*.

Expiro um som de incredulidade.

– Eu não a segui até aqui. Só estava tentando ser educado. Preferiria que eu só tivesse dito oi e levasse os meus nachos para a minha casa? Quem é o vadio aqui? Não sou eu.

Ela olha para o lado, o que me dá a oportunidade de admirar a definição do maxilar dela, a linha suave do pescoço. O cabelo dela foi clareado pelo sol e consigo ver um pouco de areia grudada no pescoço. O que está se passando naquela cabecinha dela? Não consigo nem começar a imaginar.

– Você me deixa louca – ela diz baixinho, mais para si mesma do que para mim, e crava uma batata no molho.

Entendo num instante.

– Acho que você não gosta do quanto gosta de mim – digo, sem conseguir deixar de sorrir. – Não consegue me encaixar na sua Caixinha da Vergonha dos Beberrões. Quer me dispensar como um conquistador barato, mas depois me acha gostoso e engraçado e gosta de me ver comendo nachos.

London vira o rosto para mim, com um sorriso malicioso.

– No alvo.

– Frase adequada. – Faço uma pausa, jogando outro nacho na boca antes de dizer: – Você meio que quer me beijar agora.

Ela se inclina na minha direção, estudando o meu rosto.

– Você está pensando demais nisso.

É verdade. Estou pensando muito, mas muito mesmo nisso. Mas também sei que estou certo. Eu me curvo, comendo em silêncio por um minuto, mas sinto os olhos dela em mim o tempo inteiro.

– O que foi? – pergunto, empurrando o prato antes de limpar a boca com o guardanapo.

– Tenho que ir para casa e tomar banho antes de ir para o trabalho.

Há alguma coisa ali. Um... convite? Sinto que meus olhos se arregalam, imaginando se eu deveria me arriscar ali.

– Moro a três quadras daqui – eu a lembro.

London fica de pé, e carrega a bandeja até a lata de lixo antes de se virar para mim.

– *Tudo bem.* Mas você ainda não vai poder beijar a minha joaninha.

~

A calma de London volta quando estaciona atrás do meu carro. Vejo-a subir os degraus e olhar ao redor do meu jardim ao andar para me encontrar na varanda.

– Acho que não dei muita atenção para o fato de que você mora sozinho numa casa em La Jolla.

Inclinando a cabeça, pergunto:

– Onde você mora?

– Num apartamento no centro – ela responde. – A minha avó deixou de herança para mim.

– Bem, então isso é algo que temos em comum – digo para ela, virando-me para a porta de entrada. – Esta casa é da minha avó. – Enfio a chave na fechadura. – Ela mora em Del Mar agora, numa elegante comunidade de aposentados. A minha irmã, Margot, costumava morar aqui comigo, mas agora ela vive mais perto do campus com uma colega.

– Mas a UCSD não fica a uns seis quilômetros daqui?

– Menos, provavelmente, mas ela está na pós-graduação. Biologia. Odeia dirigir e precisa ficar perto do laboratório. – Aponto com a cabeça para que ela entre antes. – Pode entrar.

É evidente que London não está aqui para jogar conversa fora. Ela se vira e vai direto para o corredor, olhando por cima do ombro quando me pergunta:

– Tudo bem se eu tomar uma chuveirada no banheiro daqui de baixo?

– Tudo – respondo, seguindo-a. – Quer companhia ou prefere se lavar sozinha?

Ela colocara uma camiseta no trajeto até aqui e se vira de frente para mim, puxando-a por cima da cabeça, então desamarra o biquíni e o deixa na soleira do banheiro.

– Se eu quisesse tomar banho sozinha, teria ido para a minha casa.

Minhas sobrancelhas se erguem quando encaro o peito nu dela.

– Muito justo.

Tudo aquilo é estranho e repentino, mas consigo subir a bordo, se isso significa que vou tomar banho com uma molhada e escorregadia London.

Ela entra no boxe, gira a torneira e fica olhando pelo vidro enquanto me dispo. Vou atrás dela, subitamente ciente de que o meu pau endurece, cutucando o quadril dela quando ela se vira para me beijar no pescoço.

– Não consigo entender você – admito, fechando os olhos quando ela arrasta os dentes ao longo do meu queixo.

– Também não consigo me entender, se isso serve de consolo.

Na verdade, serve. Ela me sorri com suavidade antes de se virar e pegar o xampu para colocá-lo na minha mão.

– Mas você tem razão: apesar dos meus instintos, eu meio que gosto de você – ela diz, beijando-me de novo e se virando de costas para mim. – E aposto como você sabe dar um bom banho.

– Gosto de pensar que sim. – Esfrego o xampu nos cabelos dela, empilhando-os no alto e massageando o couro cabeludo. London se inclina para trás na minha direção, e a água quente bate no meu peito. – Isso meio que me faz lembrar do tempo em que eu lavava os cabelos das bonecas da Margot.

London fica imóvel e depois, muito lentamente, levanta a cabeça e olha para mim por cima do ombro.

– *O quê?*

Explodo numa risada, pressionando o rosto na pele aquecida da nuca dela.

– Pois é... Entendo como isso, fora de contexto, pode parecer muito esquisito. Mas nós costumávamos brincar de salão de beleza de bonecas. Sendo o irmão mais novo e muito maltratado, eu acabava sendo a garota do xampu. Eu as lavava para que ela secasse os cabelos e os penteasse. Ela gritava comigo caso eu não passasse bem o condicionador.

– Margot parece maravilhosa.

Assenti, guiando a cabeça dela mais para o lado para poder massagear o pescoço.

– Ela é. E até hoje Sephora é o templo dela.

– Fico impressionada e ao mesmo tempo incomodada pelo fato de você saber o que é a Sephora.

– E a Chico's – revelo, gostando de como aquilo estava sendo fácil, mesmo quando ficamos conversando assim no chuveiro. – Também um lugar pouco frequentado por homens, mas a Chico's é o lugar da minha avó. Pensando nisso, a minha mãe é uma grande fã da Coldwater Creek. – Faço uma pausa com os dedos todos cheios de espuma nos cabelos dela. – Jesus amado, os meus fins de semana são todos tomados levando as mulheres da minha vida para cima e para baixo de carro.

– Um bom equilíbrio para as noites da semana que são tomadas pelas manobras com as mulheres no seu telefone.

Sinto como ambos ficamos imóveis debaixo do jato de água. Bem quando acho que está tudo tranquilo entre nós, bem quando estamos relaxando, ela toca nesse assunto.

– Eu disse isso em voz alta? – ela pergunta, virando a cabeça, mas seus olhos estão bem apertados para se protegerem da espuma que desce lentamente pela testa.

– Disse.

– E você está me encarando?

– Não. – Mas não minto para mim, dizendo que a impressão dela a meu respeito não me magoa um pouco. Ponho as mãos sobre os ombros dela, guiando-a para que fique de frente para mim. Limpo a espuma das sobrancelhas dela, murmurando: – Enxaguando.

Vejo pela minha visão periférica que ela observa o meu rosto enquanto faço a água descer pelos seus cabelos, tirando toda a espuma, mas, em vez de me concentrar nos seus olhos, foco em minhas mãos.

– Logan?

Ela sorri.

– Oi.

– Por que veio para cá comigo de novo? – pergunto baixinho.

Ela pega o sabonete, e eu estremeço quando suas mãos pressionam meu abdômen e sobem escorregando pelo meu peito.

– Não tenho certeza. – Ela enfrenta o meu olhar e me lança um sorriso pequeno e doce. – Desculpe por eu ter sido rude.

– Você estava despejando a sua autodepreciação em mim, acho. Mas, em retrospecto, você não tinha que vir.

Seu sorriso se torna uma ampla risada, revelando suas covinhas.

– Você não vai me convencer a me transformar numa das garotas do seu celular, que insistem que nunca fizeram esse tipo de coisa.

– Não estou tentando *convencer* você. É só que, no seu caso, isso parece ser verdade. Mesmo que não tenha me dito na nossa primeira noite juntos, posso apostar que você não faz este tipo de coisa. Não que houvesse algum problema caso fizesse.

Ela assente e observa as mãos enquanto ensaboa meu peito, meus ombros. Mal consigo ouvir sua resposta por causa do barulho da água.

– O sexo foi bom. E imaginei que você fosse o tipo de cara que consegue manter as coisas casuais, que é o que eu quero no momento.

– Eu consigo.

Eu acho.

Quero dizer, isso nunca foi um problema antes, mas estou confuso com o quanto quero que ela goste de mim.

– Mas vou ser franco. Você não é nada boa nisso. – A boca dela fica escancarada quando digo isso, e eu rapidamente acrescento: – Não a parte do sexo... Você é muito boa nisso, se a memória não me falha; mas na parte que é para ter só sexo por *diversão* juntos.

Seus olhos azuis prendem os meus.

– O que quer dizer com isso? Não estou me envolvendo com você.

Rio ante a defesa rápida dela, fazendo cócegas nas laterais do seu corpo.

– Quero dizer, você é meio babaca comigo.

Ela dá uma risadinha.

– Desculpe! Juro que não sou. Eu só... Não quero namorar, e o tipo de cara com que eu *namoraria* não se parece nada com você, mas aqui estou eu... pelo sexo. Então, sim, talvez eu esteja me autodepreciando... O que faz com que eu seja uma cretina.

Estou tentando ignorar o insulto nisso.

– Com que tipo de cara você namora?

Ela olha para mim de uma maneira engraçada.

– Eu não namoro.

Suspiro em exasperação, esguichando o condicionador na minha palma enquanto ela lava meus braços. Escorrego os dedos entre os cabelos dela, dizendo:

– Mas você disse que não sou o seu tipo. Qual *é* o seu tipo?

– Barbado. Descontraído. Tatuado.

– Cervejeiro artesanal que veste amarelo-mostarda? – pergunto, e ela ri. – Do tipo de homem que só investe em cera para bigodes, para poder virar as pontas para cima do jeito certo?

– Algo do tipo. – As mãos descem pelo meu peito, pelo abdômen de novo. Com os olhos no meu rosto, ela desce mais, escorregando uma mão ensaboada pelo meu pau.

As bochechas dela ficam coradas, e eu estremeço, os olhos acabam se fechando quando salto na palma dela. Quero dizer que aquilo é bom, quero beijá-la, mas sou tão imediatamente consumido pela sensação do toque dela que fico imobilizado, com a água descendo pelo meu rosto.

Ela emite um gemido fraco quando a mão passa pela cabeça do meu pau.

– Não sou o seu tipo – caçoo.

A boca dela pressiona minha clavícula.

– Não, nem um pouco.

Ela move a mão em mim, apertando devagar, e depois se estica para me beijar no pescoço.

Amparo o rosto dela com as mãos, guiando-a para cima para que olhe para mim.

– Não temos que fazer isto.

London me encara, inspirando, expirando.

– Não?

O quê?

– *Claro* que não.

Mas ela está caçoando de mim. Com um sorrisinho maroto, seus lábios se partem quando ela pressiona a boca contra a minha, a língua deslizando para dentro, cálida e sensual. Tudo dentro de mim se desfaz. Encontro os seios com as mãos, pressiono-a contra os azulejos e aprofundo o beijo, gemendo dentro da boca dela enquanto circundo os mamilos com os polegares. Quando desço para o meio das pernas dela com uma mão, encontrando-a sedosa de desejo, ela se afasta da minha boca, batendo a cabeça na parede azulejada. Observo-a – olhos fechados, boca entreaberta, suave, pulsação acelerada na garganta – enquanto meus dedos circulam, circulam, circulam para baixo e ao redor. Porra, ela é sexy, e é fácil deduzir como fazê-la se sentir bem: ela gosta de ser tocada por fora, com força e rápido. Eu me inclino, sugando a água do queixo dela, dos lábios dela.

Seu corpo escorrega no meu, e eu persigo sua boca quando ela se retrai, erguendo a sobrancelha de leve antes de sussurrar:

– Camisinha?

Eu me inclino para fora do boxe, remexendo numa gaveta à procura de uma e, de algum modo, consigo ficar de pé e entregar para ela sem escorregar.

Ela curva os dedos ao redor da embalagem e, com a mão livre, afaga-me, esticando-se na ponta dos dedos para um beijo. A minha mente fica aquecida e disforme quando volto com meus dedos nela e ouço seu arquejo de alívio.

London rasga a embalagem com os dentes enquanto os meus dedos a afagam sem parar. Sinto o quanto ela está perto pela tensão em suas coxas, por isso não preciso que ela me diga "estou perto", mas ouvir isso de todo modo dispara uma descarga elétrica pelo meu corpo, que explode como uma bomba dentro do meu peito quando ela acrescenta:

– Quero gozar com você dentro.

London me olha nos olhos, sorrindo quase como quem pede desculpas por solicitar tal tipo de conexão física comigo.

– Tudo bem?

Mexo a cabeça, respondendo que sim, mas sem conseguir proferir nada porque

algo

se parte

dentro

de mim.

Esfrego o lábio inferior dela com o polegar, assentindo uma vez depois da outra.

Não estamos mais indo na direção de um sexo divertido, o sexo confiante, primitivo que tenho praticado há anos. De repente não consigo apresentar a ternura desfocada que dispenso com tanta facilidade. Isto sequer é como a outra noite com ela – duas pessoas experimentando algo completamente diferente, juntas.

Aqui, estou totalmente exposto.

Quero fazer amor com esta garota doce e desconfiada.

É confuso precisar da garantia da boca dela na minha, mas eu me inclino, tomando seus lábios, sugando e puxando e fazendo com que se abram para que eu possa saborear a língua e arrancar aqueles pequenos sons famintos.

Ela se afasta para se concentrar, e eu sinto a respiração dela no meu pescoço e o peso de sua atenção onde suas mãos desenrolam a camisinha pelo meu pau. Sons parecem se dissipar um após o outro; mesmo com o jorro da água estamos num lugar silencioso, inspirando, expirando. Ela abaixa ainda mais a mão, amparando minhas bolas, e, quando emito um grunhido rouco, ela se volta para o meu rosto, anotando cada detalhe da minha reação.

Você está tão duro. Não ouço quando ela diz isso, mas vejo a boca formando as palavras, e encaro a água percorrendo o rosto dela, despencando do lábio inferior.

Imagino o que ela vê: a tensão da minha testa, do meu queixo. Engulo antes de tentar – e fracassar em – formar palavras. Nem sei o que diria neste momento, e tudo crescendo dentro de mim parece intenso demais para ser colocado em palavras, de qualquer forma. O cabelo loiro dela está colado no rosto e no pescoço. Seus olhos são círculos enormes de turquesa delineados por um azul escuro, os cílios molhados estão unidos. Lábios inacreditavelmente vermelhos estão inchados por minha causa. Mas é o modo como a cautela derreteu da expressão dela que faz com que alguma coisa dentro de mim doa.

Ela está fazendo com que eu queira algo que não considerei em muito tempo. União, estabilidade, algo familiar e somente nosso.

– Gosto disto – ela diz baixinho e, pelo modo como seu olhar se demora no meu, sei que ela se refere a mais. Está admitindo que gosta de *mim*.

Gemo, sabendo que não resta nenhum filtro no meu olhar, nada escondendo a maneira como estou impaciente, ávido, respirando tão fundo que estou resfolegando. Pego as pernas dela, suspendendo-as até a minha cintura, e é fácil escorregar para dentro dela, molhada daquele jeito, toda macia para mim. Eu poderia me enterrar com um movimento só, foder forte até nos satisfazer em algumas investidas, mas um centímetro de cada vez é o que eu quero.

Quero sentir a escorregada, a entrada lenta.

Quero assistir ao alívio tomando conta das suas feições, uma a uma.

Quero que ela me veja.

Um pequeno flash de dor trespassa o rosto dela – um crispar da testa, um arquejo contido –, e eu me inclino para beijá-la, sussurrando:

– Tudo bem?

– Tudo – ela diz, assentindo. Os dedos sobem para o meu cabelo e um sorriso malicioso toma conta dos lábios dela. – É que eu *nunca* faço esse tipo de coisa.

Dou uma gargalhada, mas o riso se derrete num gemido quando London vira para o meu pescoço, chupando, mordendo. Quando estou dentro dela, fico lá e afundo mais e mais, esfregando-a por completo até ela arranhar as minhas costas, empurrando-se na minha direção, lançando aqueles sons agudos e contidos bem na minha orelha.

Eu sabia que ela estava perto, mas não tinha percebido como seria rápido.

Eu me afasto para fitá-la bem quando ela goza: a boca se abre, a boceta se contrai, e fragmentos de sons saem rasgados da garganta dela.

Com meu rosto pressionado contra o pescoço dela, algo em mim se parte e eu a agarro, penetrando, chupando a pele dela e tomando tanto quanto posso. O orgasmo dela se estende até ela desmoronar, arquejada em busca de ar e só me observando.

Observando-me subir, observando-me ceder, observando-me despencar e desmoronar num grunhido ressonante.

Porra, mal consigo respirar. Meus braços estão tremendo, e ela está tão escorregadia que tenho que ajustar a pegada para não a deixar cair. Mas as mãos dela amparam meu rosto, a boca procura a minha, e em seguida estamos nos beijando.

Estamos nos beijando e isso é melhor do que tudo, e eu ainda estou dentro dela.

Tudo é macio, encharcado pela água, e esses toques relaxados e aliviados fazem com que eu tenha muita dificuldade em imaginar que um dia vou desligar a água. É uma coisa tão simples – beijar depois do sexo –, mas ao mesmo tempo não é. Se fosse simples, seria rotineiro. Eu não rolaria logo em seguida, cuidando da camisinha antes de cuidar de qualquer outra coisa. Eu não pensaria em quanto tempo teria de esperar até me levantar, ou se ela quer ficar ou se devo oferecer alguma coisa para ela comer.

Mas London ainda não acabou comigo, e eu não quero me retirar. Ainda não. Gosto da sensação dela, toda maleável nos meus braços. Gosto da sensação de relaxar dentro dela.

Gosto da sensação de termos acabado de fazer algo raro juntos.

Ela inclina a minha cabeça nas mãos dela, beijando meu queixo, chupando a água do meu lábio inferior. Os olhos azuis estão brilhantes e vidrados, tão próximos dos meus.

– Você está bem?

Assinto, sussurrando, antes de ir atrás da boca dela para mais:

– Acho que você vai acabar comigo.

Mas ela se desvia para o lado.

– Logo vai ficar sem água quente. – Ela se estica, recuando o quadril, e eu escorrego para fora dela antes de deixá-la de pé de novo com cuidado.

Faz anos que não tenho aquela sensação de posse com relação ao corpo de alguém, e essa percepção me atravessa como um reflexo. Percorro a lateral do corpo dela com as mãos até o quadril. Deslizo as palmas pela bunda dela quando ela se curva para fechar a torneira. Faço as mãos voltarem para as laterais e subirem até os seios quando ela se endireita de costas para mim. Inclinando-me, chupo os ombros dela, mordendo, querendo deixar uma marca que faça com que todos saibam que eu estive aqui. Gosto do modo como ela se encaixa em mim, de costas ou de frente, não importa. Nós nos encaixamos.

– Onde estão as toalhas? – London olha para mim por cima do ombro e tenta esconder um tremor.

– Merda, desculpe, espere um pouco. – Saio do boxe, enrolo a única toalha no porta-toalhas antes de correr até o roupeiro para pegar uma limpa para ela.

Volto quando ela está saindo e a entrego. Assisto enquanto ela se seca dos pés ao corpo e cabelos. Eu me delicio com a sensação de que ela era a minha *namorada* há meros dez segundos.

– Acredite ou não – ela diz –, esta é a primeira vez que tomo banho com alguém.

Levo a toalha até os cabelos, esfregando para secá-los.

– Mesmo?

Ela me olha e para antes de expelir uma risada.

– Ai, meu Deus, a sua cara. Você parece tão orgulhoso.

– Não é um grande mistério que caras gostam de ser os primeiros. Descobrindo a América. Inventando coisas. Tomando banho com London.

– Isso é meio sexista. As mulheres também gostam de...

Eu a interrompo com gentileza com uma mão erguida.

– Tá, tá. Mas talvez não da mesma maneira patológica que os homens. – Olho para ela até que ela enfrente o meu olhar. – Fique tranquila, só estou feliz em ser o primeiro. Não estou pretendendo cravar uma bandeira ou algo assim.

Finalmente, ela me dá um sorriso. Seu olhar se suaviza, absorve todo o meu rosto antes de voltar para os meus olhos. Porra, a expressão dela é tão suave, tão... contente, e eu dou um passo à frente...

Ela pisca forte, o olhar esfria e lá está: ela se lembra de que estamos nus debaixo das toalhas, e que ela não deveria gostar de caras como eu.

– Você pode me emprestar umas roupas? Tenho que voltar para casa e me trocar antes de ir trabalhar, mas não quero recolocar a minha roupa suja de areia.

– Não planejou muito bem, não é?

Os olhos dela se estreitam, e ela tenta parecer entediada, mas fracassa totalmente.

– *Planejei* tomar banho na minha casa.

Ela me segue até o quarto, me observa pegar uns shorts de basquete e uma camiseta da gaveta.

– Você quer...? – me interrompo, segurando uma cueca na mão.

– Não precisa. – Pegando os shorts, ela deixa a toalha cair e se senta na beirada da minha cama. Nua. E agora estou pensando no fato de que ela vai usar os meus shorts sem nada entre ela e...

– Você está me encarando.

Pisco para sair do transe e digo a primeira coisa que me vem à mente:

– Nunca tomou banho mesmo com um namorado? Isso parece tão... óbvio.

London dá de ombros, puxando o cordão na cintura.

– Namorado só tive um – explica, e levanta o olhar como se esperasse que eu a achasse estranha. Por motivos óbvios, não acho. Levanto as sobrancelhas para lhe dizer que ela deveria terminar de responder à minha pergunta. – Ficamos juntos por muito, muito tempo, mas, não... Nunca tomamos banho juntos.

– Um idiota, então.

– Você não faz ideia. – Ela ri e desaparece ao vestir a camiseta.

Ah, entendi...

– Ele a traiu, não foi?

Quando ela ressurge pelo buraco da camiseta, seus olhos se mostram cautelosos.

– Como soube?

– Você emana aquela vibração "Todos os Homens São Cretinos".

– Segundo minha experiência, a maioria dos homens trai em algum momento.

Sinto minha cabeça saltar para trás de leve.

– A maioria dos homens? Isso me parece um tanto drástico.

Ela dá de ombros.

– Não estou mesmo num ramo de trabalho no qual encontro cavalheiros sinceros.

– Então, por que você trabalha num bar? – Paro quando ela não responde, depois faço uma careta. – Não existe uma maneira legal de dizer isso, então lá vai: você é formada, não precisa preparar drinques para ganhar a vida.

– Não é tão fácil encontrar trabalho como você pensa, advogado. E também gosto de preparar drinques. O horário é bom. Surfo durante o dia e faço alguns trabalhos *freelances* no meu tempo livre. O trabalho de bartender dá um bom dinheiro. O de *freelancer*... nem tanto. Pelo menos ainda não.

– *Freelance* de design gráfico?

– É. Alguns desenhos. Logos. Vídeos. Websites. – Ela vai ficando mais rígida: os ombros contraídos, as palmas unidas com as mãos capturadas entre os joelhos no lugar em que está sentada na minha cama. O corpo dela grita: posso ir agora?

Reconheço aquela postura. Já tive aquela postura. Por algum motivo, isso me irrita depois do que acabamos de fazer e faz com que eu queira que ela fique mais tempo. Por que o meu instinto com ela é sempre o de forçar, só um pouquinho?

– Bem, não existe o perigo de conhecer alguém se trabalhar em casa, ou num bar onde é garantido que nunca encontrará ninguém de que goste.

Ela levanta o olhar para mim, e seus olhos parecem reluzir no quarto que escurece.

– E quanto a você? Quando foi a última vez que ficou com alguém que considerou uma namorada?

– No primeiro ano da faculdade.

Ela me lança um olhar incrédulo.

– Isso foi há quatro *anos*.

– Sei disso. Mas estávamos juntos há um bom tempo antes disso. – Sento na beirada da cama ao lado dela e me inclino, apoiando os cotovelos nos joelhos. Ainda estou só de toalha.

– Luke?

Sinto os olhos dela no meu rosto e me viro em sua direção. Só pela expressão dela sei que está somando um mais um.

– Oi.

– Como *exatamente* você conhece a Mia?

Sorrio, mas não sinto que o sorriso vá além de um retorcer dos meus lábios.

– Ela é a minha ex.

– Puxa. – Os olhos dela se fecham. – Ah... Fiquei sabendo de um namorado antes do Ansel. Vocês estiveram mesmo juntos por um bom tempo.

– O nosso primeiro beijo foi quando tínhamos doze anos.

– E o último? – ela pergunta.

O meu coração sofre com a dor fantasma de um membro amputado, do modo como sempre acontece quando me lembro: nós dois sabíamos que seria o nosso último beijo.

– Com dezenove.

London fica de pé, abrindo os olhos, enxugando as mãos nas laterais do corpo e olhando ao redor como se procurasse por alguma coisa.

– De repente me sinto meio estranha com tudo isso.

Vou atrás dela quando ela vai até o banheiro para pegar a pilha de roupas descartadas.

– Mas por quê? – pergunto. – Mia *por certo* não se importa.

– Ela não sabe sobre isso – ela diz, gesticulando entre nós. – Quero dizer, a Mia e eu não somos melhores amigas, sabe, mas somos amigas e, ao que tudo leva a crer, estive trepando com o ex dela.

– Não estivemos "trepando". Foram só duas vezes e, na verdade, fui eu quem fez grande parte do serviço. Você pode alegar uns treze por cento de responsabilidade e, depois, você pode se esquivar se quiser, já que não sabia que eu era ex dela.

Ela sequer sorri com isso ao andar do quarto para a cozinha, colocando os chinelos.

– Ainda assim. *Argh.*

Aperto o botão de pausa no interesse crescente dentro de mim, desligo qualquer reação real quanto a isso. Gosto de London, mas ela tem uma espécie de campo de força feminino esquisito ao redor dela que não vou sequer fingir que entendo, e essa coisa com a Mia parece torná-lo ainda mais forte.

– Bem, apesar de tudo, hoje foi legal – digo com sinceridade.

Ela assente, mas não olha para mim.

– Foi.

Sei que ela não vai usá-lo, mas não consigo deixar de dar o meu número para ela. Rasgando o dorso de um envelope sobre a bancada, eu o anoto e escorrego o papel na direção dela.

– Para o caso de você querer xampu de cortesia.

Ela o encara antes de pegar a caneta da minha mão, rasgando outro pedaço e escrevendo alguma coisa nele. Com uma risada seca, ela o passa para mim, apanha as chaves e segue para a porta da frente.

Em caso de emergência.
Logan: 619-555-0127

Ouço o carro dela se afastando da calçada, disco para o número e rio apesar de tudo quando uma voz grave masculina atende:

– Fred's Bar, Fred falando.

Capítulo 5

London

Os degraus da escada diante da casinha do Luke em La Jolla pareceram muito maiores na descida do que na subida de antes. É como se eu não conseguisse me mexer rápido o bastante e acabo descendo de dois em dois, desprezando o último por completo e aterrissando um pouco forte demais na calçada.

Como da última vez, minhas pernas estão menos firmes quando atravesso o jardim, os músculos trêmulos e as palavras "que diabos estou fazendo?" em *looping* na minha cabeça.

Como é que alguém como Luke se mete comigo, ganha um boquete na noite seguinte e agora aparece do nada no meu restaurante mexicano predileto lindo de morrer, engraçado e interessante e consegue se meter nas minhas calcinhas?

De novo?

O meu carro está estacionado junto à calçada, e dou uma olhada para as outras casas enquanto o destranco e entro, subitamente consciente do fato de que estou vestindo roupas diferentes de quando entrei – as roupas do Luke –, que o meu cabelo ainda está molhado e secando sem ter sido penteado. Que acabei de sair de um encontro casual.

Eu disse que não faria isso de novo, mesmo assim, cá estou eu, na caminhada da vergonha como se isso fosse o meu trabalho, depois de ter feito um sexo tão bom que duvido que pudesse andar sem mancar se tentasse. Não é estranho que o telefone dele receba tantas mensagens.

Verifico os espelhos retrovisores e me coloco na rua, tentando não repassar mentalmente o quanto foi bom. Tento não me demorar no fato de que ele leva a irmã e a avó de carro para cima e para baixo nos finais de semana, que ele consegue nomear as lojas que elas frequentam e que, toda vez que estou com ele, na verdade ele é bem legal. Definitivamente não estou pensando em como o deixei parado na cozinha com apenas uma toalha azul amarrada frouxamente no quadril, ou que ainda consigo sentir a fragrância do sabonete dele na minha pele.

– Xampu de cortesia... – murmuro, olhando pelo retrovisor de novo antes de mudar de faixa. – Que babaca.

E, quanto mais me aproximo de casa, mais a situação com a Mia me aborrece. Eu sabia que ela teve um namorado por bastante tempo, mas *nunca* falamos sobre ele. Não é uma omissão por algum motivo específico; é só que ele já não faz parte do dia a dia dela. Acho que nunca ouvi mencionarem o nome dele. Se ouvi, foi algo completamente esquecível, pelo visto.

No bar ele me disse que tinham crescido juntos, não que estiveram juntos por *malditos sete anos*. Não é algo comum em pessoas da nossa idade ter um relacionamento com alguém durante sete anos – isso é *monumental*. Ele sabia, no mínimo, que a Mia e eu nos conhecíamos e nem pensou em mencionar isso?

Mas, sendo justa... Também não me prontifiquei muito no jogo do "vamos nos conhecer melhor?", por isso ele não tinha a mínima possibilidade de saber que isso seria algo importante, ou que ele deveria mencionar seus relacionamentos passados para mim. Eu, com certeza, não mencionei os meus. Nós transamos, e só.

Mesmo assim. Eu perguntei, e ele se desviou do assunto com uma mentira descarada. E eu sou amiga da Mia. Não a melhor amiga nem tão íntima como eu era da Ruby antes de ela se mudar para a Inglaterra, ou como sou da Lola ou da Harlow, mas amiga, mesmo assim. Existem algumas regras primordiais segundo as quais toda garota deveria viver: sempre conte à outra garota se ela tem alguma coisa entre os dentes ou no nariz, ou quando o vestido está preso na meia-calça; sempre empreste absorventes para uma menina em apuros e, por associação, sempre as alerte sobre acidentes numa Semana de Tubarões; se outra garota está bêbada e precisa de uma amiga, ajude-a.

E nunca, jamais, vá atrás do ex de uma amiga.

Código Básico das Garotas.

Sei que a Mia está feliz e que ela e Ansel são o retrato da satisfação conjugal, mas preciso ligar para ela. Hoje. Antes que eu perca a coragem.

Lola está de saída quando chego ao apartamento, e sinto um tremor de culpa subindo pela minha coluna.

– Aí está você! – ela diz, dando uma olhada na carteira antes de colocá-la na bolsa.

– Oi. – Fecho a porta atrás de mim, deixo as chaves na mesa e depois me encosto na parede. – Como foi em L.A... Espere! Está de partida de novo?

– Eu tenho essa... coisa – ela explica – lá de novo. Oliver vai me levar de carro porque vou chorar o tempo inteiro se eu tiver que ir sozinha mais uma vez.

Ante o som do seu nome, Oliver faz a curva no corredor, sorrindo quando me vê.

– Ponte de Londres – ele diz e esbarra no meu ombro ao passar por mim. – Entreguei um dos seus cartões de visita hoje. Um cliente costumeiro que tem umas cervejarias me perguntou quem fez o meu website, e eu contei sobre você.

– Obrigada, Olls – agradeço.

Como regra geral, não trabalho para familiares e amigos – as coisas tendem a ficar esquisitas quando dinheiro é envolvido, por isso tento evitar –, mas, até hoje, o site do Oliver é um dos meus melhores trabalhos. E foi bem pago também. Alguns outros trabalhos como esse e estarei a meio caminho de ter um excelente portfólio.

Lola fecha a mala e faz uma rápida inspeção no que estou vestindo.

– Se eu tivesse que dar um palpite, eu diria que essas não são as suas roupas.

Droga.

– Como é que você sabe que não visto shorts de basquete e camiseta quando você não está por perto? – Me desvio da pergunta, indo para a geladeira e apanhando uma latinha de Red Bull. A noite vai ser bem longa. – Tenho um estilo muito eclético.

Ela dá um passo à frente e afasta o meu cabelo para o ombro, para poder ler o nome que está escrito no peito.

– Não sei, não. Mas sei que você não é e nunca foi membro da equipe de polo aquático da UCSD.

Droga duas vezes.

Eu me viro, faço um gesto de dispensa e abaixo a latinha para poder fingir que estou olhando a correspondência.

– Peguei emprestado de um dos caras na praia – respondo.

– Aham. Eu poderia duvidar disso, mas, já que você jurou não se envolver com homens e estou com pressa, vou acreditar na sua palavra. Por enquanto – ela acrescenta com ênfase e passa a alça da bolsa no ombro.

Com esse pequeno comentário, sou lembrada de que Luke basicamente me chamou de odiadora de homens e teceu algum comentário engraçado sobre a minha "Caixinha da Vergonha dos Beberrões".

Luke está errado, *claro*. Não acho que todos os homens são cretinos. Finn, Ansel e Oliver são muito legais. O meu pai sabe ser engraçado – quando não está traindo a minha mãe –, e estou rapidamente começando a adorar o Fred. Mas agora estou irritada de novo e *ainda* tenho que conversar com a Mia.

Lola e Oliver partem, e eu tomo outro banho, sabendo que a conversa pode ser um pouco mais fácil sem a fragrância do xampu do Luke impregnada no meu cabelo.

De repente, estou faminta e como um sanduíche de atum encostada no balcão da cozinha.

Resolvo consertar uma dobradiça do armário que estava rangendo e consulto o meu saldo bancário pelo telefone. Basicamente, estou enrolando.

Já que o apartamento está quitado e só tenho algumas parcelas do crédito estudantil para pagar, minha situação financeira a curto prazo está tranquila. Posso me dar ao luxo de surfar o dia inteiro e trabalhar à noite no Fred's para me sustentar? Claro. Sobra alguma coisa? Não muita. Na verdade, eu não estava brincando a respeito dos Fundos para o Carro, porque realmente preciso trocá-lo, e existe um novo programa de design gráfico que eu gostaria de comprar – um que me possibilitará montar sites maiores e com funções mais complexas –, mas nada disso vai acontecer se eu só estiver trabalhando no bar.

Luke tem um jeito de encontrar meus pontos fracos e de cutucá-los com um maldito sorriso irritante. Perguntar o motivo de eu ainda estar trabalhando num bar definitivamente é um deles. Ele tem razão, não preciso, mas as pessoas não gostam de pagar por um trabalho gráfico de alguém que não tem uma tonelada de experiência. O meu portfólio está tomando forma, mas não é o bastante. Ainda não. Infelizmente, o Fred não tem mais horas para me disponibilizar, e eu prefiro depilar as sobrancelhas a pedir dinheiro para os meus pais. Um segundo trabalho definitivamente ajudaria, e faço uma anotação mental para perguntar a alguns dos meus amigos que são barmen a respeito de horas extras nas boates locais.

Isso pode ser bom. Já fui à casa do Luke duas vezes, isso significa que estou com tempo livre demais nas mãos. O que me traz de volta ao que eu deveria estar fazendo: ligando para a Mia.

Decido virar uma mulher de verdade e passo o dedo pela minha lista de contatos, parando sobre o nome da Mia. Não sou de ligar para ela de repente – posso até ligar para saber onde está uma das meninas, ou para acertar algum programa –, por isso nem tenho uma foto dela ao lado do seu número no meu celular.

Ela atende ao segundo toque e, depois de um momento de silêncio alarmado, percebo que não tenho a mínima noção de como ter esta conversa.

– Alô? – ela repete pela segunda vez, e eu volto a mim.

– Oi – digo, andando de um lado para o outro na sala de estar, mais do que grata por Lola não estar ali para me ver. – Aqui é...

– London! Oi, como é que você está?

– Estou bem, estou bem – respondo e enrolo uma mecha de cabelo no dedo. – E com vocês, tudo bem?

– Estamos ótimos! – ela diz, e parece estar bem mesmo, feliz, tanto que tenho uma imagem da palavra explodindo para fora dela. – Ansel já se acostumou à UCSD e as minhas aulas de dança são muito divertidas. As crianças são adoráveis.

– E a casa?

– A casa é demais. Começamos a falar sobre o que faríamos nas festas de final de ano e, de repente, veio essa ideia de que somos adultos, casados e temos uma casa juntos. Será que um dia vai passar essa sensação de que estou vivendo a vida de outra pessoa? – ela pergunta retoricamente. – E você? O que tem feito? Eu a vi na outra noite, mas você foi embora antes de eu conseguir dar um oi.

Como eu estou? Finalmente já sei como ligar a TV, o aparelho de som *e* o da TV a cabo com um só controle remoto. Assisti a todos os episódios das duas primeiras temporadas de *Veronica Mars* num único dia e, com isso, não saí do apartamento nenhuma vez naquele fim de semana. E, ah, não tenho que usar o meu vibrador há uma semana porque tenho feito sexo com o rapaz com quem você perdeu a virgindade.

Argh.

Despenco numa cadeira e esfrego a mão na cabeça.

– É por isso que preciso falar com você – digo. – Com quem tenho feito... – Paro no meio e arregalo os olhos em completo horror. – O *que* tenho feito.

A gargalhada adorável da Mia explode.

– Ok...

– Então, olha só, eu não sabia no dia, mas comecei... – parei porque... O que comecei? A sair com alguém? Não, definitivamente não é isso o que o Luke e eu temos feito. – Comecei a passar um tempo com um cara – digo, sim, isso é melhor, não tão sutil e, tecnicamente, não é uma mentira. – A questão é que quando comecei... a vê-lo... eu não fazia ideia de que vocês dois namoraram.

– Quem *eu* namorei? – Ela fica quieta, em seguida, a voz dela retorna um pouco mais fina. – Espere, você está falando do Luke?

Considero, de leve, a possibilidade de mentir e desligar, mas sei que isso é algo que tenho que fazer.

– É... Vi vocês dois conversando na outra noite, mas só entendi a conexão hoje.

Não sei o que eu esperava, mas sei o que eu desejava: uma risada, uma declaração tranquila imediata. Algo que me deixasse saber que aquilo não era tão importante quanto parecia ser.

Em vez disso, o que recebo é:

– Ai, meu Deus. Você está saindo com o *Luke*?

– Não estou exatamente saindo com ele – esclareço. – Só pareceu estranho quando fiquei sabendo da história de vocês, por causa da nossa amizade...

– Eu, hum... – ela começa e depois dá uma risada, sem ar. – Me desculpe, é que isso foi uma surpresa. Está tudo bem... Terminamos há muito tempo, London... É só uma surpresa – ela repete. – Acho que o meu cérebro precisa de um segundo para absorver tudo isso.

– Mia, só para você saber, não existe nada entre a gente. – Não sei se isso ajuda porque agora basicamente admiti que só estamos transando. – Foi esse lance que meio que aconteceu; ele nem acertou o meu nome da primeira vez.

Puxa. Pare de falar, London.

Ela ri com mais vontade desta vez, de maneira mais convincente.

– Não, não. Quero dizer, você não tem que me explicar como o Luke é. Ele já ficou com garotas que conheço antes, é só que... – Ela se cala, e entendo que nós duas estamos tentando encontrar a melhor coisa a dizer.

– Tenho certeza de que é esquisito ficar sabendo disso – termino por ela.

– É, um pouco.

Penso no celular do Luke, que não para um segundo, nele saindo com a morena. Imagino como deve ser para a Mia ver isso acontecendo uma vez depois da outra. E agora me sinto pior.

– Olha só, sei que você não conhece a história toda, mas hoje eu estou muito bem – ela continua. Já ouvi histórias do quanto Mia ficou arrasada, tanto física quanto mentalmente, nos anos após o acidente. Mas aquela Mia não se parece em nada com a que conheci quando ela retornou da França no final do último verão. A que estava tão apaixonada pelo marido que custo a acreditar que ela já tenha ficado com qualquer outra pessoa. Mia suspira na outra ponta da ligação. –

Nós só – Luke e eu, quero dizer – nós seguimos caminhos diferentes depois, sabe?

– Sei – digo. Mia se casou com o amor da vida dela, e Luke leva garotas aleatórias para casa a cada fim de semana.

Luke pode ser só sorrisos e aparentar ter tocado a vida, mas uma parte minha fica imaginando se, de fato, isso aconteceu.

– Quero que ele seja feliz – ela diz. – Ele é um cara incrível e merece encontrar alguém um pouco mais... assentado. E, falando sério, London, se ele acabar ficando com alguém como você e *for* feliz...

Sinto meus olhos se arregalando e me levanto do sofá.

– Espere, espere, espere... – digo. – Luke e eu... não somos nada. Ficamos juntos umas vezes, mas foi só isso. E é só isso que vai acontecer.

Ela ri.

– Só estou dizendo, não quero que pare de sair com ele por minha causa. Você não infringiu nenhuma regra do Código das Garotas. Ansel é o meu marido e o meu mundo inteiro. Mas gostei de você ter ligado.

Assinto, mesmo sabendo que ela não consegue me ver. Não sei se estou me sentindo melhor.

– Bem, como já disse, quis ser franca com você. Parece que o Luke gosta de frequentar o Fred's, e eu não queria que as coisas ficassem esquisitas.

– Notei mesmo que ele tem aparecido mais – ela diz, zombando agora. – Por que será...?

– Sei bem onde você quer chegar – digo, sorrindo constrangida e pressentindo a minha saída daquele telefonema embaraçoso. – Vamos parar por aqui. É melhor eu ir trabalhar.

~

Ainda bem que não vejo Luke nos dias que seguem e, no final de semana seguinte – bem como eu desejava –, consegui um segundo emprego numa boate no centro da cidade. É um lugar maior, com DJs famosos e, de vez em quando, uma estrela pop. É muito mais sensual e voltado para um público mais jovem que o Fred's, o que significa que esperam que eu vista roupas mais curtas; há mais estudantes e jovens adultos e, provavelmente, vou precisar de outro pote das covinhas.

É também muito maior, por isso estamos em quatro atrás do balcão do bar o tempo todo, e há pelo menos dois ajudantes por perto. As garotas são paqueradas – e o caras também –, mas é tranquilo tolerar isso porque as horas são exatamente as de que preciso, as gorjetas são generosas e, caso eu consiga administrar os dois empregos por alguns meses, terei o dinheiro de que necessito para trocar o carro e comprar o novo *software* antes do que eu imagino.

Pessoas embriagadas que estão prestes a transar dão excelentes gorjetas.

Se Lola achava que eu estava sumida antes, isso não chega nem perto da primeira semana em que me equilibrei entre os dois empregos. Trabalho quase todos os dias enquanto aprendo a rotina e, quando a minha única noite de folga chega, estou quase em estado de coma no sofá, zapeando pelos canais aparentemente pela terceira vez. Um prato de comida congelada esquecido esfria na mesinha ao lado do meu *laptop*; se eu estivesse cercada por gatos, o retrato de garota solteira estaria basicamente completo.

O celular toca ao meu lado, e eu faço uma careta quando vejo o rosto da minha mãe na tela. Penso em ignorar a chamada – nunca consegui terminar um telefonema com meus pais sem me sentir outra coisa que não desapontada comigo mesma –, mas sei que estaria apenas protelando o inevitável. Se não falar comigo hoje à noite, ela ligará amanhã e no dia seguinte. Deve ser melhor acabar logo com isso, já que estou perto da cozinha e daquela embalagem nova de sorvete de menta com lascas de chocolate.

– Oi, mãe – digo ao atender.

– London, meu bem. Como você está?

– Tudo bem. E como andam as coisas em casa?

– Estou bem. Ocupada ajudando a tia Cath a planejar o casamento. O seu pai está fora da cidade, por isso é bom ter algo para fazer.

– Certo. Fora da cidade – repito, sentindo o rosto aquecer. Se meu pai está fora da cidade, provavelmente está com a secretária: uma mulher com quem ele vem traindo minha mãe há anos; e esse é um assunto que aprendi que não vale a pena mencionar.

– Não está trabalhando hoje? – ela pergunta.

– Não, é a minha noite de folga.

– Liguei para ver se você tem certeza de que não poderá vir para o casamento de Andrea. Mas, se estiver ocupada, posso ligar de novo amanhã.

– Só estou relaxando em casa. E não, mãe, acabei de arranjar um segundo emprego. Não tenho como ir.

Ela emite um som de desaprovação, e eu já estou antecipando que ela vai insistir, mas, em vez disso, pergunta:

– Por que está em casa numa sexta à noite? Ainda não está saindo com ninguém?

Respiro fundo e conto até dez dentro da minha cabeça.

– Não, não estou com ninguém.

– Eu me preocupo com você aí sozinha. London, você nunca vai conhecer ninguém sentada em casa toda noite. Eu queria que você viesse para que eu pudesse apresentá-la ao filho de Paige Halloway. Ele é alguns anos mais velho do que você, mas...

– Mãe.

Ela suspira de novo. Um longo suspiro do tipo "por que você sempre quer tornar isso tão difícil?".

– Tenho certeza de que você ficou sabendo que Justin vai se casar.

As palavras caem como um balde de gelo em minha pele.

– Ele vai?

– Vai, querida, e não consigo entender por que não é com você. – Quando ela diz isso, sinto uma fenda se abrindo dentro de mim e derramando cada gota de esperança que eu tinha para esta conversa, e uma centena de outras iguais. Sempre quero dar uma chance a ela. E sempre percebo tarde demais que não deveria ter feito isso.

Levo o punho à boca para não gritar. Mantenho-o ali porque sei o que vem em seguida, o seu desapontado "não sei por que você terminou com esse rapaz...".

Não, não sabe, penso assim que as palavras saem da boca dela. *Nunca lhe contei porque é muito mais fácil deixar você acreditar que ele é um bom rapaz do que deixar você saber por quanto tempo ele me traiu e me arriscar a ouvi-la dizer que foi culpa minha.*

– Eu sei, mãe – digo com o máximo de suavidade que consigo. – É tudo muito complicado. Mas, olha só, eu tenho que ir agora.

Desligo e vou direto para o pote de sorvete.

~

No que se refere a noites livres – com a evidente exceção do telefonema da minha mãe e a notícia do casamento vindouro de Justin –, não há muito que eu mudaria. Eu precisava me jogar no sofá e não fazer nada. É por isso que a Lola não discutiu quando recusei o convite para ir jantar com ela e com o Oliver.

Mas agora, com o apartamento vazio, estou entediada. Entediada e, estranhamente, agitada. E, se eu for honesta, fiquei assim o fim de semana inteiro, toda vez que tive um segundo para respirar. Pensei que falar com a Mia fosse tranquilizar a minha consciência, mas, na verdade, fez com que tudo parecesse mais complicado. No fim, ela parecia estar me encorajando a ficar com o Luke, mas acho que ela estava deduzindo algo diferente sobre o nosso relacionamento. E eu simplesmente não sei se consigo lidar com ele – ou lidar *comigo* junto dele.

Com uma espiada no relógio, gemo e afundo ainda mais no sofá, percebendo que são apenas sete horas. Penso em ir para a cama para passar o tempo com Old Blue, mas mesmo isso não me parece tão atraente quanto costumava ser. Quero, ao mesmo tempo, estrangular e parabenizar Luke, porque é um dia triste quando o meu vibrador predileto já não é homem o bastante para cuidar do assunto.

Num impulso, pego o celular e desço pela lista de contatos. Ruby ainda está em Londres e, por conta do fuso horário, ainda são três da manhã lá. Harlow está com Finn, e, se eu mandar uma mensagem para a Lola, ela vai insistir para que eu coloque roupas de verdade e vá me encontrar com eles. Eu poderia sair com o Grosseirão, mas, normalmente, a gente só se vê na praia e, se é para falar a verdade aqui, ele não é o cara com quem quero conversar, de qualquer modo.

O número do Luke não está ali, mas me lembro de tê-lo visto no pedaço de papel enfiado na minha bolsa. Foram necessários mais uns cinco minutos de monólogo interno e de racionalização antes de voltar a me largar no sofá, olhando para a caixa de texto de mensagens.

Não sei bem o que fazer ali. Mesmo que eu não faça mais sexo com Luke – o que definitivamente não vou fazer –, eu *gosto* dele. Ele é engraçado. Sabe rir de si mesmo. Leva a avó para fazer compras.

Não há nada de errado com amigos que mandam mensagens de texto numa noite entediante, certo?

O QUE O INSTRUTOR DA ESCOLA DE *KAMIKAZES* FALOU PARA OS ALUNOS?

Pressiono "enviar" antes de largar o aparelho de lado como se ele fosse me queimar. Devo ter ficado louca.

Leva menos de um minuto para a resposta dele chegar:

É A MINHA BARTENDER DE COVINHAS PREDILETA?

Reviro os olhos e digito:

VOCÊ DEVERIA TER ESCRITO "O QUE ELE DISSE, LOGAN?". VOCÊ NÃO É MUITO BOM NESTE JOGO.

Desculpe, não prestei atenção porque estava salvando o seu número nos meus contatos. O que ele disse, Logan?

Já estou rindo da minha piada sem graça.

Prestem atenção porque só vou mostrar uma vez!

Uma pequena pausa.

Puxa. Isso foi horrível. Talvez eu tenha que apagar o seu número agora.

Não foi, não, insisto. A piada foi genial.

Ok. Me fez rir, ele digita. Como sempre.

Sempre, caçoo. Nos vimos só umas quatro vezes.

Quer que sejam cinco?

Não.

Ok. O que você está fazendo?

Bem, não era essa a resposta que eu estava esperando.

Limpando minhas armas e pesquisando vasectomias, digito.

Meu pai fez vasectomia porque isso torna o sexo mais espontâneo, ele me conta. A minha irmã me contou isso no meu 21º aniversário porque bati no carro dela.

Pisco para o aparelho.

Sinto como se já gostasse da sua irmã, num nível espiritual, respondo.

Luke é um idiota. Ele não é o meu tipo. *Por que ainda estou sorrindo?*

Eu sei. Na verdade tenho um pouco de medo de vocês se conhecerem.

Então, o que você está fazendo agora?, pergunto.

A mesma coisa que fiz ontem à noite e na noite anterior, procurando dicas para o *Titanfall* para poder acabar com você. Quando é a revanche?

Isso... na verdade... parece meio que... divertido. Demoro alguns minutos para responder. Vou até a cozinha e jogo fora o jantar. Lavo os poucos pratos e limpo tudo. E depois volto para o sofá e, sem pensar, digito:

Em 20 minutos. Prepare-se para a aniquilação.

~

Quando subo os degraus até a casa do Luke, sou assolada por uma sensação de *déjà vu*. Não estou aqui para ter sexo – e fico me lembrando disso –, mas estaria mentindo se dissesse que não fiquei pensando nisso desde a última vez em que estive aqui. Nunca tive um "ficante" frequente... É assim que isso acontece?

Não que seja este o caso.

A rua do Luke é tranquila, perfilada por roseirais pequenos, arrumados, as janelas altas iluminadas por dentro. Dou mais uma olhada ao redor quando bato à porta. Existe um imenso vaso de margaridas perto do capacho aos meus pés, e não sei qual ideia me agrada mais: que a irmã ou a avó dele o tenham colocado ali ou o próprio Luke.

Um cachorro late ao longe, e consigo ouvir o ruído da TV do Luke pela janela aberta. Sei que ele deve estar na cozinha por causa do som dos seus passos, que vão do piso para o tapete e depois para o piso de novo, e me lembro de que a fechadura emperra um tantinho quando se vira a chave. Não sei quando foi que percebi essas coisas.

A varanda se ilumina e, em seguida, Luke está ali, sorrindo para mim. Sinto o contato visual no meu ventre, como o zumbido baixo de uma descarga elétrica. A adrenalina percorre minhas veias, e eu penso em dar para trás, descendo os degraus correndo. *Amigos* normalmente não fazem você se sentir assim.

– Oi – ele diz, ainda sorrindo, e isso basta para que a minha pele se arrepie. Recuando um passo, ele gesticula para que eu entre.

Ele está usando calças jeans e uma camiseta desbotada, e está com um pano de prato sobre o ombro. A casa cheira levemente a pão e molho de tomate, e o meu estômago ronca baixinho. Meus sentimentos são ambivalentes quanto a Luke ser um adulto melhor do que eu, cozinhando seu jantar e fazendo limpeza enquanto eu mal consigo rasgar a embalagem plástica da minha comida congelada.

– Eu estava terminando de limpar – ele explica, inclinando a cabeça para que eu o siga.

A cozinha dele é maior do que se espera em relação ao tamanho da casa, e é evidente que ele estava colocando pratos na lavadora quando o interrompi. Sento-me num banquinho, e ele se vira para mim com uma tigela coberta por filme plástico.

– Quer beber alguma coisa? – ele pergunta. Abre a geladeira e coloca a tigela lá dentro. – Tenho cerveja, suco, leite, água e...

– Pode ser cerveja – respondo. O *laptop* dele está aberto sobre a bancada e, como ele disse, a tela está repleta de dicas do *Titanfall*.

Ele pega duas garrafas e as deixa sobre a bancada.

– Está com fome?

– Não, não muito – respondo, mas pego um resto de pão com alho de cima da tábua. Cheiro o pão antes de pegar um pedaço e colocá-lo na boca. Está delicioso. – Quem o ensinou a cozinhar?

Ele sorri.

– Um: sei usar livro de receitas e tenho acesso ao Food Network. Dois: com a minha mãe e com a minha avó. Elas me matariam se eu pedisse pizza toda noite.

– Bem impressionante, levando em consideração que a sua geladeira só tinha Sriracha e salsão antes – brinco.

Ele se inclina perto da lavadora de louça, e os meus olhos se arrastam pelo corpo dele. Não, definitivamente ele não parece estar comendo pizza toda noite.

– Eu tinha queijo de desfiar – ele replica com um sorriso. – E, em minha defesa, eu andava muito ocupado e não tinha tempo para as compras. Mas, por mais estranho que pareça, tive muito tempo livre nesta semana.

Não deixo de perceber a insinuação de que o tenho evitado e fico pensando se *tempo livre* significa que ele esteve *desacompanhado*. Ainda bem que a minha boca está cheia de pão de alho e não preciso responder.

– *Titanfall* ou TV? – ele pergunta casualmente, tirando a tensão do momento. – Acho que está passando uma maratona de *Buffy* no Syfy hoje.

Estou tão grata por sua postura relaxada que quase me largo sobre a bancada. E o fato de ele também gostar de *Buffy*... Fala sério: que cara.

– TV.

Eu o acompanho até a sala de estar e me sento no sofá. A TV está num canal de esportes, e ele se senta ao meu lado e me entrega a minha cerveja.

– Pode me passar o controle remoto? – ele pede e eu atendo, observando-o tomar um gole da garrafa antes de colocá-la na mesa de centro diante de nós. Agora que estou aqui, não estou bem certa de quanta TV assistiremos, mas fico feliz pelo gesto.

Luke se acomoda no sofá e começa a passar pelos canais, fazendo um comentário ou uma pergunta a respeito dos diferentes programas. Apoia um braço nas costas do sofá, atrás de mim. Parece coisa de casal – um do lado do outro desse jeito –, mas existe um quê de agradável em ficar ali aninhada ao lado dele, sentindo o seu cheiro e o calor da sua pele, por isso não comento nada a respeito nem me afasto.

Ele começa a fazer algum comentário, mas o interrompo, virando-me de frente para ele.

– Posso fazer uma pergunta completamente aleatória?

Seus olhos passam pelo meu rosto antes de se deterem na minha boca.

– Claro.

– Quem plantou aquelas flores na sua varanda?

Ele enruga a testa por um momento antes de entender a que me refiro.

– Ah... Eu? – responde. – Isso é estranho?

– Não faço a mínima ideia – digo.

Ele apoia a mão na lateral do meu pescoço e inclina meu rosto de modo que eu não tenha alternativa senão olhar para ele.

– Os amigos estão ocupados hoje? – ele pergunta, segurando meu queixo com o polegar. Isso é estranhamente relaxante.

– O que o faz pensar assim?

– Não sei. Acho que não consigo imaginar você me mandando uma mensagem se tivesse outras opções disponíveis.

– Estavam ocupados – admito. E quase lhe digo que não tenho *um monte* de amigos aqui, e que tenho a tendência de manter as pessoas um pouco afastadas, e que, portanto, aquilo é um tanto novo para mim. Um pouco intimidador.

Quase lhe conto tudo isso, mas não digo nada. Não é o que você diz numa situação como a que estou tentando manter.

– Nada na TV da sua casa? – ele pergunta, sorrindo ao alisar meu cabelo para trás com os dedos. Vejo-me me inclinando na direção do seu toque, os ombros relaxando, o corpo afrouxando na direção dele. Estar perto dele é como mergulhar numa banheira de água quente.

Estremeço, e Luke se inclina, parando apenas o bastante para me dar uma olhada. Assinto, e ele diminui a distância, resvalando os lábios nos meus.

– Estou feliz por você não ter mais nada para fazer – diz ao encontro da minha boca. – Estou muito feliz por ter o seu número em vez do número do Fred. Não quero beijá-lo tanto quanto quero beijar você.

E ele finalmente me beija, fazendo-me sentir aquele beijo desde o ponto em que nossos lábios se encontram até a ponta dos meus dedos

dos pés. Empurro-o para trás, passando a perna pelo seu quadril até ficar montada no colo dele.

– Posso pôr a minha boca em você? – ele pergunta, a mão escorregando entre minhas pernas para me esfregar por cima dos shorts.

Sacudo a cabeça.

– Por que não?

Sinto como se meu cérebro estivesse em curto circuito, e ele só está me tocando por cima da roupa, para cima e para baixo e depois em pequenos círculos bem onde mais preciso.

– Não fazemos isso.

– Certo – ele diz, num tom neutro, a expressão resguardada. – Nós fodemos.

– Sim.

– Não que eu esteja reclamando, veja bem – ele diz, movendo-se para desabotoar os meus shorts e depois deslizar o zíper para baixo. – Mas que tal por cima da calcinha? Posso colocar a minha boca ali, chupar um pouco. Quem sabe cantarolar o alfabeto...

– O alfabeto?

– A alfabetização é algo muito importante para mim.

– Você é tão persistente – digo, e tento ignorar o modo como seus dedos percorrem a área logo abaixo do meu umbigo.

– Sou persistente quando quero uma coisa – esclarece. – E eu quero muito isso. – Ele pega a minha mão e a segura sobre o pau, esfregando minha palma para ilustrar mais acuradamente a sua declaração. – Viu?

Consigo ver o formato dele debaixo do jeans, comprido e pressionado contra o ventre.

Uma onda de calor percorre a minha pele, e eu tiro a camisa dele com pressa, pressionando a minha boca contra a dele.

– Ei, ei – Luke sussurra, arrastando os dentes por cima do meu lábio inferior. – Devagar, Albuquerque. Temos a noite inteira.

– Não vou passar a noite com você aqui – digo, tirando a minha camisa. Estou sem sutiã e inspiro fundo quando os mamilos resvalam na pele macia do peito dele. – Vou embora depois que terminarmos.

– Vamos foder de novo aqui no meu sofá?

– *Gosto* deste sofá.

Os dedos dele escorregam para dentro da minha calcinha até a parte molhada.

Sei pelo modo como sua boca está aberta que ele tem algum comentário esperto na ponta da língua, mas do qual parece ter se esquecido. Em vez disso, enfia a ponta do dedo dentro de mim e arrasta os olhos pela minha clavícula, descendo até meu peito, antes de lamber os lábios.

– Então vamos foder – ele diz, fechando os olhos por um instante antes de me agarrar pela nuca e me arrastar até sua boca. – Vamos foder *devagar* desta vez.

Meus dedos encontram o cinto dele e abrem a fivela, deslizando a tira de couro pelos passadores e depois a jogando para trás.

– Isso – ele aprova, observando-me abrir o botão do jeans e enfiar a mão dentro da calça, ao redor dele. Seu pau está vivo, pulsando na minha mão. – Ai, Deus...

Ele desmonta no encosto do sofá e assiste, os olhos passando de onde o toco para onde ele me toca, depois subindo de novo para meus seios. Seu pau é perfeito, assim como o restante.

– Calças, livre-se delas – ordeno, erguendo-me enquanto ele as empurra para baixo das coxas.

– Você também – ele diz, e eu me levanto.

Estou tão molhada que o ar parece frio assim que ele abaixa meus shorts e minha calcinha.

– Porra, Logan, olha só para você.

Tudo em mim afunda quando ele sobe com os dedos pela minha coxa até escorregar para dentro, inspirando fundo – estou molhada até as coxas –, e olha para mim como se eu fosse uma refeição que ele não soubesse por onde começar.

Luke emite um som gutural que vibra pelos meus ossos quando seus olhos se deparam com os meus. Açúcar mascavo. Açúcar queimado. Caramelo.

– Mal posso esperar até você me deixar beijá-la aqui. – Seus dedos escorregam por mim, entrando, imitando os movimentos que a língua faria contra mim. A outra mão alisa a parte posterior da coxa, e ele beija meu abdômen, as costelas e área logo abaixo do umbigo.

– Camisinha? – pergunto e, depois de uma breve pausa, Luke assente ao encontro da minha pele, esticando-se para baixo para apanhar uma no bolso do jeans descartado. Observo enquanto ele abre a embalagem e desenrola a camisinha pela sua extensão.

– Volte aqui – ele diz, segurando a base do pau com uma mão e me guiando sobre seu quadril com a outra.

Ele se inclina para a frente e chupa meu seio, atiçando o mamilo com os dentes e gemendo ao redor dele. Afundo devagar, e ele se afasta com um estalo audível, recostando-se nas almofadas do encosto para se ver desaparecendo dentro de mim.

– London.

– Shhh.

– Deus. Você é gostosa demais.

Movimento-me sobre ele, lentamente.

– Shhh.

– O que foi? – ele pergunta, percorrendo as mãos pelas minhas costelas e parando no meu abdômen. – Espera que eu fique calado agora?

– Você fala demais – digo, rindo ao encontro da boca dele.

É como se ele tivesse algum tipo de superpoder e já soubesse exatamente como quero ser beijada. De boca bem aberta, suave a princípio, com apenas um indício de língua. Beijos mordiscados que passam de atiçadores a frenéticos no intervalo de poucos segundos. Ele se afasta em busca de ar bem quando eu quero, às vezes erguendo o olhar até o meu, piscando, ou apenas até a minha boca. Ele me beija como se não acreditasse no que está acontecendo.

Ajusto a posição dos joelhos, e nós dois arquejamos quando desço, minha bunda repousando nas coxas dele. Ele está tão fundo.

– Ai, meu Deus – digo, e pressiono a testa contra o ombro dele enquanto recupero o fôlego.

Suas mãos descem pela minha cintura, e ele pressiona os polegares nos ossos do meu quadril.

– Quero você na minha cama – ele diz num grunhido, movendo-me, balançando-me mais rápido e depois devagar de novo. Há uma camada de suor na testa dele e descendo pelo peito, e sinto a ponta de cada dedo seu onde ele me segura. – Quero ver você melhor, espalhada debaixo de mim. Gosto de ver você. Gosto do seu cheiro. E, porra, Logan, *amo* sentir você.

– Um poeta...

– Quer poesia? Sou capaz de escrever a porra de um soneto sobre o modo como seus peitos estão balançando agora. Quero gravar na memória os seus peitos assim.

Ele se inclina para me morder, e não consigo deixar de rir de novo.

– Ah, você é tão moleque...

– Por que gosto de ver você pelada?

– Entre outras coisas – respondo, lambendo seus lábios. – Shhh. Você está me distraindo.

– Estou tentando criar um momento aqui.

– Com os meus peitos?

– Seus peitos. – Ele se endireita, mordisca meu pescoço antes de chupar de leve. – O seu pescoço, a sua boca, o seu corpo inteirinho. – Seus lábios me percorrem até resvalarem nos meus. – Com *você.*

Nós nos beijamos por longos minutos, e meus movimentos se restringem a pequenos avanços e recuos, apenas o sentindo dentro de mim. Tento me controlar, tento não gemer dentro da boca dele nem gritar quando ele desce a mão e, com o polegar experiente, começa a fazer movimentos circulares ao redor do meu clitóris. Estou tentando me restringir ao sexo apenas, mas o jeito como ele olha para mim, a sensação dele em mim... Já não é mais tão simples.

Enterro as mãos nos cabelos espessos, guiando a boca dele de volta ao meu peito, observando-o capturar meu mamilo com a língua. Ele revela os dentes, escorregando-os sobre a pele sensível, e eu grito, sentindo-o se mexer dentro de mim.

– Você gosta disto. – Não é uma pergunta, parece mais uma revelação, um alívio.

Concordo com um movimento, a respiração presa na garganta e os olhos travados na expressão esperançosa dele, como se ele quisesse me agradar. Como se isso significasse tudo para ele agora.

– Consegue sentir até o clitóris quando eu chupo você aqui?

Concordo mais uma vez, arquejando ante a constrição da minha barriga quando ele lambe e chupa mais forte, grunhindo ao redor da minha pele.

O rosto dele está rosado, ele está corado até o pescoço. Me assiste, assiste a nós dois, o modo como nos movimentamos juntos e o lugar em que nossos corpos se unem. Sigo o olhar dele e olho para nós, para o modo como os músculos do estômago liso dele se contraem, onde as gotas de suor se juntaram no vale das clavículas. Giro o quadril e ele geme, apertando ainda mais sua pegada.

– Jesus Cristo. Faça de novo – ele pede, e eu o atendo, movendo-me sobre ele, usando as costas do sofá como apoio. Eu poderia me embebedar com os sons dele, seus gemidos e murmúrios quando ele pensa que está chegando perto, as inspirações sôfregas quando ele se contém para me esperar.

Luke bate a mão na almofada do sofá antes de jogar a cabeça para trás.

– Estou... tão... – ele diz entre curtas lufadas de ar. Os dedos voltam ao meu clitóris com entusiasmo renovado, e ele me encara. – Gosta disto?

Só consigo assentir, de olhos fechados enquanto tento perseguir essa sensação, como se uma corda estivesse enrolada na minha coluna, conectada aos mamilos e onde ele se encaixa em mim. Uma corda que se aperta a cada movimento do meu quadril, a cada investida dele.

Mais apertado.

Mais apertado.

– Ai, meu Deus – arquejo, a sensação se espalhando para fora.

Mais apertado.

Luke me abaixa de modo que nossas testas se encontram, e isso é tão íntimo que não sei se quero passar meus braços ao redor dele ou empurrá-lo.

Ele muda o ritmo dos nossos movimentos, e eu quero gritar, mas, de repente, ele está tão fundo, e eu estou tão perto...

– Porra, estou sentindo... Estou *sentindo* – ele diz, os olhos arregalados de súbito. – Isso, London.

É como se meus músculos parassem de funcionar quando o orgasmo se torce dentro de mim. A minha pele está quente demais, mas toda arrepiada, os mamilos estão rijos e quase doloridos. Luke deve sentir que isso acontece porque assume o comando, apertando-me com força a ponto de quase doer. Pressiona dentro de mim, duro, rápido, e repete até gozar com um gemido comprido, indefeso, ao encontro do meu ombro. Quando finalmente o torpor se desfaz, abro os olhos e o vejo estirado debaixo de mim, os braços largados no encosto do sofá, o peito subindo e descendo, e o tronco molhado de suor.

Sinto como se estivesse numa corrida com a Harlow, daquelas em que ela me obriga a ir em frente até não sentir mais as pernas e meus dedos ficarem dormentes. Meus músculos estão exauridos, e meu coração está disparado dentro do peito, ecoando em meus ouvidos. Não consigo recobrar a respiração.

Ele eleva um braço cansado na minha direção, afasta meu cabelo do rosto.

– Fique.

Nada me parece melhor do que deitar nos lençóis frescos dele e não ter que me mexer nas próximas oito horas, mas a consciência me espeta na parte de trás da nuca, atropelando as batidas do meu coração: eu *gosto* do Luke.

Ouço o telefone dele emitir um som na bancada da cozinha, e é como se isso tivesse aberto uma janela, deixando o ar frio entrar. Percebo que o aparelho ficou anunciando mensagens de tempos em tempos enquanto estive ali, mas isso não tinha importância.

Saio de cima dele e me largo no sofá, forçando-me a me sentar à procura das minhas roupas.

– Ei – ele disse entre respiros. – Ouviu o que eu disse? Fique aqui comigo hoje. – Ele estica a mão para o meu braço e só o toque dos seus dedos contra a minha pele já é demais agora. – Posso até esquecer todas as dicas do *Titanfall* e deixar que você acabe comigo no jogo.

– Me *solte*. – Sorrio para ele, mas sei que o sorriso não sai genuíno. Estou um emaranhado de nós. Fico de pé, vestindo a calcinha. – Desculpe. Preciso mesmo ir.

Ele se senta mais ereto e geme.

– Ai, meu Deus, meu abdômen... Como é que fico por baixo e estou tão dolorido assim? Noventa e cinco por cento do crédito é meu dessa vez.

Fico de frente para ele.

– Até parece.

Ele para com uma das mãos enfiada nos cabelos.

– Sabe, um dia desses você vai me deixar magoado indo embora desse jeito.

– "Desse jeito"? – repito. Pego meus shorts, mas Luke me detém, segurando minha mão.

– Estou falando sério. – Ele solta a minha mão, mas me segura pelo quadril, os polegares afagando a pele sensível. – *Fique*.

A minha voz sai um pouco trêmula quando tento me desviar.

– Eu ronco. Muito.

Um sorriso retorcido revira seus lábios.

– Tudo bem. – Mas logo ele me lança um sorriso de verdade, aquele que torna sua expressão mais carinhosa, acho que a mais doce que já vi, e abaixa as mãos. – Vou deixar você ir embora dessa vez – diz baixinho.

Ele assiste enquanto visto os shorts, fica calado quando abotoo a camisa. Sinto a atenção dele enquanto a fecho de cima a baixo.

Quando termino, ele passa a mão na boca, perguntando:

– Quer sair este final de semana?

Cacete. Lenta, mas muito lentamente, ele está trincando a minha casca.

– Vamos ver no que vai dar. Ok?

Luke fecha os olhos, exalando uma respiração fraca, frustrada, antes de se impulsionar no sofá e se levantar. Ele ainda está nu, suado... perfeito. Eu me encosto quando ele passa os braços ao meu redor, e inalo a mistura de sexo, suor e sabonete da pele dele.

– Parece uma boa ideia, Dallas. – Ele se inclina, ampara meu rosto e me beija, lenta e calidamente. Sinto o pau dele voltar a se eriçar ao meu encontro.

Mas, para variar, ele não pressiona. Recua um passo, abaixa-se para pegar a cueca e depois me acompanha até a porta. Ele não diz nada quando saio, depois desço os degraus, partindo na direção do meu carro, mas sentindo os olhos dele sobre mim o caminho inteiro.

– Ainda é divertido – ele grita atrás de mim. Viro-me para vê-lo apoiado no batente da porta, praticamente nu. A luz da varanda acima lança sombras sobre o corpo dele, acentuando a envergadura dos ombros, a firmeza do abdômen, a definição do quadril. A cueca boxer está tão baixa que consigo ver a sugestão de uns pelos, logo acima do cós. Vizinhas sortudas.

– O quê? – pergunto.

Posso ver daqui seu sorriso quando ele responde:

– Você.

Capítulo 6

Luke

Estou afundado até os cotovelos num processo legal que mal consigo entender quando meu celular vibra ao meu lado, sobre o tampo da mesa.

CERVEEEEEJA, diz a mensagem do Dylan.

Levanto o olhar para o relógio. Merda, como é que já são seis horas?

ONDE?

LUGAR NOVO, NA ISLAND COM A 10ª.

Gemo – odeio ter que ir até o centro durante a semana.

Antecipando isso, Dylan acrescenta:

BOA PARTE DO TIME VAI. JESS ROMPEU COM O CODY. VAMOS AJUDÁ-LO A AFOGAR AS MÁGOAS.

Pisco algumas vezes, olhando em estado de choque para o aparelho. O meu antigo parceiro na equipe de polo, Cody, está com a namorada, Jess, desde o colégio. No melhor dos seus estados de ânimo, Cody bebe até rastejar. Já consigo imaginar como esta noite vai terminar.

Ainda assim, noite de semana de trabalho ou não, não posso recusar. Cody, Dylan, Andrew, Daniel e eu ficamos unidos desde calouros quando os veteranos da equipe de polo nos trancaram na piscina durante um final de semana inteiro em dezembro, com nada além das nossas sungas no corpo e uma máquina de salgadinhos cheia para nos alimentar, apesar de não termos dinheiro conosco. Você não passa por algo assim e depois vence dois campeonatos nacionais sem um forte senso de união.

Chego às oito, respondo, abaixando o aparelho para arrumar a mesa.

~

Os caras já tomaram conta das duas mesas mais próximas da pista de dança, mas numa área onde ainda poderíamos ficar sentados. Daniel se contorce para olhar um grupo de garotas dançando sugestivamente a cerca de um metro e meio de distância, fingindo não notar o jogador de polo de 1,90 metro, agora um *personal trainer*, encarando-as.

– Desculpem o atraso – digo cumprimentando-os, puxando uma cadeira e me sentando. Nunca vim a esta boate; ela é nova, apesar de a decoração sugerir que está estabelecida desde os anos 1970. Olhando para o Cody, pergunto: – Tudo bem?

Ele abaixa uma garrafa de cerveja vazia ao lado de outra.

– Não. Mas não lamente por mim. Tenho sido um babaca com ela. Acho que ela só fez isso para me dar um susto.

Levanto as sobrancelhas.

– Hum, tudo bem, então. – Não sei se ele está sendo franco ou se está num estado absoluto de negação. Mesmo que ele esteja errado e a Jess não queira mais nada com ele, eu não o culparia por querer se manter esperançoso por um pouco mais de tempo. Fazia quase seis anos que eles estavam juntos.

Seis anos... É uma imensa porção da nossa vida e, ainda assim, é menos que a quase década que passei pensando que pertencia a Mia.

Crescemos juntos de quase todas as maneiras possíveis. Dos onze aos dezenove ela foi minha.

Na primeira vez que fiquei com outra pessoa, pareceu uma distração. Foi duas semanas depois de termos terminado, e eu não queria pensar muito em como me sentia. Não precisava cavoucar para entender o motivo de estar constantemente nauseado e querer dormir a metade do tempo: meu coração estava completamente partido.

Mas então me embriaguei e beijei Ali Stirling. Ela tirou sua camisa, depois a minha. Um passo depois do outro: fiquei excitado. Naquela noite, trepamos três vezes no apartamento da tia dela em Pacific Beach. Ao que tudo levava a crer, sexo ainda era bom.

Até a manhã seguinte, quando visitei Mia no quarto da habitação estudantil dela e sucumbi. Tecnicamente, não estávamos mais juntos, mas lá estava eu, me *confessando*, porque era isso que a gente fazia. Todo o ar sumiu do quarto no instante em que as palavras "dormi com a Ali ontem" saíram da minha boca.

Mia gaguejara um "uau" baixinho, e nós dois sentimos o fim, como o disparo de um tiro. Estávamos sentados na cama dela e ficamos completamente imóveis, como um retrato nosso rasgado ao meio. Concordáramos em terminar nosso relacionamento, mas eu sabia que nenhum de nós *tinha processado* aquilo direito. Até aquele instante, não sabíamos exatamente o que era um *rompimento*. Ninguém jamais tocara em mim a não ser Mia, e, de repente, isso já não era mais verdade. Eu já não era mais o cara com um só amor. Eu não era o Luke da metade da frase "Luke e Mia". Eu era o cara com uma ex-namorada. Eu era o cara que fazia sexo com outras pessoas. Segui em frente depois do nosso primeiro amor com um empurrão forte.

Estremeço, piscando de volta ao presente, perguntando:

– Podem me lembrar por que viemos até o centro para tomar umas, se nenhum de nós trabalha no centro?

– Eu trabalho – diz Cody.

O silêncio reina na mesa até Andrew já não aguentar mais.

– Cody, você trabalha meio período na Starbucks.

– Pois é – Cody confirma. – Na Starbucks do centro da cidade.

– Na verdade... eu trabalho no centro – Dylan diz tão baixinho que todos nós o encaramos, confusos. Dylan tem um jeito de levar três vidas, duas das quais permanecem completamente desconhecidas para nós. Conheço-o desde o primeiro ano na faculdade, mas, se você me perguntar o que ele faz o dia inteiro, eu daria o palpite de que ele lê, surfa, dá longas caminhadas e se perde.

– Como é que *é*? – digo. – Desde quando você tem um emprego?

Ele dá de ombros.

– Desde, sei lá, setemb...

– Viemos *aqui* hoje – Andrew começa, interrompendo-nos – porque você, Luke, trepou com a bartender do lugar aonde eu queria ir e...

– Espere, espere – Daniel diz, finalmente se virando para a mesa. – Luke trepou com a bartender do Mighty Brew?

Gemo.

– Ela não era bartender. Ela era...

Dylan me interrompe.

– Acho que o Andrew está dizendo que você trepou com a bartender do Fred's – ele diz mais incisivamente. Consigo ouvir a pergunta implícita: "Você transou com a London, Luke?".

Andrew sacode a cabeça, confuso.

– Luke comeu a nova bartender do Fred's? Eu estava falando da ruiva da Stone na Liberty Station.

Dylan se levanta com uma bufada e segue na direção do banheiro. Cody geme, dizendo:

– Logo, logo a gente não vai ter mais nenhum lugar para ir sem que exista alguém chorando no banheiro por causa do Luke.

– Jesus Cristo. – Apoio a cabeça nas mãos, e Andrew põe uma cerveja pela metade na minha linha de visão.

– Tome. Beba um pouco.

– Posso trazer mais alguma coisa para vocês? – uma voz pergunta na outra ponta da mesa.

– Mais dois deste – responde Andrew e depois aponta para mim, dizendo alto o bastante de modo que nossa garçonete possa ouvir: – Luke, você não tem permissão para traçar esta garçonete. Eles servem Ruination aqui e vou ficar puto da vida se não pudermos voltar.

– Ok – murmuro, fechando os olhos e mantendo a cabeça baixa. Essa conversa teria me feito gargalhar na semana passada? Neste instante faz com que eu me sinta meio sujo.

– Ela é gostosa – Daniel diz alguns segundos mais tarde –, daquele jeito de uma servida só.

– *Dan...* – Dylan começa a dizer, tendo voltado inesperadamente rápido.

Levanto a mão para fazê-lo esperar, inclinando-me para a frente para que Daniel possa me ouvir, e repito:

– Daquele "jeito de uma servida só"? Que porra você quer dizer com isso?

– Caras – Dylan diz com mais vontade.

Mas Daniel continua, virando-se e plantando os cotovelos na mesa.

– Aquela coisa que você come, um petisco, que sacia, mas do qual você se esquece rápido. Uma embalagem de Twinkie, um saco de batatas fritas. Uma bebida energética. Garota legal, corpo bonito... Para uma servida só.

Apesar do ultraje, acabo rindo daquela merda – Daniel sabe ser um completo cretino –, e finalmente levanto a cabeça e bebo um gole da cerveja. Mas, bem na minha frente, Dylan está de pé, curvado sobre a mesa, com sua expressão de "fodeu" na cara. Ele se volta para o meu rosto e depois arregala os olhos quando espia por cima do meu ombro com um olhar significativo.

Viro-me e vejo a garçonete bem atrás de mim, de costas para nós enquanto escreve algo no seu bloquinho. O rabo de cavalo loiríssimo resvala o ombro quando ela se endireita, inspira fundo e enfia a caneta atrás da orelha. Quando ela se vira, tem um sorriso afixado no rosto, e meu coração despenca de uma vez.

– Dois Ruinations. Algo mais? – ela pergunta, as covinhas aparecendo enquanto ela engole.

A mesa fica em silêncio, mas o meu coração agora já está debaixo da mesa.

London.

London é a nossa garçonete.

Seu olhar cruza com o meu, mas eu não sei. Simplesmente não sei se ela ouviu e, caso tenha ouvido, o quanto entendeu. Será que ouviu a parte a respeito da minha aparente queda por bartenders do sexo feminino? Ouviu o que o Daniel disse? E, merda, será que me ouviu *rir*?

– Só isso, obrigado – Daniel diz num fio de voz.

Com um aceno e um sorriso, London se vira e caminha na direção do bar.

Daniel explode numa risada e faz uma careta.

– Ops!

– Cara – Dylan sibila, balançando a cabeça na minha direção. – Se ela ouviu o que vocês, idiotas, disseram, ela vai ficar uma fera. London é uma pessoa maneira, e vocês são uns *babacas*.

– Porra – sussurro. – *Poooorraaa*.

Dylan assente na minha direção, o desapontamento tornando soturno seu rosto geralmente feliz antes de ele se virar e voltar na direção do banheiro, pra valer desta vez. Sinto-me um completo cuzão.

Andrew dá de ombros e de imediato toca a vida, fazendo algum comentário a respeito da equipe de polo masculina americana, sobre as Olimpíadas, se todos vamos para Tóquio para assistir, e não consigo mais fazer muita coisa além de encarar minha cerveja.

Viemos aqui hoje porque você, Luke, trepou com a bartender do lugar aonde eu queria ir.

Luke comeu a nova bartender do Fred's? Eu estava falando da ruiva da Stone na Liberty Station.

Ela é gostosa, daquele jeito de uma servida só.

Logo, logo a gente não vai ter mais nenhum lugar para ir sem que exista alguém chorando no banheiro por causa do Luke.

Nos filmes, esse tipo de instante de clareza se transforma numa montagem de todos os momentos que conduziram até ele. Talvez a música aumente acima dos diálogos. E é verdade que o som das vozes vai para o fundo e o meu coração parece ter voltado para o corpo e está retumbando por trás dos meus ouvidos. Mas é a ansiedade que é inesperada. O pânico de ela talvez ter ouvido, de eu talvez ter ferido os seus sentimentos. O medo de ter acabado de confirmar tudo o que ela suspeitava a meu respeito.

O problema é que é tudo verdade.

Dylan volta a se sentar, olha para o bar atrás de mim – presumidamente olhando para London –, as sobrancelhas unidas num sinal de frustração preocupada. Bem quando ele parece se decidir a ir falar com ela, empurrando a cadeira da mesa, eu levanto, gesticulando para ele que eu vou cuidar disso, secando as mãos nas coxas ao andar na direção do bar.

É terça-feira e ainda é relativamente cedo; a não ser por nós cinco e alguns poucos grupos parados perto do DJ, a boate está com o movimento bem fraco. London parece perdida em pensamentos ao abrir suas cervejas e colocá-las numa bandeja para outra garçonete e não nota minha aproximação até eu estar bem diante dela, batendo as juntas dos dedos no balcão de madeira.

Assustada, ela ergue o olhar.

– Oi.

– Oi. – Enfio a mão dentro do bolso, tentando fazer com que pareça que não estou ali para defender as minhas ações e sim para cumprimentá-la. – Tendo uma boa noite?

London levanta um ombro enquanto enxuga um copo.

– Claro. Você?

– Até que sim. – Sorrio, mas ela não está olhando, e as palavras somem da minha cabeça. É estranho, e ela sabe que é, mas, no perfeito estilo de London, ela não vem ao meu socorro. – Eu não sabia que você trabalhava aqui.

Ela assente ao abaixar um copo e levantar outro.

– Acabei de começar.

– Ah.

Vou dizer uma coisa: garotas são difíceis de entender. Ela está puta? Preocupada? Quer me beijar com tanta intensidade que nem consegue olhar para mim?

– Pediu demissão no Fred's?

– Não, só precisava de mais umas horas de trabalho. – London se vira, levando uma bandeja de copos para o outro lado do bar, e começa a guardá-los numa prateleira.

– Então, London...

– Quer beber alguma coisa? – ela me pergunta sobre o ombro.

– Não, eu...

Eu o quê?

Não faço a mínima ideia do que vem depois.

Ela se vira e olha para mim, esperando com paciência. Pergunto se ela ouviu? Digo que não achei o que Daniel disse engraçado? O problema é que não achei engraçado, mas também não achei que fosse muito importante... Até perceber que ele estava falando sobre London e, pior, que ela ouviu. Será que eu estaria ali falando com ela se ela tivesse estado na extremidade oposta do bar, sem poder ouvir o que fora dito?

Esse é o tipo de coisa que ela me perguntaria, e é isso o que eu não seria capaz de responder.

– Eu só queria dar um oi – digo, sorrindo.

Seus olhos desviam para a minha boca, depois retribuem o olhar de maneira neutra.

– Oi.

– Quer ir para a minha casa mais tarde? – Isso sai de uma vez, sem aviso prévio, de súbito. Minha voz até se parte na última palavra.

Os olhos de London se estreitam antes de ela se encurvar um pouco, lançando um sorriso de leve.

– Os seus amigos parecem preferir quando você não traça a garçonete, lembra?

Caralho.

– London...

– Luke – ela me interrompe com suavidade, como se tomasse cuidado com os meus sentimentos, depois de tudo. – Acho que não vamos mais fazer isso.

~

Com a chave na mão, estou na metade do caminho do estacionamento mal iluminado quando ouço Dylan chamando meu nome.

– Você está indo embora – ele diz, correndo para me alcançar. – Acabou de chegar.

Esfrego a nuca, olhando por cima dele até o feixe de luz que ilumina meu carro.

– Tenho que cuidar de uma coisa antes do trabalho amanhã.

– Olha só – ele diz, inclinando-se para o lado de modo a ficar na minha linha de visão. – Olha aqui, cara. Não sei o quanto você a conhece, mas London não é dessas. – Ele me encara. – Ela é legal de verdade.

London não é dessas, significando: ela não é uma garota que você pode traçar sem olhar pra trás. Eu deveria dizer para ele que percebi quase de imediato, mas isso já está ficando dramático demais para mim.

– Tudo bem, Dyl, acabei de falar com ela.

– Espero que ela tenha rejeitado você – ele diz, e o seu sorriso me revela que ele está falando sério, mas que se sente mal por dizer isso.

– Ela rejeitou. – Olho para trás, na direção da boate. – A propósito, de onde você a conhece?

– Ela é amiga de uma amiga. – Esse é exatamente o tipo de informação que o Dylan dá. Normalmente, deixo de lado sem pensar duas vezes, mas hoje é preciso um esforço hercúleo para não fazer mais perguntas.

– Tudo bem – digo. – Vejo você depois.

– Até.

Não estou com vontade de voltar para casa, para a casa vazia, para a geladeira iluminada e oca. Entro no carro, ligo o rádio e dirijo sem pensar em nada disso até o apartamento da minha irmã, onde entro com a minha cópia da chave.

São quase dez da noite, por isso sei que a Margot ou está dormindo ou está no laboratório, e a colega de apartamento dela deve estar na casa da namorada. O lugar está abençoadamente silencioso, e a geladeira, abençoadamente cheia.

Estou quase terminando de montar o meu sanduíche de peru quando ouço os passos dela no corredor.

– Papai – Margot diz atrás de mim num sussurro fingido –, tem um urso comendo a nossa comida.

Vasculho o armário atrás de batatas fritas.

– Você tem lanches melhores do que eu.

Minha irmã dá a volta no balcão da cozinha e se recosta nele.

– Porque não espero até que uma trepadeira percorra a prateleiras da minha geladeira para ir até o supermercado fazer compras.

Solto um grunhido e me viro com uma braçada de comida na direção da sala de estar.

Ela me segue para fora da cozinha. Percebo-a atrás de mim e sei que, se eu quisesse mesmo deixar de pensar em troca de TV e comida, este seria o último lugar para o qual eu deveria ter ido. Não consigo deixar de me abrir com a minha irmã; é como um ato reflexo.

– Mas o que é que você veio fazer aqui? – ela pergunta. – Teve um dia ruim no trabalho?

Acomodo-me no sofá e ligo a TV.

– Foi tudo bem.

– Alguma coisa aconteceu com os meninos do time? Fiquei sabendo sobre Cody e Jess.

– Pois é, mas parece que ele acha que vão ficar bem.

Ela se senta e dobra as pernas no sofá para ficar de frente para mim.

– Então o que o fez comer porcaria para acalmar o estresse?

– Fome.

– *Luke.*

Suspiro, dando uma mordida no sanduíche e mastigando lentamente enquanto penso. Engolindo, conto:

– Acho que ferrei tudo com uma garota de quem gosto.

Margot se endireita, sacudindo a cabeça rapidamente.

– Desculpe, o que você disse? – Ela gargalha desajeitadamente. – Engraçado, parece que ouvi você dizer que *gosta* de uma garota?

Rasgo a saco de batatinhas e pego o controle remoto.

– Esqueça.

– Está falando sério? – ela comenta, sentando-se ao meu lado. – Uma garota está fazendo você se empanturrar de batata frita?

– Só estou com fome, Margot. Me esqueça.

Sintonizo no programa do Jimmy Fallon, e Margot, de fato, me esquece. Enfia a mão no saco de batatinhas, juntando-se a mim nas minhas mordidas emotivas de tarde da noite. Mas quase posso ouvir o interesse crescer dentro dela, até ela voltar a se sentar ereta, as mãos enterradas nas laterais do corpo, só à espera do intervalo comercial.

Quando a propaganda chega, ela solta um suspiro comprimido.

– Conte-me sobre ela.

Não há como evitar aquilo, não mesmo. E talvez eu tivesse ido até ali justamente porque quisesse conversar a respeito. Quem é que pode saber? Mas estou aqui agora, por isso é melhor desembuchar de uma vez.

– O nome dela é London.

– Não conheço nenhuma London. Ela é daqui?

– Ela foi para a UCSD, estudou artes. Mas não a conheci nessa época. – Coço a nuca. – Ela trabalha no Fred's.

– Garçonete sexy?

Lanço um olhar atento.

– Bartender sexy. – Ignoro a bufada divertida dela. – De qualquer modo, na nossa primeira noite juntos eu a chamei de *Logan* e ela nem se deu ao trabalho de me corrigir. Nem sei se ia me corrigir um dia. Dylan disse o nome dela quando a vi na vez seguinte, e fiquei mortificado, mas ela não deu a *mínima*. – Por algum motivo, aquele detalhe me parece importante. Revela tanto a respeito dela, e a respeito do "nós" que existiu por meras duas semanas.

Margot dá uma bufada.

– Gosto dessa menina.

– Hum, bem, ela também gosta de você. – Quando olho para ela, vejo suas sobrancelhas se erguendo numa pergunta silenciosa, por isso acrescento: – Contei para ela sobre o seu papel abusivo como minha supervisora no Salão de Beleza das Bonecas.

A minha irmã sorri com orgulho.

– Transamos algumas vezes e...

– Numa única noite, imagino?

– Não, idiota. Em alguns dias.

– Uau. – Ela revira os olhos. – Longo prazo, então.

Tomo um gole de água e deixo o copo na mesinha.

– Depois você se pergunta por que não gosto de conversar com você.

– Ora, por favor. Sou a *única* com quem você gosta de conversar porque não afago o seu ego enorme. – Dando um soco no meu ombro, ela incita: – Continue.

– Ela é desconfiada em relação aos homens. O namorado dela de muito tempo a traiu, e tenho a sensação de que existe uma fila de cretinos na vida dela. A questão é que existe atração ali, mas não sei se ela gosta de mim de fato. Disse que sou um clichê, um vadio, um babaca, coisas assim.

– Falando sério, gosto *mesmo* dessa menina – diz Margot, enfiando a mão no pacote para pegar mais um punhado de batatas.

– Mas ela é inteligente e engraçada, e bonita e... – Estou tão sem prática de falar sobre garotas e sentimentos na mesma conversa que tropeço um pouco, detendo-me num: – ... tinha alguma coisa ali. Entre nós, quero dizer. – Mas logo conto a Margot sobre o que Daniel disse hoje à noite e sobre os caras tirando sarro de mim por eu transar com cada uma das bartenders gostosas da cidade.

Demora alguns segundos até Margot dizer alguma coisa, mas, quando ela diz, segura meu rosto entre as mãos, como se para amenizar o golpe.

– Eles não estão errados.

– Margot – digo, virando de frente para ela. – Isso não está ajudando.

Ela consegue sacar pela minha voz que eu não só não estou de bom humor quanto a isso como estou me sentindo um merda.

– Desculpe. Só quero ser franca.

– Sei que quer – respondo. – Mas, pela primeira vez em muito, muito tempo, sinto-me meio estranho quanto à maneira como tenho me relacionado com as mulheres. Sempre me justifiquei dizendo que era o que elas queriam também e, talvez, com algumas delas fosse isso mesmo. Mas sei que nem sempre isso foi verdade. Então Cody faz piada sobre não conseguir ir a nenhum bar sem que exista uma mulher chorando por minha causa e... Jesus, sou tão ruim assim?

– Você está perguntando para a sua irmã se você é tão conquistador quanto os seus amigos, que frequentam os bares com você, dizem que você é?

– Quero dizer, parece que sou tão ruim assim?

Ela muda de posição no sofá de modo que os joelhos estão apoiados nas minhas coxas.

– Francamente?

– Francamente.

– Mais ou menos. Quero dizer, às vezes a gente sai para beber e o seu celular fica apitando sem parar. Você já nem percebe mais. Ou estamos no meio de um jantar gostoso, e alguma menina chega e começa a conversar com você e eu consigo ver que você está tentando se lembrar do nome dela. Isso é... Quero dizer, eu já estou acostumada com isso, mas é... é meio duvidoso.

Recosto a cabeça no sofá, distanciando-me da conversa e voltando a atenção para a TV, para um jogo que Fallon está fazendo com David Beckham.

– Não tive a intenção de deixar você mal – ela sussurra. Sei que esta conversa a está deixando ansiosa. Margot vive se digladiando com a franqueza e a culpa quando me acerta no saco.

– Você não deixou.

– É só que... – ela começa, remexendo na blusa do pijama – você passou da Mia, exclusiva e unicamente da Mia, para todo o resto. Não houve um meio-termo.

– Não quis ninguém do jeito que eu queria a Mia – argumento.

– Mas um dia vai querer – ela diz. – Pode ser a London. E você disse que ela desconfia dos homens e, de repente, ela vê você no bar hoje? Não é de se admirar que ela o mantenha afastado. Você confiaria em si mesmo?

Um peso azedo se forma no meu estômago.

– Eu sei.

– Olha só, não estou dizendo que você precisa passar por um programa do tipo AA para conquistadores ou algo assim, mas talvez deva olhar para o que está fazendo e quem você é. A sua vida é a combinação perfeita de sorte e ambição, mas você trata as mulheres como se fossem equipamentos de ginástica.

Engasgo no gole de água.

– Margot. Isso é horrível.

Ela levanta uma sobrancelha como quem diz "mas não é?".

– Apenas aprenda a tratar as mulheres como gostaria de ser tratado – ela diz. – E não estou me referindo a brincar com as partes íntimas delas.

Dou uma bufada.

– *Partes íntimas.*

Revirando os olhos, ela diz:

– Você foi mesmo um bom namorado para a Mia.

Isso mexe comigo de alguma forma. É mais fácil me lembrar do fim, quando eu só estava solitário e ela estava arrasada, e nós não parecíamos nos entender bem. Viro-me para ela.

– É mesmo?

Sorrindo, ela diz:

– Sim, você foi. Era perfeito. Todas a invejavam.

– Bem... – digo, virando-me para a TV – está na cara que eu não era *perfeito* ou ela não teria deixado de precisar de mim.

Margot fica imobilizada antes de se esticar para pegar o controle remoto no meu colo e apertar a tecla de mudo.

– "Precisar" de você? – A voz dela sai aguda. – Ela não deveria ter *precisado* de você. Vontade de ficar com você, sim. Ter gostado de você, sem dúvida. Desejado... *argh*... óbvio.

Gemendo, tento recuperar o controle remoto, mas ela o segura longe do meu alcance.

– Você sabe o que eu quis dizer – digo.

– Acho que não. Mia perdeu todos os seus sonhos numa única tarde terrível. Isso a mudou e afetou o relacionamento de vocês. Mas não quer dizer que *você* estragou tudo.

– No fim das contas – digo, deixando meu prato na mesa de centro –, o que nós tínhamos não foi forte o bastante para superar a fase pela qual ela passava. Fim da história.

Margot levanta um ombro só.

– Verdade.

Solto um grunhido, desejando que ela tivesse discutido comigo. É por isso que odeio conversar sobre a Mia. Foi uma merda. Não havia motivo para nada daquilo – o acidente, o distanciamento dela, o meu coração partido, o nosso rompimento –, por isso o que aconteceu ainda me parece uma ferida aberta. Que eu odeio expor. Mas foi só um rompimento. Do tipo que acontece todos os dias.

– Luke, você tinha dezenove anos! – Margot exclama, elevando a voz. – Claro, você disse umas merdas para ela porque estava magoado, e Mia foi horrível ao não falar sobre os sentimentos dela, mas vocês se distanciaram.

– Sei disso. Mas nunca percebi isso acontecendo – digo a ela, me inclinando para pegar o controle.

– Mas será que a gente antecipa as coisas importantes que acontecem? Uma vida previsível nunca mudou ninguém.

Aumento o som e, com isso, deixo-a saber que a conversa, sobre Mia, sobre London, sobre mim, terminou.

Capítulo 7

London

Largo as chaves no pote ao lado da porta, me livrando dos sapatos com um chute. Eles rolam ruidosamente pelo assoalho de madeira, rompendo o silêncio do apartamento. Lola e Oliver ou estão na casa dele ou estão dormindo, mas, para variar, eu adoraria mesmo que houvesse alguém aqui para me distrair do meu mau humor.

Não estou com vontade de jogar *Titanfall.*

Sinto-me meio nauseada depois do que aconteceu esta noite com Luke e os amigos dele. Não estou exatamente triste pelo seu comportamento, como fiquei quando descobri Justin transando com outra na cama dele. Não estou desapontada em saber – mais uma vez – que Luke é exatamente o cara que eu achava que fosse.

Mas, cara, percebo que queria estar errada a seu respeito. Aquela sensação – a vontade muito inoportuna de que ele fosse alguém com quem eu *pudesse* ter um relacionamento – faz com que meu estômago se revire de um jeito nojento.

Engulo duas tigelas de cereais Lucky Charms e me arrasto até a cama, dormindo como uma pedra e silenciando meu alarme quando ele me diz que está na hora de ir surfar.

Em vez disso, acordo muito mais tarde – às *dez*, na verdade –, com o riso vindo pelo corredor lá da sala de estar e vozes graves masculinas se sobrepondo. Sem me dar ao trabalho de trocar de roupa, me levanto no meu pijama do Doctor Who para cumprimentar Lola, Oliver, Ansel e Finn num murmúrio:

– Oi, gente.

Eles retribuem meu cumprimento enquanto me movo roboticamente até a cozinha. Que Deus a abençoe, Lola fez café. Sirvo-me de uma xícara e vou para junto deles, me enroscando na ponta do sofá ao lado de Ansel.

– Onde estão as outras duas? – pergunto, referindo-me a Harlow e Mia.

– Vão nos encontrar na Maryjane's daqui a uns minutos – Finn responde, e eu olho ao redor da sala, me perguntando se sou só eu ou se todos ficaram estranhamente silenciosos.

Também noto com leve curiosidade que estamos no meio da semana, por acaso estão todos sem trabalhar, e ninguém me convidou para ir junto.

Como se percebesse isso também, Lola se mexe, ficando de pé e seguindo para a cozinha para encher de novo sua caneca de café.

– Nada de surfe hoje?

Ante sua pergunta, lembro-me de repente da razão por que não tive vontade de me levantar logo cedo – Luke e seus amigos infelizes – e sacudo a cabeça.

– Cansada demais.

Ela assente, voltando para perto de nós com sua caneca, se acomodando de novo aos pés de Oliver.

Sorvo um gole de café, engulo e pergunto:

– O que Harlow e Mia estão fazendo?

Parece-me uma pergunta corriqueira. Afinal, quando está na cidade, Finn mora com Harlow em La Jolla, e Ansel e Mia acabaram de comprar uma casa em Del Mar. Ainda assim, a minha resposta é apenas o silêncio.

Um silêncio esquisito. E, uma vez mais, a dinâmica do grupo parece se esquivar de mim.

– Elas tinham que ir pegar uns negócios – Oliver diz, olhando rapidamente para Lola. – Como vai o trabalho na Bliss? Gosta de lá?

Dando de ombros, digo:

– É bem cheio. Boas gorjetas, bar agradável. Gosto dos outros bartenders. Não é de se surpreender que os frequentadores sejam um pouco mais atirados do que no Fred's, mas você sabe como o centro é... – termino a frase assim, sorrindo para ele por cima da borda da caneca.

– Luke pode proteger você – Ansel comenta com leveza.

Juro que praticamente ouço os freios guinchando no meio da sala.

– Luke? – repito.

O sorriso de Ansel lentamente se desfaz conforme o embaraço se acomoda; e isso acontece logo depois que o meu estômago despenca.

O rosto dele está muito rosado quando ele olha impotente para Lola e depois de novo para mim.

– Desculpe. Pensei que você e Luke estivessem...

E, de pronto, eu entendo tudo. Entendo por que Mia não está ali. Entendo por que não me convidaram para o café da manhã.

– Não estamos – digo baixinho, deixando a cabeça pender no encosto do sofá. Deus, aquilo é horrível. – Ficamos juntos algumas vezes antes de eu perceber que ele e Mia... Quero dizer, não é só por isso que não estamos juntos; não estaríamos de todo modo.

O pânico se eleva dentro de mim como vapor enchendo um cômodo. Não me importo com a ocasional sensação de ser excluída pelos amigos da Lola – são todos tão bem-intencionados e inclusivos que nunca me sinto a vela do grupo –, mas definitivamente, *definitivamente* não quero ferrar tudo com eles.

Voltando a me endireitar, direciono o olhar para a Lola.

– Eu ia falar com você...

– Está tudo bem – ela diz rapidamente, me interrompendo.

– ... Mas não era nada sério, eu juro. Não estamos juntos.

Os olhos tranquilos de Lola prendem os meus.

– Está tudo bem, London.

Mas é como se eu não conseguisse parar de falar.

– Eu honestamente não sabia que ele era o ex da Mia e, depois, eu liguei para ela. – Olho para Ansel, explicando: – Sinto-me muito estranha quanto a tudo isso, mas ela me pareceu bem...

Enquanto me explico, Ansel está meneando a cabeça rapidamente, dizendo:

– Não, não, não – e também me garantindo: – Ela está bem.

– Está, eu juro – Lola insiste, movendo-se para se sentar no chão entre as minhas pernas. – Querida, Mia está bem.

Mas, na tensão remanescente, o cálculo mental não fica difícil de resolver:

– Mas *Harlow* não está bem, não é?

O silêncio constrangedor retorna, mais pesado desta vez, e eu olho de relance para Finn.

Ele faz um gesto de dispensa casual com a mão.

– Ela vai superar.

E, cacete, não quero ser o motivo pelo qual uma amiga minha tem que *superar* alguma coisa. Mas, ao mesmo tempo, fico um pouco irritada por ela estar defendendo Mia, quando, pelo que me dizem – e Mia inclusive me garantiu –, ela não precisa disso.

Talvez Lola veja minha reação no meu rosto, porque pousa a mão no meu joelho.

– London. É só o que a Harlow faz. Primeiro reage, depois pensa.

Finn bufa.

– Éramos muito unidos enquanto crescíamos – ela explica. – E, quando eles romperam, foi estranha a rapidez com que Luke meio que... seguiu em frente. Logo nos habituamos a silenciosamente desgostar de qualquer uma com quem ele dormisse, como se elas o estivessem mudando, como se aquilo não fosse decisão *dele*.

Olho de novo para ela, lançando um sorriso ponderado.

– Isso é loucura. Essas mulheres não eram viúvas-negras perseguindo um cara inocente. Luke está no comando do seu jogo.

– Eu sei – ela concorda, fazendo uma careta. – É só um hábito, porque o antigo Luke era muito leal e comprometido. – Quando ela diz isso, o meu coração dá um mergulho dolorido. Apesar de tudo o que vi, essa versão do Luke não é difícil de imaginar. – Mas talvez você consiga entender por que é esquisito para a gente? Isto é, não para *mim* – ela acrescenta rapidamente. – Com toda honestidade, London, acho isso muito legal. E Mia só precisou de um segundo para perceber isso também e, quando ela ligou para Harlow...

– Primeiro erro dela – Finn acrescenta com secura.

– ... Harlow ficou superprotetora – Lola conclui, erguendo os ombros como se estivesse se desculpando. – Ela é assim.

– Eu entendo – digo a eles, e entendo mesmo. Mas, apesar de não querer que ninguém se sinta como se eu tivesse pisado em falso, também não quero me sentir como se tivesse que me defender por dormir com um cara que eu não sabia que rompera com minha amiga há quatro anos atrás. E a maneira como ficam repetindo que tudo vai ficar bem não ajuda em nada a aplacar a sensação de exclusão.

– Só não quero que as coisas fiquem estranhas – repito.

– Não estão – Lola diz, e depois repensa: – Isto é, estão, mas logo passa. Sério, você nem teria ficado sabendo se não tivesse aparecido antes de a gente sair agora, porque juro que a Harlow vai ter superado isso em algumas horas.

Ela tem a intenção de fazer com que eu me sinta melhor, mas isso não acontece. Eu "nem teria ficado sabendo" porque ninguém se daria ao trabalho de me contar. Como se alguma confusão minha tivesse sido resolvida, negociada em algum café da manhã secreto deles ou algo assim.

– Tudo bem, beleza – digo, levantando-me. Vou para a cozinha e lavo a caneca. – Mas, sério, quero que me contem se eu precisar conversar com elas.

Todos assentem com um entusiasmo cheio de empatia – eles sabem como pode ser aterrador ser alvo da fúria da Harlow –, mas, por certo, não devem conseguir imaginar o que é *estar na minha pele* enquanto sou alvo da fúria da Harlow. Eu posso ser apenas um elemento temporário deste grupo, no fim das contas. Talvez ela não sinta a *necessidade* de superar.

Uma vez mais, amaldiçoo o fato de ter tido um namorado de longo prazo que sugou toda a minha vida social durante anos e depois me traiu, deixando-me totalmente isolada. Tenho uma centena de conhecidos, mas amigos verdadeiros? Será que o problema sou eu? Sou uma pessoal superficial socialmente, apoiando-me apenas no sorriso com covas e na conversa fácil para deixar as pessoas à vontade, para fazê-las acreditar que me conhecem?

A única pessoa que tenho para ligar e com quem processar aquilo tudo é a Ruby, mas ela está muito longe e conhece esse grupo ainda menos do que eu. A única pessoa aqui que às vezes parece me entender é o Grosseirão – Dylan – e eu sequer sabia seu nome verdadeiro até duas semanas atrás.

Mas isso não é inteiramente verdade: *Luke* parece me entender, mais do que eu gostaria que ele soubesse. Infelizmente, ele não é confiável, tem amigos idiotas, é um paquerador e – depois de todo o drama desta manhã? – completamente uma zona proibida.

Os últimos raios de sol passaram pela entrada do Fred's quando abri a porta na noite seguinte. Não faz tanto tempo que trabalho aqui, mas, depois de alguns turnos na Bliss, o bar do Fred me parece familiar, reconfortante. Estou feliz por estar de volta.

Fred está atrás do bar quando chego e levanta a cabeça, sorrindo quando me aproximo.

– Sentimos a sua falta aqui, menina – ele diz. – Os outros bartenders têm medo de mim. Não é o mesmo sem ter alguém aqui para me aporrinhar.

Dou uma risada ruidosa ao amarrar o avental à cintura.

– Estou contente que a minha insubordinação agrade você.

– Divertiu-se naquele seu emprego novo e chique? – ele pergunta.

– Foi tudo bem – digo, dando de ombros e sorrindo, e Fred já me conhece bem o bastante para deixar por isso mesmo.

Começo com a minha rotina usual e verifico a minha estação de trabalho, anotando as coisas que preciso trazer do estoque, o que precisa ser reposto.

– Como está o movimento hoje? – pergunto.

Fred assente e se recosta na bancada.

– Está acontecendo algum torneio de softball na cidade, por isso temos alguns rostos novos. Jovens também – ele acrescenta com um sorriso. – É melhor deixar o seu pote pronto.

Ele não está brincando e a primeira metade do meu turno passa num borrão. Às oito da noite, Fred já deixou sete notas de um dólar no pote de fundos para o carro e, com isso, começa a sugerir que eu pegue mais turnos na Bliss.

Estou indo para a parte dos fundos com um jarro de margarita quando vejo Luke. Ele está encostado na mesa de bilhar, as mãos enfiadas nos bolsos do jeans escuro enquanto conversa com um cara que não conheço. Seu cabelo está macio hoje, como se não tivesse aplicado nenhum produto, e cai para a testa, obscurecendo os olhos. Claro que não bloqueia o perfil do maxilar, a linha do pescoço desaparecendo dentro da camiseta cinza ou o modo como o pomo de adão se move quando ele engole.

Ele me mandou quatro mensagens desde a noite em que transamos no sofá dele... de novo... dessa vez há menos de uma semana, mas não respondi a nenhuma delas. Como um escudo contra a sua presença, repasso mentalmente os motivos pelos quais não respondi:

Não confiável.

Amigos idiotas.

Paquerador.

Zona. Proibida.

Por isso me ressinto da reação física que estou tendo: meu coração definitivamente está batendo um pouco mais rápido, e há um distinto tremor de interesse entre minhas pernas.

Quando foi que meu corpo se tornou um traidor?

Ele ergue o olhar bem quando coloco a bandeja na mesa e captura o meu. Não sei bem quando ele chegou, mas não parece nem um pouco surpreso em me ver.

Pergunto à mesa se posso trazer mais alguma coisa para eles antes de voltar para o bar. Fred está falando com um dos frequentadores assíduos quando me meto atrás do balcão. Preparo dois gins-tônicas, sirvo algumas cervejas e começo a colocar um pacote de Red Bulls na geladeira quando ouço um pigarreio atrás de mim.

– Você não respondeu a nenhuma das minhas mensagens, Logan – ele diz.

– Uma experiência desconcertante? – pergunto com um sorriso, fechando a geladeira e me virando. – O que vai querer beber?

– Só uma cerveja, por favor – ele responde, olhando para a TV. – Isso parece interessante.

Acompanho o olhar dele até o *trailer* de um filme de terror que está passando durante um intervalo comercial.

– Isso?

Ele dá de ombros.

– Ouvi dizer que é bom.

– Não sou do tipo de gosta de filmes de terror – informo, inclinando-me para deixar um pano sujo num cesto debaixo do bar.

– De que tipo de filmes você gosta?

Pisco na direção dele.

– Que tipo de... Você está me perguntando sobre *filmes*?

Ele gira o porta-copo diante dele.

– Estou.

– Comédia, eu acho?

Assentindo rapidamente, Luke diz:

– Também gosto desses.

Ele está meio esquisito e mexendo o porta-copo como costuma fazer quando não está se sentindo à vontade. É verdade, as coisas estão muito estranhas entre nós, mas, de fato, sinto um pouco de falta do Luke convencido. Talvez ele também esteja pensando no que aconteceu na Bliss. Talvez esteja se perguntando o quanto ouvi.

Talvez o fato de ele estar tentando acertar a situação entre nós deveria fazer com que me sentisse melhor, mas, pensando bem, não faz.

– Vai me perguntar sobre o clima agora?

Ele desvia a atenção da televisão e olha para mim.

– O que disse?

– Por que parece que você está lendo as falas do *Virgem de 40 anos*? Você está todo esquisito.

– Não estou...

– Ah, está sim.

Ele passa a mão no cabelo.

– Acho que só estou um pouco distraído hoje.

– Posso lhe fazer uma pergunta?

– Pode – ele diz, assentindo. – Claro.

– Você tem alguma *amiga* com quem não transa?

Seus olhos se estreitam.

– Claro que tenho. Margot...

Levanto uma mão para detê-lo.

– Deixe-me reformular a pergunta. Você tem alguma amiga com quem apenas passa o tempo, que não seja uma parenta sua e com quem você nunca tenha transado e/ou nunca pensou em transar?

Ele parece ligeiramente ofendido.

– Sim, Logan. Várias.

Apoiando os cotovelos na bancada, abaixo a voz, dizendo:

– Mesmo? Por que hoje você diminuiu o flerte, mas está agindo como um robô. É como se você só tivesse dois ajustes: conquistador nato ou esquisito.

– Como acabei de dizer, só estou de mau humor – ele diz, circunspecto.

– Luke?

O sorriso tímido dele me derrete um pouco.

– Logan?

– Você não precisa estar com o pau na mão para que alguém goste de você.

O sorriso se amplia algumas centenas de vezes.

– É mesmo?

– Eu mentiria para você?

Isso o faz rir alto.

– Tem ignorado as minhas mensagens – ele repete, como para provar que estou errada.

Uma garçonete deixa um pedido e eu o pego. Com uma careta interna, percebo com que facilidade me deixo flertar com ele... A iniciativa é até minha.

Não confiável.

Amigos idiotas.

Paquerador.

Zona. Proibida.

– Tenho trabalhado praticamente sem parar – explico.

Luke toma um gole da cerveja e depois examina a garrafa.

– Sabe, um dia desses, vou acabar me tornando um alcoólatra e vai ser sua culpa.

– *Eu* faço você beber? – pergunto.

Ele puxa um canto do rótulo e começa a tirá-lo lentamente.

– Não. Mas vou a bares na esperança de ver você. No fim, tudo isso vai me pegar de jeito e vou acabar me parecendo com o meu tio Steve.

Uma inquietação faz com que meus ombros fiquem rígidos. Não é só o fato de Luke trepar com *todas* as mulheres: agora percebo que estar com ele pode pôr em risco as minhas amizades.

– Você sempre pode escolher passar seu tempo em algum outro lugar, sabe.

– Mas a questão é que eu não quero – ele diz e se retrai um pouco, como se a admissão fosse tão perturbadora para ele quanto é para mim.

Alguém se aproxima do balcão, e faço um sinal para Luke de que logo estarei de volta. Quando volto, ele não parece mais contente do que antes. Dá uma olhada no telefone e depois na direção da porta.

– Esperando alguém? – pergunto.

– Dylan – responde. – Ele vai me levar para uma livraria ou um lugar assim. Afinal, de onde o conhece?

– Amigo de um amigo – respondo, dando de ombro. – E ele surfa, por isso o vejo na Black's Beach de vez em quando.

– Talvez a gente... – ele começa a dizer, quando a porta se abre e alguns dos amigos dele da noite anterior entram.

– Sutter! – um deles exclama, apontando na direção dele.

– O seu fã-clube o chama – digo com um sorriso, pegando um pano para secar uns pratos.

– Quando vou ver você de novo?

– Estarei aqui – respondo, mas sei que essa não é a resposta que ele queria. Ele continua a me fitar por um instante antes de suspirar e olha de volta para onde os amigos se reuniram, ao redor de um grupo de garotas jogando bilhar. Claro que estão ali. Ele gesticula para eles que logo estará lá.

– Posso deduzir que vai recusar se eu perguntar se você quer fazer alguma coisa mais tarde?

– Está deduzindo corretamente – respondo. A porta se abre de novo, e é seguida por uma onda renovada de vozes e exclamações quando outro grupo grande de homens de uniforme de softball entra. Outro time, imagino.

Luke se levanta, pega a carteira e deixa algumas notas no balcão para pagar a bebida.

– Então, acho que vejo você por aí, Logan – ele diz e sorri antes de ir para os fundos.

Capítulo 8

Luke

Fico olhando para o teto, tentando juntar os pedaços das últimas conversas que tive com London. É estranho que tudo termine assim tão abruptamente e que eu não possa fazer nada a respeito. Entendo que ela não queira mais transar. Entendo por que ela acredita que não sou o tipo dela. A questão é que agora ela é a London Resoluta, e não há modo de convencê-la de que valho o tempo dela.

Tinha me esquecido de quanto odeio a implacabilidade dos *sentimentos.*

Os sócios da firma de advocacia estão todos numa reunião no Lago Arrowhead, e os estagiários definitivamente não estão incluídos. Mal confiam em nós para carregarmos uma pasta de um escritório para outro, imagine então para nos permitir saber das políticas de empresa e dos casos mais críticos. Isso significa que tenho alguns dias livres, mas a hora não podia ser pior. Não quero ficar sozinho em casa com os meus pensamentos.

Preenchi meu dia com tarefas: levei a vovó à fisioterapia, ajudei Andrew a levar uma geladeira velha para a garagem, nadei um pouco. E, quando chega a hora de sair para almoçar com o meu pai, sinto a tensão nos ombros, descendo pelas costas.

Esse é o estado em que, normalmente, preciso de uma bela trepada, mas London, Mia, um borrão de pernas e bocas e olhos em meio a tudo isso... Não pareço saber o que quero.

O *campus* da UCSD quase vibra com o iminente fim do ano letivo. Alunos passam o tempo nos gramados, jogam *frisbee* por cima de grupos de pessoas sentadas e caminham morosamente pelas calçadas como se não tivessem aulas a que assistir.

À minha frente está um cara que me parece familiar... Meu cérebro leva um segundo para reconhecê-lo e, quando reconhece, o meu estômago se afunda.

Ansel está conversando com uma aluna. Ele é alto, está ligeiramente inclinado para fazer contato visual e gesticula enquanto fala. Não há nada remotamente sexual no modo como dispensa atenção a ela, mas só de olhar para ele consigo ver que se preocupa em fazê-la entender.

Maldição. Ele é um cara legal.

Olho por cima do ombro para o caminho de onde vim. Poderia evitá-lo refazendo meus passos e dando a volta no complexo de humanidades, mas, por algum motivo, não me mexo, mesmo quando essa possibilidade me ocorre. A cada segundo que passa, perco a habilidade de desaparecer sem que ele perceba.

Nesse instante ele olha para trás e me vê parado olhando para ele. Vejo que seu arquivo mental tenta me localizar, vejo quando ele consegue me reconhecer e depois engole em seco, olhando de novo para a aluna.

Em dois segundos, ela já está indo embora, e ele vem na minha direção.

O que eu faria se estivesse no lugar dele? Simplesmente daria um gancho de direita? Continuaria andando?

Ele para a poucos metros de distância.

– Luke.

– Ansel. Olá.

Damos o aperto de mão mais breve e desajeitado da história da humanidade.

De perto, e longe das luzes do bar, percebo que ele é alguns anos mais velho do que eu. Não só pela textura da testa, mas pelo modo como me observa: com tranquilidade, serenidade, sem intimidação.

– O que está fazendo aqui? – ele pergunta.

– O meu pai é diretor do Instituto de Biocircuitos. Ele trabalha... ali. – Aponto além dele, e ele segue minha indicação na direção dos prédios de ciências. – Vamos nos encontrar para almoçar.

Quando volta a olhar para mim, as sobrancelhas dele se erguem e ele solta um "ah" sussurrado.

– Mas eu o vi e quis falar com você.

Ansel assente uma vez, num gesto evidente de "pode falar".

– Fui um completo idiota na outra noite. Quero pedir desculpas.

As sobrancelhas escuras se levantam rapidamente e a cabeça se inclina de leve, revelando-me que aquilo não era o que ele esperava ouvir.

– Eu sabia que Mia estava com alguém – digo – e sabia que ela havia seguido em frente. Quero dizer... – acrescento logo – eu também, claro. Mas eu não sabia que ela tinha se *casado*. Isso me balançou.

Ele assente, mas sua expressão permanece inescrutável.

– Entendo perfeitamente.

– Mesmo assim, fiquei meio surpreso com a minha reação quando nos conhecemos. – Sorrio. – Porque seria loucura eu ainda ter alguma bagagem emocional por uma garota quatro anos mais tarde, certo?

Ele ri, os olhos relaxando de algum modo.

– Talvez não – ele admite. – Estamos falando sobre a Mia. Eu poderia ter uma bagagem um século depois.

Isso também me faz rir um pouco.

– É justo.

O sorriso dele se contém.

– E estamos falando de uma época muito traumática para vocês dois, não? Vocês estavam juntos por muito tempo, e depois ela quase morre.

Sinto como se tivesse levado um soco no estômago toda vez que penso naquele dia: o telefonema da Harlow, o trajeto frenético até o hospital, a espera inquieta durante as catorze horas de cirurgia. Que não a fez melhorar. Foi a pior coisa que eu poderia ter dito a ela e, não importa o quanto eu me arrependa, ainda parece verdade: *Sinto como se a garota que eu amei tivesse morrido debaixo daquele caminhão.*

– Ela precisava de alguém depois do acidente, e não era eu – digo, percebendo, talvez pela primeira vez, o quanto isso é verdade. – É simples assim.

Ele assente, piscando e olhando por cima do meu ombro.

– De qualquer modo, você não tem que acertar nada comigo – ele diz. – Sei que essas lembranças fazem a Mia sofrer, e ela se sente como se tivesse perdido alguém da família porque não conhece mais você. Sei por experiência própria que nunca é uma boa ideia tocar a vida fingindo que nada aconteceu. – O sorriso fácil dele da outra noite retorna, e eu me vejo grato; sua expressão profissional é tão mais intensa. – Você precisa vir jantar em casa um dia desses. Temos uma linda casa nova e Mia voltou a dançar... Ela está muito feliz. E adoraria recebê-lo.

Com um tapa no meu ombro, ele passa por mim e segue seu caminho.

~

Quando chega a noite, preciso sair de casa. Dylan me manda uma mensagem bem quando estou saindo para ir buscar *soyriza* nachos e, quando me pergunta se quero encontrá-lo, não consigo pensar num único motivo para não ir. Não estou com ânimo para ir a uma boate, mas, por mais que eu queira ver London, também não consigo me ver indo para o Fred's. O limite é bem tênue entre paquerar alguém que pode retribuir o seu interesse e agir como um pateta. Sinto estar muito perto desse limite.

Nós nos encontramos no Clove – uma boate nova na qual só fui um punhado de vezes – e, a menos que London tenha conseguido um *terceiro* emprego, deduzo que ela não me ouvirá agindo como um completo idiota.

Pegamos uma mesa perto do bar e tomamos umas bebidas, e, quando Daniel e Andrew chegam, já estou me sentindo bem melhor. A música é ótima, as garotas são gostosas e, se não me engano, há uma morena de pernas compridas num canto que definitivamente parece estar prestando atenção em mim.

Sinto-a me observando, nossos olhos se encontram por um instante quando olho por cima do ombro do Andrew. Desvio o olhar, na esperança de parecer que estou apenas perscrutando o ambiente. Estou completamente dividido. Por um lado, uma bela foda hoje seria uma excelente distração. Ora, sexo é bom, por que não? Mas a minha outra metade ainda sente uma pontada de hesitação com a remota possibilidade de London se tornar algo bom. Fico me perguntando se deveria ter ido ao Fred's no fim das contas. Quero voltar lá e cutucá-la, caçoar dela, reencontrar aquele ritmo fluido que a gente tinha. Odeio a sensação de que só consigo conversar com ela se vamos acabar transando. Prefiro a ideia de que ela estava certa, de que não preciso mostrar o pinto para alguém gostar de mim.

A morena abre caminho entre a multidão e, quando está a poucos metros, voltamos a fazer contato visual e sei que não há uma saída fácil sem que eu seja um completo idiota.

– Oi – ela diz, depois prende o canudinho entre os lábios cobertos por *gloss*.

– Oi.

– Sua noite está boa? – ela pergunta.

Faço que sim, lançando meu sorriso fácil.

– Boa o bastante.

Ela inclina a cabeça e prende meu olhar por alguns instantes.

– Estou contente que você esteja aqui.

Minhas sobrancelhas se erguem.

– Eu... também estou contente por estar aqui.

Espero que ela me dê seu nome, que me chame para dançar, que faça qualquer outra coisa que não o que ela diz:

– Quer sair daqui?

– Se eu...? – *O quê?*

– Isso mesmo – ela confirma, mordiscando o canudo. – Vamos para a minha casa.

Pisco. Com força. Quer dizer, isso foi rápido, mesmo para mim. Mas a adrenalina bombeia em minhas veias, e eu me torno alguém conhecido, alguém menos complicado, relaxando ante a perspectiva de curvá-la sobre a cama e foder até me esquecer do nome da London. Assinto, abaixando a cerveja na mesa atrás de mim e pegando a mão dela.

Sinto-me bem.

Aquilo é bom.

Aquilo é fácil.

E que porra, Margot? Aquele é o exemplo perfeito do que acontece noventa por cento das vezes: uma mulher me aborda, num bar, e evidentemente quer ser comida. E mesmo assim sou o único que tem que reavaliar suas ações?

Pensando bem, sinto-me muito bem depois de uma semana sem agito, depois da interação com Ansel. Talvez aquilo de que eu realmente precisava fosse pôr uma pedra no meu caso com a Mia, algo melhor do que simplesmente deixar o barco correr. Margot está certa: é bom saber que a Mia está feliz, saber que está vivendo a vida que escolheu, que construiu. Depois que eu conversar diretamente com ela, vou me sentir ainda melhor.

A morena sem nome me leva até seu Camry e destranca a porta. Seus peitos são incríveis, as pernas são bronzeadas, e tem uma boca completamente fodível.

– Quer ir comigo ou vem me seguindo?

Mas não há brilho no olhar dela, nenhum fogo, nenhuma língua afiada, nem um sorriso brincalhão. Nenhuma covinha. Fecho os olhos ante a imagem da London. London era apenas um gatilho, um catalisador, um empurrão. Preciso esclarecer as coisas com a Mia e, para fazer isso, preciso sentir alguma coisa primeiro. London fez com que eu sentisse alguma coisa, mesmo que brevemente; sei disso agora.

Mas também sei que, se eu for dirigindo, vou acabar voltando para casa.

– Vou com você. – Abro a porta do passageiro e olho para ela por cima do carro, apontando para o meu peito. – Luke.

– Eu sei, bobinho.

E ela se acomoda no banco do motorista.

Ok.

Abaixo-me ao lado dela e, antes de conseguir prender o cinto de segurança, ela põe a mão no meu equipamento, inclina-se sobre o console e sussurra:

– Quero que goze em cima de mim.

Retraindo-me, forço um sorriso e tento ocultar a minha repulsa. Quero dizer, é uma imagem sensual e, normalmente, gosto quando as garotas são francas quanto ao que querem, mas esta aqui não tem nenhuma sutileza. Ela deixou de lado as apresentações e foi direto para a pornografia.

A mão dela se arrasta pela minha coxa durante o trajeto, desde o joelho até o quadril e de novo em cima do meu pau, onde esfrega, esfrega, meio esfolando, meio agradando. Tenho que fechar os olhos quando ela me toca para poder sentir.

De outro modo, estou estranhamente entorpecido. *Será que o problema é ela? Ou sou eu?* Sinto como se estivesse assistindo aquilo do capô do carro, olhando através do para-brisa.

Ela faz um breve striptease a cada semáforo vermelho, e a cada botão que ela abre, a pergunta lateja nas minhas têmporas.

Qual é o seu nome?

Qual é o seu nome?

Qual é o seu nome?

Isso é importante. Teria importado duas semanas atrás? Poderia ser engraçado; uma história para ser partilhada com o pessoal da equipe sobre a "vez que transei com uma garota na casa dela sem nem saber seu nome". Mas, agora, não saber seu nome me deixa incomodado. London fez com que eu me importasse com isso.

Aperto os olhos de novo e meu estômago se revira quando ela estaciona numa vaga, os pneus guinchando quando ela freia.

O prédio dela fica a menos de um quilômetro do meu, e dentro do saguão ela me pressiona ao encontro da escadaria, beijando-me, borrando seu *gloss* no meu queixo e na minha boca. Cada vez que ela se afasta, é como se um adesivo estivesse sendo arrancado da minha pele até que o *gloss* some de vez e, por fim, só sobra a boca suave, a sensação de pele de verdade sobre pele de verdade. Ela está emitindo aqueles gemidos com risadinhas quando agarro sua bunda, enterro meus dedos na cintura dela. Mudo meu foco de atenção, odiando o som que ela produz porque não há nada de genuíno nele, nada de honesto.

Virando, ela pega minha mão e me conduz por um lance de escadas acima até seu apartamento, o 2A, e fico tomado pela sensação de *déjà vu*. Ela esfrega a bunda na minha virilha ao se inclinar para destrancar a porta e se vira, puxando-me para dentro pela bainha da minha camisa. Olho atrás dela para o apartamento e uma preocupação me aquece o pescoço, o rosto.

Já estive aqui antes.

Olho para o rosto dela – o lábio preso entre os dentes branqueados, os olhos semicerrados e sedutores – e, subitamente, preciso que ela me diga que a colega de apartamento dela não está em casa, que a colega dela está dormindo. Alguma coisa.

Estou aterrorizado com a possibilidade de ter fodido sua colega de apartamento e de que ela apareça e me encontre ali, e tudo se transforme num completo pesadelo.

– Você mora sozinha? – consigo perguntar por fim.

Ela sacode a cabeça.

– Melissa está trabalhando. – Agora os olhos dela cintilam. – Por quê? Acha que ela deveria se juntar a nós? Ela chega em casa à meia-noite.

Respiro aliviado. Isso só é daqui a duas horas.

– Estou bem assim.

Ela me lança um sorriso lupino e me agarra pelos passadores da calça antes de se virar e me puxar pelo corredor atrás dela.

No seu quarto, ela me empurra contra a parede e puxa minha camisa, arrancando os botões. É tão cômico, tão exagerado que eu quero gargalhar. Essa garota é uma típica estrela pornô. Encaro embasbacado enquanto ela começa a se despir, açoitando-me no peito com a camisa dela, rebolando para sair de dentro do jeans, arrastando a calcinha pelo meu peito.

Tenho o mais ridículo dos pensamentos: se Margot conseguisse ver aquele momento, ela estaria de bunda no chão de tanto rir. É tão engraçado, tão absurdo que quero estar rindo com ela.

Mas, Deus, isso não vai ajudar o meu pau a ficar duro.

Fecho os olhos e me deixo levar, cedendo ao impulso de transar com uma completa estranha. As mãos dela estão determinadas, arranhando meu peito, puxando com força meu jeans para baixo do quadril. De joelhos, ela é tudo o que uma mulher acha que os homens querem: toda língua e dentes, olhos arregalados concentrados no meu rosto, chupando e estalando, afagando e murmurando para o meu pau.

Camisinha no lugar. Ela quer ficar por cima. Estou duro de um jeito meio desesperado, como se estivesse prestes a perder o desejo, não como se fosse gozar a qualquer instante. Os sons dela são exagerados e só para o benefício dos meus ouvidos: arquejos, gritos, pequenos grunhidos sobre o quanto o meu pau é grande, como ela vai gozar em volta dele, como ela quer que eu a foda até ela ficar dolorida e depois algo completamente incompreensível. As mãos sobem para os seus cabelos, puxando-os numa agonia de prazer.

Ela é uma péssima atriz, e o máximo que consegue é desinflar o meu desejo. Sou um cretino preguiçoso, recaindo em hábitos antigos. Fecho bem os olhos com a pontada que sinto ao mero pensamento.

Mas, quando os fecho, num impulso penso em London – na pele quente dela, no peso dos seus seios nas minhas mãos e nos sons que explodem de dentro dela, escapando como se ela perdesse uma batalha –, mas não há nada reminiscente do sexo com London naquele instante, não importa o quão desesperadamente eu cavouque as lembranças.

Subitamente, a ideia de que preciso pensar em London para conseguir ficar duro acende o fusível do pânico dentro do meu peito. Sou um tremendo idiota. Sei o que quero e estou desperdiçando o meu tempo não estando com ela. Já me formei, joguei polo aquático com os melhores atletas do mundo, mas sou exatamente a mesma pessoa que eu era quatro anos atrás, no dia em que entrei num apartamento à beira da praia e transei com Ali Stirling.

Estico a mão para a beleza exagerada me cavalgando, necessitando que aquilo termine logo antes que eu pense demais, mergulhe demais em introspecções e acabe pirando ali. Afago-a no lugar certo – apenas fazendo movimentos circulares, com firmeza – e ela se surpreende quando começa a querer mais, e mais rápido, e o prazer se torna real. Reconheço o tremor do quadril dela, a tensão em suas coxas.

Olhos desesperados se encontram com os meus.

– Bate nas minhas tetas! – ela berra. – Bate nas minhas tetas!

Atordoado, pisco para ela.

– *O q-quê?*

– Bate. Sacode, porra. Vai de uma vez!

Hesito e, com o sangue subitamente esfriando de espanto, levanto a mão, fazendo o que ela pede e me sentindo murchar dentro dela mesmo quando ela acaba gozando com um grito, as unhas enterradas no meu peito.

Como se eu tivesse apertado algum interruptor, sei por que ela não me disse seu nome.

Sei por que o apartamento me parece conhecido. Nunca transei com a colega de apartamento dela.

Já transei com essa garota antes.

E me esqueci disso.

~

Margot mal consegue respirar de tanto que ri.

– Você errou muito em me contar – ela arqueja quando, finalmente, tenta respirar. – Nunca vou deixar você se esquecer dessa. Jamais.

Essa foi, de longe, a pior noite da minha vida adulta. Estou muito desgostoso comigo mesmo e sei que só existem duas pessoas com que posso partilhar isso e que me responsabilizarão pelos meus atos: Margot e Dylan.

– Eu não queria contar para você – solto um grunhido. – Primeiro eu liguei para o Dylan, mas ele está chapado demais para conseguir acompanhar uma conversa. Eu tinha que falar com alguém.

– Deus, entendo o motivo. Isso é *muito* ruim. Como não a reconheceu? O rosto dela? Os peitos? Qualquer coisa!

Sacudo a cabeça contra o celular, deitando-me no sofá com um gemido.

– Não sei! Talvez antes ela fosse loira? Ela meio que me pareceu familiar. Mas, Margot – e isto é a pior coisa que eu vou dizer, mas, que porra, você não tem como se livrar de mim –, ela se parecia com um milhão de outras garotas. Cabelos escuros compridos, tetas grandes e lustrosas, lábios brilhantes com *gloss*.

– Então, quando foi que você sacou?

Bate nas minhas tetas! Bate nas minhas tetas!

Balanço a cabeça e digo:

– Não. De jeito nenhum eu vou lhe contar isso.

– Ai, meu Deus, você tem razão. Eu não quero saber.

Nós dois nos calamos e consigo ouvir a televisão dela ao fundo.

– Pode vir dormir aqui hoje? – peço.

– Luke, já está tarde.

– *Margooooot* – choramingo. – Estou me sentindo sujo e esta casa é muito grande e vazia.

– Pelo menos a minha cama tem lençol?

– Vou lá arrumar a sua cama.

Ela bufa um pouco, e sei que venci.

– Tudo bem, bebezão. Chego aí em dez minutos.

~

Minha querida irmã mais velha faz pipoca e chocolate quente para mim, e depois temos uma boa guerra de travesseiros. O prêmio dela: uma massagem nos pés enquanto sintonizamos no programa do Jimmy Fallon no DVR.

– Obrigado por vir – agradeço, pulando o primeiro comercial.

Ela fecha os olhos.

– Cale a boca.

Dou uma série de piscadas exageradas e dramáticas.

– Você é a melhor irmã mais velha de todos os tempos.

– Sei disso. – Ela se espreguiça, pressionando o pé contra a minha mão. – Mais no arco. Fico de pé o dia inteiro na bancada.

Faço uma careta.

– Você está com chulé.

Margot bufa.

– Você foi para a casa de uma estranha antes de perceber que já a tinha traçado antes.

Suspirando, admito:

– Você está certa, sou um nojento. – Inspiro fundo antes de contar para ela o acontecimento mais importante do dia. – Então... Dei de cara com o Ansel no campus hoje.

Ela abre um olho.

– Ansel?

– O marido da Mia.

A boca dela forma um "Ó" alguns segundos antes de ela emitir uma verdadeira exclamação.

– Você ficaria orgulhosa de mim. Cheguei perto dele e me desculpei por ter sido um cretino com a Mia.

Ela se apoia num cotovelo, os olhos bem arregalados.

– E?

– E... ele é um cara legal. – Conto a minha conversa com ele. – Ainda preciso falar com a Mia, mas me senti um milhão de vezes melhor depois disso.

– Luke, posso lhe perguntar uma coisa?

Pressiono o polegar abaixo do dedão do pé dela.

– Claro.

– Você ainda olha para a Mia e imagina se...

Largo o pé dela, levantando a mão.

– Não. *Não*. Não mais. – Ante a sua expressão inescrutável, acrescento: – Não quero dormir com a Mia.

Ela refreia uma risada.

– Tudo bem.

Margot mal consegue conter uma gargalhada, e sinto o desconforto se instalando no meu íntimo.

– Não é isso o que você ia me perguntar, é? – pergunto.

– Não.

Abaixo a cabeça.

– Mas que droga.

– Luke, você tem um problema com sexo.

Dou um tapa na panturrilha dela.

– Faça logo a sua pergunta.

Com um sorriso maligno, ela pergunta:

– Você já olhou para a Mia e ficou se perguntando se ela já foi para casa com alguém com quem já tenha transado, mas de quem se esqueceu?

Me estico até as costelas dela e começo a fazer cócegas até ela gritar.

– Vá se ferrar – grito acima dos gritos dela. – Faça logo a pergunta.

– Ok! Ok! – ela arqueja, batendo em minhas mãos. – Você já olhou para a Mia e achou que é legal ela estar tão feliz de novo?

Deixo a cabeça pender no sofá para poder pensar na resposta, porque a verdade é que sinto muitas coisas. A resposta simples é que estou feliz pela Mia, porque ela é uma mulher incrível, cheia de amor e merece a felicidade. Mas também é complicado. Sinto-me mal por não ter sido aquilo de que ela precisava. Sinto-me desapontado comigo mesmo pelo modo como reagi a essa porção da minha vida se encerrando e por ter chegado a tais extremos para começar outra. Odeio o fato de ainda ficar triste pelo modo como as coisas terminaram com Mia, e ainda mais triste por não ter sentido mais nada até conhecer London.

– Está tudo bem, mesmo – respondo, e Margot deve enxergar tudo o que se passa por trás dos meus olhos porque me lança um sorriso terno e depois me dá um chute nas costelas. – Ai! Jesus Cristo, mudei de ideia. Não quero mais que você durma aqui.

Ela tira os pés do meu colo.

– Só quis bater em você por ter se deixado levar pelos antigos hábitos. Teve uma noite de merda, mas vai aprender alguma coisa e seguir em frente. Às vezes, você sabe ser um idiota, Luker, mas não é burro. Só não cometa o mesmo erro de novo. – Hesita e depois acrescenta: – Quero dizer, *mais uma vez*.

Esfrego a mão nas costelas e a encaro.

– Bem, agora está tarde e preciso dormir. – Ela se inclina e me dá um beijo na cabeça. – Eu amo você. Não fique acordado até tarde.

– Não vou – digo, acrescentando num impulso. – Acho que quero ligar para a London.

Espero levar alguma bronca, mas, em vez disso, ela diz:

– Acho que é uma excelente ideia. – E vai para o corredor que dá para o quarto dela. Depois que a porta se fecha, pego o celular do bolso. Acabo rindo quando vejo que, enquanto conversava com minha irmã, perdi dezessete chamadas, e nenhuma delas era da garota com quem quero conversar.

Mesmo enquanto crio coragem para ligar para ela, duas outras mensagens chegam. Uma do Dylan, me convidando a me juntar ao pessoal na casa do Andrew, e outra de uma garota com quem passei uma noite e que mora em Seattle.

Mas que porra que é a minha vida?

Sem pensar mais, desço o dedo pela tela e encontro o nome da London. Ela provavelmente está no trabalho e vai demorar algumas horas para checar o aparelho. Tenho medo de perder a coragem daqui a algumas horas. Pressiono o número do bar.

– Bar do Fred – ela atende, e o meu coração se aperta de maneira irritante.

– Logan? Sou eu, Luke – digo.

Ela fica quieta por um tempo longo demais para o meu gosto antes de dizer:

– Oi.

– Oi. – Sei que ela está no trabalho e que tenho que ir direto ao ponto antes que alguém a solicite. – Então, eu estava pensando, talvez a gente possa matar o tempo juntos.

– Matar o tempo?

– É – digo, sorrindo. Nunca antes me senti um idiota tão nervoso. – É o que os garotos dizem hoje em dia quando querem fazer alguma coisa juntos. Podemos matar o tempo na praia. Ou durante um jantar. Viu?

Rindo, ela diz.

– Não acho que seja uma boa ideia.

– Sei que você não acha – digo, sentando-me mais ereto. – Mas prometo que vou fazer valer a pena, cem por cento. Vou desligar o celular. Pago o jantar. Não vou pedir nenhuma Heineken.

– Está ligando no meu trabalho para me convidar para sair?

– Fiquei preocupado que não atendesse o celular se visse que era eu. Fecho os olhos ante o som da sua risada de novo. É rouca, e nela consigo ouvir tanto exasperação quanto o "não" que ela está prestes a me dar.

– Quando? – ela pergunta.

A esperança explode quente em minhas veias.

– Amanhã?

Consigo imaginá-la mordendo a unha enquanto pensa.

– Eu trabalho amanhã à noite – ela responde.

– Que tal durante o dia? Quero dizer, é claro que o escritório está fechado.

– Durante o dia?

– É.

A hesitação dela dura um milhão de anos.

– Eu tenho que fazer... o inventário do estoque.

– Inventário?

– O dia todo – ela diz rapidamente. – Vai começar lá pelas... hum... dez? Ou quem sabe mais cedo? Tenho que ver o cronograma que... que está no escritório do Fred. E acho que só vai terminar... hum, perto de o meu turno começar? – Ela faz uma pausa, acrescentando: – Na verdade, as próximas duas semanas vão ser bem cheias para mim de modo geral.

Não consigo decidir se amo ou se odeio que a London seja a pior mentirosa do universo. É como a surra que ela me dá no videogame, mas na vida real.

– Ah, tá, tudo bem, não esquenta. Bom trabalho hoje à noite – digo. – Quem sabe a gente acha um dia.

Encerro a ligação e me largo no sofá, imprecando uma torrente de frustrações contra uma almofada.

Capítulo 9

London

Viramos na rua da universidade e subimos pelo Boulevard Park com suas três pistas até o Balboa Park. Lola está na direção do seu novo Prius, cantarolando junto com o rádio ao meu lado, o cabelo preso atrás com um lenço verde e branco. Mia está no banco de trás, olhando algo relacionado à dança no seu celular.

Estou tentando parecer tranquila, acompanhando o ritmo da música. Mas, por dentro, estou meio perturbada.

Harlow disse que nos encontraria no parque.

Esta é a primeira vez que ficaremos juntas desde o meu telefonema para a Mia e desde que descobri que Harlow estava incomodada por eu ter saído com o Luke. Lola insistiu que deveríamos aproveitar que todas estaríamos de folga. Insistiu que precisávamos de um tempo só para nós, garotas. Insistiu que não seria estranho.

Mas sejamos honestas: sou meio que novata no que se refere à amizade íntima entre meninas, e o temperamento da Harlow é lendário. Claro que vai ser *totalmente* esquisito.

O dia está perfeito: o céu está azul com apenas algumas nuvens fofas e inocentes bem no alto. O ar está quente sob o sol, fresco à sombra e carregado com o cheiro do oceano. Quero acreditar que não vai haver mais nenhum drama ali, mas, mesmo eu, uma incansável defensora do antidrama, não consigo imaginar que vamos simplesmente fingir que nada aconteceu.

– Tudo bem, certo? – Lola disse, quebrando o silêncio.

Não sei se ela está perguntando para mim ou para a Mia.

– Estou bem – Mia diz do banco de trás.

– Eu também! – exclamo.

Sinto-as me olhando ao mesmo tempo. Paramos numa placa de "pare", e o Prius fica tão completamente silencioso que quase ouço a alegria da minha resposta ecoando pelo carro.

– Somos todas melhores amigas, você sabe – Lola diz, mas gesticula de modo a me englobar também. – Acho que é por isso que a Harlow deu uma pirada. Ela está bem agora.

– Que bom – digo, sorrindo para ela e determinada a não me desculpar de novo. Sou grata pelo gesto que ela fez, ajudando-me a me sentir parte do grupo como o restante delas, por isso tento me concentrar nisso em vez de apontar para o óbvio, que eu não estava por perto há quatro, três, sequer dois anos atrás, quando Luke e Mia ainda poderiam estar processando o rompimento. Além disso, de nada adianta falar nesse assunto e, quanto mais falo sobre o Luke, mais a coisa se torna *real.*

E não é real.

Quando ele me ligou ontem à noite, eu estava no meio de um pedido e tive que me concentrar para saber se era ele mesmo na linha e não um cara qualquer que tivesse lido meu nome no recibo... Ainda que, claro, nenhum deles me chamaria de Logan.

Luke estava mesmo me chamando para sair? O Luke "neste instante eu seria terrível em qualquer outra coisa além disso" Sutter? Fred me observou com a expressão de interesse mais engraçada, e tive que virar de costas porque a surpresa no meu rosto teria bastado para ele ficar me interrogando pelo resto da noite.

Luke me pareceu tão sincero que, por um instante, fui pega desprevenida. *Gosto* do Luke, o que é na verdade parte do problema.

Por isso menti, dizendo que tinha que trabalhar quando poderia simplesmente dizer que já tinha outros planos.

Que é o que tenho.

Odeio mentir.

Vou ligar para ele mais tarde, decido. Admitirei que entrei em pânico, que não estava preparada para ele me ligar no meu trabalho. Mas deixarei claro – sem ser rude – que o melhor que ele e eu podemos ter é uma amizade.

Entramos no estacionamento e saímos do carro, alongando braços e pernas, virando o rosto na direção do sol. O Balboa Park é um parque enorme no meio da San Diego urbana. O zoológico é um dos melhores do mundo, há mais jardins e museus do que se pode visitar num único dia, mas normalmente vimos aqui por causa da enorme extensão de jardins debaixo do céu azul resplandecente.

Encontramos um lugar à sombra de uma árvore imensa e esticamos uma manta. Tiro os sapatos e me delicio com a grama fresca se metendo entre meus dedos antes de me acomodar, na esperança de silenciar minha mente por algumas horas.

Lola abre a cesta de piquenique e joga uma garrafa de água para cada uma de nós antes de abrir uma caixa pequena de *cupcakes*.

– Vamos começar pela sobremesa.

– Não preciso de um *cupcake* – gemo, esticando-me sobre a manta. – Acabei com um pote inteiro de sorvete da Ben & Jerry's quando cheguei do trabalho ontem à noite.

– No Fred's? – Mia pergunta, esticando-se para ajeitar o lado dela da manta. O cabelo escuro dela está mais curto de novo e resvala na linha do maxilar quando ela se inclina para a frente. É um corte que a maioria das pessoas não poderia se dar ao luxo de ter – angular, talvez até um pouco severo –, mas, com suas feições delicadas e a pele alva, tenho quase certeza de que ela poderia estar usando um daqueles chapéus com canecas de cerveja e ainda assim continuaria linda.

Mia é evidentemente bonita, mas é em momentos como esse que consigo vê-la junto a Luke, como um casal: a Mia pequenina, linda como uma bonequinha de porcelana, e o Luke Abercrombie & Fitch, com malares mais bonitos que os de qualquer mulher que eu conheço.

– É, no Fred's.

– Não consigo acompanhar os seus horários – Lola diz, entregando-me um *cupcake* apesar de eu ter recusado.

– Porque ela trabalha pra cacete – Harlow diz, assustando-me ao aparecer do nada. Ela se senta ao meu lado. – Oi, pessoal.

Todas retribuímos o cumprimento... E, quando ela olha para mim, bem, é esquisito. O sorriso dela é meio forçado e o meu provavelmente está escancarado demais.

Mas estamos todas comprometidas ali, pelo visto. Harlow pega um *cupcake* oferecido pela Lola e cruza as pernas.

– Adivinhem quem acabei de ver no estacionamento?

Nem me dou ao trabalho de tentar adivinhar. Praticamente todo mundo que conheço em San Diego está sentado ali naquela manta.

Pelo visto, Lola e Mia também não fazem a mínima ideia porque perguntam em uníssono:

– Quem?

– Ethan Crumbley.

Fica claro que as duas precisam de alguns instantes para se lembrar dele, porque Harlow acrescenta:

– O cara do time de futebol da UCLA.

– Ahhhh – as duas dizem ao mesmo tempo e, pela reação delas, bem que eu queria ter esbarrado nele no estacionamento também.

– Infelizmente – diz Harlow, lambendo o dedo melado de cobertura –, ele não envelheceu bem.

– Ah, que triste – Mia diz. – Mas acho que, como ele era meio idiota, é melhor ver um ex ficando feio do que o ver mais gostoso do que nunca!

Ai, cacete.

Mia fecha a boca de repente, lançando um olhar horrorizado para Lola.

Harlow dá uma mordida enorme no *cupcake* e levanta o olhar quando percebe que nós três ficamos absolutamente caladas.

– O que foi? – ela pergunta com a boca cheia. – Finn está de partida por duas semanas e, se não vou transar, posso, pelo menos me consolar com um pouco de cobertura.

Ok, está na cara que a Harlow não entendeu a estranheza e, pelo visto, deduziu que estávamos horrorizadas por ela ter conseguido comer metade de um *cupcake* numa mordida só. Vejo Mia relaxando na minha frente.

Eu faria qualquer coisa por um sorriso tranquilizador de *alguém* hoje.

– Como Finn está se ajustando às filmagens? – Lola pergunta.

– Na verdade, tem reclamado bem pouco – Harlow responde. – O que é surpreendente porque Finn costuma reclamar de tudo. Mas não verbalmente: seu meio de expressão mais comum se restringe a suspiros pesados.

– Uau, como vocês têm pouco em comum – Mia diz, e Harlow joga um chinelo na direção dela.

– Bem, eu estou muito feliz de estarmos aqui, ao ar livre – Lola comenta. – Se eu tivesse que passar mais um segundo olhando para as provas medonhas do novo site que encomendei, acho que ficaria louca.

– Está fazendo um novo site? – Mia pergunta, e Lola confirma.

– Sim, mas até agora tem sido um desastre. O cara me foi altamente recomendado, mas ele não parece entender a arte, será que isso faz sentido?

– Acho que faz todo o sentido – digo a ela, e todas olham para mim como se tivessem se esquecido de que eu estava ali. – Posso dar uma olhada, se você quiser.

Lola olha para mim como se eu tivesse acabado de lhe oferecer um filhotinho.

– Você faria isso?

– Claro, por que não?

– Sei como se sente em fazer trabalhos para pessoas que você conhece – ela responde, mordendo o lábio inferior. – Eu não queria colocar você numa posição desconfortável.

– Você é *você*, Lola. Se eu não quiser fazer, eu simplesmente lhe digo.

Lola se joga para a frente e me abraça, já pegando o celular.

– Vou encaminhar para você os *links* de tudo o que foi feito até agora – ela diz, contente.

– Então, o que você tem feito? – Harlow me pergunta, de um modo meio rígido, esticando as longas pernas bronzeadas. – Acho que não a vi mais desde que todos saímos juntos.

Pisco, olhando para a árvore acima, para o modo como os galhos se cruzam de um lado para o outro, como num quebra-cabeça gigante. Conto nos dedos:

– Ando praticando *skydiving*, combatendo o crime e administrando um pequeno bordel quando sobra um tempo.

– Bem, o lance do bordel eu entendo, porque, primeiro: moças ganhando dinheiro – ela diz –; e segundo: você teria algumas horas livres a mais do que tem tido ultimamente. Além disso, sabe, pênises. Pênis? Qual é o coletivo de pênis? Uma penca?

– Uma penca de pênis, sua safada. Sério? – Lola diz ao deixar o celular na bolsa. – Mas pode *brigar* com ela. Ela tem trabalhado turnos extras...

Apoio-me num cotovelo, com a intenção de interromper, mas, ao mesmo tempo, Lola se move um pouco para a direita, e a minha respiração fica presa na garganta.

Isso não pode estar acontecendo.

Sento-me, mirando duas figuras na parte oposta do gramado: um cara em boa forma de vinte e poucos anos e uma moça. Claro que tem que haver uma moça.

– London? Você está bem? – Lola estala os dedos na frente do meu rosto, e eu pisco, retornando para a conversa. A julgar pela expressão dela, é como se eu tivesse engolido uma bola de tênis.

– Mas que droga – sibilo e me agacho. Não sei bem se estou tentando me esconder ou tentando encontrar uma maneira de fugir, mas tenho quase certeza de que Luke está do outro lado do parque e que eu, supostamente, não deveria estar aqui. Ele também é a última pessoa que eu gostaria de encontrar enquanto Harlow e Mia estão sentadas bem aqui do meu lado.

– O que foi? – Mia pergunta antes de vê-lo por sobre o ombro de Lola também. – Ah. *Oh*...

– Eu nunca devo mentir – murmuro para mim mesma. Olho ao redor pela manta, para a comida que estávamos acabando de dispor. Lola olha para mim com cara de interrogação, então explico: – Eu disse ao Luke que ia fazer o inventário do estoque do bar hoje e agora ele está aqui.

– Puxa – Lola diz e, em seguida, solta outro *ohhhh*, quando saca o que quero dizer.

Harlow, que até então não estava prestando atenção, segue o meu olhar e depois olha para mim.

– Por que disse a ele que ia fazer um inventário?

Olho para ela com incredulidade por um instante, antes de resolver que não é uma boa hora para lembrá-la de que ela não deveria reclamar por eu inventar desculpas para não sair com ele, uma vez que ela não parecia muito animada em me ver com Luke, para começo de conversa.

– Ele me ligou e me chamou para sair – explico, ignorando o lento erguer das sobrancelhas dela. – É só que... Não era uma boa ideia, por isso menti.

– Esse foi o seu erro – Lola diz. – Você não conseguiu ficar séria nem quando lhe perguntei se você tinha comido todo o meu Corn Flakes.

– Mas eu não esperava que ele fosse aparecer *aqui*, né?

– Bem... – Harlow diz. – Qualquer que seja a sua desculpa, é melhor pensar nela rápido. – Ela se senta mais ereta, demonstrando uma expressão tranquila e distraída, e murmura: – Porque, se esse é o Luke, ele está vindo para cá.

Tenho quase medo de olhar, mas, quando dou uma espiada, vejo que Harlow está certa: Luke está vindo direto na nossa direção, com uma morena alta ao seu lado.

Fico de pé, limpo o traseiro dos shorts com as mãos e tento encontrá-lo na metade do caminho. Já que vou fazer papel de boba, é melhor fazer isso longe dos demais ouvidos.

Infelizmente, ele é mais rápido do que eu.

– Logan? – ele diz, olhando para mim antes de se inclinar para o lado para ver as meninas atrás de mim.

Ele dá uma olhada nas minhas roupas – shorts rasgados e uma camiseta branca fina, pés descalços –, na manta esticada na grama e na cesta de comida, e é claro que não demora muito para ele perceber que não estou aqui só num intervalo das minhas tarefas no inventário.

– Oi – digo, apertando os olhos sob a luz do sol. Espero que meus óculos escuros bastem para esconder o modo como meus olhos ficam passando pelo corpo dele. Ele está bronzeado e usando uma camiseta amarela com bermuda cáqui folgada, e eu devo ter irritado muito alguém numa vida pregressa, porque Luke Sutter é possivelmente o cara mais gato que já conheci. – Que legal encontrar você aqui.

Ele parece confuso por um momento antes de sacudir a cabeça.

– Eu estava no zoológico. A minha irmã me abordou e me forçou a sair de casa.

– Ele estava se transformando num esquisitão – a garota interfere. Ela é *muito* bonita, e o meu cérebro ainda precisa de uns dois segundos para processar o que ele disse, que aquela é a *irmã* dele. A mesma que o arrasta para fazer compras e o faz comprar absorventes para ela, que o forçou ao trabalho infantil no seu salão de beleza de bonecas e o faz suportar gozações épicas. Nem conheço Margot e ela já é uma das minhas pessoas prediletas. – Então *você* é a Logan.

– London – Luke a corrige baixinho e, mesmo assim, o sorriso dela se amplia. Ela tem os mesmos cabelos, espessos e escuros, os mesmos olhos castanhos e o mesmo sorriso perfeito que parece iluminar seu rosto inteiro.

– Eu sei, irmãozinho. Deus bem sabe que já ouvi você falar muito dela. *London isso e London aquilo...* Margot – ela diz, apontando para seu peito. – Irmã mais velha, filha predileta.

– Já ouvi falar muito de você também – digo. – Legal conhecê-la finalmente.

Com a mão sobre o rosto dela, Luke a afasta e avança um passo na minha direção. Não tenho que ser um gênio para saber que ela vai fazê-lo pagar por isso mais tarde.

– Você não tinha que trabalhar mesmo, tinha? – ele diz, arregalando os olhos teatralmente. Merda, ele saca que o dispensei com uma mentira e agora está se deliciando por ter me flagrado. – Ai, meu Deus, será possível que a doce London tenha *mentido* a respeito de um inven...

– Por que não se juntam a nós? – digo de pronto e aponto para onde todas estão sentadas atrás de mim, evidentemente ouvindo cada palavra. Olho por cima do ombro e, claro, estão todas acenando. Até mesmo a Harlow.

Não sei o que eu esperava que fosse acontecer. Talvez pensasse que ele sorriria daquele jeito que faz minhas pernas tremerem e insistiria que não gostaria de atrapalhar. Talvez pensasse que ele faria um escândalo, tendo descoberto que menti porque não queria sair com ele.

O que não esperava é que ele fosse olhar para trás, na direção da irmã, e que acenasse com a cabeça, com um sorriso de parar corações, gesticulando para ela ir em frente.

Margot não precisa que lhe digam duas vezes o que fazer, já correndo na direção das meninas. E claro que elas já se conhecem. Luke dá um passo para se juntar ao grupo, mas antes para, só para aproximar o rosto do meu.

– Estou feliz que a *Margot* me tenha feito sair de casa – ele diz, e, se eu já não estivesse me sentindo mal a esse respeito, isso faria com que eu me sentisse. Gosto de provocá-lo. Mas também não quero ser uma cretina com um cretino.

– De qualquer modo, você é arrumadinho demais para se tornar um ermitão – digo, e o sorriso dele se amplia enquanto me acompanha até a manta.

Primeiro ele se aproxima da Mia, agachando ao lado dela e sussurrando alguma coisa ao seu ouvido. Não faço ideia do que ele está dizendo, mas sinto Harlow observando os dois com olhos de águia, monitorando a reação de Mia, que assente e sorri enquanto ouve, e depois se vira para um breve abraço.

Ouço-o murmurar um baixinho "sinto muito mesmo".

– Não precisa. Só estou feliz que você esteja se saindo tão bem – ela diz e sorri de novo quando ele lhe dá um beijo casto na bochecha.

O clima parece melhorar um pouco depois disso. Mesmo Harlow se permite sorrir de leve para ele quando se afasta para liberar espaço sobre a manta, com a enorme cesta de piquenique bem no centro.

Luke se senta de pernas cruzadas ao lado da Lola, e claro que acabo me sentando entre Luke e Margot.

O meu coração está na garganta. Sinto-me como um peixe de aquário, com cada movimento sendo catalogado e analisado. Estou sentada perto demais dele? Agindo com muita familiaridade? Parece que já o vi pelado? Ou que o estou imaginando assim *agora*?

A comida é distribuída, e Margot e as meninas começam a jogar conversa fora enquanto Luke e eu fixamos o olhar na manta diante de nós.

Quando, por fim, crio coragem suficiente e levanto a cabeça, Lola prende meu olhar e sorri me transmitindo tranquilidade. Na expressão dela eu leio: *vocês dois ficam lindos juntos*. E ela tem razão: *ele* é lindo pra cacete. Fico surpresa com o quanto fico feliz em vê-lo, mas também o quanto é injusto que eu não possa aproveitar sua companhia sem que isso irrite alguém importante para mim. Da parte dela, Harlow não parece muito preocupada com isso; nem está olhando para a gente.

– Deixe-me ver se entendi bem – Margot pisca de Luke para mim enquanto desembrulha um sanduíche. – London disse que tinha que trabalhar para não ter que sair com você? – Ela já está se deleitando.

Um lado da boca do Luke se levanta quando desvia o olhar para mim.

– Pelo visto.

É evidente que jamais passou pela cabeça da Margot ou do Luke que isso tudo seria estranho, mas isso me faz gostar dos dois um pouquinho mais.

– Ok, ok – Margot diz, mudando a posição dos joelhos para poder pegar o celular no bolso de trás. – Só me deixe marcar o dia de hoje no calendário. – Ela começa a escrever. – O dia... em que o jogo vira... Ai, meu Deus, meu querido irmão... E uma garota inventa que tem que trabalhar... só para não perder tempo com ele. – Ela bate na tela uma vez mais, como se estivesse salvando a anotação, e sorri. – Pronto. Anotado.

– Não se esqueça de mandar uma mensagem de grupo – ele avisa. – Você não vai querer que mamãe e vovó fiquem sem saber disso.

Ela vira o celular para ele.

– Ah, mas a janela do grupo já está aberta.

Luke dá de ombros, levando na esportiva, e dá uma mordida no sanduíche.

– Sou homem o bastante para aguentar isso.

Olho para Mia e vejo que ela está sorrindo de orelha a orelha.

– Pelo menos, desta vez a sua vergonha não foi fotografada.

– Ai, meu Deus! Eu tinha me esquecido desse jogo! – Harlow exclama.

– Você acha que fiquei com *vergonha* daquilo? – Luke pergunta, inclinando-se para mais perto de mim. Estamos tão próximos que nossos braços se tocam dos ombros aos cotovelos.

Ele está me incluindo.

Está deixando claro que está aqui por minha causa.

Está dizendo uma coisa para mim, e está dizendo para Mia e para todas as amigas dela: *aquilo foi a nossa história; este é o meu presente.*

O meu coração tropeça em si mesmo, mas cai fundo, bem fundo no meu peito quando sinto o olhar de Harlow no meu rosto.

Olho diretamente para ela, redirecionando sua atenção severa.

– Tudo bem, o que aconteceu nesse jogo? – pergunto.

Mia já está gargalhando, e os sons diluem um pouco a tensão que – graças a Deus – Margot e Luke ainda não perceberam.

– Bem, estávamos no intervalo. Lembre-se disso, era o nosso último ano, portanto os meninos não davam a mínima para bom comportamento àquela altura. Todos estão nas arquibancadas, esperando pelas animadoras de torcida, e esse grupo de caras pelados usando máscaras aparece correndo no meio do campo.

Olho para Luke e percebo que, inconscientemente, estive me apoiando um pouquinho nele. O cheiro dele é de limpeza, e é acolhedor. Sinto a fragrância do sabonete dele e me lembro de como ele ficava diferente na minha pele. Ele está corando, bem no alto das maçãs do rosto, o rubor visível mesmo sob o bronzeado. Ele parece ter dificuldades para conter a própria gargalhada.

Margot assente.

– O jornal local estava lá – e cerca de umas duzentas câmeras de pais, com zoom, também – e foi algo assim: pênis balançando, flash, bunda, flash. A nossa tia reconheceu a bunda dele numa das fotos que a vovó mandou para toda a família. – Ela mal consegue pronunciar a última palavra antes de se dobrar ao meio, gargalhando.

– Ah, meu Deus – digo para ele. – Mas o que é que vocês tinham na cabeça?

– Preste atenção – Luke diz, gesticulando para seu corpo. – Às vezes não dá para conter a fera, entende?

Um grunhido coletivo se espalha e agora todas perderam as estribeiras por completo, Lola está gargalhando tanto que parece não estar conseguindo respirar.

– Ele teve que prestar trabalho comunitário no centro de serviço social para idosos durante o verão e teve a bunda beliscada por velhinhas que o tinham visto no jornal.

– Não acredito que eu tinha me esquecido disso – Margot comenta e levanta a mão para enxugar as lágrimas. – Ai, meu Deus, estou até chorando.

– Ai, a minha barriga – Harlow diz, dobrando-se para a frente para recobrar o fôlego.

– Faço o que posso – Luke diz. Não está nem um pouco perturbado com tudo aquilo e dá uma mordida gigante no seu sanduíche; não consigo deixar de me impressionar. Ocorre-me que não o vi olhar para o celular nem uma vez sequer, e fico me perguntando se isso tem alguma coisa a ver com a irmã dele.

Por fim, Harlow se recupera e volta a atenção para Luke.

– Bem, agora que podemos deixar isso de lado – ela diz, e limpa o rímel debaixo dos olhos. – O que tem feito ultimamente? – Prendo a respiração, mas exalo lentamente quando ela só diz: – Ouvi dizer que vai fazer Direito?

– Espero que sim – ele responde. Explica que é estagiário numa firma de advocacia – Margot o interrompe para dizer que ele trabalha na mais importante firma de direito comercial do condado de San Diego e que mal tem tempo de ir ao banheiro sem ter que levar processos com ele ao reservado. Ele diz que espera ingressar na faculdade de Direito no próximo outono. – Minha mamãe e a minha irmãzinha garantiram que eu postasse as minhas inscrições – ele diz, sorrindo para a irmã –, por isso, vamos ver o que acontece.

Harlow aponta a garrafa de água para ele.

– Isso é uma coincidência e tanto porque o marido da Mia é advogado.

– Sutil, Harlow – Lola comenta, colocando outro *cupcake* na mão dela. – Por que não ocupa a boca com isso por enquanto?

– O que foi? – ela diz, mas aceita o segundo *cupcake* mesmo assim. – Esse não é um fato interessante?

– Sei disso – diz Luke –, porque o vi por acaso no *campus* um dia desses e fui falar com ele. Ele parece ser um cara incrível.

Todas ficam imóveis, exceto Luke, que casualmente dá outra mordida no sanduíche, e Mia, que parece já conhecer essa história.

– Ele é – concorda Mia, sorrindo para ele com tamanha gratidão que minha garganta se aperta de tanto alívio pelos dois.

Lola distribui mais um *cupcake* para cada um de nós, e o pessoal continua botando a conversa em dia, perguntando sobre a recuperação da mãe da Harlow de uma dupla mastectomia e quimioterapia, do trabalho de Margot como professora, sobre Finn e Ansel e, claro, sobre Luke, quando ele se vira para mim, inclinando-se.

– Você está me devendo, sabia? – ele diz, e sinto minhas sobrancelhas sumindo nos cabelos.

– Estou lhe *devendo*?

– Calma aí, Zurique. Não é disso que estou falando. O que quero dizer é que mentiu para mim e acabou de fornecer munição suficiente para a minha irmã me zoar o verão inteiro.

– Ei, não olhe para mim – defendo-me, sem conseguir conter um sorriso. – Não é minha culpa se você é uma fonte incrível de material. Você é uma mina de ouro para comediantes.

– E você continua ignorando o fato de ter mentido para mim. – As sobrancelhas dele se abaixam, mas, mesmo assim, seus olhos não deixam de sorrir. – Isso não foi muito legal.

Ele tem razão.

– Você está certo, mas, em minha defesa, eu só estava tentando manter suas expectativas num nível administrável. Não queria que você pensasse que havia alguma coisa entre nós que pudesse levar...

Ele levanta a mão para me deter.

– Não vamos fazer aquilo. Eu sei. – De modo surpreendente, ele olha para a Harlow e depois para mim de novo. Talvez ele perceba mais do que dá a entender? – E entendo. Mas mesmo você tem que admitir que isto, passar um tempo juntos, não é tão ruim assim, é?

– Bela maneira de elevar o nível, hein, *superstar*?

Ele gargalha.

– Você *sabe* o que estou querendo dizer.

Cutuco a embalagem do *cupcake*.

– Não é ruim – admito.

– Você acabou de admitir que estou certo. Estou meio chocado com o quanto isso me deixa feliz. – Ele se inclina de novo, indicando Margot. – Não conte para a minha irmã.

– O seu segredo está guardado comigo.

Luke estica a mão para o meu *cupcake*, e eu o deixo pegar um pedaço, observando como ele o parte e o joga para dentro da boca. Um pouco de cobertura branca fica no seu lábio inferior, e ele o limpa com a língua. Ele olha para mim enquanto o observo, e sua cara é de quem sabe tudo o que estou pensando.

Engulo em seco, e só me resta esperar que não tenha sido de maneira tão audível quanto imagino que foi. Lola – que aparentemente está absorta na outra conversa –, sub-repticiamente aperta minha mão sobre a manta atrás das costas do Luke. Ela é muito habilidosa.

Pigarreio e me ocupo limpando migalhas imaginárias do meu colo.

– Então, o que tem feito?

– Vejamos... Mandei muitas mensagens para você – diz com um sorriso zombeteiro –, sinta-se à vontade para responder quando quiser. Pratiquei no videogame, lavei roupa, fiquei na casa da minha mãe e me masturbei algumas vezes. – Ele para e as sobrancelhas se unem. – Definitivamente, *não* nessa ordem.

Dou uma tossidela.

– Eu ia dizer...

– Hum, pois é. Vamos refazer essa conversa e editar a última parte. – Ele estica a mão para mais um pedaço do meu *cupcake*, e eu o estendo para ele. – Obrigado – ele diz.

Olho de relance para a irmã dele, que parece profundamente envolvida na conversa com as meninas.

– É mesmo maravilhoso quanto tempo você passa com a sua família.

– Você sabia que o meu quarto em casa está exatamente igual a quando eu morava lá com dezesseis anos?

– Verdade?

Ele assente.

– A maioria dos pais dos meus amigos transformou o quarto deles num escritório ou algo assim, mas no meu nada mudou. A minha adolescência desajeitada foi preservada como um sítio arqueológico.

– Não sei se isso é aterrorizante ou curioso – comento.

– A minha cama está na mesma posição, os pôsteres nas paredes, até mesmo meu mural de cortiça que fiz numa aula de artes quando eu estava no oitavo ano ainda está lá, cheio de braceletes da amizade, ingressos de shows e fotos de bailinhos. Acho que até a embalagem da camisinha da vez em que perdi a virgindade ainda está lá – ele diz, estreitando os olhos como se tentasse se lembrar. E, como se acabasse de lhe ocorrer o que isso significa, olha para Mia, voltando a corar.

– Uau, isso é nostálgico. – É um pouco estranho ouvi-lo falar sobre isso, mas estou sendo honesta. A minha família não é nada disso.

Ele sacode a cabeça.

– Tenho certeza de que a minha mãe não sabe que está lá. Nem eu mesmo sabia até procurar um número de telefone no verão passado e encontrá-la debaixo de uma entrada da Torre do Terror de 2009, e do toco do ingresso do show do Tom Petty.

– Isso é incrível – digo, arrancando um pedaço de grama. – Só fazia um mês que eu tinha saído de casa quando a minha mãe transformou meu quarto num quartinho de artesanato.

– Não sei o que eu faria se não pudesse voltar para casa – ele diz baixinho. – É como se eu fosse para lá e voltasse a ter doze anos. Posso me deitar na cama e olhar para as páginas que rasguei da edição de maiôs de 2002 da *Sports Illustrated* – Yamila Diaz-Rahi na capa, para o caso de você ter ficado curiosa –, para o pôster do Lamborghini que jurei que teria aos dezoito anos – ele diz, revirando os olhos. – E posso dar uma de bobo e fingir que nada mais importa.

– Acho que estou com inveja do seu quarto maneiro.

– Vamos fazer um acordo – ele diz e lambe um pouco de cobertura do polegar. – Eu deixo você ficar no meu quarto quando a vida estiver difícil, desde que você me deixe apalpá-la pelo menos uma vez enquanto estiver lá. O meu eu de doze anos ficaria muito impressionado com isso.

– E dizem que o cavalheirismo morreu.

– Meu Deus, você se daria muito bem com a vovó. Na verdade, estou com muito receio do que aconteceria se você, a minha irmã e a minha mãe ficassem juntas no mesmo cômodo. Francamente, acho que não sou homem o bastante para enfrentar isso.

Estou prestes a dizer a Luke que essa é uma aposta que estou disposta a aceitar quando ele casualmente pega o celular.

Embora evidentemente estivesse no silencioso, a tela está repleta de notificações. Não faço ideia de quando foi a última vez que ele deu uma espiada, mas ele está ali com a gente por uns bons vinte minutos. Deve haver pelo menos uma dúzia de alertas ali. Percebo que estou com a testa franzida, mesmo sem entender por quê.

– Então, o que vocês vão fazer depois daqui? – ele pergunta, e fico me perguntando se ele percebe que conversa enquanto desce a tela do celular, os olhos acostumados a descer e subir rapidamente.

– Na verdade – digo, colocando-me de joelhos –, acho que está na hora de eu ir.

– Tem que ir? – ele diz, imediatamente largando o celular na manta. Parece desapontado, e eu tenho que reprimir minha reação ligeiramente animada.

Harlow olha para mim e – apesar da estranheza entre nós e do nosso distanciamento, retribuo o olhar dela – lembro-me do motivo de ela ser uma das minhas pessoas prediletas no mundo. É como se um *bat-sinal* tivesse se acendido acima da minha cabeça, porque em questão de segundos ela se levanta, olhando para o relógio de pulso e dando alguma desculpa para o motivo de termos de ir.

Mia logo segue o exemplo, ajudando Lola a guardar tudo no cesto e dobrando a manta.

– Então, quando vamos voltar a nos ver? – Margot pergunta para as meninas, pegando o celular para espiar o calendário. Elas fazem planos, e Luke me puxa para um lado.

– Você vai trabalhar amanhã? – ele pergunta.

Penso em mentir, mas resolvo que não há motivo para isso. Gosto do Luke, quero ser amiga dele. Harlow não pode ter nenhum problema com isso, e, além do mais, o que ele faz com quem quer que esteja mandando mensagens para ele no telefone ou em outro lugar não é da minha conta.

– Vou – respondo, acrescentando: – No Fred's.

– O meu fígado teve um descanso, então é capaz de eu passar lá.

Ele consegue ser tão bonitinho quando quer que chega a ser irritante.

– Vou estar lá. Certifique-se de levar várias notas de um dólar. Aquele carro não se pagará sozinho.

– Você sempre pode começar a fazer striptease... – ele diz, mas logo Margot aparece diante dele, interrompendo-o.

– Foi muito bom conhecer você. Sempre que quiser me ajudar a levar esse cara para beber, é só me chamar. – Ela me surpreende me puxando para um abraço, e eu o retribuo, deparando-me com o olhar do Luke sobre o ombro dela.

– Esse vem se tornando o meu passatempo predileto – respondo. – Talvez a gente possa formar um clube.

Capítulo 10

Luke

– Não, obrigada – vovó diz quando minha mãe leva a travessa para onde ela está sentada. – Nada de aspargos para mim, Julie. Esses branquinhos me fazem pensar que estou comendo pênis pequeninos.

Meu pai engasga num gole de vinho, e os olhos de Margot disparam para o teto enquanto ela se esforça para não gargalhar.

A nossa sala de jantar é clara e grande, com papel de parede creme e um grande lustre suspenso sobre a mesa de cerejeira entalhada. A decoração é bela demais para o tipo de conversa que acontece ali quando vovó está presente.

Sorrio cheio de adoração para a minha avó.

– A senhora é uma poetisa, vovó.

– *Mãe* – papai alerta e depois me encara. – Não a encoraje.

– O que foi? – Os olhos azuis leitosos dela estão arregalados inocentemente para ele do lado oposto da mesa. – Já prestou atenção neles, Bill? Faz séculos que não troco sua fralda nem limpo sua bunda, portanto não estou sugerindo que se parece com o *seu*...

– Pode me passar o pão, por favor? – mamãe a interrompe.

Vovó pega o cesto de pão com a mão trêmula e o passa para a minha irmã.

– Francamente. – Ela sacode a cabeça. – Pênis são os órgãos de aparência mais estranha. Se ser lésbica fosse uma opção no meu tempo, eu definitivamente teria tomado essa direção. – Ela faz um gesto de dispensa no ar. – Não que eu não amasse limpar a casa e meus ferozes filhos e ter cozinhado para o seu pai por cinquenta anos.

– Ai, caramba – Margot murmura.

– O corpo feminino é tão mais agradável – continua a vovó, num devaneio. – Com peitos e pernas e outras coisas mais...

Rio dentro do copo de água.

– Você *deveria mesmo* rir – diz vovó, apontando um dedo delicado na minha direção. – Você ama o seu pênis mais do que tudo no mundo.

Levanto uma sobrancelha como quem diz: *bem, a senhora não está errada*, mas mamãe solta um gritinho agudo:

– *Anne* – depois mais baixo: – Luke não...

A frase termina por aí e o silêncio ecoa ao nosso redor.

– Não o quê? – vovó pergunta para o abismo. – Ama seu pênis? Não seja tonta. Margot me contou que ele não tem uma namorada há anos, mas olhe para esse sorriso. – Aponta de novo para mim. – Nenhum rapaz dessa idade sorri assim sem ter muitas moças ao redor, se é que entende o que quero dizer.

– Ela tem razão – digo.

– Luke Graham Sutter – mamãe sibila. – *Francamente.*

– Pode haver algumas mudanças nisso – Margot anuncia e depois escorrega um aspargo entre os dentes, mordendo com selvageria. Eu faço uma careta. Mastigando, ela diz: – Lembram-se da mensagem que mandei no outro dia? Luke está a fim de uma garota.

O tempo para. Garfos silenciam. Queixos caem e a poeira assenta.

– Jesus Cristo – gemo, perfurando o frango.

– Olhe a boca, filho – papai avisa num tom baixo.

Encaro minha irmã.

– Você anda impossível, Margot. Está tentando fazer com que eu vá embora do estado?

– Ora, o que tenho a perder? – ela pergunta. – Você já está ficando sem opções sexuais no sul da Califórnia. A menos que comece tudo de novo e se esqueça dos nom...

Eu a interrompo com firmeza:

– *Margot.*

– Luker? – mamãe me chama, ignorando o último comentário. – Você tem uma namorada?

– Não – Margot responde por mim. – Tem uma garota que não o quer, mas que ele *aaaaama.*

– Você tem doze anos? – pergunto.

A minha irmã pisca para mim.

– Fofo? – minha mãe se dirige a mim de novo e o fio de esperança em sua voz faz com algo entre minhas costelas se contrair.

– Pessoal – digo, abaixando o garfo –, podemos todos concordar que não é saudável da parte de vocês querer tanto que eu me arranje? Tenho vinte e três anos. Eu me formei no *verão passado.*

– Você era tão feliz com a Mia – papai explica.

– Claro que ele era feliz! – vovó exclama. – Tinha dezessete anos e fazia sexo pré-marital! – Ela ri e bate a mão na mesa.

– Mãe – papai repete com um pouco mais de ênfase dessa vez. – Isso não está ajudando.

– Podemos simplesmente deixar de mencionar a minha vida amorosa para variar? – peço.

– Nós – Margot diz, abrangendo todos à mesa – nunca, literalmente, discorremos sobre a sua vida amorosa. – Como não discuto, ela continua: – Pelo menos não quando você está presente. Eu só achei que seria bom todos saberem que você está de olho em alguém. E, visto que está sem prática no assunto, por assim dizer, talvez possa se beneficiar com alguns conselhos. Afinal, mamãe e papai estão casados há vinte e sete anos. E vovó conviveu com vovô por cinquenta.

– E dois – vovó a corrige.

– Viu? – Margot sorri para mim, vitoriosa. – Cinquenta e *dois*. Tenho certeza de que eles adorariam dar algumas sugestões.

O sorriso esperançoso de mamãe se abre novamente.

– Quer algum conselho, Fofo?

Sorrio para minha irmã entre dentes e assinto.

– Claro, mãe.

Papai limpa a boca com o guardanapo e o deixa ao lado do prato antes de se recostar na cadeira e me estudar.

Ai, caramba.

– Seja direto – ele diz, entrelaçando os dedos atrás da cabeça.

– Direto – mamãe concorda com um aceno incisivo.

– O meu melhor conselho – continua papai – é não ficar dando voltas.

Margot bufa.

– Concordo. Luke tem uma tendência a ficar *dando voltas* por aí.

Papai abre a boca, depois a fecha, olhando para Margot com desaprovação.

– Se gosta dela – continua com ênfase, lentamente olhando para mim –, então a convide para sair.

– Mas essa não é a que ele convidou e que mentiu dizendo que tinha que ir trabalhar, é? – mamãe pergunta a Margot.

– Não é tão simples assim – digo antes que Margot possa responder por mim, e, por um segundo, custo a acreditar que estou participando dessa conversa. Mas, quando meu pai e minha mãe se inclinam para a frente, encorajados, percebo que é tarde demais. – Saímos algumas vezes. – Olho fixamente para Margot quando ela levanta um dedo para corrigir a minha inexatidão e o abaixa, parecendo, só para variar, que vai deixar essa passar. – Mas eu tenho... rodado bastante – digo delicadamente. – E não acho que ela goste disso.

– Ora, claro que ela não gosta, querido – mamãe me diz com doçura. – As garotas gostam de se sentir especiais.

– Leve-a para dançar – vovó sugere com um amplo sorriso.

Revelo a verdade para ela com gentileza:

– Não fazemos mais esse tipo de coisa, vovó.

– Bem, então a leve a algum lugar de que ela goste – ela replica. – Essa moça gosta de ir ao cinema?

Arrastando os dedos pelos cabelos, admito:

– Não faço a mínima ideia se ela gosta de ir ao cinema. Ela é bartender à noite e surfa durante o dia.

Mamãe leva a mão trêmula à base do pescoço.

– Mas ela fez faculdade, não fez?

– Ela se formou junto comigo na UCSD – tranquilizo-a. Mamãe relaxa visivelmente. – Só acho que ela está tentando descobrir o que quer fazer da vida.

– É isso, então – papai diz, dando um tapa na mesa. – *Você* é direcionado e motivado. Talvez possa ajudá-la a encontrar seu caminho profissional, e ela pode ajudá-lo a pôr a cabeça no lugar e a voltar a se endireitar na sela.

Dessa vez a minha irmã resfolega tão forte que temo que o nariz dela se rompa.

– Não consigo acreditar que o senhor disse mesmo "se endireitar na sela" – digo a ele.

Ele assente, retraindo-se como quem pede desculpas.

– Eu... – Ele estica a mão e pega a garrafa de vinho para se servir de novo.

Estou praticamente vibrando internamente, necessitando escapar de toda aquela atenção. Como se tivessem molas, minhas pernas me empurram para eu ficar de pé, e beijo a testa da minha mãe, a bochecha macia da vovó, dou um tapinha no ombro do meu pai e um tapa na parte de trás da cabeça da Margot.

– Obrigado pelo jantar, mãe. O frango e os pênis estavam deliciosos. Amo vocês.

Pego meu agasalho no encosto do sofá a caminho da porta, sentindo como se meu coração fosse saltar para fora do corpo. Causei mais confusão para Margot do que acho possível que ela consiga retribuir a vida inteira, mas gosto da London. Gosto muito dela e ver isso reduzido a uma piada, a uma conversa fiada durante um jantar, está começando a me enervar.

E me incomoda o fato de ela ter mentido quanto a precisar trabalhar, mas eu entendo.

Incomoda-me o fato de eu não ter a mínima ideia de como mudar a opinião que ela tem de mim, porque não é completamente errada.

Incomoda-me ver que ela evidentemente se preocupa com o que Mia, Harlow e Lola pensam sobre nós dois juntos.

Incomoda-me que ela tenha tanta certeza de que nada vai acontecer entre nós, mas, se o máximo que posso conseguir dela é amizade, gosto dela o bastante para querer que isso dê certo.

Mas mesmo sabendo que ela estaria trabalhando na noite passada, eu não fui ao Fred's. Senti que ela precisava de um pouco de espaço.

– Espere, Luke. – Papai me alcança na varanda, detendo-me segurando meu cotovelo.

O sol está se pondo no horizonte, e o céu está um misto de laranja e vermelho ao redor das palmeiras longas e delicadas. Alguns dias penso que seria loucura sair desta cidade e me mudar para qualquer outro lugar.

– Eu queria lhe dizer umas coisas mais sobre... sobre a sua vida amorosa.

Mas às vezes acho que fugir daqui seria uma ótima ideia.

– Pai – digo, esfregando o rosto com a mão. – Sei que vocês têm boa intenção. É só que... isso é incrivelmente inútil.

É uma coisa estranha eu perceber que amo a risada do meu pai, mas amo mesmo. É tão diferente de todo o restante dele – é delicada e feminina –, porque ele é muito alto, um cara corpulento com uma barba bem impressionante. Seu amor pela literatura, combinado com sua carreira como químico, fez com que eu lhe apelidasse de Quemingway[3] quando eu era velho o bastante para fazer essa brincadeira sem, de fato, entender como ela era demais. Muitos dos seus colegas alegam ter inventado o apelido, desde então, mas, na minha família, todos sabemos quem leva os créditos.

– Sei que não ajuda – ele diz. – A última coisa de que você precisa é de nós quatro nos metendo na sua vida amorosa. Mas é isso o que as famílias fazem. – Coçando a bochecha pensativamente, ele segue em frente: – Você não faz ideia do quanto interferir na sua vida amorosa diverte a sua mãe, a sua irmã e a sua avó.

– Acho que tenho uma noção. – Olho além dele, para o fim da varanda e depois para o oceano.

– A minha família fazia o mesmo comigo – ele admite. – Na verdade, eu odiava isso.

Isso me faz rir, e eu assinto, voltando a olhar para ele.

– Posso apostar que sim.

– Se acha que a sua avó é terrível agora, imagine-a cansada dos quatro filhos e do meu pai, exaurida.

– Uau. Puxa.

– Entende o que quero dizer? – ele fala, assentindo. – Então, eis o que eu queria lhe contar: antes de eu conhecer a sua mãe...

Levanto a mão e começo a me virar.

– Não. Não consigo.

Papai ri de novo, segurando-me pelo ombro.

3 Combinação de "química" e "Hemingway". Ernest Hemingway foi um importante escritor estadunidense. (N. T.)

– Apenas ouça um instante. Antes de eu conhecer a sua mãe, eu... – Ele se atrapalha e desvia o olhar. – Quero dizer, eu *saía*.

Ai, Cristo, esse é o código para o meu pai dizer que *se deitou com muitas damas*.

Ele assente com a cabeça, rindo nervosamente.

– Bastante, para falar a verdade – acrescenta.

Fecho os olhos, combatendo o impulso de estremecer.

– Pai, eu entendi.

– Eram os anos 1980 – ele racionaliza. – Sexo casual era normal, era até encorajado. Mas, quando conheci a Julie, entendi que ela era a garota certa para mim. Não significava que eu não gostasse mais de sexo...

Gemo.

– ... ou que eu teria me casado com a primeira garota que aparecesse. Era *ela*. – Meu pai se inclina na minha direção, forçando-me a fitá-lo nos olhos. – Por isso, não deixe que a sua mãe, ou irmã, ou até mesmo a sua avó o forcem a pensar que você tem que se assentar se você não achar que é hora. – Ele faz uma pausa, acrescentando depois: – Você só vai *foder* tudo se não for *pra valer*.

Sinto meus olhos se arregalarem. Meu pai não pragueja. Quero dizer, esse homem é o único em nossa família que frequenta a igreja todos os domingos e diz "sacola" em vez de "saco", e faz uma careta toda vez que a Margot blasfema para a televisão durante os jogos dos Chargers. Dizer que ele é educado é pouco.

– Obrigado, pai.

Mas ele ainda não terminou.

– Do mesmo modo – prossegue –, se você acha mesmo que a garota é essa, então vá lá e diga isso a ela. Tente conquistá-la. Conheci sua mãe quando eu tinha a sua idade e nunca mais olhei para trás. Nem por um segundo sequer.

Olho para meu pai e tento imaginar uma versão mais jovem dele, uma do começo da minha infância quando ele acordava bem cedo e saía para surfar por algumas horas antes de ir trabalhar. Uma que se aproximava por trás da minha mãe enquanto ela cozinhava e sussurrava alguma coisa ao seu ouvido que a fazia rir e bater no braço dele. Mesmo quando eu era criança, sabia que meus pais tinham uma coisa boa entre eles. Penso nele agora, na mão relaxada sobre a coxa dela enquanto dirige, como ele nunca vai para a cama sem ela, no modo como a ouve discorrer sobre o seu dia enquanto ela cozinha, sem nenhuma distração – nada de telefone, TV e nem jornal. Ele se senta à mesa do café da manhã e a ouve com atenção enquanto ela tagarela sobre o que aconteceu naquele dia no mundo da Oceanografia na Scripps.

Eles são mais do que duas pessoas que tiveram filhos juntas – com toda honestidade, não consigo pensar neles como amantes, isso simplesmente me revira o estômago –, mas também são melhores amigos.

Quero isso.

Quero alguém que me faça rir, que me desafie, que me ouça. Quero aquela perna ao meu alcance enquanto dirijo. Quero esperar até que alguém termine suas tarefas em casa antes de irmos juntos para a cama. Preciso ser alguém que uma mulher possa respeitar e confiar o bastante para me contar os detalhes do seu dia.

Pisco, balançando a cabeça. *Que porra tem de errado comigo?*

~

– Você mora aqui? – pergunto ao puxar um banquinho e me sentar, deixando o celular com a tela para baixo na minha frente. Dirigi até ali no piloto automático e, quando estacionei, disse a mim mesmo que foi porque o Fred's fica só a uns dois quilômetros de distância da casa dos meus pais e da minha; é um lugar conveniente.

Não que eu tivesse esperanças de que ela estivesse trabalhando de novo e quisesse vê-la.

Eu só queria uma cerveja. E não estou cansado. E não estava a fim de ir para casa.

Mas claro que tudo isso é um monte de asneira.

London levanta o olhar e me lança um sorriso cansado.

– Eu poderia fazer a mesma pergunta.

– *Touché.* – Ela sorri com isso, e eu me inclino para a frente, acrescentando: – Essa é uma das coisas de que gosto em você, Covinhas. – Deixo uma nota dentro do pote.

– O fato de eu morar num bar? – ela pergunta. As covinhas aparecem quando seu sorriso se transforma naquele que é sua marca registrada, e alguma coisa estranha acontece dentro do meu peito.

– Gosto que você nunca deixa eu me safar. E gosto que você nunca é malvada de verdade quando me repreende.

Isso a deixa surpresa. Sei disso pelo modo como os olhos dela se arregalam e as covinhas desaparecem.

– Bem – ela diz quando se recobra –, talvez a quantidade de asneiras que você diz seja tão épica que é fácil lidar com as mais bobinhas.

– *Touché* – digo, rindo. – De novo. Mas lembre-se: eu não vim ontem à noite.

London assente e limpa a bancada do bar, depois deixa um porta-copo na minha frente. Tento interpretar sua expressão; ela ficou desapontada?

– Posso lhe servir uma cerveja?

– Na verdade... – digo, espiando as prateleiras atrás dela. – Acho que vou virar essa página. Vou querer um Amaretto sour. Dylan jura que você prepara o melhor do planeta. Gostaria de começar a apreciá-lo.

Ela me lança um olhar cético.

– Essa é uma bebida bem doce. Tem certeza?

– Estou tentando entrar em contato com o meu lado feminino.

Rindo, London balança a cabeça ao se virar.

– Existem tantas respostas possíveis para isso que nem sei por onde começar.

Observo-a despejar, chacoalhar e depois me servir um copo espumante alaranjado. Vou admitir, parece incrível e faz com que me lembre de ter ficado bebendo Orange Julius com a Mia depois da aula no primeiro ano da faculdade.

Para variar, uma lembrança da Mia que não me deixa com o peito apertado e incomodado.

Bebendo um gole, de imediato percebo meu erro. É tão doce que quase não consigo engolir.

– Não, não vai dar – digo depois de conseguir engolir. – Ainda não é o meu drinque.

O bar está vazio, e London se inclina sobre os cotovelos, pensando.

– Ora, ora, o que posso servir no lugar disso, então? Gosta de gim?

– Mais ou menos.

– Uísque?

Suspiro, fazendo uma careta porque odeio essa pergunta.

– Tenho a sensação de que *deveria*, porque é uma bebida masculina e tenho este pênis maravilhoso – London bufa –, mas, infelizmente, não. Não gosto de uísque.

Ela me dá um tapinha na cabeça antes de se endireitar.

– Já sei. Espere, por favor.

Tenho que retesar todos os músculos do meu corpo a fim de não me lançar da banqueta e me atirar pelo bar para beijá-la. Abri a porta dos fundos e deixei o enxame entrar.

Rompi a represa.

Liguei a mangueira contra incêndio.

Estou totalmente *a fim* dessa garota.

Mas o problema com o conselho do meu pai é que eu sei que London não me vê do mesmo jeito e, se eu a chamar para sair ou apenas tentar convencê-la a ir para a minha casa comigo, isso só vai fazer com que ela corra para a direção oposta.

O outro problema com o conselho do meu pai é que não sei se quero namorar a London. Não, não é bem isso. Não sei se eu deveria namorá-la. Sinto que ainda estou próximo demais da minha noitada dos infernos da semana passada. Não quero que a minha cabeça coloque a London nessa confusão, acabando por recair no meu padrão fácil e costumeiro com ela. É claustrofóbico sentir a proximidade de outras garotas com quem me deitei quando estou a poucos passos da garota de quem verdadeiramente gosto.

Estou coberto por uma camada de escolhas erradas e, mesmo querendo jogar tudo isso para o alto, estou começando a sentir que será mais um processo gradual de desgaste, de arquivamento. De aprendizagem.

Observo-a trabalhar, misturando um, depois dois e logo vejo cinco drinques perfilados sobre uma bandeja. Ela a levanta, vira-se e com cuidado a coloca diante de mim.

– Vamos fazer isso segundo um método científico – ela anuncia. – Feche os olhos.

Fecho os olhos, mas logo um pensamento me ocorre:

– Você não vai jogar isso na minha cabeça, vai?

Sua risada rouca faz com que o sangue do meu corpo inteiro corra para o meu pau.

– Não, Luke, não vou despejar bebidas perfeitamente boas sobre a sua cabeça.

– Porque hoje estou tendo um dia de cabelos bonitos, Logan.

– Estou vendo. – Ela põe um copo baixo na minha mão. – Experimente.

Levanto o copo, cheiro e de pronto balanço a cabeça.

– Não posso tomar tequila. Virei um zilhão de *shots* de tequila no primeiro ano e acho que quase perdi o baço numa única noite no banheiro.

– Deus, que partidão que você é – ela comenta e tira o copo da minha mão, já pegando outro.

Dessa vez, dou um gole.

– Jack? Mesmo com Coca-Cola, é só o que consigo sentir no paladar. Eu diria não para esse.

– Deixe-me adivinhar: decisão sexual ébria e ruim seguida de uma ressaca de proporções épicas?

Para variar, bem que eu queria que esse fosse o caso.

– Não, só um monte de associações... – com a *Mia*, é o que não digo. A primeira noite em que ficamos bêbados foi com Jack Daniel's e Coca-Cola. Quando levanto as pálpebras e olho para London, pedindo desculpas com um sorriso, vejo que ela consegue ler a minha mente.

– Acho que o seu Jack Daniel's é o meu Jägermeister – ela diz baixinho.

Enrugando o nariz, digo:

– As pessoas não bebem Jäger de verdade, bebem?

– Você ficaria surpreso. Muito bem, feche os olhos de novo. – Faço o que ela me pede e sinto meu corpo se retesar quando a mão dela acidentalmente resvala na minha. – Você é um cliente difícil. – London deposita outra bebida na minha mão. – Experimente esta.

Seven-up com alguma bebida alcoólica com sabor de laranja. Vodca, talvez. Sinto o rosto se enrugar por conta do açúcar.

– Doce demais. Pior que o Amaretto sour.

Ela me entrega outro e, quando fala, sua voz é confiante, como se um pouco distraída.

– Ok, ok, desculpe, esse foi uma brincadeira. Hora de terminarmos com isso. *Este* é o seu drinque.

Levanto o copo e dou um golinho. É suave como o copo na minha língua, pesado e viscoso, azedinho de limão. Porra, esse é bom.

– O que é?

– Vodca gimlet.

Abro os olhos e a encaro. Ela já retirou os outros drinques e está olhando para a minha boca com um olhar vidrado. Quando percebe que abri os olhos, pisca e desvia o olhar.

– Belvedere e suco de limão galego sobre gelo – acrescenta, passando um pano no balcão à minha frente outra vez. E logo se vira, deixando-me com o meu novo drinque para cuidar do pedido de um casal que acabou de se sentar.

É impossível para mim não ficar olhando enquanto ela trabalha. London se aproxima do casal com um sorriso – aquele bem aberto que faz meu coração bater mais forte contra o esterno – e, quando põe os porta-copos na bancada, vejo que já os fez rir. É estranhamente excitante o modo como ela serve duas cervejas sem olhar para o que está fazendo. Uma ou duas vezes ela me olha de relance e me flagra encarando-a, e o instinto me diz que devo fingir estar vendo alguma coisa atrás dela ou assistindo ao jogo, bem acima do seu ombro direito, mas simplesmente não consigo me mexer rápido, ser *blasé* assim. Estou fascinado para cacete pela aparência dela nesta noite, o cabelo suspenso num coque bagunçado, os óculos vermelhos falsos que combinam com o batom vermelho, blusa preta tomara que caia, e os shorts cortados que estão provocando coisas perigosas na minha libido.

Por fim, sou como um filhotinho de cachorro que ela não consegue mais deixar do lado de fora, e ela pende os ombros de brincadeira, voltando para perto de mim com uma expressão fingida de exasperação no rosto.

– Está precisando de um amigo ou algo assim?

Em vez de responder, pergunto:

– Como você sabia?

– Como eu sabia que você precisa de um amigo? Você está com uma expressão absolutamente patét...

– Não – interrompo-a com suavidade. – O que quero dizer é como soube que o último seria o meu drinque?

Ela levanta os ombros e apruma as costas.

– É o meu trabalho descobrir esse tipo de coisa.

Isso soa como uma evasão – a verdade me parece mais importante do que isso –, mas deixo passar, tomando mais um gole.

– Mas já estou um pouco altinho agora.

Rindo, ela se inclina e me lança o meu sorriso predileto, aquele que me cai como um terno de alfaiataria.

– Cuidado... Não deixe o seu eu verdadeiro aparecer agora.

Junto as sobrancelhas. Não importa o modo cuidadoso com que ela diz isso, não importa o quanto o seu sorriso me diga que ela não está tentando ser maldosa, odeio a imagem que ela tem de mim. Odeio a sua *precisão*.

– Está se referindo ao meu lado galinha?

Ela parece se sentir um pouco culpada quando se endireita de novo e se vira. Merda. Minhas palavras saíram mais ásperas do que era a minha intenção, e agora eu pareço um galinha *e* um idiota.

– Merda. Não, não vá embora – digo, esfregando o rosto.

London se vira para mim, guardando alguns copos debaixo do balcão.

– Não posso ir longe. Trabalho aqui, seu bobo.

– Só quero ser seu amigo – digo.

Ela se endireita, as sobrancelhas se erguendo em sinal de surpresa.

– Uau, você está bêbado mesmo. Como conseguiu sobreviver à faculdade sendo tão fraquinho?

Seguro sua mão quando ela a estica para ajeitar os guardanapos de papel.

– Estou falando sério. Gosto de ficar perto de você.

Deus, estou percebendo como sou ruim nisso. Ela tem razão, não existe um meio-termo para mim, nada naquele território não masculino que não seja algo entre sincero e escorregadio.

Ela tenta hesitantemente puxar a mão, mas logo relaxa.

– Luke...

– Por favor. – Esfrego o polegar sobre o dorso da mão dela. – Deixe-me mostrar que não sou o cara que você pensa que eu sou.

– O problema é que não há a mínima possibilidade de isso acontecer – ela diz com suavidade. – Também gosto de você. Mas não *comigo*. Você é exatamente o cara que eu acho que é.

Observo meu dedo escorregar pela pele dela. Mesmo depois de surfar na água salgada o dia todo, suas mãos são mais macias que as minhas.

– Não quero ser – digo, surpreendendo-me um pouco.

Ela morde o lábio, desviando o olhar.

– O que nós fizemos só foi algo divertido. – Por fim, ela liberta a mão e abaixa o tom de voz. – Não era nem para ser alguma coisa mais do que aquilo. Fiquei surpresa por termos feito duas vezes.

– Três vezes, Logan. Três vezes *distintas* – acrescento, e ela luta contra um sorriso. Abaixo a cabeça, procurando o olhar dela. – Mas não estou falando disso. – E, por mais estranho que pareça, não estou mesmo. – Apenas passe um tempo comigo.

Por fim, ela volta a me olhar nos olhos.

– Não como um encontro? Nada de sexo?

Sinto o sorriso até o meio do meu peito.

– Como você quiser.

– Nada de sexo – ela repete, e não deixo de perceber o modo como ela enxuga as mãos nos shorts. – Não haverá nada de romântico entre nós.

O meu coração se deforma um pouco com o tom categórico da voz dela, mas, porra. Não é nada disso, não com ela.

– Não, tudo bem... Sem problemas – gaguejo. – Não se preocupe. Só quero ser seu amigo.

Ela me avalia, os olhos fixos nos meus, como se um deles mentisse enquanto o outro dissesse a verdade.

– Só para passar o tempo?

– Isso.

O nariz dela se enruga um pouco, como se ela fosse rosnar para mim.

– E você promete que vai ser divertido, nada parecido com esse seu ar de filhotinho triste?

Rindo, garanto:

– Prometo.

Ela apanha um pano de prato e enxuga a beirada da pia diante dela.

– Tudo bem – diz, observando as próprias mãos. – Sábado à tarde. – Com a cabeça abaixada, ela desvia o olhar para mim e, porra, é o olhar mais maravilhoso que já vi numa mulher. E ela só quer ser minha amiga. – *Eu* escolho aonde vamos.

Empalideço quando vejo o sorriso maligno que ela está me lançando.

Ai, cacete. Nós vamos surfar.

Capítulo 11

London

O plano é encontrar Luke no Parque Tourmaline Surfe às duas. Em qualquer outro dia, isso seria uma missão suicida, mas saber que o lugar estará lotado me dá certa medida de confiança: talvez com todas aquelas pessoas por perto eu não faça nenhuma estupidez.

Cheguei a fazer uma lista dos objetivos para o dia:

1. *Não deixar o Luke se afogar.*
2. *Não comer o Luke com os olhos.*
3. *Não transar com o Luke acidentalmente.*

Definitivamente vou me concentrar nos objetivos um e três.

O único modo de chegar a Tourmaline é por uma estrada que serpenteia a partir do Bulevar La Jolla e termina no estacionamento. Está quase sempre lotado, e estou prestes a desistir e estacionar na rua quando, na minha segunda tentativa, vejo um carro manobrando para sair. Ligo a seta para impedir que algum ladrão de vagas se aproveite e estaciono assim que a vaga é liberada.

Mesmo com o motor desligado, meu carrinho velho consegue emitir alguns estalos debaixo do capô, mas fico ali sentada, com o celular na mão e olhando ao redor. Luke ainda não mandou nenhuma mensagem dizendo que já chegou e fico me perguntando se é tarde demais para cancelar aquilo tudo.

Sei lidar com o Luke metido, mas o Luke meigo, sincero, altinho e com olhos de cachorrinho abandonado que quer que sejamos amigos? Acho que esse é o meu limite.

Não posso ficar enrolando ali para sempre, por isso dou uma olhada nas horas antes de mandar uma mensagem.

"Pode ser que o estacionamento esteja cheio, por isso, encontre um lugar na rua", digito, antes de sair para o asfalto quente e abrir o porta-malas.

A minha prancha mal cabe no carro pequeno e está enfiada entre os bancos dobrados de modo que o *hatchback* precisa de um empurrão a mais para a porta se fechar por completo. Não é a situação ideal e demanda mais manobras do que eu gostaria, mas funciona.

Acabei de soltá-la quando ouço uma voz conhecida acima do meu ombro.

– Precisa de ajuda?

– Já consegui – respondo, apoiando a prancha contra o carro e me esticando para pegar minha sacola antes de trancá-lo. – Mas obrigada.

Quando me viro, vejo que ele traz uma prancha debaixo do braço e uma toalha enrolada ao lado dela. Está vestindo uma camiseta branca e shorts azuis pensos – *muito* pensos – no quadril. Fico sem ar ao ver como ele está bonito. Sinos de alerta disparam na minha cabeça e, possivelmente, em alguns outros lugares. Isso foi uma má ideia.

Subitamente estou nervosa ante a perspectiva de encontrarmos o Grosseirão ali e de ele mencionar ao Oliver que nos viu. Depois o Oliver vai contar para a Lola, e a Lola vai contar para a Harlow, e a Harlow vai ficar toda brava por eu estar quebrando alguma regra do Código Básico das Garotas por estar cobiçando o Luke.

Somente amigos.

Ser amigos é legal.

– Você está pronto? – pergunto, olhando ao redor. Ouço como minha voz sai firme. Espero que ele interprete isso como um sinal de impaciência em vez de êxtase extremo.

Ele sacode a cabeça de leve e ri quando admite:

– Nem um pouco.

– Bela prancha, aliás – elogio e passo a mão pelo bico. – Não é longa demais e tem uma largura boa para a sua estrutura física. Estou feliz que tenha vindo com um pranchão. Isso facilita a subida.

– Gosto do fato de você me dar crédito, como se *eu* a tivesse escolhido, e não o cara da loja. – O sorriso dele é contido antes de ele olhar além de mim, para o sol brilhante.

– Só estou tentando dar um incentivo à sua confiança.

Deus, isso é muito constrangedor. Nós dois estamos falhando miseravelmente nessa coisa toda de amizade. Dou uma verificada final em tudo de que preciso e depois aceno em direção à água.

– Vamos lá.

O estacionamento está empoleirado bem acima do nosso destino. Tourmaline é cercada por despenhadeiros que se erguem acima da praia, chegando a uns vinte metros de altura em alguns pontos. Há um morro bastante íngreme pelo qual temos que passar para chegar ao mar, e consigo ouvir as passadas de Luke atrás de mim. Só quando estamos próximos à areia que percebo que ele está mais calado que de costume e não fez uma brincadeira sequer quando mencionei o tamanho da sua prancha.

Tento resolver esse quebra-cabeça ao olhar para o límpido céu azul, onde o oceano se estende até se encontrar com o horizonte. As ondas se quebram logo abaixo de nós e já consigo sentir o sal no ar. É como Xanax para os meus nervos. Imagino que todos tenham um dia mais introspectivo. Eu até que gosto de ver essa faceta diferente do Luke.

Quando chegamos à praia, encontro um pedaço relativamente espaçoso e acomodo minha prancha. Luke se apoia numa rocha e se vira para mim.

– O que é isso tudo? – pergunta, observando-me largar minha sacola.

– Protetor solar, parafusos de quilha, chave de quilha. – Seguro o frasco de protetor e ofereço a ele.

– Já passei, obrigado.

Assinto e fico meio sem saber como lidar com esse Luke caladão, sacudindo o frasco antes de me despir. É bom eu acabar logo com isso. Nunca gostei de usar roupas de neoprene, mesmo no Oceano Pacífico, por isso sempre uso biquíni. Hoje, porém, escolhi um maiô bem recatado, embora ficaremos molhados e praticamente nus juntos pelas horas seguintes. Portanto, de nada adianta deixar o clima mais pesado agora.

Tiro a camiseta e a deixo na areia antes de desabotoar os shorts e tirá-los.

– Gosto deste lugar – Luke comenta, com as mãos no quadril e olhando ao redor; ou seja, *não* para mim. – Já estive aqui antes, mas só ao redor de fogueiras e coisas assim.

– Nunca para surfar? – pergunto, passando o protetor nos braços e ombros.

– Rá, não. Quase não entro na água.

Paro na hora.

– Está brincando?

Ele bagunça o cabelo na parte de trás e parece um tanto tímido.

– Lamento, mas não.

– Espere... Quer dizer... Como pode morar tão perto assim do mar a vida inteira sem entrar na água? Você nada. Fazia parte da equipe nacional campeã de polo aquático.

– Sim, mas numa *piscina*. Não tem nada lá querendo me comer.

Dou uma tossida de incredulidade.

– Luke, existem, sei lá, umas oitocentas mil criaturas morando nesse oceano e somente um percentual microscópico poderia querer alguma coisa com você.

Ele inclina a cabeça e me crava um olhar sério.

– Assisti a *Tubarão*, Logan.

– Você joga *bridge*? – pergunto.

Evidentemente confuso, ele responde:

– Às vezes, com a minha avó e algumas amigas dela.

– Estatisticamente falando, mais pessoas morreram jogando *bridge* no último século do que em ataques de tubarão, somando os litorais dos estados da Califórnia, Oregon e Washington.

– Você inventou isso.

Posso ter inventado.

Jogo o protetor solar no chão e me viro de frente para ele.

– Não entendo. Se não quer entrar na água, então por que diabos concordou em vir até aqui?

– Já disse, gosto de você. E, quando não está me chutando nas bolas, você é bem divertida. – Um sorriso se forma lentamente em sua boca. – Mesmo quando me chuta nas bolas.

O Luke sincero está me fazendo dar cambalhotas.

– Quer fazer alguma outra coisa? – proponho. – Podemos, sei lá, ir ao cinema?

Ele pensa a respeito, olhando para a água com uma medida considerável de apreensão nos olhos.

– Não. Não, acho que quero fazer isso – responde, e depois começa a assentir com a cabeça, como se seu corpo precisasse de um instante para concordar com a boca.

– Tem certeza...? – digo, dando-lhe a oportunidade para recuar. – Não quero que faça algo que o deixe desconfortável. Prometo não marcar pontos, ok?

– Não, eu... quero. – Ele estica a mão até as costas e tira a camiseta.

Sinto meus pulmões se apertarem ante a visão do seu peito nu sob a luz do sol, a definição dos músculos recortando o tronco e dividindo o abdômen em linhas firmes. Desvio o olhar, piscando.

– Vamos lá.

– Ok – digo com a voz mais firme do que me sinto e pego a prancha dele. – Primeiro, o básico.

Com um graveto que encontro no meio de umas pedras, desenho o contorno da prancha dele na areia e volto a levantá-la.

Luke me observa, confuso.

– Por que simplesmente não usamos a prancha?

– Porque pranchas são caras e não queremos estragá-la – respondo, jogando o graveto numa moita. – Esta é a sua prancha. – Seguro os braços dele e o posiciono sobre o desenho que fiz, depois aponto para cada parte. – Este é o bico, estas são as bordas e aqui está a rabeta. Esta linha vertical no meio serve para você se manter centralizado. Lembre-se disso – digo. Aponto para a tira largada sobre a areia. – Suponho que você já saiba, mas essa é a cordinha; nunca entre na água sem que ela esteja amarrada ao seu tornozelo, ok?

– Entendido.

– Falaremos da remada e tudo o mais quando estivermos na água, mas vamos começar pelo mais fácil. – Fico ao lado dele, afasto as pernas na mesma distância dos ombros. – Primeiro, a postura. Você vai precisar ficar no meio da prancha, nem muito para a frente, nem muito para trás. Não, espere... – digo quando ele tenta imitar a minha pose e me inclino, segurando o tornozelo dele e reposicionando seus pés. Ele está tão quente, os ossos são fortes e sólidos sob meu toque. – Não afaste demais; deixe o arco do pé de apoio bem ali, na linha central. O outro atrás dele.

– Assim? – ele pergunta, demonstrando.

Endireito-me.

– Perfeito. Estar no centro da prancha significa que você terá mais controle. Sempre fique no centro.

Ele assente e testa o movimento.

– Ok, consigo visualizar o que você está dizendo.

– Agora, braços para cima... – Levanto os meus, passo as mãos pelos seus antebraços até chegar aos pulsos. Sinto a pulsação cadenciada debaixo das pontas dos meus dedos, o calor da pele dele. Isso faz com que eu me lembre da vez em que ele prendeu minhas mãos acima da minha cabeça, e sinto a boca ficar subitamente seca. Estou tentando não olhar para seu tronco e seus braços desde que ele tirou a camiseta – sabendo que na hora vou pensar em como eles ficaram sobre mim –, mas percebo que isso só vai funcionar até certo ponto.

A silhueta do Luke é a definição do corpo de um nadador. Ombros largos, músculos dorsais definidos como em todos os nadadores fortes e bíceps definitivamente saltados. O torso é alongado e magro, e eu consigo contar oito gomos no abdômen liso. É um corpo projetado para ter força e para ficar horas cortando a água com facilidade. É um corpo projetado para a resistência.

E, Deus, como ele resiste. Ele seria capaz de transar a noite inteira comigo e só gozar ao amanhecer.

Eu não preciso mesmo desse lembrete agora.

– Tudo bem aí, Logan? – ele pergunta, e volto a atenção para onde meus dedos ainda seguram seus pulsos.

– Isto vai servir para o equilíbrio – digo, continuando como se meus pensamentos não estivessem explícitos no meu rosto ardente. – Aponte o braço condutor para a direção que você quiser tomar, o braço de trás na altura do ombro e com o cotovelo flexionado. – Demonstro e ele me imita. – Bom, assim mesmo. Deixe seu corpo ir para frente e para trás, onde quer que a prancha o leve. Quadril solto, como se estivesse usando um bambolê.

Ele dá uma gargalhada.

– Me diga que estou lindo fazendo isso, ok? E não ridículo como acho que estou.

– Muito másculo. – Faço alguns ajustes na sua postura e dou um passo para trás para ver. – Quanto aos braços, as pessoas acham que têm que os manter nas laterais, paralelos às bordas, mas isso é errado. Mantenha-os num ângulo reto com o quadril... – Dou um passo à frente de novo, segurando-o pelos flancos. Luke se curva para a frente, afastando-se do meu toque, e dá uma risadinha.

– Desculpe – diz baixinho. – Tenho cócegas.

– Ah... Desculpe – murmuro, e tenho que fazer uma contagem regressiva a partir do dez, mentalmente, para me lembrar do que eu estava fazendo. Fiz sexo com Luke, eu o vi nu sobre e sob meu corpo, por trás, mas, de algum modo, isto parece... mais íntimo do que tudo aquilo.

Meu rosto está quente quando volto a tocar nele, descendo as mãos

mais

mais

mais – Deus, como o tronco dele pode ser *tão comprido*? – parando no quadril.

Nunca antes tinha percebido como os caras usam os calções tão baixos, mas agora estou sentindo os ossos do quadril do Luke se projetando debaixo das pontas dos meus dedos. Há tantas sombras em seu corpo, tantos pontos em que ossos e músculos se encontram, e, por um instante, estou de volta ao sofá dele, observando aquelas mesmas partes do seu corpo se movendo e se flexionando enquanto ele me fode.

Quando pisco, vejo-o me observando, a boca aberta e o cabelo caindo com suavidade sobre a testa. O rosto dele também está corado, visível mesmo sob o sol, como se ele estivesse pensando exatamente a mesma coisa que eu.

Pigarreio e desvio o olhar, na esperança de que ele não perceba que estou mais afetada do que gostaria de estar, e que cada sorriso dele é mais uma rachadura na minha armadura.

– Fique abaixado – instruo, a voz rouca enquanto tento ordenar meus pensamentos. – Você vai querer se adaptar às ondas e ao modo como a água se movimenta debaixo dos seus pés. Nunca vai conseguir fazer isso se ficar ereto – gesticulo na direção do corpo dele – e duro.

Luke ri, e eu reviro os olhos.

– Dobre os joelhos, não a cintura. Esta é a parte mais pesada do seu corpo – digo e dou um tapinha no seu peito. – Vai precisar ficar centrado. Fique muito para a frente e você cairá pelas bordas, consegue entender? Vai se desequilibrar. – Ele se dobra para a frente para testar a minha teoria. Infelizmente, isso coloca o rosto dele bem na linha da minha virilha.

Ele levanta o olhar para mim debaixo da franja com um sorriso audacioso.

– Assim?

A cabeça dele está literalmente a centímetros das minhas partes femininas, e eu lhe dou um leve empurrão, derrubando-o eficazmente na areia.

– Assim mesmo – digo e passo por cima dele. – Não está feliz que isso não tenha acontecido na água?

Ele se levanta num salto, tirando a areia dos shorts antes de voltar a se posicionar.

– Eu posso ter merecido isso – diz.

Corrijo a sua postura, minhas mãos escorregando pela sua pele para ajeitar o ângulo da sua inclinação, chamando a atenção para as partes do corpo que ele precisa contrair. Há uma falha no meu plano porque deixei de prever que haveria tantos toques numa aula de surfe.

– Então, mais algumas coisas antes de entrarmos na água...

– Eu tenho mesmo que entrar na água? – ele pergunta.

– Você tem que entrar na água.

Ele fita o oceano, a preocupação entalhada em todas as suas feições. Virando-se para mim, diz:

– Me diga alguma coisa que você odeia.

– Tipo pessoas que demoram demais no banho ou não separam os recicláveis, ou...?

– Algo que lhe dá medo.

Existem muitas coisas que me dão medo. Luke me dá medo, para ser franca, e o fato de ele ser legal e engraçado faz com que o meu estômago faça coisas estranhas... A ideia de reviver o que passei com Justin... definitivamente me assusta.

– Não gosto de montanhas-russas – digo.

– Verdade? – ele pergunta e eu confirmo. Um sorrisinho de descrença repuxa os cantos da boca dele. – Montanhas-russas são projetadas para nos dar a *ilusão* do perigo sem que de fato haja o perigo de morrer. Mas surfar... – Ele aponta para a água. – Lá a gente pode ser um petisco num bufê à vontade.

– Mas isso não torna o medo menos real, torna?

– Não, acho que não. – Ele olha para a água de novo e depois para mim. – Vamos fazer um acordo. Eu faço isso, e você vai ao Six Flags e sobe na Golias comigo.

Dou uma bufada de verdade.

– Mas nem pensar.

Ele segura meu braço, o polegar esfregando meu pulso.

– Estou confiando em você, você pode confiar em mim.

Posso estar errada, mas parece que está se referindo a algo além de montanhas-russas. Encaro os olhos castanhos e não há nada a não ser sinceridade ali.

Ele dobra os joelhos para ficar no nível dos meus olhos.

– Combinado?

Concordo com relutância.

– Mas não quero ouvir reclamações quando eu pirar e acabar no seu colo naquela coisa idiota.

Luke dá um amplo sorriso.

– É bonitinho você achar que eu reclamaria por causa disso. – Estende a mão para um aperto e eu a aceito, ignorando o quanto ela é maior que a minha e qual é a sensação dela no meu corpo.

– Ok, ok – digo e puxo a mão, sacudindo os dedos discretamente, e espero que ele não tenha visto. – Acordo feito. Agora, vamos voltar ao surfe, para que eu possa vê-lo desistir, assim eu nunca terei que pisar num maldito parque de diversões.

– Você fica muito gostosa quando fica toda agitada assim – ele comenta, e eu dou um soco no ombro dele.

Faço-o deitar na prancha e passamos pelo básico a respeito das remadas. Uma olhada para as costas largas e bronzeadas, e eu percebo que cometi mais um erro.

– Dá para a gente saber quem é iniciante pela maneira como eles remam, com as pernas abertas, isso puxa a água – digo e cutuco o tornozelo dele com meu pé. – Pernas unidas. – Aponto para um grupo de caras correndo em direção à água e mostro a ele como entender as ondas, como saber em qual direção elas vão se quebrar. – Vê aquele cara ali? – pergunto. – É assim que você vai querer subir na prancha. Faça o que ele está fazendo.

Luke imita a posição dele e se deita de novo na prancha.

– Finja que tem uma bola de praia debaixo da canela. Isso, assim mesmo – digo e vou para o outro lado para me deitar na areia perto dele. – Então, você vai ver a onda... – Começo, distraindo-me com o modo como o olhar dele percorre meu corpo, ao longo das minhas curvas e de novo subindo, de um jeito nada sutil.

Quando ele termina todo o circuito e se depara com o meu olhar, ele irrompe num enorme sorriso.

– Eu só estava olhando para a sua posição – ele diz.

– Claro que estava.

– O que foi? Gosto de prestar atenção aos detalhes. Esta é a única parte em que vou ser bom, certo? Assim que estivermos na água, tudo pode acontecer; deixe-me manter a minha masculinidade só mais um pouquinho.

Sorrio para ele, mordendo os lábios só para não deixar escapar o quanto ele está sendo *deliciosogostosoeadorável.*

– Então, vou sentir a onda... – ele diz e espera que eu continue.

Assentindo e tentando me controlar, digo:

– Vai sentir o empurrão, vai dar mais duas remadas para garantir que está sobre ela, as mãos aqui, abaixo do peito. Com a cabeça erguida, você vai rolar o corpo e subir, com os joelhos perto do peito, pés firmes e mantendo a postura, pronto para o bamboleio.

Ele não parece muito confiante, mas experimenta o movimento algumas vezes.

– Ótimo! E, se você fizer tudo direitinho, vai conseguir fazer ao contrário também – digo e demonstro, ajoelhando-me, empurrando as pernas para trás até estar deitada de novo. – Faça isso até se sentir à vontade.

– À vontade? – Ele não parece nada convencido. – Não acho que isso vai acontecer um dia – diz, aproximando os joelhos do peito e subindo.

– Vai, sim, olha só como você já está bom nisso.

– Sim, na praia.

– Tudo a seu tempo – digo, esfregando a mão no seu ombro. Ele abaixa o olhar para a minha mão, *eu* encaro a minha mão, e nós caímos num silêncio carregado antes de eu a afastar por completo. – Pronto para ir para a água?

Luke sacode a cabeça, com os olhos brincalhões.

– Não.

Inclino a cabeça e espero.

– Ok, tudo bem. Tenho montanhas-russas onde levá-la e já tive uma vida boa até aqui – diz, e vamos para a água.

Ela está fria e precisamos respirar algumas vezes para criar coragem antes de mergulharmos juntos, mas, no fim, é o que fazemos, voltando à superfície gritando e rindo. Nadamos para o fundo, parando quando as ondas batem na cintura. Luke está com a cordinha amarrada no tornozelo e não parou de olhar para a espuma das ondas, como se um tubarão fosse se materializar a qualquer instante para atacá-lo.

– Consegue subir na prancha? – pergunto, e ele assente, subindo com cuidado, atento a cada ondulação ao seu redor. Ele está aterrorizado, e uma parte do meu peito se contrai de ternura por ele confiar em mim o bastante para fazer isso.

– As ondas estão naquela parte – digo e ele levanta o olhar. – Pode olhar para o meu peito se precisar de distração.

– Não pense que não vou cobrar isso – ele diz.

Praticamos um pouco o equilíbrio dele deitado na prancha. Ele escorrega um pouco, reclamando com bom humor, e conversamos mais a respeito de como encontrar uma onda. Faço perguntas sobre a direção em que elas quebram. Ensino como fazer o mergulho de pato e atravessar as marolas quando for avançar para o fundo, e, apesar de não parecer relaxar, ele ouve atentamente e faz tudo o que eu peço.

– Quando as ondas vierem, você vai empurrar o bico da prancha para baixo, afundando-o. Braços retos, mãos nas bordas, inspire fundo antes que a onda quebre em cima de você...

– Por que preciso inspirar fundo? – ele pergunta, com os olhos arregalados e em pânico.

– Porque você vai ficar debaixo d'água.

– *Debaixo*?

– Você vai ficar bem – eu garanto.

– Fácil para você falar.

– Luke.

Ele está com a pele toda arrepiada, e sou uma pervertida por notar isso agora, mas não consigo desviar o olhar do peito dele, das gotas de água que se aderem à pele e do modo como os mamilos estão duros e eriçados. Quero cutucá-los com a língua. Deus, ele tem lindos mamilos.

– Vai segurar na minha mão na Golias? – ele pergunta, e eu tenho que piscar para ouvir o que ele está dizendo.

– O que disse?

– Acho que você me ouviu, Logan. – Ele abaixa a cabeça, acrescentando: – A propósito, os meus olhos estão aqui em cima.

Volto a prestar atenção no seu rosto, refreando uma risada de embaraço.

– Tudo bem. Sim, vou segurar a sua mão na montanha-russa.

– Ok, muito bem. Posso fazer isto – ele garante e dá uma última olhada para a água. – Mostre para mim esse tal de bico de pato.

– Mergulho de pato.

– Dá no mesmo. Só quero sobreviver. Estou ouvindo.

Balanço a cabeça e seguro o bico da prancha dele.

– Sobre a prancha, você inspira e a onda vai passar por cima. Você vai emergir e estará pronto para remar. Vai levar um tempo para acertar, mas não vai demorar muito para você sentir quando deve fazer. E não precisa ir fundo. Só um pouco abaixo da superfície. Mais fundo nem sempre é melhor.

Ele bufa.

– Se isso fosse verdade, você não teria...

Cubro a boca dele com a mão para que ele pare de falar, e nós levantamos o olhar ao mesmo tempo, nossa atenção voltada para algo à direita.

Ondas grandes se formam, e vemos um surfista remando.

– Vê como ele passa por elas? – Aponto para as menores. – Depois você tem que remar com força porque a onda é mais forte que você e, se você não se esforçar para passar, ela vai derrubá-lo. Veja como ele se levanta, observe a postura dele...

Enquanto observamos o outro surfista, Luke acaba dizendo, evidentemente impressionado:

– Cara, ele é bom.

– Você também pode ser – digo. – Você é forte o bastante e é um excelente nadador. Só precisa de técnica e prática. Em pouco tempo vai dominar as ondas pequenas.

– E as grandes?

– Acho que você ainda não está pronta para as grandes, Blue Crush[4].

– Muito engraçado.

– Ok, eu vou fazer e depois é a sua vez. Combinado?

Ele assente e eu me afasto remando, observando a onda. Depois de três outras remadas, empurro o bico para baixo, deixando a água me cobrir. Volto à superfície e repito algumas vezes antes de pegar a crista de uma maior.

Ela é curta, e mal tenho tempo de saltar na prancha e surfar antes que ela se quebre debaixo de mim. Quando volto à superfície, subo novamente na prancha e remo para junto de Luke.

– Viu? – pergunto, antes de apertar a água dos meus cabelos. – Você consegue fazer isso.

– A sua confiança em mim é impressionante – ele diz, olhando para a água ao longe.

– Sei que você consegue, Luke. Vamos, pode ir.

Ele parece aterrorizado, mas se deita e começa a remar. Olha para trás na minha direção algumas vezes, mas segue em frente. Fico o mais

4 *Blue Crush*, em português *A onda dos sonhos*, é um filme de 2002 sobre três amigas que têm o sonho de surfar no Havaí. (N. T.)

perto que posso, observando as ondas menores passando por cima dele, e uma delas o derruba da prancha. Uma sensação de proteção brota no meu peito. Ele surge de novo – parecendo um pouco abalado –, mas não permite que isso o detenha e tenta uma vez depois da outra.

Uma onda se forma ao longe, e eu vejo que ele a avalia antes de remar na direção dela. Sinto borboletas na barriga quando o observo, já o incentivando.

– Vai, vai... Bico para baixo, quadril para a frente, inspire! Isso! – grito, apesar de não existir a menor possibilidade de ele me ouvir.

Ele desaparece momentaneamente debaixo d'água. Depois, a cabeça se vira freneticamente de um lado a outro quando ele ressurge à superfície.

Quando ele me vê, seu sorriso é imenso.

– Puta merda. Acho que eu consegui!

– Conseguiu sim! – digo, rindo de toda a animação dele. – Acha que pode tentar de novo?

Ele assente e volta a subir na prancha, afastando o cabelo do rosto antes de olhar para a água.

Ver Luke remando, quente do sol e molhado, os músculos se contraindo pelo esforço... Sei que nunca esquecerei aquela visão. Ele vê uma onda ao longe e direciona a prancha. Prendo a respiração quando ele mergulha numa série de ondas menores e volta à superfície, antes de finalmente se pôr de pé naquela última. Ele não fica muito tempo de pé antes de ser derrubado, e claro que a cena não é muito bonita, mas ele conseguiu, e eu sinto muito, muito orgulho. Tento não encará-lo quando ele retorna, porque sei que a minha adoração vai estar estampada no meu rosto.

~

– Eu lhe disse – digo a ele pela décima vez enquanto remamos de volta para a praia mais ou menos uma hora depois.

Luke está exausto, mas não para de sorrir.

– Agora eu sei como é que você consegue estar em tão boa forma – ele diz, olhando com apreciação para o meu corpo. – Isso acabou comigo.

– Mas mesmo assim você se saiu bem – replico.

Chegamos à praia, e Luke se larga na areia, com o peito ofegante.

– Consegui. – Ele fecha os olhos e fica ali, tentando recuperar o fôlego. – O meu pai vai ficar louco quando souber que fiz isso. Ele tentou me fazer acompanhá-lo não sei quantas vezes quando eu era garoto, mas nunca fui. A minha irmã nunca vai acreditar.

– Quer que eu ligue para ela? Posso mandar uma mensagem, se isso for mais fácil...

– Não. Você nunca vai ter o número dela – ele diz, virando a cabeça na minha direção. – Vocês duas juntas são perigosas.

– Gosto da sua irmã.

– E ela *ama* você – ele diz, ainda arfando. – A ideia de vocês duas passando algum tempo juntas me assusta até não poder mais.

Ele fecha os olhos com força, pinça o nariz no alto, e fico imaginando se já se recuperou do caldo recente que fez com que aspirasse água salgada.

– Você está bem? – pergunto, esticando a mão para tirar um pouco de areia das suas costas.

Ele fica parado antes de virar a cabeça para mim.

– Hum... Ainda está ardendo um pouquinho.

– Também detesto isso. É por isso que nunca consegui me imaginar aspirando nada de propósito.

Ele dá uma gargalhada.

– Deus, experimentei cocaína só uma vez, numa confusão de uma festa no primeiro ano da faculdade. Soube na mesma hora que eu ia querer mais, por isso nunca... – Ele olha de novo para mim, notando minha expressão chocada. – O que foi?

– Nada – respondo. – Mas isso é nojento.

Luke ri.

– Por que tocou no assunto, se vai ficar toda esquisita por causa disso?

Dou de ombros. Percebo que pode ser estranho eu ser bartender e ser tão rígida com relação a drogas mais pesadas, mas sou mesmo. Vi muitas pessoas ficando mal depois de se meterem com cocaína.

– Apenas me parece uma decisão errada para um atleta.

Luke emite uma risada alta, dizendo:

– Você *acha*?

Isso também me faz rir.

– Desculpe, hum... Acho que foi uma reação meio reflexa. – Tenho muita dificuldade para imaginar o saudável e confiante Luke fazendo algo tão estúpido.

– Isto é, vamos ser francos – ele diz, cutucando meu ombro com o dele. – Não sou muito conhecido por controlar meus impulsos.

Dou uma risadinha e pego uma pedra para começar a desenhar na areia.

– Tente não discutir comigo sobre isso. – Ele se inclina, a voz brincalhona, mas escondendo algo mais forte por baixo quando acrescenta: – Você sente vergonha da minha vida sexual, Logan?

As palavras explodem da minha boca antes de eu sequer pensar direito nelas:

– Não é algo solitário?

Maldição. O que foi que eu disse? Abri essa porta e tenho a mais absoluta certeza de que não quero passar por ela.

A minha pergunta franca parece surpreendê-lo.

– Totalmente. Na verdade, já estou cansado disso.

– Então por que você não...

– Por que não me comprometo?

Dando de ombros, concordo:

– É...

– Porque a primeira garota que realmente quis desde que eu tinha dezenove anos me considera um conquistador impulsivo.

Fico imóvel. O sangue zumbe em meus ouvidos, martela em minhas veias.

– Estou falando sério.

– Eu também – ele replica, desviando o olhar ao piscar e fitando a areia. – Gosto de você. Gosto *mesmo*. Eu me comprometeria com você.

O silêncio nos engolfa, e eu lentamente relaxo ao observar as ondas, o grasnar das gaivotas ao nosso redor.

Luke me cutuca de novo.

– Fiz com que ficasse esquisito.

– Muito esquisito – brinco, retribuindo o cutucão. Sabia que ele se sentia atraído por mim, mas não sabia que era "de verdade".

Um comprometimento de verdade com a London.

Uma paixão, sentimentos, algo além de um bom sexo.

Meus pensamentos tropeçam na nuvem de tempestade dentro de mim, despencando como chuva. Também gosto do Luke. Sinto-me atraída pelo Luke. Divirto-me com o Luke.

Só não confio no Luke.

E, mesmo se confiasse, não poderia tê-lo.

Assistimos a um surfista pegar uma onda incrível e nos viramos um para o outro na mesma hora.

– Tenho que admitir – ele diz, balançando a cabeça um pouco –, é muito legal ficar lá dentro na água. Aprender o ritmo das ondas.

Ele dobra os joelhos, apoiando os cotovelos neles, e nós dois ficamos em silêncio, vendo as ondas se rompendo na areia.

– Obrigado por ter me trazido para cá – ele agradece. – Sei que não queria, mas fico agradecido.

– Não é que eu não quisesse... – começo a dizer, mas ele segura minha mão, interrompendo-me.

– Está tudo bem, sabe? – Ele pega uma concha ao lado da perna e tira a areia dela com o polegar. – Você sabe que eu jamais me referiria a você daquela forma, não sabe?

Inclino a cabeça, confusa.

– O quê?

Ele engole em seco.

– Na Bliss, naquela noite. Sei que ouviu o que o Daniel disse.

– Ah... – digo, enfim entendendo. – É, ouvi sim.

– Foi por isso que deixou de querer me ver? – ele pergunta de um jeito que me revela que já sabe a resposta.

– É um dos motivos.

– Daniel é um cretino...

– *Ele* não é o problema. Isto é, ele é, mas... – Inspiro fundo, tentando organizar os pensamentos. – O comentário de "uma só servida" foi horrível. Caras sabem ser nojentos às vezes, mas o conceito eu entendo. Você e eu tivemos algo casual, umas noites divertidas e...

Ele se vira para mim.

– E *foram* divertidas.

Reviro os olhos para ele de um jeito fingido.

– A minha reação àquele comentário não foi por não termos nos divertido. Não estou com raiva do que ele disse sobre mim, ou pelo fato de você ter encontros de uma noite só ou sequer por ter concordado com Daniel. Quero dizer, me deixou com vergonha, mas superei. – Ele se retrai como que pedindo desculpas, e eu baixo o tom de voz para que ele não se sinta repreendido. – Fico chateada porque os homens se referem às mulheres como se fossem petiscos. Como se fossem descartáveis ou facilmente substituíveis quando algo mais atraente aparece. Então sim, as coisas pararam de acontecer entre a gente depois disso porque não quero ter sexo nem casual com alguém que tenha esse tipo de visão pré-histórica sobre as mulheres. Mas, de qualquer modo, nunca pensei que pudesse ser algo mais.

Um tom rosado cobre o rosto de Luke, e ele abaixa a cabeça, assentindo.

– Bem, você não é substituível – ele diz. – Só queria que você soubesse disso.

Borboletas invadem meu peito, e eu engulo, esforçando-me para deixá-las lá embaixo.

– Obrigada por isso, *amigo* – digo.

A palavra provoca um sorriso oblíquo, de algum modo desejoso da parte do Luke, mas, depois de um segundo, ele diz:

– Quais eram os outros motivos?

Pisco, tendo perdido a linha de pensamento daquela conversa.

– Os outros motivos pelos quais você não quis mais me ver... de modo romântico – ele especifica.

– Bem, este é o principal – digo, desenhando uma espiral na areia com a ponta do dedo. – Não sei se quero alguma coisa agora. Sou desconfiada de modo geral, e você não é uma pessoa facilmente confiável...

Ele fica quieto ao meu lado, pegando outra concha, olhando para ela. Esperando que eu prossiga.

– Harlow ficou meio louca quando descobriu que nós... – Não termino a frase.

– Percebi. – Ele solta a concha e limpa a areia das mãos. – Ela vai superar.

Olhando de novo para ele, pergunto:

– Por que todo mundo fica dizendo isso?

– Porque é verdade. – Luke dá de ombros. – É só a *Harlow*. Ela queima como papel, não como madeira. O fogo se apaga antes que a gente se dê conta.

A confiança casual dele é exponencialmente mais tranquilizadora do que uma sala de Lolas, Olivers, Finns e Ansels nervosos.

– Você parece bem certo disso.

Ele me sorri, mas seu sorriso parece meio tristonho.

– Eu estava com a Mia, mas Harlow e eu éramos muito próximos. A Lola também – acrescenta –, mas a minha amizade com a Harlow era de um tipo diferente. Mais próxima. A Lola era um pouco mais reservada emocionalmente. A Harlow... – ele ri. – A Harlow nem tanto. Eu era mais um irmão do que um amigo para ela. Fico me perguntando se parte do motivo de ela ter se zangado com isso não foi por ela perceber que já não somos mais próximos, e já não somos próximos há muito tempo. Com certeza foi assim que me senti quando soube que todas elas tinham se *casado* e eu nem tinha sido avisado.

Não sei muito bem o que dizer sobre isso, então apenas assinto, ouvindo com atenção.

Luke estreita os olhos ao fitar o horizonte.

– De qualquer modo, acho que ela se preocupa que a Mia se sinta frágil com relação a tudo sobre aquela época. E provavelmente se sente, mas não tão fragilizada quanto Harlow suspeita. Harlow é uma Mãe Ursa.

– Isso não o incomoda? – pergunto. Ele se vira e olha para mim. – Que a Mia saiba que a gente ficou?

Seus olhos se estreitam de um modo que me deixa saber que ele acha que estou sendo meio boba.

– Não...

– Ok. Tudo bem.

Ele se vira e lentamente sorri para mim.

– Espero que o nosso acordo ainda esteja valendo.

Vasculho a memória antes de perceber sobre o que ele está falando.

– Você manteve a sua parte do acordo – digo. – Eu não estava mentindo. Você se saiu muito bem.

– Obrigado – ele agradece, sorrindo todo orgulhoso. – E, apesar de tudo o que acabei de dizer, falei sério quanto à parte de sermos apenas amigos. Só quis ser franco quanto ao que sinto.

– Obrigada por me contar. – O sol abaixou no céu, e não preciso olhar no relógio para saber que está na hora de ir embora. – Mas está na hora de eu ir. – Fico de pé e sacudo a areia das pernas.

– Vai trabalhar?

– Vou.

Ele se inclina para pegar a prancha.

– A minha irmã vai ficar doida mesmo quando souber que entrei no mar.

– Eu me diverti. – Arrasto a prancha e começo a me enxugar. – Você se saiu melhor do que eu esperava.

– Vou considerar isso um elogio – ele diz e veste a camiseta. Quase choro ao ver aqueles músculos desaparecerem debaixo do algodão.

– Desculpe. Só quis dizer que na primeira vez nunca é muito fácil.

Ele faz uma careta, deixando o assunto de lado.

– Eu mando uma mensagem para a gente combinar alguma coisa no Six Flags.

Meus ombros pendem, e eu gemo.

– Deve ter um jeito de eu escapar desse acordo.

Ele balança a cabeça, sorrindo.

– Vou ser advogado; acha que eu faria esse acordo se houvesse alguma saída? De jeito nenhum. Mas podemos ir no verão. Para que você tenha tempo de criar coragem.

Vejo quando ele se inclina e endireita os chinelos antes de calçá-los. Ele é tão *meigo*.

Ele é verdadeiramente um cara legal.

– Você ainda vai estar aqui no verão? – pergunto. E com esse pensamento, meu coração dispara na garganta.

– É mesmo. – Ele dá de ombros, lançando-me aquele sorriso doce que enruga os cantos dos olhos. – Acho que vamos ver no que vai dar, então.

Capítulo 12

Luke

É seguro dizer que a melhor maneira de começar a semana não é tendo o seu pau cutucado por um cotonete. Qualquer outra maneira é melhor, confie em mim.

– Estes exames são bem precisos – a enfermeira me garante, alheia ao meu pânico enquanto olha o meu prontuário. – Vamos colher amostras de sangue e também uma amostra do local para analisar a possibilidade de gonorreia e clamídia, herpes genital e HIV.

– Parece uma boa ideia – digo num fio de voz. O temido cotonete permanece guardado dentro de um frasco esterilizado, numa bandeja próxima ao cotovelo dela.

– Sente dor ao urinar? – ela pergunta.

– Não. – Mudo de posição, tentando manter minhas partes masculinas cobertas pelo avental descartável que me entregaram, e que mal cobre minhas coxas. Repouso as mãos com casualidade sobre a parte em que meu negócio está absolutamente visível, embora não saiba por que me dou a esse trabalho; já passei por isso antes e sei que a enfermeira e eu logo seremos íntimos, ainda que clinicamente, antes de terminarmos este assunto.

– Nenhuma queimação, nenhum vazamento?

Instintivamente, amparo a virilha de maneira protetora.

– *Não.*

– Bem, isso é muito bom. – Ela sorri para mim ao se levantar e vai lavar as mãos. – Farei um breve exame visual e depois coletarei o sangue, ok?

– Nada de cotonete? – pergunto.

Ela faz uma careta como quem pede desculpas e se vira para secar as mãos, abrindo a lata de lixo com a alavanca do pé.

– Sou muito boa nisso, vou ser rápida.

A enfermeira se vira, pega um par de luvas e caminha na minha direção. O estalo ecoa pela sala de exames, e eu ouço cada um dos passos dela.

No fim das contas – sem brincadeira aqui –, foi rápido *mesmo*, embora eu pudesse passar uma vida inteira sem ter um cotonete enfiado dentro do meu pinto ou o constrangimento de ter uma enfermeira da idade da minha mãe inspecionando cada lado do meu pau. Mas, depois de deixar um frasco de sangue para ser examinado, posso ir embora.

Sinto-me um pouco mais leve ao sair da clínica, ticando uma coisa da minha lista de coisas a fazer "para virar a página". Não estou muito preocupado. Mesmo com a Mia, sempre usei preservativos.

Só sinto uma leve náusea que acompanha a possibilidade de uma DST. Nem sempre fiz sexo sóbrio, e muitas vezes o sexo não sóbrio foi também relativamente acrobático. Quais as chances de uma camisinha furar e eu nem saber disso? Quais as chances de ter feito sexo oral – nunca com camisinha, sou um idiota, eu sei – em uma garota com herpes?

Agarro o volante com uma mão ao sair da clínica e aumento o som com a outra, tentando abafar a espiral de pensamentos assustadores. Tenho um dia inteiro livre pela frente. Há apenas um mês, essa teria sido a situação ideal e facilmente solucionada: iria até a casa do

Daniel ou do Andrew para tomar umas cervejas no quintal, brincaria um pouco de polo à tarde e, depois, iria a um bar qualquer.

Mas nada nessa lista me apetece hoje. Daniel é, de fato, um completo idiota. Tem um filho recém-nascido com uma garçonete com quem transou por algumas semanas e agora tem dois trabalhos para poder pagar a pensão alimentícia, e mesmo assim consegue passar boa parte do seu tempo livre em algum bar, atrás de sexo. Andrew é apenas marginalmente melhor do que ele, mas ainda tende a mudar de namorada a cada poucas semanas. Cody está apreciando uma repentina agitação sexual, por isso deduzo que desistiu de voltar para a Jess. Somente Dylan é uma cara legal de verdade, agradável com as mulheres, e merece alguém que seja bom com ele... Só espero que não esteja a fim da London.

London. Porra.

Assim que penso nela, o meu cérebro pende totalmente para a ideia de vê-la hoje. Surfar na semana passada foi a coisa mais divertida que já fiz de acordo com a minha memória recente e, depois de uma semana de trabalho insano, sem vê-la no Fred's, sou como um cachorro que acabou de farejar alguma coisa – não consigo superar a ideia de passar o dia de bobeira com ela.

Aperto o botão do Bluetooth do meu volante.

– Ligar para London – digo e inspiro fundo e com tranquilidade enquanto aguardo a chamada.

~

– Quer beber alguma coisa? – pergunto por cima do ombro enquanto ela tira os sapatos e larga a bolsa perto da porta. – Tenho cerveja, água... sucos de caixinha...

London aparece logo atrás de mim na cozinha, espiando dentro da geladeira por cima do meu ombro.

– Você tem *sucos de caixinha*?

Dou de ombros, tentando ir para trás sem que ela perceba só para ficar mais perto dela. O cheiro dela é de praia e de óleo de coco. Permito-me apreciar a fantasia de cinco segundos de nós dois sentados na praia, London acomodada entre minhas pernas enquanto esfrego óleo de bronzear pelas suas costas. Então ela relaxa e eu esfrego o óleo em cima das tet...

– Luke? Caixinhas de suco?

Pisco, olhando para a geladeira, concentrando-me no ar frio que me pega de frente.

– Levei minha avó para fazer compras ontem à noite, e ela sempre insiste em encher a minha geladeira também.

– E comprou caixinhas de suco para você? – ela diz, com a voz mais suave agora. – Isso é *simplesmente* adorável. Quero conhecer essa mulher.

– Ela estará no nosso casamento.

London ri, afastando-se.

– Certo...

Fechando a geladeira, digo:

– Ela também comprou bolachas de água e sal e queijo de desfiar.

– Ela acha que você administra uma creche?

Rio.

– Ela gosta que eu tenha os meus lanchinhos – explico. Quando ela recua para me deixar pegar as bolachas no armário, sinto outra lufada do cheiro dela. – Foi surfar hoje?

– Fui. Fiquei na Black's por algumas horas.

Black's Beach é provavelmente o melhor surfe no condado de San Diego. Sei disso não por ter passado muito tempo nadando lá, mas porque era um dos lugares preferidos do meu pai na época dele – e tento não pensar muito que também era uma praia de nudismo.

– Estava bem cheia – ela acrescenta. – Surfistas campeões por todos os lados.

Meu corpo reage a isso como se ela fosse minha namorada, e preciso dizer ao meu cérebro que deixe de besteiras. Pegando duas caixinhas de suco da geladeira e uma embalagem de bolachas Ritz, aponto para a sala de estar.

– Acredito que temos um encontro marcado com alguns titãs.

London me segue até a sala de estar.

– Você está bem confiante.

– Venho praticando desde a noite em que me espancou.

– Provavelmente uma boa ideia – ela diz e se inclina para pegar o controle na mesinha de centro. – Você foi horrível naquela noite.

– No jogo, você quer dizer. O sexo foi espetacular.

Ela não responde, mas seu silêncio ensaiado me atiça, e não consigo deixar de forçar, só mais uma vez:

– Estar aqui de volta, onde tudo começou, faz com que se sinta nostálgica? – pergunto por cima do ombro antes de me abaixar para pegar o controle.

– Não – ela responde e depois me dá um empurrão no ombro para que eu saiba que, mesmo que ela esteja falando sério, não está tentando ser uma cretina.

Mesmo que *eu* esteja, ainda que só um pouco.

Sentamo-nos um ao lado do outro – definitivamente sem nos tocarmos –, à espera de que o jogo carregue. O barulho da embalagem do canudo dela rompe o silêncio e, quando olho para ela, ela crava o canudo com determinação e depois o desliza para a lateral da boca, dizendo ao redor dele:

– Amo mix de frutas.

Porra. Estou ferrado.

O melhor e o pior de estar perto dela é que sei que ela não está *tentando* flertar. Ela não é uma provocadora. Simplesmente é meiga assim mesmo.

Desvio da boca dela e volto a me concentrar na televisão.

– Sou um cara que costuma beber suco de maçã, mas, dessa vez, resolvi me aventurar um pouco.

Entramos no jogo, escolhemos nossos titãs e entramos no mapa sem maiores conversas. Quando não fico obcecado em beijá-la, estar junto dela é algo surpreendentemente descomplicado. Podemos apenas matar o tempo juntos – é simples assim. É o mesmo que estar com um amigo que eu estou muito a fim de comer.

Espere, não.

Atrapalho-me com o controle, levo um tiro e o jogo recomeça.

London se vira e me olha com seu sorriso brilhante.

– Tudo bem aí, amigão? Pensei que tivesse praticado.

– Apenas um devaneio que me incapacitou momentaneamente.

Ela balança a cabeça, voltando a olhar para a tela.

– Não quero nem saber.

Recomeçamos e, dessa vez, a ação se prolonga por dez, vinte, trinta minutos. Nossos cotovelos se chocam enquanto mexemos nos controles, e London empurra umas bolachas na boca do mesmo jeito que eu – em punhados, nos poucos segundos que temos entre os combates. Estou muito melhor do que da última vez em que jogamos, e isso deixa a tarde perfeita. A ideia de me apaixonar por uma garota que jogue videogame, coma bolachas como o Come-Come, surfe e trabalhe como bartender parece, de muitas maneiras, a fantasia masculina perfeita, mas também é um pouco vaga porque sei que há mais do que isso em London. Esta vida – jogos, bares, garotas – para mim é apenas uma *fase*; sei que com algum distanciamento isso não vai definir uma década inteira, nem mesmo o restante do ano. Vou partir para a faculdade de Direito em questão de poucos meses, e isso exigirá que eu tenha uma real responsabilidade, distante da minha família. Mas o que é que a London quer da vida dela?

Sou arrancado dessa linha de pensamento absurda quando ela faz algo realmente idiota: aperta o botão de pular em vez de atirar no controle, e é morta.

– Droga! – ela grita, batendo a mão na almofada do sofá. – Mas que merda!

Viro-me para ela, sorrindo deliciado.

– Acabei com a sua raça?

– Acho que isso é um exagero. – Ela olha para o relógio. – Estivemos jogando por...

Eu a interrompo, inclinando-me na direção dela.

– Você só podia estar pensando no meu pênis agora mesmo, não estava?

London joga a caixinha de suco vazia em cima de mim, e seus olhos se arregalam quando a pego antes que ela me atinja, rebatendo para ela, que é atingida bem no meio do peito.

Ela se atira em cima de mim, empurrando-me para o sofá antes de levantar uma almofada e empurrá-la contra meu rosto. Sua risada borbulhante me acerta no meu espaço emocional, em algum ponto bem alto, onde o peito se encontra com a garganta, e estou despreparado para o ataque, tossindo ao mesmo tempo que dou risada, seus dedos descem pelo meu corpo me fazendo cócegas.

Eu me remexo debaixo dela, ficando cada vez mais ciente do que estamos fazendo – lutando – e do que isso significa – *preliminares, meu bem* – e avanço sobre ela no sofá, batendo em suas mãos, enfiando meus dedos entre seus braços para fazer cócegas nas costelas dela e, com a mão livre, pego uma almofada atrás dela e a acerto no rosto.

Ela me empurra – com força –, mandando-me para fora do sofá, derrubando-me no chão, onde mergulha em cima de mim, prendendo-me, lutando com toda a vontade. Estamos rindo e gritando um para o outro e um de nós derruba o restante das bolachas, que são esmigalhadas pelo ombro dela quando rolo por cima, conquistando a vantagem, pois encontro um ponto na cintura dela que, quando cutucado do jeito certo, faz com que ela grite histérica.

Ela bate na minha mão quando faço cócegas muito perto do seio, e me chama de pervertido, o que faz com que me incline e faça cócegas com minha boca e língua na área onde o pescoço se encontra com o ombro.

London grita ainda mais alto e, puta merda, estou *surdo*. Tapo o ouvido com uma mão, tentando incansavelmente me defender com a outra enquanto ela tenta fazer cócegas em mim.

Parece que percebemos ao mesmo tempo que estou em cima dela, cobrindo-a completamente, centralizado entre as suas pernas e, em sintonia, ficamos imobilizados. Eu sairia de cima se ela não estivesse me segurando com as duas mãos pela camiseta e se seus olhos não estivessem viajando lentamente da minha barriga até meu rosto.

Eu seria capaz de contar até cem enquanto ficamos sem respirar.

Por fim, sinto o escorregar das pernas dela em meu quadril. Sinto seu corpo cedendo debaixo do meu e, subitamente, estou muito ciente daquele ponto macio e quente entre as pernas dela. Seus olhos se arregalam, e vejo quando eles percorrem meu rosto, detendo-se na boca.

– Logan?

Ela suga o lábio inferior para não sorrir.

Pressiono meu corpo para a frente, não muito, mas apenas o bastante para sentir mais o calor suave dela. Seus olhos ficam pesados, a boca relaxa, e vejo quando uma cor rosada sobe pelo seu peito. No intervalo de uma das suas respirações contidas, passo de meio rijo a completamente desesperado por ela.

– Luke.

– Porra – dou um grunhido, inclinando-me e pressionando minha boca no pescoço dela quando começo a me balançar sobre seu corpo.

Quase gozo com os sons que ela produz, aquele grito suave, contido, e estou transando com ela através das minhas roupas, das dela, sugando e lambendo sua pele, simplesmente insano por estar com ela assim.

O meu desejo por ela aumenta, elevando-se dessa paixão calorosa para algo mais, algo que aprisiona meus pulmões, que ameaça me romper.

– Sinto falta disto – digo ao encontro da pele dela. – Porra, como senti. A sua pele...

Três investidas firmes e as mãos dela estão no meu peito, descendo pelos meus peitorais até a bainha da camiseta, onde ela cerra os punhos em meio ao algodão de novo.

Ela poderia arrancá-la com um simples puxão.

Sinto que ela chega a uma encruzilhada no caminho e logo hesita, ficando imóvel debaixo de mim.

– Luke. Espere. *Espere.*

Paro de me mexer, fechando os olhos onde meu rosto está pressionado contra o pescoço dela.

Não. Por favor.

Ela empurra meu quadril com os punhos ainda ao redor da minha camiseta, afastando-me dela. Mais do que a tensão desesperada do meu corpo, o meu coração parece ser capaz de se apertar com um nó.

– Não podemos – ela diz em meio a uma exalação contida. – Não deveríamos.

Saio de cima dela, sentando-me nos calcanhares e observando-a se levantar.

– Desculpe – digo. E estou falando sério. Sei que ela não está a fim de mim assim e fico insistindo.

– Não, não, sou eu quem peço desculpas – ela diz. – Foi minha culpa.

A mão dela se estica na minha direção para me ajudar, mas eu dispenso, levantando sozinho.

– Puxa, isto é... embaraçoso – digo num grunhido baixo.

Rindo, ela diz:

– Não... – diz de um jeito que é um "sim" absoluto.

Não sei bem o que fazer comigo agora. Olho para o lado, sentindo seu desconforto e me afogando nele.

Olhamos um para o outro ao mesmo tempo.

– Acha que nós deveríamos falar sobre...? – deixo a pergunta no ar.

– Hum... Não – ela responde horrorizada. – Tive um momento de fraqueza, não vai voltar a acontecer.

Um momento de fraqueza? Como se ela também quisesse?

– Mas e se eu quiser falar?

– O que há para ser dito? – ela questiona, dando de ombros.

– Só... – Ordeno meus pensamentos, sentando-me no sofá. – Muito bem, olha só. Mesmo quando somos apenas amigos, o fato de termos transado está sempre pairando sobre a gente. Sinto isso em cada segundo que estamos juntos e estaria mentindo se dissesse o contrário.

– Imaginei que, dentre todas as pessoas, você seria bom em fingir que algo não aconteceu – ela caçoa, mas isso não cai bem.

Isso magoa pra cacete, e deixo que ela perceba.

– Bem, não sou.

Assentindo, ela diz:

– Ok, desculpe.

– E sei que você acha que sou um paquerador inveterado, e talvez com razão, mas só estive com uma pessoa depois de você e...

– Mas isso foi... hum, sei lá, há *um mês*, Luke.

Rio.

– Eu sei, eu sei, mas talvez um dia eu lhe conte o quanto foi comicamente trágico. – Ela começa a perguntar, mas eu a interrompo. – A questão é: estou tentando virar uma página. E isso demanda reflexão, que é algo novo para mim... – Deixo a frase sem terminar, sentindo que lhe devo a oportunidade de fazer algum comentário esperto, mas, na verdade, fico aliviado quando ela não diz nada.

Ela se senta ao meu lado no sofá, atenta.

– Mas é que... – continuo – há quatro anos, eu *amava* Mia de verdade. Pensei que ficaríamos juntos para sempre e sei agora que eu era muito novo, e isso não era realista, mas, quando terminou, foi *difícil.* Quero dizer, nos chamávamos de namorados desde o ensino fundamental. Eu não queria oferecer esse tipo de ligação a qualquer uma. A princípio achei que estaria... – olho ao redor, à procura das palavras certas –, não sei, traindo-a ou algo assim, se me permitisse sentir algo por outra pessoa, mesmo que eu e ela não estivéssemos mais juntos. Depois, sair com garotas sem compromisso foi simplesmente um alívio. Significava que as rupturas seriam mais fáceis. Foi assim que passei a funcionar. Foi uma evolução, tudo bem, e não estou dizendo que me odeio por isso, porque estaria mentindo, mas, vendo melhor em retrospecto agora, sei que não quero mais que as coisas sejam assim.

Ela assente, escutando com os grandes olhos azuis fixos no meu rosto.

– Ok.

– Então, eu só queria que você soubesse. – Recosto-me no sofá, entrelaçando os dedos atrás da cabeça e fitando o teto. – Sei que o seu último namorado magoou você, e não quero que pense que todos os caras são assim. Não quero que pense que *eu* sou assim.

Ela assente de novo, mais rápido agora, inclinando-se para a frente e esfregando as mãos unidas entre as pernas. Parece um pouco agitada. Estou propenso a dizer que ela não precisa conversar comigo se não quiser, mas a verdade é que não quero impedi-la, se estamos nos abrindo agora. London é uma das garotas mais meigas que já conheci, mas existe um escudo ali, e tenho a sensação de que ela não se abre muito com as pessoas a respeito do que passa pela sua cabeça.

O silêncio se estende pelo que parece um quilômetro e, de maneira surreal, parece que o sofá se estica entre nós quanto mais tempo ela fica calada. Fecho os olhos, aguentando. Em algum momento, um de nós terá que falar alguma coisa, e juro por Deus que não vou ser eu.

Por fim, ela inspira fundo e solta o ar lentamente.

– O meu pai tem traído a minha mãe desde que eu tinha dezesseis anos. É uma regra implícita em casa nunca falarmos sobre isso... mesmo que todos saibam.

Inicialmente, sinto-me horrorizado, mas então... outra peça do quebra-cabeça que é a London se encaixa em seu lugar, e parece que uma bomba minúscula explode dentro do meu peito. Penso nos meus pais, na maneira como olham um para o outro, e tento imaginar como eu lidaria com isso se acreditasse que fosse uma mentira. Não consigo.

– Isso é... Sinto muito, Logan.

– Sempre disse a mim mesma – e para a minha mãe quando brigávamos – que eu nunca aguentaria ser tratada assim. – Alguns segundos de silêncio se passam antes que ela respire fundo e continue. – Conheço Justin desde sempre – ela diz. – A mãe dele e a minha são melhores amigas, e sempre fomos próximos... mas só começamos a namorar no verão anterior ao nosso último ano na escola. Ele se mudou do Colorado para cá. Eu fui para a UCSD, e ele para a SDCU, mesmo que a primeira escolha dele tivesse sido ir para Boulder. Mas San Diego sempre foi um segundo lar para mim. Sempre soube que faria a faculdade aqui e mal conseguia esperar para ir embora de Denver. – Ela se cala por alguns segundos e prende uma mecha de cabelo atrás da orelha. – Acho que foi, mais ou menos, como com você e a Mia, quando pensavam que ficariam "juntos para sempre". – Olhando para mim, ela diz: – Ao que tudo leva a crer, ele conheceu alguém no começo do segundo ano e praticamente moravam juntos durante a semana. Descobri isso porque os flagrei. – Ela faz uma pausa, depois acrescenta baixinho: – No último ano. Logo depois do enterro da minha avó. Ele disse que tinha que trabalhar, mas...

O meu estômago despenca, e respiro bem fundo.

– *Puta merda.* No *último* ano?

– É. Ele me traiu por quase três anos... – Ela deixa a frase por terminar, balançando a cabeça. Nem sequer tento controlar minha expressão agora. A minha boca está escancarada. Que *audácia* do filho da puta. – E, ao que tudo leva a crer, continuaram juntos desde então – ela acrescenta baixinho. – Na verdade, vão se casar... Então, é isso.

A minha reação é querer socar alguma coisa.

– Que bando de cretinos.

Ela assente.

– Demorou muito, mas muito tempo para eu deixar de sentir raiva. Na verdade, ainda sinto. Acho que, quando dou o meu coração, quero dar tudo. Você toma esse tipo de decisão e é tudo ou nada, entende?

Ela faz uma careta quando diz isso, como se a admissão de algum modo fosse embaraçosa, e o meu peito fica tão apertado que nem sei como responder. Eu *quero* o tudo dela. Quero socar o babaca que fez com que ela sentisse que seu amor foi desperdiçado.

Quando percebe que tenho dificuldades para responder, ela prossegue, num tom mais jovial.

– Bem, depois que me libertei do meu estado inicial de torpor da humilhação e do coração partido, a única coisa que imaginei ter conseguido com isso foi a certeza de que sou péssima em julgar o caráter das pessoas.

– London, não. Você não é.

– Ah, sou, sim. – Ela sorri para mim, e é um sorriso tão meigo e frágil que rompe algo dentro de mim. Levantando o cabelo no alto da cabeça, ela o segura ali com as duas mãos.

Cacete, é tão bom conversar com ela sobre essas coisas. Por mais que eu esteja puto por causa do que aconteceu, estou extasiado por tê-la aqui, abrindo-se comigo como ela deve se abrir com poucos, imagino, se é que se abre com alguém.

– Quero dizer – ela continua –, sei distinguir os cretinos óbvios. É isso o que bartenders aprendem a fazer. Mas os mais espertos são melhores em se camuflar. É isso que mais me aborrece, o que me deixa mais brava: que, mesmo que eu goste de alguém, nunca vou conseguir confiar no meu julgamento. Sabe o que é isso? Ter estado tão errado que parece que o seu medidor para avaliar as pessoas está *quebrado*?

O peso de toda essa conversa parece me atingir de uma vez só, e eu me largo no sofá.

– Isso é muito deprimente – concordo.

Ela levanta as mãos para o alto.

– Eu sei!

– Isso explica muito por que você é assim, tão confusa – digo a ela com um sorriso, querendo fazê-la sorrir de novo.

– O mesmo digo de você. – Ela aponta para mim com o queixo.

– As histórias dos nossos relacionamentos são muito deprimentes – digo. – Me conte alguma coisa engraçada.

Ela suspira, pensando. Por fim, diz:

– *Vagina* pode ser traduzida como "recipiente para pênis" no latim.

Viro-me para olhar para ela.

– Ela foi nomeada *por causa do* pênis?

– Isso o surpreende? – ela diz, olhando-me chocada. – Oi? Patriarcado.

– Mas mesmo naquela época? – digo. – Eles *falavam* latim. Isso significa que todos sabiam que vagina era o recipiente para pênis. Não é como hoje que a maioria das pessoas não sabe o significado. Uma mulher jamais se referiria às suas partes como seu *recipiente para pênis*. "Como anda o seu recipiente para pênis?". "Quem me dera, anda muito vazio estes dias."

– Suas "partes"? – ela repete com um sorriso divertido.

– O que foi? – pergunto, retribuindo o sorriso. – Você a chamou de *joaninha*.

– Verdade. – Ela deixa a cabeça pender contra o sofá de novo, gemendo. – Agora estou triste e pensando no Justin, credo. Preciso de açúcar.

– Lado esquerdo da pia, armário de cima. – Ela rola a cabeça na minha direção, então acrescento: – É onde guardo as minhas gostosuras.

– Que Deus o abençoe. – London empurra o sofá para se levantar, e eu encaro a bunda dela quando ela anda na direção da cozinha.

Ouço-a batendo as portas dos armários e depois gritando:

– Ai, meu Deus! Você está bem?

Tenho um sobressalto.

– Sim, o que foi?

– Você tem uma embalagem de Pop-Tart aberta com uma Pop-Tart dentro.

Desinflo, aliviado, levanto do sofá e caminho até a cozinha.

– Comi uma hoje cedo.

A boca dela está escancarada quando se vira para mim, segurando a embalagem, dizendo:

– Quem, em nome de Deus, come só *uma* Pop-Tart?

– Estou sentindo... – Lambo o indicador e o levanto no ar. – Sim, estou sentindo zombaria no seu tom.

– Aposto como você é um daqueles caipiras que compram potes com o formato de Pop-Tarts.

Estreito o olhar, repetindo lentamente:

– Caipiras?

– Significando que você não só não come os dois Pop-Tarts como um homem de verdade – ela prossegue, ignorando-me – como também precisa de um pote hermético porque não come o outro na hora seguinte.

Recosto-me na bancada, sorrindo para ela.

– Aposto como você nem gosta de uísque – ela caçoa. – Você tem um pênis de verdade?

Isso me faz gargalhar, e eu tenho que cerrar os punhos ao longo do corpo para não puxá-la na minha direção com um dedo enganchado no passador dos shorts dela.

Inclinando a cabeça, ela pergunta:

– Você pede salada para o almoço?

– Você já me viu comendo nachos – eu a lembro.

– Uma vez. E eram vegetarianos.

Abro a boca para discutir, mas ela me interrompe:

– Dá para ver na sua cara! Você pede *mesmo* salada! Com o molho separado!

Essa parte não é verdade, mas estou me divertindo tanto a observando daquele jeito que não a contradigo.

Ela sacode a embalagem de Pop-Tart.

– Eu comeria este Pop-Tart para ajudá-lo, sabe, para corrigir a assimetria que está envenenando a sua despensa, mas, vendo que só há um, temos um dilema.

Assinto e digo:

– Você não se saciaria com apenas um.

– Exato. – Ela o coloca de volta na caixa. – É o mesmo que comer metade de uma banana.

Estremeço.

– Quem come uma banana inteira?!

London para, olhando para mim como se eu tivesse problemas mentais.

– Quem *não* come?

– Eu – respondo com ênfase. – Nas últimas mordidas o gosto já é horrível – estremeço –, tem um sabor *intenso* de banana. Não importa o tamanho da banana, não consigo.

– Você é esquisito.

Dou de ombros, com as mãos para cima.

– Aparentemente. Mas, veja, gosto de saborear a minha Pop-Tart. – Ela geme quando percebe aonde quero chegar. – Você, por sua vez...

– *Pare.*

– ... é bem-vinda para comer quantas Pop-Tarts quiser quando estiver aqui.

Ela me crava um olhar circunspecto e vejo quando ela se debate, finalmente cedendo e deixando que um sorriso tome conta de sua boca. Meu peito está aquecido, e a pulsação, rápida demais. É como a expectativa antes de um jogo, mas infinitamente melhor. O que quer que seja aquilo, faz com que eu me sinta ébrio por ela. Estar perto dela, provocar seu sorriso faz com que eu me sinta incrível. Ela percebe e eu não me importo. Estou absolutamente *embriagado* por essa garota.

Por fim, soltando o ar com um tremor, ela dá um tapa no meu peito.

– Você não tem jeito.

Seguro a mão dela antes que ela consiga se afastar, repousando-a sobre meu peito. Sei que ela consegue sentir meu coração batendo forte e, se o que vejo acontecer com a pulsação no pescoço dela servir de indicador, o coração dela está batendo tão acelerado quanto o meu.

Sorrio e observo quando algo se suaviza na expressão dela.

– Acho que você tem razão – digo.

Capítulo 13

London

Peço mais um cappuccino e atravesso a pequena fila para voltar ao meu assento. A maioria dos funcionários dali me conhece pelo nome e não se importa que eu passe horas na minha mesa predileta: aquela perto da única tomada que funciona. Sabem que gosto do açúcar Sugar in the Raw no meu café e que não quero um *muffin* de mirtilo, mas acabo comprando um mesmo assim.

Sou uma criatura de hábitos e tenho vindo a este estabelecimento em particular desde que consigo me lembrar. Verões significavam finais de semana surfando e depois relaxando na casa da vovó e domingos de manhã na Pannikin. Ela pedia seu *chai latte* e me deixava pedir chocolate quente enquanto fazíamos as palavras cruzadas do *New York Times*, o que basicamente significava que ela fazia e eu ficava observando as pessoas indo e vindo.

Mesmo sem ela, não consigo quebrar essa rotina.

Estamos em abril e, apesar de a temperatura lá fora estar na casa dos 20°C, aqui dentro está congelando. Acomodo-me na minha cadeira e pego uma malha da bolsa, abotoando-a antes de me voltar para o meu *laptop*.

Assopro meu café e olho de novo para a tela, para a seção no site da Lola na qual passei as últimas horas trabalhando. O designer original dela criara um padrão carregado de cores neon e muita animação, mas reduzi um pouco todos os efeitos, deixando-a mais discreta, com uma paleta de cores que permitirá que a arte da Lola fale por si só. Suas imagens são geométricas e fortes e praticamente saltam da tela. Estranho que, por mais que eu tenha vivido ao redor dessa arte nos últimos oito meses, acho que nunca antes apreciei de fato o *quanto* Lola é talentosa.

A porta se abre, e o ar-condicionado dispara bem acima da minha cabeça. Afundo dentro da malha e aproximo a xícara de café, na esperança de que seu calor se espalhe pelos meus dedos, quando ouço meu nome.

Bem, quase isso.

– Logan?

PERIGO. PERIGO.

Pisco e vejo Luke parado ao lado do balcão, e uma descarga de adrenalina dispara pelas minhas veias. O cabelo dele está bagunçado e ele está vestindo uma camiseta e calça de ginástica, como se tivesse acabado de voltar de uma corrida. Mesmo um pouco suado – ou talvez justamente porque ele parece um pouco suado? –, sua aparência é melhor do que deveria ser humanamente possível. Ele pega a carteira para pagar, e meus olhos automaticamente descem para o modo como a camiseta úmida gruda nos ombros e se afunda na cintura, na direção dos ossos do quadril...

A cadeira diante da minha raspa no chão, e eu acordo do meu devaneio diante dos olhos dele: castanhos e evidentemente contentes por terem me flagrado cobiçando-o. Ele se senta na minha frente, a bebida já acomodada diante de si, braços relaxados sobre o tampo, e ele demora o quanto quer na sua própria – e descarada – inspeção. Pigarreio.

– Você sabe que estamos em abril, não sabe? – ele comenta e aponta para as minhas roupas enquanto sorve um gole da sua bebida gelada.

– Está um gelo aqui dentro – replico, puxando as mangas até acima das mãos. – Deve estar uns 20°C lá fora. Por que eles insistem em deixar uma temperatura ártica aqui dentro? Só para eu poder desfilar os meus modelitos de inverno?

Luke dá de ombros e toma mais um gole antes de olhar seu celular e guardá-lo no bolso. Estica o pescoço para o lado e depois fita a echarpe ao redor do meu pescoço.

Espero que ele faça mais uma das suas habituais cantadas impertinentes... mas ele não diz nada. Demoro um segundo para catalogar minha reação como desapontamento.

Mas foi você quem estabeleceu esse limite de amizade, London.

– Você se lembrou de pedir que eles usassem leite desnatado na sua bebida? – pergunto, recuperando-me. – Você não vai querer que eles usem integral e estraguem o efeito da sua salada do almoço.

Luke sorri para mim, ignorando a minha isca.

De novo: desapontamento.

– Então, o que está fazendo aqui? – Ele bate um dedo no alto da tela do meu *laptop*. – Procurando dicas no Google para jogar *Titanfall*?

A centelha no olhar dele diminui o aperto do nó no meu estômago.

Tomo um gole do meu café e o coloco de volta na mesa.

– Estou trabalhando no site da Lola. Ela estava tendo alguns problemas com o cara que contratou, e eu disse que resolveria para ela.

Luke se levanta e se inclina sobre a mesa para dar uma olhada na tela.

– *Você* fez isso?

– É – respondo, movendo o *laptop* um pouco para ele poder ver melhor. – A arte dela é o que faz o trabalho, só quis montar algo ao redor dela. São só códigos e...

– Sou um idiota, e mesmo eu sei que isso é muito mais complexo do que apenas "códigos" – ele diz. – Logan, esse é um site maravilhoso.

Os caras do meu escritório acabaram de pagar uma montanha de dinheiro para fazer o deles e não chegou nem perto de ficar bom como esse.

Dou de ombros e viro a tela para mim, retornando para o teclado e me esforçando ao máximo para não parecer tocada. Elogios vindos do Luke provocam algo estranho nas minhas partes internas. O meu estômago está aquecido e farfalhando. Tenho que me lembrar de manter a cabeça abaixada porque sei que essa reação estará estampada no meu rosto.

– *Logan* – ele diz com mais ênfase para chamar a minha atenção.

Pisco na direção dele, esperando poder manter aquela afeição irresistível bem guardada dentro de mim.

– As pessoas pagam bem por esse tipo de trabalho.

– Algumas sim.

Ele olha para mim com o sorriso confuso mais adorável.

– Então por que você não faz mais disso e serve menos Heinekens para os idiotas do bar?

Inclino a cabeça e o avalio um instante entre olhos semicerrados.

– Não sei bem se eu o consideraria um idiota, exatamente...

Ele finge se magoar.

– Ei... Eu não disse que *eu* sou um idiota.

– Puxa, mancada minha. – Olho de novo para a tela com um sorriso maligno.

Debaixo da mesa ele estica as pernas e prende meus pés entre os dele; nossas pernas se encostam.

– Você está evitando a minha pergunta.

Dou de ombros, mantendo-os erguidos por alguns segundos.

– Porque as pessoas querem portfólios volumosos com muita experiência para pagar bem. Fiz o site do Oliver e agora o da Lola, mas não tenho toneladas de experiência além daquilo que fiz na faculdade.

Ele baixa o olhar propositalmente para meu *laptop*, depois olha para mim de novo.

– Não sou um *expert*, mas você parece estar se saindo muito bem – comenta. – A Lola vai enlouquecer quando vir isso.

Mordo a parte interna da bochecha para refrear um sorriso.

– Espero que sim.

– Ainda custo a acreditar em tudo o que está acontecendo com ela. A *graphic novel*, um filme? Ainda me lembro dela desenhando pintos na capa de todos os meus cadernos.

Bufo.

– É melhor você ir ver se ainda há algum deles porque podem valer uma fortuna um dia. Sei que guardei o quadrinho que ela desenhou para mim e colou na geladeira. É de um gato bravo me chamando de babaca por ter acabado com o suco de laranja.

– Você fez isso tudo só *hoje*? – ele pergunta.

Assinto e tomo mais um gole de café.

– Fiz. Quer dizer, fui surfar de manhã cedo, mas cheguei aqui lá pelas nove.

Ele olha para o relógio, e eu instintivamente olho para o da tela do computador. Onze e onze. Quero fazer um pedido, mas a minha respiração fica presa na garganta ante o meu primeiro instinto de desejar ter alguma coisa com o cara do outro lado da mesa. Em vez disso, fecho os olhos e desejo que meu trabalho como designer de websites decole algum dia, quem sabe logo.

Olhando de novo para mim, Luke comenta:

– Então, o que você está me dizendo é que está trabalhando há pouco mais de duas horas naquilo que estudou para fazer – uma coisa na qual é muito boa e que pode lhe render uma boa grana – e ainda conseguiu roubar algumas horas para ir à praia... Interessante.

– Você andou falando com a minha mãe? – pergunto.

– Sim, ela e eu conversamos quase todos os dias. – Ele faz um gesto casual no ar. – Normalmente sobre o fato de você nunca telefonar e como você deveria encontrar um rapaz legal para levar para casa.

– Isso se parece *exatamente* com a minha mãe.

O celular dele emite um som de aviso, e eu tenho que abafar a irritação que sinto toda vez que ele faz isso. Ele levanta o olhar, guardando o aparelho no bolso, sem perceber.

– Quer jantar comigo mais tarde?

– Na verdade, tenho um compromisso – respondo, fechando o *laptop* e guardando-o na bolsa.

A expressão dele se entristece só um pouquinho, fazendo com que eu me pergunte se foi apenas minha imaginação, enquanto os olhos dele acompanham minhas mãos enrolando o cabo de força.

– Compromisso?

– Fred tem um encontro hoje, e eu prometi que cuidaria da neta dele.

– Vai ser babá? – ele pergunta. – Quantos anos ela tem?

– Vai fazer cinco, no dia dezesseis... Ela é muito fofa. Bem, antes de ir para lá, tenho que ir para casa, tomar banho, comer. Essas coisas. – Fico de pé e passo a alça da bolsa por cima da cabeça antes de empurrar a cadeira. Luke se levanta e meu coração dispara com a lufada de ar do mar e do leve suor que emana dele.

Jantar com ele seria muito legal.

Droga.

Ele estica a mão para endireitar a alça da minha bolsa.

– Está bem.

Estamos de pé, um diante do outro, com uma pergunta pairando no ar. Vejo que ele não vai me pressionar... para variar.

– Você não ia gostar de cuidar dela comigo – digo, olhando-o por debaixo dos meus cílios. – Isto é, você ia achar um porre, não ia?

Não consigo acreditar que perguntei isso. Que cara de vinte e três, quase vinte e quatro anos, em seu juízo perfeito ia querer me acompanhar para cuidar de uma criança?

Mas esse é o Luke: ele só levanta um ombro.

– Tirei nota máxima cuidando dos cabelos das bonecas.

Chocada, olho para ele em cheio agora, observando as linhas do seu pescoço quando ele engole.

– Você *quer* ir?

Ele dá de ombros de novo e joga o copo descartável no lixo reciclável.

– Por que não?

– Não vai ficar entediado?

O sorriso dele derrete o meu coração.

– Talvez, mas não seria mais divertido ficarmos entediados juntos?

– Tem *certeza*? – pergunto. Eu meio que adoro a ideia de ter o Luke comigo à noite, ainda mais que estou com saudades da sua faceta paqueradora, e isso só pode ser remediado com... com mais tempo junto dele. – Vão rolar umas festas com chá e umas Barbies.

– Logan, se continuar tentando me convencer a desistir, posso acabar mudando de ideia – ele diz, rindo. Luke consegue se adiantar alguns passos para abrir a porta para mim.

– Obrigada. Isso seria... incrível.

Ele põe os óculos de sol e me acompanha até o estacionamento. Chegamos ao meu carro e, mesmo com os olhos dele escondidos atrás das lentes escuras, percebo o modo esperançoso como ele olha para mim.

– Então... A que horas?

Existe um milhão de motivos pelos quais isso é uma má ideia, mas eu me apoio na porta do carro, descobrindo que quero passar mais tempo com ele e que essa é uma sensação quase urgente. Luke está conseguindo derrubar as minhas paredes com um sorriso de cada vez.

Estar com ele é como soltar a barra de segurança ao disparar numa descida. E também é o mesmo que estar envolvida pelo cobertor mais quente.

Como isso pode parecer tanto uma aventura quanto um conforto?

– Às seis – respondo. – Apenas um aviso: você vai ter que levar pizza e deixar que ela faça tranças no seu cabelo, se ela pedir.

~

– Sabe de uma coisa, esta foi uma excelente ideia. Você é uma excelente babá. – Balanço os dedos dos pés, com as pernas esticadas sobre a mesa de centro da sala do Fred. – Nunca permita que digam que você é só um rostinho bonito, Blue Crush.

Luke sorri para mim da ponta oposta da sala, onde ele está sentado com Daisy a uma mesinha pequena, em uma cadeira ainda menor, no meio do que parece ser uma elaborada festa regada a chá. Seu cabelo costumeiramente liso e caído está todo espetado, preso com elastiquinhos fluorescentes em cerca de vinte minúsculos rabos de cavalo malucos.

Ele se inclina para Daisy de um jeito conspiratório e aponta o polegar na minha direção.

– Eu *disse* que ela me achava bonito.

Daisy acomoda algumas flores decorativas na bagunça que é o cabelo dele. Dou uma risada baixa e me endireito no sofá.

– Ora, como eu poderia não achar? Veja bem, Daisy também deve ter tirado nota máxima em cabelos de boneca, porque você está incrível assim. Ela é amiga da sua irmã?

– Você disse que não caçoaria – ele me diz e agradece educadamente a Daisy quando ela lhe oferece mais chá.

– Isso não parece nada com algo que eu diria a você, Luke.

– Tudo bem – ele diz, dando-me uma piscadela. – Vá em frente e brinque o quanto quiser, mas não pense que não vi você me olhando enquanto ela fazia estes rabos de cavalo. Você ama o meu cabelo. – Ele se inclina para a frente e cobre as orelhas dela com as mãos antes de dizer: – E eu me lembro do quanto você gostava de colocar suas mãos neles.

– Você teve que cobrir os ouvidos dela por causa disso? – pergunto. – Isso não foi nada sujo.

– A parte suja estava implícita – ele diz, abaixando as mãos. – Às vezes, as partes mais sujas são as mais simples. Como o seu maiô no outro dia: ele cobria mais porque você tinha que se movimentar dentro da água, mas ainda assim era mais sensual do que algumas peças que deixam ver a lateral dos peitos.

Só consigo olhar para ele e piscar.

– Mas não cobriu os ouvidos dela para isso?

– Ah, cac... droga. Desculpa.

Fico de pé, vou para perto deles e, sem pensar, passo um dedo numa mecha do seu cabelo que se soltou. Penso na sensação dos meus dedos no quadril dele para ajudá-lo a se equilibrar na praia e em como o olhar dele descendo pelo meu corpo foi mais quente que o sol lá em cima. Rapidamente recuo um passo.

Desvio para um território mais seguro.

– Você definitivamente ganha pontos por levar na esportiva.

Espero que ele faça algum comentário sobre "pontos" significando boquetes ou algo assim, mas, em vez disso, ele diz:

– Estou me divertindo.

– Você quer mais chá? – Daisy pergunta, levantando o bule de plástico na minha direção.

– Acho que não, meu bem. Já está ficando tarde e chá demais nos faz levantar à noite.

– Não estou cansada – ela diz e se vira para as bonecas. – Quero continuar brincando com o Luke. Ele é legal. Você não acha que ele é legal, Logan?

Luke dá uma risada e eu belisco seu braço antes de me ajoelhar junto à mesa para afagar os cabelos da Daisy.

– Ele é legal. Mas, bobinha, você sabe que o meu nome é London.

– Mas o Luke chama você de Logan – ela argumenta.

– Talvez ele possa voltar para brincar outro dia – digo. – Aposto que podemos fazer com que ele lhe conte uma história.

– Nós vamos assistir a *Frozen*. Ele prometeu com o dedo mindinho.

Olho para ele.

– Prometeu com o *dedo mindinho*?

Ele se inclina.

– Usei o meu dedo da mão esquerda. É o traiçoeiro, por isso, sinta-se à vontade para vetar.

Daisy concorda em vestir o pijama e escovar os dentes, se isso significa ficar perto do Luke e assistir a uma parte do filme antes de ir para a cama. Não posso culpá-la por isso.

Acomodamo-nos no sofá, Daisy no colo do Luke e eu – ante a insistência dela – ao lado deles. Bem ao lado deles, o que basicamente significa que nós três estamos apertados num dos cantos enquanto sobra espaço para outros quatro adultos no restante do sofá desocupado.

Ela permite que ele tire os elásticos do cabelo sem reclamar muito, se ele prometer usar o colar da Elsa e nunca mais tirar. Jamais. Ela é muito insistente nesse ponto, e me esforço ao máximo para não rir quando ele negocia com ela, explicando que trabalha num escritório grande e imponente e que o colar talvez não combine com o terno que ele tem que usar. No fim, os dois chegam a um acordo: Luke só tem que usar o colar por algumas horas, contanto que fique segurando a mão dela.

Tenho certeza de que um dia ele será um excelente advogado.

Luke é firme e quente ao meu lado, e a TV brilha diante de nós, pintando a sala com sombras suaves. Demora alguns minutos para que a façamos se acomodar, mas logo Daisy está aninhada e muito contente consigo mesma por ter conseguido aquilo que queria. A mão dela parece definitivamente minúscula na dele, e eu não consigo deixar de ficar olhando, maravilhada com o quanto ele é maior do que ela e por tratá-la de maneira incrivelmente gentil. Tento prestar atenção ao que está acontecendo na tela – tem muita neve e muita cantoria –, mas é difícil acompanhar em meio à crise que estou tendo por ele estar segurando aquela mãozinha pequenina. Nunca pensei que isso poderia ser sexy. Não mesmo. Juro.

Uns cinco minutos mais tarde, a voz de Luke se intromete nos meus pensamentos:

– Acho que ela apagou.

Prendo o olhar dele e, sob aquela iluminação, ele é só maçãs do rosto e maxilar afiado. As pontas dos cílios estão iluminadas pela luz da tela.

– Ela dormiu? – ele pergunta.

Pisco algumas vezes antes de entender o que ele está perguntando. Certo, Daisy... A menina de quem, supostamente, eu deveria estar cuidando. Inclino-me para a frente e, claro, os olhos dela estão fechados, a respiração está cadenciada.

– É, apagou mesmo. Bom trabalho.

– Sou uma excelente cama, mas acho que duas fatias de pizza e um filme fizeram a maior parte do trabalho.

– Não, não mesmo – sussurro. – A noite toda... você foi incrível. Você chega aqui trazendo pizza com seu sorriso dos sonhos, todo adorável e charmoso e torna tudo mais fácil. Bom trabalho, senhor Sutter.

– Você me considera charmoso? – ele pergunta e sorri. O brilho da TV acentua o modo como o rosto dele se suaviza quando ele sorri, e eu tenho que desviar o olhar.

– Foi só o que você ouviu de tudo o que eu disse? – pergunto.

– Também ouvi: *adorável*, *sorriso dos sonhos* e *fácil*.

Rio, esfregando o rosto com as mãos.

– Claro que ouviu.

Assistimos ao restante do filme juntos, em silêncio, e olho no celular para ver que horas são. Só então percebo que não ouvi nenhum alerta de mensagem vindo do celular dele já há algumas horas. O aparelho não está na mesa de centro e, quando penso a respeito, nem me lembro de quando o vi pela última vez.

– Você desligou o seu celular? – pergunto, olhando ao redor.

Ele se move para a frente, toma um gole da sua bebida e se recosta com um suspiro exagerado.

– Daisy me obrigou. Disse que era *falta de educação*.

Dou uma gargalhada.

– Bem, Daisy é a chefe aqui.

– Pelo visto.

– Pense em todas as mensagens que você está perdendo.

Luke ri e ajeita Daisy no colo para que ela fique mais confortável.

– Não, tudo bem... Isto foi... foi divertido – ele diz, levantando um ombro de leve. – Daisy foi um amor, e você sabe que eu gosto de ficar com você.

Piscando de novo para o rosto dele, admito:

– Não sei por quê. Sou teimosa e brusca com você. Às vezes, nem acredito nas coisas que eu falo. – Quero me apoiar nele, me aninhar. – Acho melhor eu arranjar uma casa cheia de gatos e encerrar o assunto de vez.

Ele só balança a cabeça.

– Você é sincera comigo. Gosto do jeito como conhece os seus limites e sabe se defender. Gosto de tantas coisas em você, Logan. – Ele ri e encosta a cabeça no sofá. – Acho que vamos ficar aqui ainda por um tempo. Ajuda se eu fizer uma lista?

Abaixo os olhos para o meu colo, e Luke segue meu movimento, mexendo-se para capturar o meu olhar.

– Gosto que você seja forte e não aceite minhas asneiras. A minha irmã também não aceita, e ela é provavelmente a minha pessoa predileta no mundo.

A expressão dele se reduz um pouco, como se não tivesse planejado dizer essas palavras e elas o tivessem surpreendido.

Engulo e tento entender o que estou sentindo e explicar para ele.

– Gosto do modo como você é aberto. Que você fala o que sente... e isso não o assusta.

– Me assusta, sim – ele replica. – Mas talvez eu apenas esteja feliz por estar sentindo alguma coisa pela primeira vez depois de tanto tempo. Ou talvez eu simplesmente esconda melhor meu medo.

– Não parece. Não parece que você tem medo de alguma coisa – digo. – A não ser de tubarões, talvez. E de águas-vivas...

– Lá vai – ele diz, revirando os olhos quando continuo a enumerar.

– Tartarugas, estrelas-do-mar, algas...

– Logan – ele diz e procura minhas costelas.

– Ok, ok. – Afasto-me dele me retorcendo. – Mas, mesmo assim, fiquei muito impressionada. Mesmo com medo, você... simplesmente foi em frente. Você entrou na água.

Um instante de silêncio se passa entre nós e ele pisca na direção da TV.

– Talvez, às vezes, é o que a gente precisa fazer – ele diz, por fim. Seus olhos se desviam para mim de novo, e não acho que estejamos falando sobre surfar agora. – Não me entenda mal, quase molhei as calças naquele dia, mas, às vezes, todos nós devemos parar de pensar no que pode nos machucar e só... pular.

As palavras dele me atingem entre as costelas porque eu *estou* com medo e, definitivamente, tenho medo de pular. Às vezes, Luke é *aquele cara*, aquele com quem sempre tomei cuidado, o tipo de cara que sai de um bar com uma garota no dia seguinte depois de transar comigo, cujo telefone nunca para de tocar, com uma proposta de sexo após a outra.

Mas depois ele está mergulhando no oceano que o aterroriza e participando de chás imaginários, contando-me sobre a garota que amou tanto que seria capaz de fazer qualquer coisa por ela. Ele está fazendo tudo isso para ficar *comigo*, e fico assustada com o quanto o quero, porque já passei por isso e errei, errei feio.

Sei que fiquei calada por tempo demais quando Luke pigarreia e muda de posição ao meu lado.

– Resumindo, estou impressionada – concluo. – É preciso muita coragem para superar seus medos.

Ele olha para mim e sorri, e um calor se espalha como dedos ao longo da minha coluna.

– Obrigado.

– E, para alguém que nunca esteve numa prancha antes, você arrasou. – Percebo que estou tagarelando. Que estou tentando ganhar tempo.

O ar entre nós estala com eletricidade, e não sei como lidar com isso.

Ele se inclina um pouco mais e pende a cabeça para olhar para mim.

– Tive uma excelente professora – ele diz.

Mexo-me para a frente e ele está tão perto... perto o bastante para eu poder sentir cada respiração dele e contar cada diminuta sarda em seu nariz. Ele pisca na direção da minha boca e recua como se perguntasse se aquilo estava ok, dando-me tempo para recuar ou me afastar.

Quero beijá-lo.

Sem esforço, deixo-me senti-lo, o leve resvalar dos seus lábios, a leve suspensão da sua respiração contra minha boca. O cheiro dele é da bala de maçã que ele ganhou numa brincadeira com Daisy, e minha boca praticamente saliva, imaginando aquele sabor na minha língua.

Sem pensar, fecho os olhos, e abro a boca e...

Daisy emite um sonzinho em seu sonho e me chama.

Nós dois soltamos o ar que nem sabíamos que estávamos prendendo, antes de ele se recostar, passando a mão pelos cabelos.

– Sou uma pessoa horrível que daria mil dólares para ela dormir só uns dez minutos mais? – ele pergunta.

O meu coração está batendo forte no peito e eu dou uma gargalhada, esfregando o rosto com a mão.

– Eu provavelmente aceitaria a metade.

Luke passa Daisy para os meus braços e troca de lugar comigo para eu ficar com o apoio do braço do sofá antes de se acomodar ao meu lado. Não conversamos mais quando voltamos a assistir ao filme e, depois de alguns minutos, sinto o dedo dele resvalando no meu pulso sem pensar.

Ele não desvia o olhar da tela, e percebo que não está fazendo isso para chamar minha atenção ou para arrancar de mim alguma reação; ele está fazendo isso porque precisa tocar em mim. Fico imaginando se os dedos dele coçam como os meus toda vez que ele está por perto, ou se sente o mesmo cabo de guerra acontecendo dentro do peito.

Não acho que eu esteja no controle dos nervos que fazem a minha mão se mexer, mas, com os olhos fixos na TV, viro a palma para cima e entrelaço meus dedos nos dele.

Ele não diz nada, mas, em minha visão periférica, vejo que ele está sorrindo.

Ele aperta a mão.

Fico me perguntando se ele entende que é a admissão muda de que talvez eu goste dele. Que ele, no fim das contas, não é um completo imprestável.

Daisy está ressonando suavemente com a cabeça apoiada no meu ombro direito e, só depois de alguns poucos momentos de hesitação, sinto que Luke encosta a cabeça no meu ombro esquerdo.

O peso dele ao meu lado, tão sólido e tão forte, parece-me confortável e seguro e, em pouco tempo, minhas pálpebras começam a pesar. Afundo mais no sofá e em Luke e adormeço com o som dos créditos rolando na tela.

~

Não deve ter passado muito tempo até a porta da entrada se abrir.

Ouço passadas ao longe e pisco várias vezes antes de distinguir o Fred parado na minha frente, segurando o celular com o braço esticado.

– O que você está fazen... Você está tirando uma *foto*? – pergunto com a voz rouca e atordoada.

– Você tem ideia de como vocês estão bonitinhos aí? – Fred pergunta, olhando para o celular antes de virar a tela para mim.

– Isso é assustador, Fred.

Sinto Luke se mexer ao meu lado e acordar sobressaltado.

– Relaxe, filho – Fred diz, segurando-o pelo ombro. – Não sou nenhum pai que acabou de o flagrar namorando a babá.

Percebo que ainda estamos de mãos dadas e puxo a minha, ignorando a maneira como ainda sinto a mão dele.

– Muito assustador – repito, entregando-lhe a menina ainda adormecida.

– Ela foi boazinha? – Fred pergunta, alisando o cabelo dela.

– Um anjo, como sempre. Mas ela pode estar noiva do Luke. Já vou avisando.

Fred ri e indica que vai colocá-la na cama, e eu digo que falo com ele no trabalho amanhã.

Esta é a parte que normalmente fica esquisita, quando Luke me acompanha até o carro e ficamos de pé um diante do outro, fingindo que não acabamos de nos beijar e que não estávamos de mãos dadas como estudantes adolescentes. Mas parece que o potencial para a estranheza se dissolveu entre nós, e agora tudo parece tranquilo, calmo.

A rua está escura, e eu me atrapalho com a maçaneta, abrindo o carro para colocar a minha bolsa dentro. Quando me viro, Luke segura minha mão, olhando para o modo como ela se encaixa na dele.

– Eu me diverti muito. Obrigado por me deixar participar da sua festa.

– Está brincando? Esta foi a noite mais fácil de todas com ela. Normalmente sou eu quem acaba com os rabinhos de cavalo e uma tiara. Obrigada por vir.

Há um instante de silêncio, um cachorro late ao longe e, na minha cabeça, estou entoando: *Não me peça para ir para casa com você, não me peça para ir para casa com você, não me peça... Porque, honestamente, não sei como vou dizer não.*

Mas ele não pede; em vez disso, inclina-se para depositar um beijo leve no meu rosto e solta a minha mão.

– Me manda uma mensagem quando chegar em casa? – ele pede.

Assinto, um pouco atordoada pela guinada na conversa, e não sei dizer se é alívio ou desapontamento se avolumando no meu estômago.

– Tudo bem – respondo. – Pode deixar.

Num impulso, seguro o rosto dele entre as mãos e me estico para depositar o mais leve dos beijos nos seus lábios quentes. Surpreso, ele só fica ali parado, observando enquanto recuo um passo e combato um enorme sorriso.

As sobrancelhas se levantam devagarzinho.

– Logan, você acabou de me beijar.

– Foi só um beijinho. – Sorrio para ele e noto como seus olhos se desviam para as minhas bochechas para olhar as minhas covinhas.

Ele segura a porta enquanto entro e a fecha para mim. Abro a janela e ele se inclina, apoiando os braços no batente.

– Gosto de você – ele me diz. Sei disso, mas a confissão é tão crua que, se eu já não estivesse sentada, meus joelhos ficariam meio bambos.

– Também gosto de você. Seu esquisito – acrescento e vejo seu sorriso se formar quando ele recua para me ver partir.

Só quando já me afastei alguns quarteirões é que me lembro: ele é o ex da minha amiga. Não posso ficar com Luke Sutter.

~

Lola e Oliver estão no sofá assistindo a um filme quando chego em casa. Largo minha bolsa no chão perto da porta e entro na cozinha para pegar um copo de água.

A minha cabeça boia um pouco de incerteza. Estou começando a confiar de verdade no Luke. Estou começando a precisar da companhia dele. Mas o último obstáculo – Harlow, Mia, a história daquele grupo com Luke – permanece, e não sei como lidar com ele. Por um lado, sinto como se Harlow estivesse sendo irracional, porque nada disso diz respeito a ela. Por outro, eu entendo. Ele ficou com Mia por tanto tempo... Existem regras não ditas; ele deveria estar numa zona proibida.

– Estava trabalhando? – Lola pergunta, dando uma pausa no filme.

Engulo, balançando a cabeça.

– Eu estava tomando conta da Daisy.

Ela se levanta sorrindo e se junta a mim na cozinha.

– Uma noite agitada, então.

– Foi divertida, na verdade. – Deparo-me com o olhar dela e hesito antes de admitir baixinho: – Luke foi comigo.

As sobrancelhas dela batem no teto.

– Ora, ora, você sabe que ele está a fim de você quando ele a ajuda *a bancar a babá*.

Tento rir, tento mesmo, mas o que sai da minha boca é um som estrangulado que logo se transforma num soluço de choro.

Pela minha visão periférica, vejo Oliver se levantar do sofá e se aproximar de nós, mas eu só fico encarando as minhas mãos ao redor do copo de água para não ter que olhar para nenhum deles.

– London? – Lola pergunta, aproximando-se e pousando a mão no meu braço. – Querida, o que aconteceu?

Balanço a cabeça, desacostumada a chorar, ainda mais na frente de alguém.

– Quer que eu fique ou vá? – Oliver pergunta baixinho.

– Pode ficar – consigo responder. – Estou sendo ridícula. Não sei o que tem de errado comigo.

Os dois esperam para que eu explique o meu acesso e, depois de eu engolir mais alguns soluços inexplicáveis, digo:

– É que eu gosto do Luke.

A voz da Lola sai gentil e confusa.

– Mas isso é bom. Ele é um cara incrível.

Por fim, olho para o rosto dela.

– O que eu quero dizer é que eu *gosto* dele. De maneira romântica.

– E o que eu estou dizendo é que você *deveria* mesmo. Ele é demais.

– Mas a Harlow...

É só isso que consigo pensar em dizer. E, assim que digo, as três palavras pairam pesadas sobre nós. Deveria ter sido "mas a Mia", mas não, porque a Mia não está se importando. Ou deveria ter sido "mas estou com medo", só que também não é exatamente isso, porque, apesar de existir uma parte minha que sente medo, uma parte muito maior quer lhe dar o benefício da dúvida.

Como a pessoa sábia que é, Lola também deixa as palavras pairando ali. Em vez de ficarem maiores e mais significativas, porém, elas começam a parecer menores, mais bobas.

– Acho que isso não depende da Harlow – Oliver observa baixinho.

Inclinando a cabeça, Lola me avalia com empatia.

– Querida, você tem se preocupado com isso esse tempo todo?

Lanço-lhe um sorriso desconcertado.

– Hã... sim? Parecia algo importante. Vocês nem me chamaram para tomar café da manhã com vocês no outro dia, e o piquenique foi legal, mas meio forçado. Até o Luke percebeu que a Harlow estava agindo de modo estranho.

Lola suspira, lançando um olhar para o Oliver que eu não consegui interpretar.

A descarga é dada no banheiro e a porta no fim do corredor se abre.

O meu estômago despenca ao perceber.

– Harlow Francesca Vega. Venha até a cozinha, por favor. – A voz brava e tranquila da Lola na verdade parece aterrorizante.

– Eu não sabia que ela estava aqui – murmuro para Oliver, que se retrai, compadecido com a minha situação.

Harlow vem pelo corredor, as sobrancelhas unidas em sinal de preocupação.

– O que foi?

– Quanto você ouviu? – Lola pergunta.

Balançando a cabeça em confusão, Harlow diz:

– Fiquei fazendo xixi por uma década ali dentro. Não ouvi nada.

Lola se vira para ela, passando os braços ao redor dos meus ombros.

– London está um caco.

– Está? – Harlow na mesma hora vem para junto de mim. – O que aconteceu, meu bem?

Ah, Deus, isso é estranho.

Olho para a Lola com um olhar tanto de "socorro" quanto de "olha só no que você me meteu, Castle".

Lola inclina a cabeça na minha direção.

– A London gosta do Luke.

– A gente já não sabia disso? – Harlow pergunta, recuando um pouco, e a expressão dela é quase indecifrável para mim. O lábio superior está ligeiramente curvado, as sobrancelhas estão unidas, e isso pode ser sinal de que ela está confusa, mas também pode ser um sinal de irritação.

Sinto como se tivesse caído numa piscina e não conseguisse parar de afundar. É estranho ter um grupo de amigos influenciando uma decisão de namoro, mas sem nunca falar diretamente comigo a esse respeito. É isso que é fazer parte de um grupo? Sim ou não, isso só faz com que eu me sinta mais à margem. Com a Ruby não tem dramas, e eu costumava falar bobagens com a minha avó. As duas sempre foram claras comigo. Harlow é mais complicada: ela é franca, mas passa por uma miríade de emoções num único dia. Estou morrendo de medo de dizer a coisa errada aqui.

– Não quero pôr em risco a nossa amizade – digo a elas. – Mas, francamente, não sei o que fazer com a sua reação por eu estar vendo o Luke. Vocês significam muito para mim, e não quero que a situação fique estranha com a Mia...

– E não está – Lola me interrompe rapidamente.

– ... nem com vocês, nem com *ninguém* – digo. – Eu não sabia que o Luke era o Luke da Mia e, depois que fiquei sabendo, senti como se ele fosse alguém diferente. Para *mim*.

Na minha visão periférica, vejo o Oliver se virar devagar e sair da cozinha, seguindo pelo corredor até o quarto da Lola.

Nós três esperamos que ele fechasse a porta e depois olhamos uma para a outra em nosso pequeno triângulo do embaraço. Por fim, Harlow se recosta no balcão, dando de ombros, meio sem ação.

– Não sei o que dizer. Se eu sinto alguma coisa com relação a isso? Sim, meio que sinto.

Isso, na verdade, faz com que minhas costas se endireitem um pouco.

– Olha só, desde a primeira vez que ficamos juntos, me preocupei com o histórico do Luke com as garotas, me preocupei se estava com vontade de lidar com algo romântico de novo, me preocupei se ficar ou não com ele poderia arriscar a minha amizade com vocês. Mas, se está tudo bem com a Mia, não sei se é justo você ficar chateada com isso.

– Concordo – ela diz, assentindo de maneira surpreendente. – E, já que você não tinha tocado no assunto, imaginei que não se importasse com o que pensamos. Respeito isso e já estava superando. Mas, se você está me perguntando, então vou lhe dizer: sim, tive uma reação reflexa quando a Mia ligou para mim e me contou. Uma coisa é a Mia ver o Luke trepando com qualquer coisa que se mexa, e outra é ela imaginá-lo se apaixonando de novo. Ela está perdidamente apaixonada pelo Ansel, mas claro que sentiu alguma coisa ao ver Luke encontrar alguém, mesmo que isso seja uma reação mesquinha ou injusta.

Lola pisca para o chão ante isso tudo, e o meu coração se estica até quase rasgar o peito. Eu entendo: jamais voltaria para o Justin, mas a ideia de que ele ama a pessoa com quem está agora – com quem vai se *casar* – é irracionalmente dolorosa.

– A Mia me ligou e sabia que não estava sendo totalmente justa, mas isso a incomodou – Harlow continua. – Luke e Mia começaram a "ficar firme", o que quer que isso signifique, no sexto ano. O acidente dela ferrou todos nós – muito – e, quando eles romperam... – ela indica Lola e ela com um gesto – tivemos que encontrar uma maneira de apoiar a Mia. Isso significou que perdemos o Luke, e isso foi *péssimo*. Porque ele também era nosso, entende? Portanto, sim, tive uma reação inicial e não estou dizendo que ela foi certa, mas foi sincera.

Sei que há muita história por trás daquilo tudo – há muita história aqui, entre essas mulheres, e às vezes parece mais fácil manter tudo num nível superficial do que realmente me esforçar para conhecê-las. Mas, com a honestidade da Harlow, sei que quero amigas como essas. *Quero* amigas que se importem com as minhas emoções, mesmo quando elas são mesquinhas ou pequenas.

– Entendo o que está dizendo – digo-lhe. – Entendo mesmo e respeito. Mas isto não tem nada a ver com a Mia, nem com você nem com o passado. Isto tem a ver comigo e com o Luke *agora*. E já é complicado o bastante – inclino a cabeça, dizendo com suavidade. – Eles romperam há cinco anos. Mia está casada. Isto não tem mais nada a ver com ela, *nada*.

– Eu sei. Eu sei – Harlow assente e abre a boca para falar, mas Lola a interrompe.

– Mia nem sequer está aqui – ela diz, mas não sei se ela está falando comigo, com a Harlow ou só enfatizando que esta conversa está acontecendo sem o componente mais importante. Mas ela olha diretamente para a Harlow e acrescenta: – E, se estivesse, ela nos diria para conversarmos sobre qualquer outra coisa.

Harlow dá um passo à frente e me puxa para um abraço inesperado.

– Desculpe. Quero que seja feliz. Quero que o Luke seja feliz. – Apoiando as mãos nos meus ombros, ela se afasta, dizendo baixinho: – Isto é, este é um jeito de todas nós podermos mantê-lo por perto, certo?

– Certo – confirmo. – Mas ainda não sei direito o que isso significa para mim. – Sorrio para ela, dando de ombros. – Por isso, seria incrível se eu pudesse descobrir sem ter que me preocupar se você vai ficar furiosa comigo caso eu resolva que quero mais, ok?

– Ok – ela assente, puxando-me para outro abraço e me apertando com mais força ainda. – Mas, se ele magoar você, arranco a cabeça dele.

– Ok, sua maluca.

Mas, apesar da minha gozação, minha risada atinge os cabelos dela e eu também a abraço com mais força.

Capítulo 14

Luke

Nunca me sinto mais subalterno do que quando os advogados empilham seus arquivos nos meus braços ao fim de uma reunião e me dão um tapinha nas costas antes de saírem para almoçar.

– Mande para o arquivo lá em cima, sim? – Kevin pede, largando uma pasta em minhas mãos.

– Cinco cópias – Roger diz com uma piscadela amigável ao me entregar uma pasta pesada. – Apenas deixe na minha mesa quando terminar.

– O mesmo para mim – diz Lisa por cima do ombro.

– Obrigada, Danny.

Vou corrigi-la – somos apenas dois estagiários ali, e Danny é o baixinho negro –, mas ela já está na metade do corredor.

Virando-me, vejo London parada ao lado do meu cubículo, com um sorriso de divertimento no rosto. O meu estômago se contrai e, de imediato, lembro-me do seu sorriso depois de ela ter me beijado ontem à noite.

Mandei uma mensagem de texto hoje cedo, depois de termos bancado as babás ontem, mas, ao típico estilo London, ela não respondeu.

O estranho foi que isso não me incomodou. Sei que London está em conflito com seus sentimentos e que eles estão ligados à sua amizade com Lola, Mia e Harlow. Sei que o que ela tem passado tem muito pouco a ver comigo e que preciso ser paciente. Para ser franco, a paciência nunca foi meu ponto forte e isso está me matando, mas já cheguei à conclusão de que London é importante para mim, e tenho muito mais do que algumas semanas de paciência dentro de mim.

– Precisa de ajuda, Danny? – ela pergunta.

Dou uma risada, reajustando o peso nos braços. A minha felicidade por vê-la parcialmente se sobrepõe à humilhação que ela acabou de testemunhar.

– O que está fazendo aqui?

Ela está radiante. Está usando um vestido laranja soltinho; os cabelos estão soltos, penteados abaixo dos ombros. Acho que nunca a vi sem que seus cabelos estivessem esvoaçados pelo vento.

Porra, acho que a amo.

Algo brilha dentro do meu peito, e levanto a mão para afrouxar a gravata.

Ela suspende uma sacola de supermercado.

– Trouxe o nosso almoço. Pensei que você poderia estar com fome.

Com isso, ela simplesmente ganhou o meu dia.

– Você deve ser a pessoa mais maravilhosa do mundo neste instante, sabia disso? – Ela dá de ombros, acenando com a mão na minha direção para que eu prossiga. – E a mais bonita. E a melhor professora de surfe. E, se posso ser mais pessoal, a sua bunda...

– Shh! – ela me interrompe, vindo com a mão direcionada para cobrir completamente a minha boca. Estamos basicamente sozinhos no corredor, mas ela dá uma espiada ao redor mesmo assim.

Levanto a pilha nos braços com um sorriso de desculpas.

– Quer ir pegar uma mesa de piquenique do lado de fora? Eu encontro você lá em cinco minutos.

Com um sorriso tímido, ela assente e vai para a frente do escritório.

Nunca na minha vida fiz cópias tão rápido.

Nunca, neste trabalho, subi tão rápido as escadas até o andar dos arquivos para deixar os documentos.

E nunca imaginei que London apareceria para almoçar comigo.

~

A temperatura está um pouco acima dos 20°C do lado de fora, sinto o cheiro do oceano e ouço o grasnar das gaivotas do outro lado da rua, perto da praia. Não há nenhuma nuvem visível no céu. Na verdade, o dia está tão lindo do lado de fora que sei que não vou querer voltar para dentro depois do almoço. Esse é um dos motivos pelos quais tenho a tendência de comer alguma coisa na minha mesa mesmo; o trabalho é árduo, os assistentes e os advogados adoram me tratar como um ignorante, e o escritório fica numa rua de frente para o Oceano Pacífico. Fico sempre me lembrando de que o estágio é um rito de passagem e logo chegará ao fim, mas ver London ali sob a luz do sol, arrumando a mesa com as coisas que ela comprou, faz com que a perspectiva de retornar para o meu cubículo seja algo impossível.

– Oi, Logan – eu a chamo.

Ela levanta o olhar para mim e sorri, mas seus olhos se arregalam e a boca fica ligeiramente aberta bem quando uma voz surge atrás de mim.

– Ei, Sutter.

Viro-me, e a mulher parada diante de mim está fora do contexto ali, e meu cérebro precisa de pelo menos dois segundos para localizá-la.

– *Harlow*? Mas o q... ?

– Surpresa! – Ela ergue os braços. – Feliz em me ver?

Olho por cima do ombro na direção da London, confuso.

– Hum... Isto é algum tipo de emboscada?

– Chamei a London para almoçar – Harlow explica. – E depois... sugeri que nós almoçássemos com você.

Aguardo, com as sobrancelhas erguidas em expectativa, antes de deslizar o olhar para London, esperando algum tipo de sinal.

Você está bem com relação a isso?

London me lança um sorrisinho e assente de maneira quase imperceptível.

Só me resta deduzir que houve algum tipo de conversa da qual não fiquei sabendo, e que talvez essa seja a maneira de a Harlow oferecer o ramo da paz, para que London saiba que ela está bem quanto a nós. Vou para perto dela, confuso, mas completamente extasiado – passei quase todos os finais de semana dos onze aos dezenove com aquela mulher – e lhe dou um abraço. Harlow me aperta com força, e o meu rosto se vê envolvido pelos cabelos ruivos dela.

– Puta merda, você ainda usa o mesmo xampu com cheiro de mato – comento, tomado por uma sensação de nostalgia.

Quando recua, Harlow contrai os lábios na minha direção.

– É da Aveda, seu plebeu.

– Você cheira como uma camponesa.

Ela dá de ombros, nem um pouco perturbada.

– O meu marido gosta.

– Ou, quem sabe, ele tem medo demais para dizer alguma coisa.

– Evidentemente você não conhece o Finn. – Uma risadinha escapa dos lábios dela.

Ainda com o sorriso afixado no rosto, Harlow se vira, vai até a mesa de piquenique onde London está esperando e onde dispôs uma quantidade absurda de comida: sanduíches, algumas saladas prontas, azeitonas, batatinhas e água com gás.

Olho para ela, dizendo baixinho:

– Isso está uma maravilha.

Ela cora de novo – *Bom Deus, o que isso significa?* – e depois me olha nos olhos.

– Que bom. Foi ideia da Harlow...

– *Eu* queria trazer sanduíche de pasta de amendoim com geleia, mas London insistiu para comprarmos alguma coisa mais legal. Acho que ela é boa demais para você – Harlow diz, e tenho que me conter para não a abraçar de novo.

Olho de uma para a outra.

– Então, o que causou isto? Está me bajulando para depois acabar comigo, Harlow?

– Preste atenção, Luke. Se eu quisesse arrancar as suas tripas, já teria feito isso – Harlow diz, pegando um lanche e examinando-o.

– Certo, certo – digo, pegando um sanduíche para mim.

– Conversamos bastante ontem, e London mencionou a *possibilidade* de eu ter exagerado um pouco. Pensei a respeito e resolvi que ela tinha razão. Caso encerrado. Agora, se você merece a senhorita Miss América aqui – ela aponta para London –, isso ainda está para ser julgado.

Olho para London, que parece fazer de tudo para evitar contato visual comigo. Confiante de que Harlow não está aqui para me castrar, digo:

– Harlow, você me viu com a Mia todos os dias durante anos. Você *já sabe* se eu mereço ou não.

Ela assente, jogando uma azeitona na boca.

– Estou tentando ser magnânima aqui, Luke. Não me lembro de você ser tão lerdo.

Quero replicar com algum comentário igualmente sagaz, mas estou tão grato neste instante que não consigo formular mais do que um sorriso na direção dela.

– Para o caso de ter se esquecido, Harlow é praticamente uma escavadeira – London explica, sorrindo para a mesa. Levanta a tampa de uma das saladas e enfia um garfo nela. – Desculpe. Ela já vem com o molho – brinca baixinho.

– Eu aguento – respondo, tocando na sua mão intencionalmente quando ela a passa para mim. Ela enfrentou a *Harlow*. Por *minha* causa. Preciso de alguns minutos para processar isso tudo.

Como que seguindo um instinto, London olha para mim, arregalando os olhos com uma expressão de "relaxa" antes de desembrulhar seu sanduíche.

Harlow observa a troca de olhares com interesse.

– Sinto saudades de você, Luker. Todas nós sentimos.

– É... hum... – Não sei o que dizer. Sério, tem tanta coisa... Todos nós éramos muito próximos. Mia, Harlow e Lola eram como uma família para mim e, apesar de termos tentado manter as aparências depois do acidente da Mia, o nosso relacionamento simplesmente *desmoronou*. Por alguns anos, foi difícil não me ressentir do fato de a amizade entre as meninas não ter sofrido nenhum impacto por causa do que Mia passou. Mas, anos mais tarde, sei que não é culpa de ninguém. – Também sinto saudades.

– Parece que você se saiu bem – ela diz, e não sei exatamente interpretar o seu tom. Ela está se referindo às minhas aventuras casuais? Está sendo sincera e me dizendo que estou com boa aparência? Está se referindo a London? Com a Harlow, sempre deduzo existir algo por trás dos seus comentários; a questão é o quanto tenho a necessidade de entender.

– Então, que história é essa de todas se casarem de repente? – pergunto para ela. – Após poucos dias da formatura ficaram desesperadas com a possibilidade de virarem solteironas? Foi isso?

Ela dá de ombros.

– Acho que encontramos os caras certos.

Quando olho para ela de novo, London está avaliando intensamente o rótulo da garrafa de Pellegrino. Ela está estranhamente calada.

– Fiquei sabendo que você vai fazer Direito – Harlow comenta, chamando a minha atenção para si.

– Isso mesmo.

– Pessoalmente, eu acho que seria incrível se você acabasse estudando na UCSD e...

– E Ansel fosse meu professor? – termino por ela, sorrindo. – Pois é, você não é a única a pensar assim. A Margot reza por isso todos os dias.

– Seria *muito* esquisito.

– Na verdade, não acho que seria tão ruim. – Ela levanta uma sobrancelha ante esse meu comentário. – Ansel parece ser um cara bem legal.

Harlow se cala, por isso sei que a surpreendi com esse comentário, mesmo quando Mia não está aqui e eu posso dar a minha opinião livremente.

– Infelizmente, não sei se isso vai acontecer – comento.

– Ah, que é isso, Luke – Harlow diz. – Você sabe que pode entrar na UCSD.

– Já entrei – respondo, olhando de leve para London. Ainda não mencionei nada disso com ela. Não quis tocar no assunto porque pareceu... sério demais. – O que quis dizer é que provavelmente vou recusar a vaga. Entrei na Boalt. Ainda preciso saber a resposta de Yale, mas, muito provavelmente eu vá para Berkeley.

A cabeça da London se ergue rápido.

– *O quê?*

A culpa esfria a minha corrente sanguínea.

– É, recebi a resposta de algumas faculdades na semana passada.

– Puta merda, isso é marav... – O celular da Harlow toca e ela pega, dando um gritinho quando olha para a tela e pedindo desculpas por ter que atender.

– Ei, esquisita – sussurro para London. Quando ela olha para mim, continuo: – Vai me contar o que está acontecendo? Por que está tão calada hoje?

– Ontem tive um minicolapso quando cheguei em casa. Harlow estava lá, conversamos um pouco e aqui estamos nós agora.

Franzo a testa e pego na mão dela.

– Estou feliz... Extasiado, na verdade; mas não foi isso que eu quis dizer. Você está bem *hoje*?

– Só estou pensando.

– Pensando em q...

– Tudo bem se eu for para a sua casa hoje à noite? – ela pergunta, por fim sustentando o meu olhar.

– Hoje à noite...?

– Eu o convidaria para a minha casa – ela me interrompe –, mas Lola viajou hoje cedo, por isso estou repintando o apartamento e ele está com um cheiro muito forte.

Não sei dizer se ela quer ir para a minha casa para fugir da dela, ou se quer estar comigo, mas, em todo caso, estou cem por cento de acordo.

– Claro. Claro que pode.

Ela sorri em agradecimento e volta a comer. Não consigo desviar o meu olhar. Ali sob a luz do sol está claro que ela se empenhou em sua aparência hoje: está até usando um pouco de maquiagem. O cabelo está escovado, liso. Até pintou as unhas das mãos.

– London?

Ela olha para mim e percebo que não sei como perguntar o que quero saber. "Por que está tão arrumada?" parece meio idiota e pode sugerir que em seu dia a dia sua aparência é menos que perfeita, o que não é verdade.

– O que foi? – ela pergunta quando fico muito tempo calado encarando-a.

– Você está muito bonita hoje.

Ela escarnece, sorrindo apenas para o sanduíche.

– Cale a boca.

– Não, verdade. Não vai se encontrar com algum cara depois daqui, vai? – pergunto, com um sorriso triunfante.

Rindo, ela responde:

– Não.

– Uma garota, então? Não sou contra a bissexualidade, mas, estando tão bonita assim, quero você só para mim.

O sorriso dela é enorme, mas some num segundo. Observo-a ajeitar o cabelo atrás da orelha e fingir uma carranca para o sanduíche quando sussurra:

– Você é um idiota.

Harlow retorna, largando o celular na bolsa.

– Nunca se case com um pescador – ela diz para mim.

Dou uma gargalhada.

– Anotado.

– Eles são sexies demais para o seu próprio bem e você acaba gastando todo o seu salário numa passagem de última hora.

Olho de uma para a outra antes de dizer:

– Estou confuso. Você tem que pegar um avião para ir ver o seu marido?

– Quando ele está filmando – ela explica, depois dá uma mordida enorme no sanduíche. Parece que demora três anos para ela terminar de mastigar e engolir antes de explicar: – Ele é um dos *pescadores*.

Dou um tapa na mesa.

– Fala sério! Mal posso esperar para ver esse programa. Só a propaganda já me faz sentir todo másculo. Espere... Você é casada com um dos caras? – London me lança um olhar de aviso, mas eu estou absorto demais para entender de pronto. – Todos eles são solteiros.

– Não, *não são* – Harlow diz com uma pontada de irritação e, quando olho para London, ela rapidamente esconde um sorriso.

Harlow e eu nos atualizamos quanto aos acontecimentos dos últimos anos e depois seguimos a linha de desencavar lembranças. London ouve atenta, sorri e dá gargalhadas das histórias; ela não cresceu conosco, portanto não pode fazer a mínima ideia da insanidade que eram Harlow, Lola e Mia juntas desde o Ensino Fundamental.

– Luke – Harlow cantarola, sacudindo a cabeça. – O que seria de nós sem você naquela época?

– Luke era o cara "resolve tudo"? – London pergunta. Parece um pouco cética, mas fascinada e, *porra*, eu poderia beijar a Harlow agora. Como é que ela sabia exatamente do que a London precisava?

– Ah! – Harlow diz, levantando uma mão. – Você não faz ideia. Pobrezinho. Antes de ligarmos para os nossos pais, nós ligávamos para o Luke. Ele nos levava para qualquer canto de carro. Nos resgatou mais vezes do que consigo me lembrar.

Dou uma risada, porque é verdade. As meninas se trancavam para fora de prédios peladas mais vezes do que qualquer outro ser humano do planeta, tiveram dois pneus furados do Geo Tracker da Mia quando resolveram fazer um *off road* nas montanhas San Bernardino – a horas de distância de casa – e precisaram que eu as resgatasse na Big Bear uma noite, quando tentaram acampar e se esqueceram da tenda, não tinham dinheiro para um hotel e Harlow estava com intoxicação alimentar.

Foram encarregadas do comitê do baile no último ano – e é um milagre que a escola inteira não tivesse sido presa por atentado ao pudor, mas, quando os policiais chegaram, garanti que sabia que não tinha sido a Harlow que batizou o ponche.

Eu sabia a melhor maneira de fazer a Mia sair e entrar escondida de casa; e não só para namorarmos, mas para levá-la de carro até a praia e vê-la dançar ao nascer do sol.

Eu levava a Lola de carro para as suas aulas de arte noturnas às terças e quintas depois que consegui a carteira de motorista.

Eu teria feito qualquer coisa por aquelas meninas, e fiz.

E ainda faria.

Harlow e eu passamos da zanga absoluta por conta de um comentário horrível e condescendente do pai da Mia sobre a dança dela a nos dobrarmos de tanto rir, lembrando do cachorro de três patas da Lola que literalmente transava com a perna de qualquer um que visse pela frente. As meninas um dia me prenderam de brincadeira para ver o que aconteceria se o deixassem à vontade comigo – acredite, aos quinze anos eu não me importava de ficar preso no sofá com três garotas em cima de mim – e o cachorro, no fim, só fez xixi na minha perna.

No entanto, durante todo o tempo, London permanece calada, e não estou inclinado a forçar nada. Isto é, não sou um idiota; o jeito como olha para mim a cada poucos segundos me leva a acreditar que ela está pensando no que está acontecendo entre nós, e o fato de ela ter vindo – com o almoço e toda arrumada – tem que ser um bom sinal.

Mas, por dentro, estou tenso, querendo ficar sozinho com ela para conversar sobre isso – para conversar sobre nós e garantir que ela está bem de verdade, para discutir a perspectiva de eu ter que me mudar em poucos meses –, mas sabendo que não posso, de jeito nenhum, forçar essa conversa ainda. Pela primeira vez no nosso... relacionamento... tenho que esperar que ela venha até mim.

~

London está na minha varanda quando chego em casa, segurando a bolsa contra o corpo. Antes mesmo que eu chegue ao último degrau, ela já está dizendo:

– Acabei de chegar. Não estou esperando há...

– Eu queria que você mentisse às vezes – resmungo, brincalhão. – Gosto da ideia de você ficar esperando, ansiosamente se consumindo por mim.

A mão dela me atinge no ombro quando me inclino para destrancar a porta de entrada.

– Quer beber alguma coisa? – pergunto por sobre o ombro, largando a chave, a carteira e o celular na bancada.

– Uma cerveja?

Sinto-a atrás de mim, olhando ao redor antes de me seguir até a cozinha. Ela está calada quando abro a geladeira, pego uma garrafa e a abro para ela.

Viro-me com ela na mão e de imediato dou de frente com ela. London está ali – bem ali – com o peito pressionado contra o meu braço.

Sorrio, mas o sorriso sai meio torto.

– Ei.

A língua dela aparece, umedecendo os lábios.

– Ei.

Ela me encara, avaliando-me, e num instante percebo que ela está criando coragem para começar alguma coisa. Mas ainda estou precavido o bastante para não querer apostar nisso. Talvez ela só tenha mudado de ideia e não queira mais a cerveja. Talvez queira acrescentar um lanchinho ao pedido. Talvez...

A mão dela sobe pelo meu peito e para na minha nuca.

– London?

Ela me puxa, esticando-se ao mesmo tempo, cobrindo minha boca com a dela.

Porra.

Porra.

O alívio, a suavidade do seu toque, o deslizar, a doçura. Os lábios cheios cobrem os meus, sugando o inferior, incitando-me a abrir a boca, e a minha pulsação explode. Sua língua lambe a minha, meus dentes superiores. *Sinto* o gemido dela antes de ouvi-lo.

Meu coração é um monstro dentro do meu peito, com as garras agitadas.

Recuo um pouco, no fio afiado da navalha entre êxtase e coração partido, precisando saber para que lado vou cair.

– Você está... – Nem sei como terminar a pergunta. Não quero que aquilo seja apenas um impulso dela.

Estou comprometido aqui, *apaixonado* por ela; não aguentaria apenas um encontro casual.

– Apenas me beije – ela sussurra.

Os dedos dela se enroscam nos cabelos da minha nuca e ela se estica, beijando meu queixo. Beijos suaves e hesitantes para me convencer, me coagir a algo mais. Quando forço meus olhos a se abrirem, vejo que ela me observa nervosa. Como se eu pudesse dizer não. A vulnerabilidade exposta... estou completamente *perdido.*

A garrafa de cerveja se espatifa aos nossos pés, pois preciso das duas mãos para segurar o rosto dela. Com um gemido, me aposso da sua boca, inclinando sua cabeça, escorregando a língua para dentro e quase rugindo quando ela me açoita, com o aperto das suas mãos nos meus cabelos. Dou um passo à frente, descendo as mãos pelo pescoço, pelos ombros e pelas laterais do corpo, puxando as pernas dela para cima e ao redor do meu quadril.

Meus pensamentos não passam de alívio e desejo, e desejo e amor e, *porra*, estou andando em círculos, gemendo ritmadamente dentro da boca dela.

Não sei aonde a levar. Quero-a em minha cama. No meu quarto. Eu a quero contra a parede.

– O quarto – ela diz, os lábios se movendo sobre minha mandíbula. – Podemos ir para o seu quarto?

Viro, tropeçando pelo corredor enquanto ela me beija e chupa meu pescoço, as mãos enterradas nos meus cabelos, agarrando-se a mim.

Os meus pés nos levam até a cama e eu a abaixo ali, cobrindo seu corpo com o meu, balançando, deslizando o meu sobre o dela no mesmo ritmo lento.

London sobe mais na cama, levando-me com ela, e depois rola de modo a ficar por cima, a boceta pressionada contra meu pau ao me encarar.

– Gosto do seu quarto – ela diz, quebrando o contato visual só para uma breve olhada ao redor.

Sigo o caminho do olhar dela: a cama, a cômoda, a janela. É um quarto básico – agradável, mas nada extraordinário –, e não demora para que nossos olhos voltem a se encontrar. Será que ela está pensando em quantas mulheres estiveram aqui? Será que está se perguntando se os lençóis estão limpos?

Quero contar tudo para ela, como que confessando – provavelmente só fiz sexo com duas ou três garotas aqui, os meus lençóis estão limpos e nunca dormi a noite inteira com alguém nessa cama –, mas não existe um meio fácil de descarregar isso tudo; e se ela resolver que não está nem um pouco preocupada com isso?

London segura a barra do vestido, agora enrolado na altura do quadril, e suspende o algodão macio por cima da cabeça. O sutiã é branco, simples, e ela leva as mãos às costas, abrindo o fecho e deixando que ele escorregue pelos braços.

Assisto, indefeso, quando ela estica as mãos na minha direção, desabotoando minha camisa, ajudando-me a sair de dentro dela. Largo-a de lado e envolvo a cintura dela com as mãos, erguendo o olhar.

– Gosto de você – ela sussurra.

Solto o ar, ávido por ela, e me inclino para a frente para beijá-la no pescoço.

O pensamento mais absurdo me invade a mente: não quero fazer sexo neste instante. Quero beijá-la. Apenas beijar. Só sentir. Quero me concentrar no modo como ela toca em mim, nos sons que ela emite quando toco nela. Nos apressamos em tudo até então, e quero recuar um pouco, apreciar tudo desde o *começo*.

Escorrego a língua pela clavícula dela, beijando um seio e circundando um mamilo. Atiçando-o, sugando... Ela tem um corpo perfeito, uma pele perfeita.

Nos meus cabelos, seus dedos se contraem, aflitos. As costas se arqueiam, empurrando o peito para mais perto do meu rosto, o quadril rebolando, as pernas procurando um modo de me envolver.

– Estou sensível – ela arqueja. – Gosto disso.

Olho para ela com olhos sorridentes enquanto puxo um mamilo para dentro da minha boca. Ela o vê saindo molhado, com os olhos pesados.

– Percebi – digo.

Ela estava tão controlada antes, mesmo no chuveiro, quando pensei que a tivesse por completo. Aqui, ela está exposta e indefesa, fitando-me com olhos ansiosos e...

– Luke.

A voz dela se parte naquela única palavra, e ela apenas a deixa pairando ali ao fechar os olhos. Não preciso que ela me diga nada mais porque o medo está escrito em todo o seu rosto.

Não me magoe.

Uma pontada de dor me atinge entre as costelas, e eu me sento mais ereto, beijando-a lenta e profundamente.

– Ei – sussurro, repetindo quando ela não abre os olhos. – *Ei.*

Por fim, ela olha para mim.

– Não existe mais ninguém.

Os olhos dela se movem entre os meus antes de ela assentir, segurar meu rosto entre as mãos e me beijar – apenas um deslizar suave, e não profundo, da boca sobre a minha.

– É nesta hora que você me diz que também não está saindo com mais ninguém – murmuro nos lábios dela, e ela dá uma risadinha.

Mas seus olhos estão sérios quando ela recua um pouco.

– Não estou saindo com mais ninguém.

– Que bom.

– Você percebe o que isto está parecendo? – ela pergunta, olhando para os meus olhos alternadamente de novo. – Está dizendo que quer ter um relacionamento comigo?

– Acredito ter deixado isso mais do que claro.

London se estica em cima de mim, como uma gata, e me beija de novo antes de perguntar:

– Onde você guarda as camisinhas?

Percorrendo o polegar sobre seus lábios, respondo:

– Criado-mudo. – Inclino a cabeça para indicar a qual lado me refiro, acrescentando: – Mas não quero fazer isso ainda.

Ela acha que estou brincando e tenta dar um tapinha no meu peito, mas seguro a sua mão.

– Não, estou falando sério.

– Já fizemos sexo antes, seu nerd.

– Era diferente. – Reconsidero. – *Isto* é diferente.

Assentindo com lentidão, London tenta esconder sua confusão, e fracassa, por fim admitindo:

– Eu quero você. Quero dizer, só *você*.

– Eu também – eu lhe asseguro. – Deus. Confie em mim. – Fecho os olhos, engulo e acalmo os pensamentos antes de voltar a fitá-la. –

Tenho quase certeza de que amo você – revelo, e ela para de respirar. – Não quero, *de jeito nenhum*, estragar nada aqui.

A boca dela se move por alguns segundos antes que algum som saia dela:

– Você me *ama*?

Dou de ombros, mergulhando de vez.

– É isso aí.

Como se só então percebesse, ela sussurra:

– Você está tremendo.

Sorrio, beijando o canto da boca dela.

– Porque estou nervoso.

Inclinando a cabeça, ela diz com ceticismo:

– Você não está *nervoso*.

– Só amei uma outra pessoa. – Levanto a mão, levando o cabelo dela para trás dos ombros e amparando seu rosto. Porra, o jeito como ela está me olhando... – E fazer isto é muito diferente *mesmo*, ok?

London assente e sai de cima de mim para se deitar de costas na cama, os enormes olhos azuis fixos cheios de expectativa no meu rosto.

– O que devemos fazer?

Sorrio e solto a respiração um pouco ante o modo como a expressão dela se suaviza. Ela nunca confessou, mas sei que London ama o meu sorriso.

– Eu poderia tocar em você? – sugiro, inclinando-me para dar um chupão no pescoço dela.

Vejo-a pressionar o lábio inferior enquanto pensa a respeito antes de sussurrar:

– Ok. Posso tocar em você também?

– Eu primeiro. – Sorrio em meio a um beijo no pescoço e desço os dedos pelo elástico da calcinha dela. Minha mão se move lentamente pelo osso púbico, descendo mais... E ela sibila quando a afasto, deslizando sobre o clitóris e mais para baixo e...

– *Cacete* – arquejo, pressionando a testa contra a dela. – Porra, você está toda...

– Eu sei. Eu sei. – Ela desliza a mão pela minha nuca, puxando-me, fechando os olhos, movendo a boca contra a minha, incitando-a a se abrir. Mas quero vê-la enquanto faço isso. Quero testemunhar tudo. Dou-lhe um beijo e depois me afasto, vendo seu rosto quando puxo a umidade para cima e ao redor do clitóris, circundando...

ao redor

ao redor

ao redor

e seus olhos ficam semicerrados, o queixo relaxa, o quadril se arqueia contra minha mão.

– Está bom assim?

Ela solta um sim baixinho.

Tiro a mão de dentro da calcinha. Seus olhos se abrem de uma vez e ela tenta segurar meu braço.

– Não. Não...

– Shh. – Beijo-a. – Confie em mim. – Demonstrando minhas intenções, desço a calcinha dela pelo quadril e pelas pernas.

O alívio se forma em sua expressão, e ela dá uma risada, esticando-se para me beijar.

Passo a mão pelo seu abdômen. Os joelhos dela estão dobrados, as pernas parcialmente abertas. Só o bastante para a minha mão caber, mas não tanto quanto preciso.

– Afaste as pernas.

Ela hesita e eu a beijo, repetindo:

– Afaste as pernas. Abra bem. Por favor. Quero poder vê-la.

Corando, ela abaixa os joelhos dobrados para os lados, concentrando-se no meu rosto quando avanço a mão, tocando nela.

Algo dentro do meu peito parece despencar, puxado por um peso no meu estômago que faz com que eu me sinta selvagem, sem ar enquanto olho para ela, tão aberta para mim. Atiço um pouco, devagar a princípio, explorando, dizendo a ela que sou tão paciente quanto ela precisar que eu seja, mas quando ela me segura, passando as mãos pelo meu peito nu e mais embaixo, sei que ela precisa de mais. Mais rápido.

Fricção firme, forte, constante.

Ela choraminga, puxando-me pela nuca, querendo minha boca sobre a dela, mas balanço a cabeça, dizendo que tenho que assistir, quero que ela apenas sinta a minha mão. Na verdade, quero que ela fique selvagem, descontrolada, gosto do jeito como ela enfim parece totalmente absorta, precisando do meu peso sobre ela e do meu beijo na sua boca. Quero que ela implore pela minha língua, pelo meu pau, pelos meus dedos.

Ela grunhe de frustração, mas o modo como prende a respiração quando acelero, o aperto dela quando deslizo dois dedos para dentro – significa *tudo*. O tempo todo, ela olha meu rosto; posso apenas sentir seu olhar, porque meus olhos estão fixos na minha mão entre as suas pernas, deleitando-me em como meus dedos saem molhados, com o modo como a pele dela cora, como as pernas tremem conforme ela chega mais perto, o quadril se afastando da cama ao encontro da minha mão quando ela arqueia o corpo e começa a se contrair, gozando com um grito agudo e longo de alívio.

Ela estremece sob meu toque quando tiro os dedos e os passo para cima e para baixo sobre a pele úmida e suave.

Seus olhos estão fechados, e seus dedos estão enroscados nos seus cabelos.

– Está viva, Logan?

– Não. – Ela dá uma risadinha e eu me inclino, arrastando a língua sobre uma covinha. Sempre quis fazer isso.

A minha boca se move sobre a dela, e ela se abre para mim, suave e quente, aceitando minha língua, os meus sons. Quero me arrancar de dentro da minha pele e entrar na pele dela de alguma forma, amando, desesperado por mais. Ainda não quero transar, mas meu corpo reclama gritando com o meu cérebro.

Seus olhos se abrem e ela sorri quando percebe que eu estava assistindo ao nosso beijo.

– Posso...? – ela pergunta, descendo a mão sorrateiramente pela minha barriga. Para o meu cinto. Vejo quando ela o solta, afastando-o para os lados.

Solto um sim trêmulo, acrescentando aos sussurros:

– Pode. Tudo bem...

London ri ante meu estranho desespero contido e não posso culpá-la. Mas, *porra*. Não quero dizer não. Não posso dizer não. Não com ela nua ao meu lado. Não com a sensação dela apertada ainda reverberando pelos meus dedos. Se ela não tocar em mim, vou ter que me trancar no banheiro para bater uma punheta.

Ela desce o zíper, observando suas mãos abrirem minha calça. Isso me mata, mata de verdade. Ela empurra as calças para baixo e eu as chuto antes de me voltar para ela. Seus ombros se elevam e depois se abaixam quando ela se enfia na minha cueca, finalmente olhando para meu rosto.

– Venha aqui.

Ela se refere à parte do meu corpo que está segurando, a parte que ela está relembrando com as pontas dos dedos. E, porra, não sei por que é tão sensual o jeito como ela disse isso, não pedindo que *eu* me aproxime para beijá-la, mas é. É meigo, e seguro, e sensual, e quero que as palavras explodam – *eu amo você pra cacete* – porque é exatamente o que sinto ao vê-la fazendo isso, mas essa parece ser a pior hora para repetir essas palavras.

É irônico, mas sou teimosamente monógamo, percebo agora. Quando me comprometo, vou fundo, sem sequer pensar em permitir que alguém faça comigo o que London está fazendo agora. Ela está apenas tocando no meu pau, mas ele é dela. Todas as células do meu corpo pertencem a ela. Mesmo a imagem minúscula da Mia nos meus pensamentos quando testo esse impulso – o flash de um nanossegundo de estar com ela em vez de com a London agora – é errado o bastante para que eu queira afogá-la com a sensação da boca da London na minha, o prazer dos beijos profundos, macios, enquanto a mão dela sobe e desce – a princípio voltando a se familiarizar e depois com mais propósito: mais firme, mais rápido, seu foco bem onde mais preciso. Gemo dentro da boca dela e ela se afasta.

– Isso não é justo! – ela protesta, rindo. – Você não pode me beijar, já que...

Interrompo-a com a boca de novo sobre a dela, os lábios se encaixando, coagindo-a a se abrir a fim de que eu possa lambê-la por dentro, mais fundo, sentir que estou dentro dela de todos os modos que posso agora.

Porque agora entendo o motivo de ela ter desejado a minha boca enquanto eu a tocava. Existe uma dor dentro do meu peito, subindo com suas garras para cima e para fora de mim, necessitando senti-la mais fundo, agradecer a ela – porra, sei lá – mostrando qual é a sensação de ela estar me tocando desse jeito, me dando esse tipo de prazer. Eu me balanço contra a mão dela, cedendo e finalmente rolando de frente para ela, puxando-a pelo quadril e fodendo a mão dela, colocando a mão entre nós para levantar sua perna, puxando-a sobre meu quadril para que assim eu também possa tocar nela.

Tão molhada.

Enterro um dedo nela, afagando, sugando e engolindo os sons que ela emite, e despencando na sensação da sua mão no meu pau, a umidade da sua pele na minha mão.

É sexo, mas não é.

É sexo, mas é *mais*.

Existem tantas maneiras de amar essa garota; Bom Deus, deixe-me descobrir cada uma delas.

London se move ao meu encontro, balançando, esfregando-se, chegando lá e mais perto – está prendendo a respiração – e, quando olho para ela e vejo que seus olhos estão pregados em mim, tanto no meu rosto como no ponto em que sua mão me segura enquanto fodo, é quase como se conseguisse ler seus pensamentos, vejo-os telegrafados, como se me ver me desmanchando fizesse com que ela me acompanhasse.

– Goza em mim? – ela sussurra.

Não preciso me esforçar muito para chegar lá. Porra, estive me segurando desde o início dos tempos – pelo menos é isso o que o meu corpo está exclamando. Desisto do controle, deixo que meu corpo tome conta de mim, fodo firme umas três, quatro, cinco vezes o punho dela e logo tudo fica quente, disparando pelas minhas costas, para fora de mim, em cima dela. No seu abdômen, na sua mão. Por cima dos seios, no braço. Ela encara fixamente, com os olhos arregalados, a boca aberta mais e mais, lentamente, até ela gritar, cavalgando na minha mão, a cabeça caindo para trás quando ela goza em gritos difusos de alívio.

Ela se aquieta, respirando pesado ao deixar a cabeça pender para a frente e repousando no meu ombro.

– Somos muito bons nisso – ela sussurra e depois ri antes de me beijar no meio do peito.

Sei que acabamos uma rodada, mas não consigo me imaginar saciado dela.

Minha mão se move lentamente para cima e para baixo entre suas pernas e ela choraminga um pouco, balançando-se ao encontro do meu toque.

– Está dolorida? – pergunto.

Sinto o cabelo dela resvalando nas minhas costelas quando ela meneia a cabeça.

– London?

– Hummm?

Dobro o dedo médio ao encontro do clitóris dela.

– Quero *muito* beijá-la aqui.

Ela se arqueia ao meu encontro, mantendo-me próximo dela e deslizando as mãos ao redor da minha nuca para poder me beijar.

– Você não gosta? – pergunto contra os lábios dela.

– Gosto demais – sussurra. – Gosto mais do que qualquer coisa que você possa pensar em fazer comigo.

Afasto-me com a pergunta "então por que não me deixa fazer?" já na ponta da língua.

Mas ela fala antes de mim, sussurrando:

– Não posso entregar o meu coração de uma vez só. Eu quero. Mas não posso.

Beijo-a e fico firme até algo contraído conseguir escapar da minha garganta.

– Tudo bem.

Os olhos azuis estão fixos no meu rosto.

– Para mim, é o que alguém pode fazer de mais íntimo.

Assentindo, digo:

– Na verdade, concordo com isso. – Subindo a mão pelo corpo dela, circundo um mamilo com um dedo molhado e depois me inclino para sugá-lo.

É um erro.

Sinto o gosto dela e imediatamente, poucos minutos depois de ter gozado na pele dela, desejo-a de novo.

Ela sente minha ereção, rolando para ficar de frente para mim, me tocando.

– Mas nós já fizemos sexo... – Olhando-me no rosto, ela diz: – Não sei por que não estamos fazendo isso agora.

Gemo, vendo-a me afagar, sentindo a emoção me apertar o peito.

– Só preciso que seja diferente.

– Você parece sentir de um jeito diferente – ela sussurra. – Pelo menos foi isso o que você disse.

– Quero dizer... Preciso que seja diferente para *você.*

Então London me beija, um beijo lento e exploratório que balança com a minha cabeça.

Ela não se mexe para subir em mim nem me puxa para ela, e essa silenciosa admissão de que ela prestou atenção ao que eu disse e não vai me pressionar é tanto um conforto quanto uma tortura.

~

Sinto-me drogado, como que arrancado de algum lugar denso e fundo.

Suas mãos estão em cima de mim, frenéticas e insistentes. Puxando-me para cima dela, arranhando minhas costas. Sinto-a molhada contra mim. O calor das coxas ao meu redor. A sucção dos lábios no meu pescoço.

O escorregar do calor dela.

Ela arqueja.

Sim.

Sim, Luke, sim.

Estou sonhando – pelo menos acho que estou até sentir a ferroada dos dentes no meu ombro, que me desperta de vez, e percebo que estou estocando dentro dela.

Debaixo de mim, ela arqueja, pedindo que eu vá mais rápido, mais fundo.

Estou tão grogue. As mãos dela estão no meu rosto, puxando-me para perto.

– Por favor, Luke.

– Puta merda – é só o que consigo dizer, só o que consigo pensar quando minha visão clareia e eu volto à realidade. – Você me acordou?

London dá uma risadinha e o som é rouco por causa do sono. Ela desce a mão pelas minhas costas até minha bunda.

– Não sei. – Entre arquejos, ela acrescenta: – Eu acordei. – Inspira fundo, e as coxas sobem para meu quadril. – Eu o beijei. – London arqueia o pescoço, gemendo quando me retraio e lentamente volto a penetrá-la. – E você estava tão quente e com um cheiro tão bom.

Gemo, entrando e saindo de dentro dela.

– E depois... você ficou... – ela diz, arfando – ... ficou tão duro e rolou para cima de mim. Pensei que *você* estivesse acordado.

Ela está suave e quente, toda molhada ao meu redor, os braços relaxados por conta da sonolência. Estou grogue, ciente de como os lençóis são macios, de como ela está desesperada quando desliza os dentes pelo meu pescoço. Estou ciente das sucções dos seus beijos sonolentos, do deslizar molhado dela ao longo do meu pau. London pressiona o corpo contra o meu quando afundo dentro dela e estamos nos movendo ao mesmo tempo, em sintonia,

tão bom,

tão perfeito...

Gemo, beijando-a o tempo inteiro, beijos ávidos, lambidos, sugando seus lábios, o queixo. E, porra, somos barulhentos, mergulhando por inteiro no que estamos fazendo.

Isso é bom, ela diz.

Bom para cacete, concordo.

Ela me pergunta por que diabos eu quis esperar.

Mordo-a com suavidade, admitindo num murmúrio que queria saboreá-la. Admitindo que queria que fosse especial.

Mas então ela me diz que já é especial; e diz isso como se fosse algo óbvio.

E *não pare, Luke.*

Não pare.

Estou sorrindo pra cacete, pressionando o rosto contra o pescoço dela, e não consigo deter uma risada de alívio. Eu havia me esquecido desta sensação, de como fazer amor é insanamente diferente, não apenas trepar para ter prazer. É a sensação estranha de entrar *dentro* daquela pessoa, transformando o sexo numa tremenda revelação.

Mas, recuando e olhando nos olhos dela, sei que nunca tive isso antes, esse tipo de entendimento silencioso do que está acontecendo. Suas palavras sussurradas estão a um centímetro dos meus lábios. Sinto-me nu enquanto ela me olha no rosto e eu a penetro. Eu era jovem demais com a Mia para vivenciar isto, e muito desinteressado depois.

É tão bom

Luke

Tão bom

Ah, meu Deus, Luke

Ela fica dizendo uma vez depois da outra, olho no olho, como se pudesse dizer uma centena de vezes sem que as palavras se desgastassem. Sua voz é rouca. Rouca e suplicante, e sim, é bom, mas poderia ser melhor, e sei que pode ser. Sei que *será* com o passar do tempo e, *puta merda*, sinto quando ela começa a gozar, o jeito como a pele dela fica mais quente, e os músculos, tensos; o modo como fica imóvel, prendendo a respiração, arqueando-se, gritando, arranhando minhas costas com suas unhas curtas.

Inclino-me e me deixo levar pela minha mente tranquila e meu corpo inquieto, sentindo o calor perfeito da língua dela deslizando pela minha. Sentindo o prazer dela pelos gemidos vibrantes. Sentindo meu corpo se aquecer, contrair-se, até que o alívio se avoluma nas minhas costas assumindo o controle de todos os pensamentos. Só o alívio daquilo, a *alegria* de estar com ela assim.

Gozo num grunhido, tão enterrado dentro dela, arqueado e sentindo o olhar dela em mim, sonolento e orgulhoso. Suas mãos descem pelo meu peito e pelo meu abdômen até me envolverem pela cintura, segurando-me ali.

Mantendo-me dentro dela.

Um pensamento me cutuca nos recessos da mente: *gozei dentro dela.*

– London, eu não estava usando nada.

Ela vira o rosto para o meu pescoço e o beija.

– Estou tomando pílula.

É um alívio, mas ainda estou pouco à vontade com a necessidade de que ela fique tranquila.

– Fiz um exame e...

– Shh... – ela diz, esfregando o rosto na minha pele. – Você não teria feito isso, se não fosse seguro.

Ela tem razão, mas ainda me sinto um pouco desequilibrado conforme a conexão que senti com ela se evapora lentamente, quando ela adormece e sei que não vamos falar sobre o que fizemos. O que sinto é monumental – estou extasiado pela emoção – e ainda estou dentro dela. Quero pressioná-la, perguntar se existe um "nós" agora, se ela confia mesmo em mim tanto quanto parece. Mas sua respiração está cadenciada, e ela fica imóvel debaixo de mim.

~

Saio de dentro dela alguns minutos mais tarde, só quando tenho certeza de que isso não vai despertá-la. Ajoelhado entre as suas pernas, olho para seu corpo. O cabelo está uma bagunça, os lábios pressionados de leve. A pulsação é um latejar ritmado na base do pescoço; seu peito infla e desinfla numa respiração nivelada. Olho mais para baixo, para as coxas afastadas, para a pele nua, suave e perfeita.

Estou apaixonado pelo corpo dela, pela mente dela.

Não posso entregar meu coração de uma só vez.

Quero. Mas não posso.

E depois fizemos sexo sem nenhuma palavra de reciprocidade da parte dela. Nenhuma admissão de que ela quer mais, nenhuma garantia de que ela me deu *alguma* parte do seu coração, quanto mais ele inteiro... E isso me atinge. Percebo que foi um sexo de meio de noite espontâneo, e que fomos movidos mais por um instinto animal do que pelo pensamento consciente, mas isso ainda me deixa desconfortável.

Saindo da cama, visto a cueca, passo pelo corredor e entro na cozinha, onde dou de cara com a minha irmã.

Ela parece cansada, de pijama, com um rosto que me diz que não estava conseguindo dormir.

E então as peças se juntam e percebo o *motivo* de ela não conseguir dormir. Meu estômago despenca e quase vomito.

– Ai, *Deus*.

Margot assente.

– Pois é.

De súbito tomo consciência da minha nudez parcial, e estou feliz de, pelo menos, ter colocado a cueca.

– Eu não sabia que você viria para cá.

Ela se larga contra a bancada.

– A minha colega de apartamento, e aprecie a ironia da situação, estava com a namorada e elas estavam sendo muito barulhentas.

Esfrego o rosto com a mão.

– Droga. Desculpe.

Margot sacode a cabeça.

– Uma parte minha quer parabenizar quem quer que esteja ali, porque, pelo som, foi muito bom.

– *Margot*. Que nojo.

Ela se endireita, passando por mim e abrindo o armário para pegar um copo.

– Pensei que você não estava mais tendo encontros casuais.

– Não que seja da sua conta – digo, roubando o copo da mão dela para encher de água. – Mas é a London quem está aqui.

Seus olhos se arregalam e ela pensa um pouco em silêncio antes de balançar a cabeça, estremecendo.

– Eu ficaria feliz por você, se não tivesse ficado traumatizada. Olha só, Luke. Você ainda está suado.

– E agora nós dois estamos traumatizados. – Engulo a água de uma só vez. – Mas, sério. Você nem mora mais aqui.

Sentando-se à bancada, ela agora está quase no nível dos meus olhos e me estuda de perto.

– Você parece estressado, levando-se em consideração...

Não sei bem o que dizer. Se tivessem me perguntado antes como eu queria que aquele dia terminasse, a resposta seria "com a London na minha cama", sem nenhuma hesitação. Mas agora não tenho certeza do que *significa* o fato de ela estar na minha cama.

Quero que signifique alguma coisa.

– Não é nada – digo e, quando Margot faz uma cara aborrecida, acrescento: – Estou preocupado com a possibilidade de ela não estar levando isto tão a sério quanto eu.

A minha irmã olha na direção do céu.

– Deixe-me apreciar a ironia da situação por um segundo. – Ela inspira profundamente e depois solta o ar. – Cara, isso é demais.

A raiva borbulha dentro de mim.

– Margot, você está tirando onda com a minha cara?

Ela parece genuinamente confusa.

– Sim? Acho que sim?

– Se eu enchesse você por se meter com quantas mulheres você bem entendesse, você ia acabar comigo. Se você dormisse com uma diferente a cada noite, você esperaria que eu lhe desse um tapinha nas costas e dissesse que o seu comprometimento com a sua sexualidade é admirável.

– Eu não esperaria que você tivesse alguma opinião sobre a minha sexualidade – ela diz sem inflexão alguma.

– Muito bem, mas você gostaria que eu aceitasse, sem julgar.

Ela admite com um pequeno aceno.

– Portanto, por que tem que ser diferente comigo? – pergunto. – Por que não posso fazer umas loucuras e depois me apaixonar sem que isso seja irônico por eu me preocupar se ela sente a mesma coisa que eu?

– Amor? – ela repete com os olhos arregalados.

– É – digo, por fim.

Abaixando a cabeça, ela encara o chão por alguns instantes antes de murmurar:

– Uau. Sinto muito, você tem razão. Mas estou feliz por você. Só estou cansada e meio enojada.

Inclino-me para a frente e dou um beijo na cabeça dela.

– Nós vamos dormir agora. Não vamos mais fazer barulho.

Virando-me, volto pelo corredor até o meu quarto. London está sentada no meio da cama, com os lençóis amontoados ao redor do colo.

Coloco-me entre os lençóis e tento coagi-la a se deitar ao meu lado, mas ela resiste.

– Tinha uma garota aqui? – ela pergunta.

Merda. Ela ouviu as nossas vozes. Claro que ela ficaria desconfiada. E *porra*. Que sinal de confiança da parte dela.

– É a Margot – digo, tranquilizando-a. – Eu não sabia que ela viria dormir aqui.

London solta o ar, assentindo, e depois se deita, enroscando-se em mim.

Sei que deveria estar tranquilo pela facilidade com que ela se derrete ao meu lado, pelos beijinhos sonolentos que ela dá do meu pescoço até a minha boca, e estou, de certa forma. Mas nada disso é tão fácil quanto esperava que fosse até ela mudar de opinião. Ainda tenho muita confiança a conquistar, e London ainda tem que aprender a confiar em mim.

Capítulo 15

London

Desperto com uma manta sobre minha cabeça e um peito nu pressionado contra as minhas costas, com quadris e coxas nus enroscados ao redor de mim. O meu estômago e minhas pernas protestam ao menor dos movimentos, e tenho que refrear um gemido quando me sento, cuidadosamente me extraindo da confusão de lençóis que mal parecem se equilibrar sobre a cama.

Sinto-me meio repulsiva: suada pelo esforço físico e por ter passado a noite enrolada em outro ser humano, e grudenta por causa... de outras coisas.

Está cedo demais para me levantar, mas preciso de uma chuveirada. Luke mal se mexeu, e eu avanço na ponta dos pés para fora do quarto dele, descendo o corredor até o banheiro.

A porta se fecha num clique silencioso atrás de mim, e então pareço conseguir voltar a respirar. Mesmo que até isso seja um pouco dolorido também. Faço uma anotação mental para parabenizar Luke pelo trabalho bem feito... mais tarde.

O banheiro é grande para uma casa pequena – definitivamente foi reformado –, e estou tão ávida para me lavar que ignoro o ar frio da manhã e me meto debaixo do jato de água antes mesmo que ela fique aquecida.

– Cacilda... – solto um guincho, apoiando-me nos azulejos e depois me derretendo quando a água começa a se aquecer. Da última vez em que estive aqui, Luke lavou meus cabelos. Penso nisso quando pego o mesmo frasco de xampu, sua fragrância se misturando ao vapor que enche o boxe.

Percebo agora que foi naquele dia que meus planos começaram a descarrilar. Eu enfiara Luke num compartimento pequenino, o catalogara, anotando que ele era um bom passatempo, e pensei que as coisas seriam apenas isso mesmo. Ele era engraçado, uma boa maneira de me aliviar, mas nada mais.

Não contava com a história do salão de beleza de bonecas e das compras com a mãe. Não esperava que ele fosse tão atencioso e charmoso. Não sabia que uma das razões para o sexo ser tão bom era o fato de ele estar tão a fim de mim. E nunca, nem em um milhão de anos, pensei que ele fosse dizer que me amava.

Essa última parte me pega de surpresa de novo, e fico momentaneamente imobilizada, piscando para afastar a água que cai no meu rosto. Não sei bem o que fazer com algo assim. Luke tem vinte e três anos e está acostumado a trepar com quem bem quiser. É difícil silenciar a voz que me diz que ele só está apaixonado. Que ele se esqueceu do modo como a paixão pode se parecer com o amor.

Ignoro a maneira como a admissão revira meu estômago e fecho o registro, pegando a toalha antes de sair do boxe.

O ar está frio na minha pele e me lembra da manhã em que fui visitar Justin no terceiro ano da faculdade. Ele ficara acordado até tarde para estudar e estava dormindo quando cheguei, após fechar o estabelecimento no qual trabalhava. Tomei um banho e me enrolei na toalha, percebendo que havia esquecido a escova de dentes. Abri a gaveta, pensando em simplesmente usar a dele. Havia uma escova de dentes roxa ali, bem ao lado da dele, azul. Não pensei muito a respeito na época, mas, muito mais tarde, percebi que, claro, só podia ter sido da Ashley, a garota com quem ele vinha dormindo havia quase dois anos naquele tempo.

As lembranças fazem círculos na minha cabeça quando paro diante da bancada do banheiro do Luke, fitando meu reflexo e dizendo a mim mesma pela milésima vez que nem todo cara é como Justin. Luke não é como Justin. Nem todo homem trai.

É tão difícil acabar com o instinto de manter os braços ao redor do peito, protegendo meu coração.

De jeito nenhum vou procurar pela escova de dentes do Luke. Em vez disso, faço o que posso para dar um jeito nos cabelos e escovo os dentes com o dedo e um pouco de pasta de dentes que está sobre a bancada.

Com a toalha bem presa ao redor do corpo, abro a porta, com a intenção de encontrar as minhas roupas e ir para casa, quem sabe sair sorrateiramente antes que ele acorde.

Mas vindo pelo corredor na direção do banheiro está a sua irmã.

– Margot. Oi.

Margot, aquela com quem ele conversou no meio da noite. A irmã que muito provavelmente passou a noite nos ouvindo fazendo sexo.

Ela para e me encara.

– London. Oi. Não sabia que você já estava de pé. – Ela parece apenas um pouquinho mais sonolenta do que eu.

Ajeito a toalha.

– Eu só precisava de uma chuveirada. Você acordou cedo.

Um sorriso lento e brincalhão se espalha pelo rosto dela.

– Na verdade, não cheguei a dormir muito.

Gemo de leve.

Ela ri alto.

– Desculpe, não consegui resistir. Quer café?

Olho para o quarto do Luke, onde a porta ainda está fechada, e assinto.

– Quero, sim.

– Beleza. Só me deixe usar o banheiro primeiro e encontro você daqui a pouco.

Ela dá a volta ao meu redor e fecha a porta, e eu sigo o corredor na direção da cozinha.

O sol está começando a nascer, o céu está começando a se colorir do outro lado da janela. Estive aqui vezes o bastante para saber onde Luke guarda a louça, por isso pego duas canecas e abro portas até encontrar o café. Ouço a descarga e a água correndo na torneira da pia, e logo Margot aparece, sua silhueta mais alta se erguendo ao meu lado para alcançar o filtro.

Ela se parece tanto com Luke que chega a ser enervante. Tem os mesmos cabelos escuros, o mesmo formato de sobrancelhas e maçãs do rosto perfeitas. Mas é a intensidade do olhar que é mais pronunciada. Se eu achava Luke intimidador antes de sorrir, ele perde perto da irmã.

Ficamos em silêncio enquanto a cafeteira gorgoleja e sibila ao fundo, e vasculho a mente à procura de algo para dizer, alguma coisa para quebrar o gelo que não comece com "sinto muito por ter mantido você acordada porque fui muito escandalosa enquanto transava com o seu irmão".

O aroma do café fresco se espalha pelo ar e, quando a máquina apita que está pronto, isso me faz agir.

– Então, você mora no *campus*? – pergunto.

Ela assente, estendendo a caneca dela para eu encher.

– Ainda venho aqui para atormentá-lo quando preciso. Talvez lavar a roupa ou roubar as toalhas que ele leva para a praia. – Ela puxa a caneca cheia com um "obrigada" baixinho, os olhos caindo sobre meu corpo por um breve instante. – Essa aí é bem legal a propósito. Uma das minhas prediletas.

Sigo o olhar dela e percebo que ainda estou enrolada na toalha Stone Brewery do Luke.

– Ai, caramba – digo com um sorriso envergonhado. – Estou praticamente nua. No meio da cozinha do seu irmão.

Ela desconsidera minha preocupação com um gesto no ar.

– Está de brincadeira? Essa é a coisa mais normal que já vi logo cedo. – Margot parece momentaneamente estarrecida pelo que acabou de dizer, mas eu sorrio, tentando esconder o modo como o meu coração e os pulmões mergulham de bico na minha barriga.

– Bem... Hum... – digo desajeitada. – Eu já ia me vestir e ir para casa quando dei de cara com você.

– Ahhh... – Ela enfia uma fatia de pão na torradeira e acrescenta. – Você ia sair sem dizer nada para ele?

Existe uma pontada de proteção fraterna na voz dela e, por mais que eu entenda, não estou bem certa de como pesar isso contra a possivelmente incontável quantidade de mulheres nuas a que ela acabou de fazer menção.

Gosto bastante da Margot: partilhamos do mesmo hobby de pentelhar o Luke, e as minhas amigas simplesmente a adoram, mas, depois de conversar com a Harlow e com a Lola dois dias atrás, estou cada vez mais convencida de que não tenho que me explicar, ou explicar o que quer que esteja acontecendo entre mim e o irmão dela para ninguém, nem para ela.

– Eu ainda não tinha me decidido – admito, segurando a caneca perto do nariz para inalar o cheiro forte e amendoado. – É nesta parte que você me diz como ele é um cara demais?

Margot não fica na defensiva por causa dele. Em vez disso, dá uma bufada e ri para si mesma ao puxar um pedaço de papel-toalha e colocar sobre a bancada.

– De jeito nenhum.

– Mesmo?

– O meu irmão *é* mesmo um cara legal – ela diz levantando os ombros. – Ele é honesto quando precisa, inegavelmente leal e tem um imenso coração. Mas sei que ele tem sido um conquistador inveterado. Não é função minha convencer você de alguma coisa. – A torrada pula e Margot vai até a geladeira para pegar manteiga. – Essa função é *dele*. Você é uma garota inteligente, e está na cara que ele sente alguma coisa por você. Mas é você, mais do que ninguém, quem sabe do que precisa.

A faca espalha a manteiga sobre a torrada com um ruído suave, e Margot sorri para mim por sobre o ombro. Esse sorriso derrete qualquer preocupação que eu tivesse de que ela está tentando fazer com que me sinta inoportuna ali. Na verdade, me faz acreditar que ela está feliz por eu estar aqui.

– Eu gosto de você de verdade, London – ela diz. – Você vai descobrir o que fazer.

~

O som do carro da Margot saindo entra pela janela aberta do quarto do Luke. Ele ainda está no mesmo lugar de quando o deixei, esticado de lado, o lençol mal cobrindo o quadril. Percebo a trilha de pelos descendo do umbigo. O bíceps está ressaltado, abundante e forte, onde o braço envolve o travesseiro.

Ainda não tenho certeza se devo ou não ir e ando de um lado para o outro algumas vezes, olhando por cima do ombro na direção dele. Seu cabelo está todo bagunçado e espetado por conta do produto que ele devia ter passado no dia anterior, e eu rio baixinho ao me aproximar e alisá-lo para trás. Um minuto se torna dois, e meus dedos escorrem pelas mechas, na lateral do rosto dele, por trás da orelha e para baixo, descendo pela coluna.

Luke tem costas lindas. Os ombros são amplos, músculos abdominais ressaltados nas laterais, um tronco longo afunilando na cintura. Sua pele macia e bronzeada é um mapa de declives e colinas. Também está quente e, de alguma forma, ainda consegue cheirar bem depois de todos os trabalhos manuais, dos aconchegos, do sexo sem proteção e do sono entrelaçado.

Na verdade, não quero ir embora.

Com a conversa com a Margot ainda ecoando nos ouvidos, largo a toalha e subo na cama.

Passo o braço ao redor da cintura dele, e ele se mexe quase imediatamente.

– London? – murmura. Encontra meus dedos onde eles repousam sobre seu estômago e rola para ficar de frente, os olhos sonolentos piscam para abrir e depois se estreitam na minha direção por conta da claridade no quarto. – Oi.

O cabelo dele está todo espetado e o rosto tem vincos da fronha.

– O que está acontecendo com o seu cabelo? – pergunto, esticando a mão para alisá-lo de novo.

– Eu estava dormindo – ele explica pouco antes de sorrir. – Com você.

Olho para a bagunça ao nosso redor e dou uma gargalhada.

– Mais parece que uma tempestade passou por aqui. Você não tem que ir trabalhar?

– Vou aproveitar, pela primeira vez em um ano, meu primeiro dia de folga para resolver assuntos pessoais – ele conta. Num movimento impetuoso, me empurra de costas e põe o corpo sobre o meu. Seus olhos passeiam sonolentos pelo meu rosto, e eu simplesmente não consigo processar a emoção contida neles.

Parece tão real.

– Você tomou banho?

– Espero que não seja um problema. Eu estava grudenta.

Posso estar equivocada, mas ele parece um pouco orgulhoso de si mesmo.

– Você pode fazer o que quiser aqui – ele diz e enfia o rosto no meu pescoço e geme. – Porra, o seu cheiro está delicioso.

– Espero que sim – digo, dando uma risadinha quando sua barba por fazer espeta meu pescoço. – É o seu sabonete.

Ele suga meu pescoço e depois para, levantando os olhos para os meus.

– Margot ainda estava aqui?

– Ela acabou de sair. É uma questão genética o fato de ela fazer apenas uma torrada?

Luke ri disso e se mexe para depositar mais beijos no meu pescoço.

– Quem come só uma fatia? – pergunto. – Vocês, Sutters, têm algo contra comer produtos como pães e biscoitos aos pares?

Gemendo, ele diz:

– *Logan*. Não quero mesmo ficar falando sobre a minha irmã agora.

Ele se mexe, descendo o corpo de modo a ficar encostado em mim, o quadril já se movimentando em círculos experimentais.

Estamos os dois nus e a sensação é tão surpreendente a princípio – o suave arrastar de pele contra pele – que inspiro fundo. Esta não é a primeira vez que ficamos nus juntos – longe disso –, mas ainda é novidade o bastante para ser um choque no sistema: sua pele despida em conexão com a minha.

O quarto está fresco, fica perto dos fundos da casa e é sombreado por duas árvores de eucalipto que crescem perto da janela. Mesmo assim, raios de sol ainda conseguem atravessá-las, e eles revelam a poeira dançando no ar no canto, aquecendo o pé da cama. Eles fazem com que a pele do Luke pareça dourada, como se estivesse acesa por dentro.

Ele também parece perceber isso ao olhar para os nossos corpos, para o modo como nos encaixamos, a cor da pele dele em contraste com a minha. Meus seios são muito mais brancos que o restante de mim, com vestígios de pelo menos três biquínis diferentes demarcados pelo sol. Talvez ele esteja acostumado a garotas que fazem bronzeamento artificial ou se bronzeiem ao sol sem nada, mas ele parece se maravilhar com isso, como o branco dos meus seios forma um contraste tão forte com o resto de mim.

Ele repousa uma das mãos sobre meu mamilo e o circunda de leve, friccionando-o até que enrijeça sob seu toque e os dedos dos meus pés se curvem. Sempre gostei que mexessem com meus mamilos – algo que ele parece já ter descoberto –, adoro a conexão que parece existir entre eles e minhas pernas. Cada toque e beliscão equivale a uma descarga de energia direta no meu clitóris, e já sinto que estou molhada, escorregadia e desejando mais.

Vendo minha reação, Luke geme e repete meu nome, mordiscando minha clavícula e voltando para os seios. Ele é incansável, sugando um enquanto belisca o outro, e isso basta para que eu abra as pernas para lhe dar mais espaço, dobrando os joelhos em volta dele.

Ele se move para me beijar, saboreando o lábio superior e depois o inferior, puxando com intensidade apenas suficiente para atormentá-los. Meus lábios estão formigando e, conforme ele desce pela lateral do pescoço e entre os seios e pelas costelas, levanto a mão para tocar neles, sentir seu calor e inchaço.

– Juro que sou progressista e não um homem das cavernas; graças às mulheres da minha família, provavelmente sou o maior feminista das redondezas, mas, *porra*, adoro o cheiro do meu sabonete na sua pele.

Dou uma risada e passo os dedos pelos seus cabelos quando ele beija meu estômago, sussurrando como sou gostosa, o meu gosto, o meu cheiro, a minha pele. Quando alcança o osso do meu quadril, o instinto de detê-lo borbulha dentro do meu peito, mas não pareço capaz de dizer nada.

Luke também hesita, pairando ali, sugando a pele suave do meu umbigo. Eu quero isso, e cada partícula do meu corpo empurra minha pele numa tentativa de fazer com que ele desça mais. Vá mais para baixo.

Luke circunda meu umbigo com a língua, e eu ergo o quadril, usando a mão que segura seus cabelos para guiá-lo, para mostrar para ele o que eu quero.

Seus olhos disparam para os meus, arregalados e ligeiramente desfocados.

– Logan? – ele pergunta.

Penso em Luke confiando em mim o bastante para subir naquela prancha e em como às vezes temos que saltar. Penso em como ele disse que me ama.

Quero saltar.

Assinto e se passa um momento de compreensão antes de ele sorrir.

– Pensei nisso mais do que provavelmente é saudável.

Sinto meu rosto se aquecer.

– Acho que eu também.

Ele balança a cabeça como se não acreditasse que isso está acontecendo.

– Pode me fazer um favor?

– Claro.

– Pode fazer muito barulho, Covinhas?

– Isso vale um dólar – digo, beliscando o ombro dele.

– Minha carteira está na calça, pegue o quanto quiser.

Ele não espera por nada mais e minha cabeça cai no travesseiro, a coluna arqueada em antecipação conforme ele se mexe, descendo pelas minhas pernas. Seu primeiro toque é experimental: lábios pressionados contra meu osso púbico com diversos pequenos beijos, e depois mais embaixo, a boca suave parcialmente aberta, diretamente sobre meu clitóris.

O ar escapa dos meus pulmões e eu grito.

– Gosta disto? – ele pergunta, depois de me tomar em sua boca, sugando com suavidade.

– Gosto – digo, assentindo. – Faça de novo.

Ele faz, usando os dedos para me abrir mais, e chupa meu clitóris, com um pouco mais de firmeza dessa vez. Está no limite de ser demais e não o bastante, e mal consigo respirar, mal consigo pensar no motivo de ter esperado tanto para deixar que ele fizesse isso.

Ele alterna entre beijos e pequenas lambidas, longas pinceladas com a língua que me fazem levantar o quadril do colchão, balançando para me encontrar com ele.

– Deus, sim – choramingo. – Não consigo... Por favor... – Nem sei o que estou pedindo, mas as palavras borbulham na minha garganta. – Porra, aí, aí mesmo.

Percebo que estou puxando os cabelos dele, mas, quando tento afrouxar, ele balança a cabeça, deparando-se com o meu olhar um instante antes de se ajoelhar.

– Não – ele diz arfando. O rosto dele está rosado, o pescoço num rubor que desce até o peito. A boca dele está vermelha e molhada e, quando meus olhos descem pelo seu corpo, vejo que ele está se tocando. Ele faz movimentos longos e demorados em seu pau ao olhar para mim, a língua se estendendo para saborear meu gosto. – Não pense. Não censure. Quer mais?

Já estou assentindo, levantando a parte inferior das pernas para recebê-lo de novo.

Ele beija os ossos do meu quadril e depois cada joelho antes de deslizar minhas pernas por cima dos seus ombros.

– Eu quero que você puxe os meus cabelos – ele afirma. – Quero que arranhe as minhas costas e foda o meu rosto e faça o que bem quiser comigo.

– Ok – arquejo, incapaz de processar as palavras dele nem de desviar o olhar quando ele se inclina de novo, a língua circundando o meu clitóris.

Tenho que me lembrar de respirar quando ele enfia um dedo dentro de mim, para dentro e para fora, depois outro. Fecho os olhos, bem apertados, e me concentro nas sensações; nos sons que ele produz e no modo como eles vibram em mim.

– Quero fazer tudo com você – ele diz, tirando o dedo médio e deixando-o tracejar para baixo, até me pressionar com suavidade.

Arremeto o quadril, incapaz de articular um pensamento além do nome dele e como aquilo tudo é bom, como não quero que ele pare. Nunca fiz nada assim antes e agora é só no que consigo pensar, permitir que Luke tenha essa parte minha que nunca partilhei com ninguém mais. Ele não avança mais, só há uma pressão constante que transforma os meus pensamentos num emaranhado de estática.

Tiro uma das mãos dos cabelos dele e a levo ao seu rosto, desço pelo pescoço, pela boca e até onde ele se move contra mim. Minha pele desliza, está escorregadia, e ele geme quando meus dedos deslizam sobre ela, para a frente e para trás ao longo da língua dele. Nunca senti nada como aquilo, tantas sensações que sou incapaz de determinar onde uma termina e outra começa.

Luke choraminga ao meu encontro e eu vejo o ombro dele se mexendo, o braço se flexionando por baixo. A ideia de que ele está tão excitado por conta disto, assim como eu estou, tão envolvido que ele tem que se tocar, dispara fogos de artifício ao longo da minha pele. Um calor se espalha pela minha coluna, e não sei se é ele quem está gritando ou se sou eu, mas o orgasmo está ali, me rasgando urgente e infinitamente, arqueando meu quadril até eu começar a tremer, pressionando a pelve contra a boca dele.

Com um esforço enorme, levanto a cabeça para vê-lo se ajoelhando sobre de mim, a mão se movimentando em seu lindo pênis.

– Deixe comigo – digo a ele, e ele pisca, os lábios curvados para baixo enquanto tenta decifrar o que quero dizer. – Venha aqui para cima.

Só agora percebo o quanto estou destreinada, há quanto tempo não faço isso. Seguro o quadril dele e o guio na minha direção, uma perna sua em cada lado das minhas costelas. Ele pega outro travesseiro e o acomoda debaixo da minha cabeça e depois só espera, os olhos arregalados e o peito arfante. Há tanta pele e músculos, abdominais se retesando como se ele estivesse prendendo a respiração. O pau dele é perfeito assim como o resto dele, e tão rijo, já molhado na ponta.

– Venha aqui – repito e abro a boca, vendo como as mãos dele tremem ao segurar a cabeça contra meus lábios. Estico a língua para saboreá-lo e ele choraminga. Uma sensação de poder se eleva dentro de mim e qualquer temor que eu pudesse ter simplesmente desaparece.

Luke empurra para dentro da minha boca, com muita suavidade a princípio. Dobro as mãos ao redor do quadril dele e levanto o olhar de uma maneira que espero que demonstre o que quero que ele faça. Também não quero que pense nem se censure.

– Você quer que eu... – ele começa a perguntar, e eu gemo ao redor dele. Ele começa a se entregar, incitado pelos sons e pelo modo como o seguro, encorajando-o a me usar.

O pau dele escorrega pela minha boca, raspa ocasionalmente em meus dentes. Esses momentos fazem parecer que é ainda melhor para ele e ele impreca, os dedos pressionados contra minha mandíbula e meu crânio conforme ele entra e sai da minha boca.

– London... Ah, isso, Deus, perfeito... – ele diz, as palavras se tropeçando em respirações trêmulas. Ele apoia uma das mãos na cabeceira da cama, logo acima da minha cabeça, e abaixa o olhar enquanto se mexe. – Porra, não vou conseguir demorar. – A bunda dele se enrijece debaixo das minhas mãos e ele está balançando a cabeça, como se estivesse triste por aquilo acabar logo. – Não. Porra. Estou quase... – ele arqueja, e tenta se afastar. – London, se mexe. Não consigo...

Emito um som de protesto e o seguro firme quando ele começa a se afastar da minha língua. Até esta altura ele se controlou para não ir longe demais, mas ouço quando ele bate na parede logo acima, grunhindo e imprecando enquanto engulo.

Ele está tremendo quando finalmente se larga ao meu lado, as mãos cobiçosas enquanto me puxa e beija meu queixo, minha boca e meu nariz. Levanto o olhar e vejo que ele está de olhos fechados, os cílios curvados ao encontro do rosto corado. A minha mandíbula dói e o meu coração está batendo tão rápido que ele deve estar sentindo.

Quero que ele me diga de novo que me ama, mas também estou aterrorizada em ouvir isso e ser incapaz de acreditar nele. Prendo a respiração quando ele muda de posição, inclinando-se sobre meu pescoço e exalando uma respiração trêmula. Sei que está vindo, porém, e meu coração parece crescer dentro do peito.

A voz dele está raspando.

– Eu amo você de verdade.

Antecipo a sensação de transbordamento, de alívio... mas ela não chega, e não sei o que dizer.

Por isso brinco com Luke, mencionando como quase ele desmaia depois de gozar, e ele me beija com pálpebras sonolentas e braços que mal conseguem sustentar seu peso. Ele está feliz, relaxado, e adormece em questão de minutos.

~

Estou no meio de um grande pedido quando ouço alguém gritar o nome dele. São apenas umas oito da noite, e um punhado de amigos dele já está jogando bilhar nos fundos há mais ou menos uma hora, mas é como se algum alarme grupal fosse disparado assim que ele entra no bar e aparece, pois alguns deles levantam a cabeça e gritam na direção dele. Agora já reconheço algumas das garotas e tenho certeza de que já vi alguns caras antes, mas só conheço mesmo o Grosseirão.

Luke acena na direção deles, mas não para, passando o braço ao redor do ombro do Grosseirão, ignorando os outros e vindo na direção do bar.

Disponho dois porta-copos na bancada quando eles se sentam e perfilo algumas taças de vinho para outro pedido. Luke parece contente e descansado.

– Dormiu o dia inteiro? – pergunto. Brincar com ele parece ser o meu padrão e acalma o farfalhar e a energia nervosa que emergiram desde a sua chegada, levando-me de volta à minha base. Seu adorável sorriso encabulado também não faz mal algum.

O Grosseirão não parece entender a piada interna, mas ri mesmo assim, contente em zoar o Luke sempre que possível.

– Vou presumir que você pega no meu pé pelo mesmo motivo que o Dylan aqui puxava as alças dos sutiãs das meninas na aula de educação física – diz Luke.

O Grosseirão lhe lança um olhar confuso.

– Por que ela quer ver os seus peitos?

Luke leva a cerveja para os lábios e olha para mim por cima do gargalo da garrafa.

– Algo assim.

Balanço a cabeça, sentindo o reaparecimento das borboletas farfalhando quando tiro a rolha de uma garrafa de vinho e encho as taças. Com um aceno na direção da mesa que aguarda o pedido, pego a bandeja e sirvo o vinho, na verdade satisfeita por poder escapar do sorriso paquerador e dos olhares provocantes por um instante.

No entanto, não tenho uma folga muito grande, porque, saindo do escritório do Fred com uma bobina da máquina registradora apenas alguns minutos mais tarde, encontro Luke parado no pequeno corredor escuro, à minha espera.

– O que está fazendo? – pergunto, já quando ele está se aproximando, encurralando-me num canto.

– Tenho permissão para fazer isso? – ele pergunta, inclinando-se na minha direção, a boca resvalando na minha.

O meu estômago dá uma cambalhota quando olho para ele.

– Está me perguntando? – inspiro, o cérebro tumultuado pela proximidade dele.

– Não sei bem quais são as regras aqui – ele diz e afasta a gola da minha camisa para poder se inclinar e saborear a minha clavícula. – Se posso fazer isto aqui ou não. – Ele gesticula por cima do ombro, mas sei que ele se refere ao mundo real, fora do quarto dele. – Porque só consigo pensar em duas outras coisas que me deixariam mais feliz.

– Duas coisas? Quais?

– Uma é dormirmos na sua cama, e a outra é aquilo que fizemos hoje de manhã.

Puxa. Ele invade meu espaço pessoal um pouco mais, e as palavras pairam pesadas e cheias de significado entre nós. Contraio as coxas, juntando-as, na esperança de aplacar um pouco a dor que sinto só de pensar *naquilo que fizemos hoje de manhã*, mas não adianta nada.

Sei o que ele quer dizer, mas quero que continue falando, continue perto de mim.

– Você está perguntando quando Fred estiver por per... – começo a dizer, mas ele já está sacudindo a cabeça.

– Não estou me referindo ao Fred, o que quero saber é: o que *você* quer? Tenho permissão para dizer o quanto você está bonita hoje? Tenho permissão para lhe dar um beijo de olá? Quero muito, sabe?

Também quero, então consinto, mal respirando, agradecida por ele estar me pressionando contra a parede ou eu acabaria no chão aos pés dele: uma poça de London.

Luke sorri e esfrega a ponta do nariz no meu.

– Oi, Logan – ele me cumprimenta.

– Olá.

A boca dele está tão próxima que sinto a sua respiração. Ele se inclina para a frente, diminuindo o espaço entre nós. Aquele absolutamente não é um beijo adequado para um local de trabalho, todo cheio de lábios macios e línguas deslizantes, e mãos ávidas se movendo por todas as partes. Fico imaginando se posso levá-lo para o banheiro, encostar-me na parede e pedir que ele transe comigo para valer de novo.

Estou prestes a perguntar isso quando ouço uma porta batendo ali perto, e Luke se afasta, ofegante.

– Cacete.

Ouço o telefone tocando no bar, o som dos fregueses conversando e da narração do jogo de futebol nas telas de TV penduradas no teto. Não dou a mínima para nada disso.

Ele inspira fundo e solta o ar devagar.

– Você tem que voltar a trabalhar, e eu vou para o banheiro masculino bater uma punheta.

Dou uma gargalhada.

– Ok. Mas vai ficar?

Ele faz que sim e me beija uma vez mais, dessa vez um selinho leve.

– Vou ficar.

O movimento começa a aumentar, e Fred fica no bar para ajudar. Luke vai e vem entre mim e seu grupo de amigos, mas se distrai sempre que o chamam.

– Acho que vou ficar lá com eles e assistir ao jogo, já que você está ocupada. A que horas você sai hoje?

Encho uma coqueteleira com gelo e olho para ele.

– À mesma hora de sempre. Fechamos à uma.

– Quer voltar para a minha casa? O trajeto é mais curto...

– Precisando de mais um cochilo?

Ele apoia um cotovelo no bar e olha para mim com os olhos castanhos arregalados.

– Com você? Sempre – responde. – A que horas você consegue sair de verdade?

Arrepios se espalham pela minha pele ante a ideia de mais uma manhã despertando na cama dele.

– Pode ser mais tarde do que isso. Depende do tempo que a limpeza for levar.

– Só me avise, ok? – Ele olha ao redor do bar e depois se aproxima um pouco mais. – Eu quero ouvir você fazendo aqueles sons de novo – ele diz, e o meu braço fica imóvel, com a garrafa que estou segurando parada no ar. – Se eu sair antes, você pode me mandar uma mensagem quando estiver saindo. Ainda vou estar acordado. Combinado?

O meu cérebro basicamente me desertou e eu assinto, observando enquanto ele sorri e se afasta.

O grupo com o qual Luke está cresceu, praticamente dobrando de tamanho e de volume. Fred os serviu na maior parte do tempo, deixando o bar e a caixa registradora para mim. Luke está parado ao lado do Dylan, perturbando-o sobre como ele vai conseguir encaçapar a bola sete no canto, quando vejo uma garota se colocar ao lado dele.

Velhos hábitos são difíceis de romper, e não pareço capaz de desviar o olhar, observando cada movimento dele e comparando-os com o que acredito que significam. Para ele, evidentemente também é difícil romper os velhos hábitos, porque mais de uma vez eu o vejo olhando para o celular, ou tirando-o do bolso para checar suas mensagens.

Isso cutuca uma ferida antiga dentro do meu peito, alguma *coisa* que ainda está ali, rastejando debaixo da superfície.

Fiquei num tipo de espiral, fingindo não olhar para o Luke, fingindo não me importar com a frequência com que ele olha para o maldito telefone, imaginando o que está acontecendo dentro do aparelho e me perguntando se é possível para aquela garota se aproximar ainda mais sem acabar se sentando no colo dele, quando Fred joga um pano de prato na bancada do bar na minha frente.

– Por que não sai mais cedo hoje? – ele sugere. – Luke ainda está aqui e dou conta do resto. Leve o seu menino para casa e mostre para a senhorita tomara que caia ali que ele já tem dona.

Sinto uma irritação surgindo dentro das minhas entranhas. Olho de novo na direção dele e vejo que ele, mais uma vez, está com o aparelho celular na mão, lendo as mensagens antes de guardá-lo de novo. Será que o Luke alguma vez entra em contato com as mulheres depois de ter saído com elas? Qual é o propósito de lhes dar seu número de telefone, então? É só um jeito idiota de inflar seu ego? Lembro-me do telefone do Justin tocando de vez em quando e de ele o atender, saindo para conversar na garagem ou no jardim, e agora me sinto vulnerável e desgostosa. Será que vai chegar o dia em que esse tipo de coisa não vai mais me afetar?

– Ele não tem dona – replico.

Fred me encara, surpreso.

– Engraçado, ele parece ter quando está sentado aqui no bar. Ele segue você como se fosse um filhotinho carente e como se você tivesse o petisco predileto dele no bolso.

Ignoro-o, inclinando-me para pegar duas Coronas da geladeira de cervejas.

Fred me lança seu suspiro de resignação e depois vai servir alguém.

Mantenho-me ocupada, reestocando a geladeira e decidindo que ficar atrás do balcão e me manter ocupada é uma excelente ideia.

A certa altura, recebo uma mensagem do Luke: TIVE QUE RESGATAR A MARGOT. NÃO SE ESQUEÇA DE ME AVISAR QUANDO ESTIVER SAINDO.

Guardo meu celular e volto a trabalhar, observando enquanto o bar esvazia.

À uma da manhã, Fred desliga as luzes do lado de fora e eu mando uma rápida mensagem para o Luke:

SAINDO EM DEZ MINUTOS. AINDA ACORDADO?

Dou uma olhada cinco minutos mais tarde. Sem resposta.

Quando o último copo é lavado e as luzes do bar são apagadas, não há mais nada a fazer senão seguir para o meu carro. Luke ainda não respondeu, e sei que estou protelando porque, caso eu mande outra mensagem e ele não me responda, vou ficar pensando demais no significado disso. Me despeço do Fred e espero mais cinco minutos antes de digitar:

Vou para casa. Estou exausta. Nos falamos amanhã.

Capítulo 16

Luke

Acordo assustado, ainda vestindo o jeans de ontem à noite e com o controle remoto sobre a barriga. O quarto está claro, o outro lado da cama, intocado, e não há nenhum sinal da London. O relógio mostra que são quase oito horas, e me sento, tateando o celular e estreitando o olhar para a tela, perguntando-me por que London não está aqui e por que não me mandou nenhuma mensagem quando saiu do bar como disse que faria. Rolo rapidamente a tela das mensagens, mas não vejo o nome que estou procurando, e me ocorre que pode ter acontecido alguma coisa com ela, na saída do bar ou antes de entrar no carro.

Nunca liguei tão rápido para uma pessoa na minha vida inteira.

O telefone toca três vezes antes de London atender, e ouço o barulho do vento na ligação.

– Você está bem? – praticamente grito.

– O quê? Ah, sim, claro, estou. Estou na Black's. – Ela faz uma breve pausa. – *Você* está bem?

Caio contra o travesseiro e aperto o peito com a mão, só agora percebendo o quanto meu coração está batendo rápido.

– Aham, eu só... Você disse que me mandaria uma mensagem quando saísse, e eu devo ter dormido. Acabei de acordar e...

London permanece em silêncio por um instante, e consigo ouvir as gaivotas ao longe.

– Mas eu mandei... Mandei duas mensagens, para falar a verdade, mas você não respondeu – ela diz. – Não as recebeu?

Rolo de lado e fecho os olhos.

– Não, não vi nada.

– Você *leu mesmo* as suas mensagens, Luke?

– Comecei a ler... – digo, colocando-a no viva-voz para poder olhar melhor para a tela. Existem... Bem, existem muitas mensagens ali.

Michelle: QUER SAIR?

Dylan: VOCÊ SABIA QUE OS URSOS-POLARES NÃO SÃO BRANCOS? LIGUE PARA MIM SE ESTIVER ENTEDIADO. 619-555-3344? Não tenho ideia de quem seja.

Tonya: POR ACASO DEIXEI O MEU SUTIÃ AÍ NO DIA DOS NAMORADOS? AQUELE COM AS LUZES DE LED?

Leiah: VOU ESTAR NA CIDADE NA SEMANA QUE VEM...

Desço a tela...

Desço a tela...

ME LIGUE. Quem é Morena Da Bunda Bonita? Eu pus isso mesmo nos contatos do meu telefone?

– Ainda está lendo? – London pergunta, e consigo ouvir o riso na voz dela. – Deve ter sido uma noite bem agitada.

– Quieta, você... – digo a ela, mas, puxa, ela meio que está certa. Recebo muitas mensagens num dia normal, mas acho que nunca percebi quantas delas eram tão... sugestivas. Raramente respondo a uma delas e, quando respondo, é para garotas de quem por acaso acabei ficando amigo ou com quem saí de novo... eventualmente.

Mas isso é... é um alerta.

Estou prestes a desistir e deixar que London leve a melhor com o eu não disse? quando vejo o nome dela no meio de um monte de outros.

Saindo em dez. Ainda acordado? E depois de uns vinte minutos: Vou para casa. Estou exausta. Nos falamos amanhã.

– Puxa.

– Acho que as encontrou, não? – ela pergunta com a voz um pouco mais apertada dessa vez.

Franzo a testa. Não gosto que London esteja certa quanto a isso, e não gosto de como estou me sentindo. Não sinto orgulho algum nem fico me gabando por ter tantas garotas me mandando mensagens como essas. Eu me sinto meio sujo.

– É. Não vi, eu acho – murmuro. – Desculpe.

London ri, mas ainda percebo alguma estranheza. Será que isso sempre a incomodou?

– Você é um cara popular.

Opto por mudar de assunto.

– Bem, de qualquer forma, senti saudades ontem.

Há um instante de silêncio antes que London responda:

– Eu também.

Estou tão apaixonado por essa garota que uma admissão simples como essa me faz flutuar.

– O que vai fazer hoje?

– Provavelmente vou terminar o site da Lola, talvez fazer umas coisas em casa. Neste instante só estou aqui na praia, pensando.

– Só pensando?

Ela faz uma pausa.

– É...

Não gosto da sensação que isso me causa.

– Precisa de ajuda?

– Ajuda para pensar? – ela pergunta, e eu fecho os olhos, imaginando o modo como as covinhas provavelmente estão marcando as bochechas dela. – Não precisa ir trabalhar hoje? Ou vai tirar outro dia de folga?

– Vou me encontrar com um dos sócios no tribunal hoje à tarde. Tenho um tempo livre agora de manhã.

– Quer me encontrar na Black's? Podemos trabalhar nas suas subidas – ela sugere.

– Na Black's? – esclareço, erguendo as sobrancelhas.

– Claro, por que não?

– Não sei quase nada sobre surfe, mas até eu sei que a Black's não é para iniciantes, Logan.

– Tem uma área de nudismo aqui. Talvez eu só queira ver você pelado.

Pressiono o meu pau e fecho os olhos com um gemido.

– Chego em vinte minutos.

~

Descendo a escadaria de madeira no despenhadeiro, vejo London num biquíni cor de laranja quase que de imediato. Ela está incrível, apenas um pontinho de neon no imenso oceano azul, e cercada por caras que devem ter o dobro do tamanho dela. Paro e a observo por um minuto, percebendo a sua paciência ao esperar pela onda certa, a determinação que toma conta dela quando encontra uma. É difícil não querer correr para salvá-la quando é derrubada, mas percebi há um bom tempo que London não precisa que eu a salve de nada.

Continuo descendo até a praia e olho ao redor. London tem razão: para alguém que morou boa parte da vida perto do litoral, passei surpreendentemente pouco tempo em praias, inclusive nesta. Da areia, a

Black's não é nada além de oceano e despenhadeiro ao redor, e é fácil nos esquecermos de que a cidade está logo ali atrás.

London me vê da água e eu a observo remar, com seus longos braços, ombros fortes e pele bronzeada. Encontro um lugar para acomodar a prancha na areia – com cuidado, bem como ela me ensinou – e me sento para esperar por ela. Ela chega à praia e segura a prancha debaixo do braço, atravessando a faixa de areia e se aproximando o bastante para que uns respingos molhem meus pés.

– Oi – ela diz, sorrindo do alto para mim.

Não consigo evitar e meu olhar percorre as curvas e linhas do corpo dela, antes de parar no seu sorriso, e eu sorrio também.

– Oi para você também.

Ela torce o cabelo e, depois de um instante de hesitação, monta no meu colo.

Emito um grito estridente e agudo, quase feminino.

– Frio! Frio!

– Opa! Desculpe.

Luto sem muita determinação contra as suas tentativas de pressionar o peito molhado e frio contra o meu, seco e quente.

– Você não parece lamentar muito.

– Porque não lamento mesmo. Mas gosto de você de sunga – ela diz, tateando nas laterais até puxar o cós da minha bermuda. – Não lhe contei isso da última vez.

Com as mãos segurando-a pelas costelas, esfrego os polegares ao longo da pele dela abaixo dos seios... porque isso é uma coisa que eu posso fazer. Eu acho.

– Está se referindo à vez em que tentou me fazer virar comida de tubarões? – pergunto. Ela assente e se inclina para me beijar. – Gostei do seu maiô também. Foi necessária uma força sobre-humana para não ficar duro cada vez que você me tocava.

– Mal consegui me concentrar. Estou surpreso por você não ter se afogado.

Rio contra a pele dela, descendo o nariz pela sua nuca. Seu cheiro é de oceano e de protetor solar, e fico me perguntando indolentemente como vou convencê-la a deixar de lado o que quer que esteja pensando a meu respeito e ir para casa comigo.

Dou um puxãozinho no cordão do biquíni dela e afasto o cabelo molhado do ombro.

– Quero me desculpar de novo por não ter visto as suas mensagens. Eu queria muito ter visto você ontem à noite.

– Tudo bem. O seu telefone é uma loucura mesmo, entendo por que não as viu – ela diz, e sinto a vibração da voz dela contra meus lábios. Ela arranha minha cabeça e puxa meu cabelo, e eu gemo, quase não ouvindo quando ela pergunta: – Você é um bom monstro ou um monstro malvado, Luke Sutter?

Fecho os olhos e me recosto no seu toque.

– Posso ser os dois?

Ela percorre com um dedo desde meus cabelos até minha testa, descendo pelo nariz e parando no lábio superior. Abrindo a boca, capturo seu dedo entre os dentes, mordiscando-o.

– Você me deixa meio louca – ela diz, os olhos estão desfocados, a boca ligeiramente aberta.

– Loucura é bom.

– Você é como *junk food.*

Inspiro um pouco, depois sorrio, falando ao redor do dedo dela.

– *Junk food*?

– É – ela confirma, a língua aparecendo para lamber os lábios. – Pizza. Batata frita.

As palavras dela eriçam minha coluna e o meu coração despenca alguns centímetros dentro do peito. Inclino a cabeça para ver o rosto dela.

– Eu não estava confuso com o termo *junk food*, Logan. Só estou intrigado com a escolha dessa metáfora.

Ela tira o dedo da minha boca e toca meu queixo.

– Como se eu quisesse encher a cara com você, mas depois me preocupasse se vou me sentir mal. – London enruga o nariz numa frustração adorável e depois suspira, apoiando-se em mim.

Então ela pensa exatamente aquilo que eu pensei. Fecho os olhos de novo, com o maxilar travado, tentando ignorar o puxão visceral que sinto quando ela está assim tão perto e, em vez disso, deixo que a raiva e a mágoa apareçam

Ela me quer, mas vai se sentir *mal* depois.

Não sou apenas insalubre, sou algo de que se arrepender.

– London?

– Humm?

Tiro-a de cima do meu colo e me levanto, olhando para ela de cima.

– Essa comparação faz com que eu me sinta uma merda.

Ela parece perceber o que acabou de dizer, e seu rosto demonstra arrependimento.

– Não. Luke...

– Não estive com mais ninguém. Quero ficar com você o tempo inteiro. Eu digo que a amo e você me chama de *junk food*? Como isso é diferente do Daniel se referindo às garotas como petiscos?

Ela me encara, a surpresa se tornando arrependimento.

– Você está certo, você não é nada disso – ela diz. – Sinto muito. Eu não deveria ter dito isso.

– Mas é o que você pensa.

– *Luke.*

Ela pode dizer meu nome quantas vezes quiser, mas *que se foda*. Sacudo a areia da bermuda, pego minha prancha e começo a voltar para a passarela. Uma mão me segura pelo braço e me detém, puxando-me de frente para ela.

– Já não confio no meu julgamento e agora estou me sentindo a pior pessoa do mundo – ela diz. – Sabe por que não leu as minhas mensagens ontem? Porque elas estavam enterradas nas outras vinte e tantas. Acha que não percebo isso? Quantas mulheres escreveram para você ontem, Luke? Quarenta? Mais? Você costumava trepar com tudo que tivesse uma boceta.

Ela salta para trás, como se usar esse linguajar também a tivesse surpreendido. O que me faz pensar por quanto tempo isso esteve fervilhando na cabeça dela.

Hesito, com a testa franzida mesmo sabendo o quanto ela está certa. Quero dizer para ela que ela é um pé no saco, que não faz a mínima ideia do que está acontecendo ou do que eu faço e com quem eu faço, mas as primeiras palavras que saem da minha boca são as mais triviais:

– Não com *tudo*.

– Mas que inferno, Luke. – Ela passa as mãos pelo emaranhado que é o seu cabelo agora. – Sério?

Talvez eu devesse ter seguido meu primeiro instinto: dizer que ela tem razão, mas que esse não sou mais eu.

– London...

– Já levou em consideração que me quer só porque estou resistindo? – ela pergunta. – É o clichê do desafio? Quero dizer, se fizermos isto e ficarmos juntos...

– Eu sei me comprometer – rosno. – Eu sei o que é isso.

– Tudo bem – ela diz sem inflexão alguma. – Mas antes a Mia era só o que você conhecia. Agora está acostumado à excitação da descoberta, da *perseguição*. E se o sexo entre nós ficar entediante? E se em cinco anos você se cansar? Pensar em estar com você e você ficar com outra...

– Pare.

Viro-me. Não posso ficar ali ouvindo. Aquilo me faz lembrar da sensação de traição depois que dormi com a Ali. A ideia de estar com outra pessoa quando poderia ter London, de ela estar com outro cara, na verdade me crava um espinho na cabeça.

Ela me segura pelo braço de novo.

– Pare de fugir de mim. Só o que estou dizendo é que é difícil, tá bom? Eu não deveria ter dito o que disse ali, mas estou com medo. – Ela se aproxima um passo, a voz mais baixa ao dizer: – Estou tentando não ter medo, mas estou *aterrorizada* com o que pode ser ficar com você.

– Deus... – começo, fechando os olhos de novo e enfiando as mãos nos cabelos. Quero me concentrar no que ela está me dizendo, mas o meu fusível queimou. – Não acha que é assustador para mim também?

– Luke...

Uma onda se quebra e vem se aproximando, tocando os dedos dos nossos pés. A maré está subindo, e, de maneira dramática, quero que ela me cubra.

– Não acha que eu já estou envolvido demais nisto? – digo para ela. – Se você decidir que agora não quer mais, vai doer. Mas isso já era verdade um tempo atrás, e eu resolvi seguir em frente. Decidi que você valia a pena. Essa é a diferença. Porra, acho que finalmente entendi: amar não é ter alguém que faz você se sentir bem, mas alguém que vai deixar você infeliz quando for embora.

Ouço uma chave na fechadura uns dez minutos depois que volto do trabalho e fecho os olhos, deixando a cabeça cair na almofada do sofá.

– Não – digo, e a resposta da minha irmã é imediata.

– Sim.

– Não estou com ânimo, Margot.

Ouço-a soltando uma bolsa perto da porta antes de se largar no sofá ao meu lado.

– O que o leva a pensar que vim aqui para aporrinhar você?

– Primeiro, você tem me aporrinhado por um motivo ou outro a minha vida inteira. Segundo, tive uma discussão com a London e só posso deduzir que existe alguma forma de telepatia entre vocês, mulheres, e você ficou sabendo disso e veio aqui me dar um chute na bunda.

– Uau.

Inclino a cabeça para ela.

– Então, errei?

– Bem... Não.

Assinto e tomo mais um gole de cerveja.

– Mas esbarrei na Lola hoje, e ela mencionou que a London chegou em casa chateada.

Eu *sei* que London está chateada. *Eu* sou o motivo de ela estar chateada; mesmo assim, ouvir isso é como levar um soco no estômago. A questão é: também estou chateado.

– Certo – digo.

– Ela não me disse o motivo. Não sei bem se a Lola sabe, porque London não parece a pessoa mais comunicativa no que se refere a emoções. Só sei que vocês dois brigaram. – Não digo nada e ela continua: – Quer falar a respeito?

– Não.

– *Luke.*

Suspiro, sabendo que nunca vou me safar dessa.

– Às vezes... eu queria nunca a ter trazido para casa.

Margot fica calada, só olhando a tela da TV.

– Gostaria de nunca a ter trazido para casa e depois descoberto o quanto ela é maravilhosa. Assim eu nunca perceberia que quero alguém corajoso e autossuficiente. Se eu não tivesse trazido a London para casa naquela noite, jamais saberia que tinha entendido tudo errado e que a Mia nunca foi a garota certa para mim. A ignorância é uma bênção, certo?

Ao meu lado, minha irmã suspira.

– Então, deixe-me ver se eu entendi: London ainda está tendo dificuldades para confiar em Luke, o galinha?

Pressiono os dedos contra os olhos e só vejo estrelas.

– Mesmo que isso não seja mais verdade? Se não estou com mais ninguém além da London, se ela ainda é a *única* que eu quero, vou ser sempre rotulado assim?

Ela inclina a cabeça.

– Bem, não. Não exatamente. Mas... Hum... Como é que ela sabe disso?

– Porque eu disse para ela, ora.

– Ok, mas... talvez, isso simplesmente não baste. Fazer algo é muito mais difícil que dizer. Ela não faz ideia do que você está fazendo quando não está por perto, ou quem é que está lhe mandando sabe lá Deus que tipo de mensagem. Nem eu sei, e olha que sou mal-educada o bastante para perguntar. – Ela se levanta do sofá e vai para a porta de entrada, onde largou uma sacola pesada. – E, na verdade, não vim aqui passar sermão. Vim aqui para usar a máquina de lavar roupas. Dar uma de irmã mais velha mandona foi um bônus, eu acho.

Fico em silêncio enquanto ela passa por trás de mim, deixando um beijo no alto da minha cabeça.

– Eu amo você – ela diz –, mas você tem que tomar jeito.

Não tenho nada mais para fazer a não ser pensar, e as palavras de Margot ficam rodopiando pela minha cabeça. A preocupação de London de que eu só esteja interessado porque a considero algum tipo de conquista me deixa louco. A questão é que eu *me* conheço. Transei com dezenas de mulheres, mas só amei duas. Quando eu amo, mergulho de cabeça, vou até o centro da Terra. Até aquela parte líquida, mole, aterrorizante. Entendo que ela esteja com medo, porque também estou. Perder Mia foi como perder um braço. Tive que reaprender a fazer as coisas sem aquela parte de mim que sempre esteve presente. Mas me preocupo que, ao perder London, eu estarei perdendo algo vital, alguma parte pulsante, viva dentro de mim.

Ouço Margot na lavanderia, cantando alguma canção emo a plenos pulmões e, como se esperasse essa dica, meu celular vibra na mesinha de centro na minha frente. Com um suspiro, pego-o, sem ficar surpreso quando a tela se ilumina e revela um punhado de mensagens esperando para ser lidas. Há uma do Dylan me perguntando se quero ir à Comic-Con no verão, mas também há mensagens de garotas. De algumas delas eu me lembro, de outras, não.

Nunca refleti muito a respeito de todas essas mensagens e propostas de sexo casual – sempre foi engraçado, um tipo de jogo e fácil de ignorar –, mas London estava evidentemente frustrada por eu não ver as mensagens dela em meio ao mar de notificações, e ela nem sequer as leu. O que pensaria se as visse? Como se sentiria? Como eu me sentiria? Não é preciso ser nenhum gênio para saber como eu reagiria caso o celular dela estivesse repleto de mensagens de outros caras – tão cheio que ela deixaria de ver a minha em meio a toda essa cacofonia. Isso basta para que minha coluna se endireite e liquide qualquer traço de humor que ainda restava nessa situação.

Era exatamente isso o que a Margot quis dizer quando falou que não bastava. Não basta garantir a London que eu mudei. Na verdade, eu tenho que mostrar para ela.

Capítulo 17

London

O telefone da Lola está tocando – o telefone da Lola está sempre tocando – e eu o pego na bancada, levando-o pelo corredor. Ouço o barulho familiar do carvão raspando no papel quando me aproximo da porta aberta do quarto dela e a encontro debruçada sobre a mesa, terminando um desenho no qual estava trabalhando antes de acabar seu café. Ela sempre recorre ao café quando precisa de ânimo e os prazos estão apertados.

Bato na parede ao lado da porta, entro e deixo o celular diante dela.

– Você o deixou na cozinha.

Ela levanta o olhar do desenho para espiar a tela e depois, resolvendo ignorar a chamada, olha para mim. Observando-me melhor, ajeita os óculos e sussurra:

– Você está bem?

Assinto.

Lola sabe que isso não é verdade – cheguei em casa, vindo da praia, com os olhos vermelhos, e de pronto vesti o pijama e mal disse uma palavra desde então –, mas ela não é de forçar a barra.

De volta à cozinha, me sirvo de uma tigela de cereais e retorno para o *laptop*, clicando em cada página do novo website da Lola.

Sinto como se houvesse alguém sentado no meu peito e meus olhos estão ardendo, mas não vou me permitir pensar na minha briga com o Luke.

Não quero lidar com isso agora.

Meus dedos se movem por vontade própria, inserindo códigos enquanto meu cérebro dispara à frente, imaginando como essa nova figurinha ficará ao lado das outras, no meu álbum.

Embora o estúdio de filmagem tenha uma página sobre o filme adaptado de *Razor Fish*, o espaço reservado que coloquei especificamente para o site da Lola com seu nome, uma biografia curta e um *link* de acesso já acusa mais de dez mil acessos desde que começaram as filmagens. Acrescentar esses últimos detalhes – bem como a ideia de tornar aquela página *viva* – é tão excitante quanto aterrador.

Mexo sem pensar muito no meu cereal enquanto repasso as páginas, procurando por alguma coisa que eu possa ter deixado escapar. Depois de respirar fundo para criar coragem, chamo por cima do ombro:

– Ei, Lola?

– Oi!

– Pode vir aqui quando tiver terminado? Quero lhe mostrar uma coisa.

Ouço-a afastar a cadeira ao se levantar, o som dos seus pés sobre o assoalho de madeira, e ela logo está ao meu lado, passando o braço ao redor dos meus ombros.

– Oi, meu bem. – Ela ia dizer alguma outra coisa quando seu olhar recai sobre a tela; ainda estou trabalhando no painel do site, por isso sei que não está com uma aparência das mais interessantes no momento, mas ela inspira fundo. – Ai, meu Deus. Esse é o site?

Eu lhe mostrei os detalhes gráficos prévios nas últimas semanas, dei a ela um *feedback* sobre o *layout*, e discutimos o que ela queria, mas, até então, ela ainda não tinha visto nada, nada montado como agora.

– É – confirmo. – Está pronta?

Ela assente rapidamente e se senta ao meu lado.

– Acho que está bom, mas, se você não tiver certeza quanto a alguma coisa, ou quiser mudar, é só avisar. – Estou tagarelando de nervoso, mas é que este momento é imensamente importante para mim. – Tudo vai ser fácil de consertar neste ponto.

Ela dá gritinhos e bate palmas, prendendo a respiração quanto clico na *home page*, e ela a vê carregando pela primeira vez. Lola arqueja quando uma simples imagem – a minha ideia inicial para o site dela – preenche a tela.

– Isso é...? – ela começa a dizer, virando meu *laptop* para poder olhar de perto.

É um dos primeiros desenhos da Lola – da época em que ela tinha uns treze anos mais ou menos – do personagem que no fim se tornou o protagonista da sua primeira série de revistas em quadrinhos: *Razor Fish*. O esboço é simples, quase rudimentar, mas, conforme assistimos, a imagem em preto e branco lentamente se transforma numa mais complexa. Ouço Lola prender a respiração de novo quando entende o que está vendo. Esboços iniciais da sua arte em lápis se transformando na versão a tinta e depois em variadas imagens coloridas. Mais e mais dos seus painéis de *brainstorming* são revelados, agregando detalhes até que a imagem acelera e finalmente estamos olhando para uma vívida imagem do que o resto do mundo passou a conhecer: a encarnação atual de Razor, a criatura estranha que praticamente explode para fora do pôster do filme.

– Gostou? – pergunto, olhando nervosamente para ela. As minhas emoções estão tomando conta da sala agora, não sei o que fazer se ela odiar. Mas não tenho que me preocupar. Os olhos da Lola estão brilhando de lágrimas e ela se inclina na minha direção, envolvendo meus ombros num abraço apertado.

– Está brincando? – Ela está tremendo um pouco e me solta para poder olhar para tudo de novo. – Eu *amei.* Onde foi que você conseguiu tudo isso? Os primeiros foram feitos à mão. Eu nem sabia que ainda os tinha.

– O seu pai guardou quase tudo o que você já desenhou na vida, e o Oliver conseguiu cavoucar uma boa parte do seu arquivo digital inicial – revelo. – Sério, eles são os seus maiores fãs. Você vai ficar maravilhada quando vir a quantidade de coisas que eles conseguiram encontrar. Pensei que seria legal ver não só a evolução do Razor, claro, mas também a sua como artista.

– Essa é a coisa mais legal que eu já vi – ela diz, enxugando o rosto. – Está terminado? Quero dizer, posso mostrar para o Oliver?

Fico de pé, e gesticulo para que Lola se sente na minha cadeira, com o *laptop* na frente dela. As minhas mãos estão trêmulas pela reação dela, que foi muito melhor do que eu esperava.

– Quase. Vá em frente e clique nas páginas, certifique-se de que tudo está onde você quer – digo a ela – e podemos refinar qualquer coisa que não esteja perfeita. Depois disso, só precisamos migrar para o novo servidor e *bum*, LolaCastle-ponto-com estará no ar.

Lola clica nas páginas por um tempo e balança a cabeça.

– Não acredito que você fez tudo isso. – Ela se vira de frente para mim. – Estou... – ela diz, genuinamente emocionada. – Você é incrível.

– Não foi nada – digo. E estou surpresa em descobrir – apesar dos meus nervos, apesar de tudo o que está acontecendo – que isso é verdade: trabalhar no site dela não só foi divertido como também me satisfez. Foi uma válvula de escape para os meus sentimentos que antes eu só encontrava em cima da prancha de surfe. – Eu amei fazer isso.

– Motivo pelo qual você deveria estar fazendo isso para se sustentar – ela diz. – Sei que adora trabalhar no Fred's e não consigo acreditar que vou concordar com a sua mãe, mas, Deus, você é talentosa para cacete.

Suspiro.

– Você se lembra do cara para quem o Oliver passou o meu contato um tempo atrás? Aquele que perguntou para ele a respeito do logo da loja? – pergunto e ela assente. – Ele é dono de uma cervejaria e está abrindo uma loja nova. Acordei e encontrei um e-mail dele com uma proposta para eu montar o site dele, a loja on-line e projetar todo o material promocional. É o maior trabalho que já fiz – imenso – e provavelmente terei que trabalhar em tempo integral para atender ao prazo dele, pelo menos por enquanto.

– Nada mais do Fred's? – ela pergunta.

Dou de ombros, com uma careta.

– Primeiro vou me demitir da Bliss, mas, mesmo assim, não sei como vou dar conta. – Não trabalhar para o Fred me aperta o coração, mas a ideia de fazer *isto* em tempo integral? Não consigo pensar em nada melhor.

– Parece que pode ser bem incrível.

– Parece que estou virando adulta – argumento.

Ela põe o braço sobre meus ombros de novo e aperta.

– Imagine todo o tempo que você teria para... outras coisas.

Estico a mão para o *laptop* e aperto umas teclas.

– Não acho que eu vou ter que me preocupar com *outras coisas* por um tempo.

– Ainda não quer me contar o que aconteceu?

Sinto meus ombros penderem com o peso de tudo o que aconteceu hoje e volto a me sentar na cadeira ao lado da dela. Conto tudo: que tive medo de deixar Luke se aproximar, que ele disse que me amava, contei sobre as mensagens que ele não viu e que estraguei tudo hoje cedo. Não tive a intenção de tornar tudo tão trivial, mas minha voz sai fina e trêmula.

Lola emite um som de empatia, e eu a observo.

– Meu bem... – ela diz e aperta minha mão. – Acho que você é muito foda.

Rio e enxugo os olhos com a manga da camisa.

– O quê? *Por quê?*

– Você teve coragem para se expor. Ele também. Sabe, Luke era o namorado perfeito. Era atencioso e leal... Então o acidente aconteceu e foi como se ele e a Mia fossem pessoas muito diferentes depois disso.

Assinto. Ouvi versões dessa história de quase todos que o conheciam na época.

Lola franze a testa, deslizando os dedos pelo desenho no tampo da mesa ao continuar.

– Mia parou de falar, e Luke dormiu com uma garota depois da outra, mas, de certa forma... é como se eles tivessem feito a mesma coisa. Os dois fizeram o que acharam que tinham que fazer para se proteger. Algo imenso mudou dentro do Luke depois do acidente; e ele ergueu esse muro ao redor dele mesmo e não deixou ninguém entrar – ela diz, e sua expressão pensativa se transforma num sorriso. – Isso lhe parece familiar?

– Um pouco – respondo, encostando meu obro no dela de leve. – Ele disse que amar não é ter alguém que faz você se sentir melhor, mas alguém que o deixaria mal caso partisse. – Passo a mão sobre a face molhada. – É basicamente o que tenho dito a mim mesma desde que o conheci.

– É assim que você se sente? – Lola pergunta.

Balanço a cabeça.

– Não creio que ele acredite nisso de verdade.

Lola brinca com o pequeno pingente de safira em seu colar, que tenho quase certeza de que foi um presente recente do Oliver.

– Então conte isso a ele.

– É tão assustador – argumento.

– Às vezes, o que assusta pode ser bom. Ele disse que a *ama*. Ele é *seu* agora, ainda não entendeu? Você é a pessoa que pode estar com o Luke sempre que quiser.

Uma explosão de fogos de artifício acontece dentro do meu peito ante essa revelação.

Ele é meu agora.

Sou a pessoa – a *única* pessoa – que pode vê-lo a qualquer hora, todos os dias.

Se ele me perdoar.

Lola continua, alheia ao estrondo que acontece dentro de mim.

– Ou dê uma de Harlow e apareça na porta da casa dele de sobretudo e sem nada por baixo. Simples, mas muito eficiente.

– Por mais hilária que imagino que seria a reação dele, acho que ainda não estou pronta para isso.

– Você está quase surtando neste momento, não é?

Rindo, dou uma fungada e confirmo:

– Isso mesmo.

– Se isso ajudar você a pôr a cabeça no lugar – ela diz, virando o *laptop* antes de cutucar a minha testa –, então termine o site. Depois mande um e-mail para o cara da cervejaria – porque isso é para a London e só para a London – e só em seguida ligue para o Luke.

~

Dou os toques finais no site da Lola enquanto crio coragem para falar com o Luke. Isso demora um pouco... Não estou acostumada a ter que procurar as pessoas, desculpar-me e coisas assim.

Por fim, fecho o *laptop* quando não há mais nenhum ajuste a ser feito. O número dele está no início da minha lista de chamadas recentes, respiro fundo e aperto no nome dele.

O telefone não toca; em vez disso, vai direto para a caixa de mensagens.

Com um buraco no estômago, dou mais alguns telefonemas, deixo um recado para Jason, o cara que é o dono da cervejaria. Sem nada mais para me distrair da minha fossa, Lola sugere que eu vá até o supermercado. O leite e o pão acabaram, assim como o iogurte favorito da Lola – são todas coisas sem as quais poderíamos ficar por mais alguns dias –, mas, quando abro o armário do banheiro e pego o último rolo de papel higiênico, admito a derrota, apanho as chaves e sigo na direção da porta.

Lola e eu costumávamos fazer compras juntas, mas com o trabalho e os prazos de entrega sugando boa parte do nosso tempo livre, começamos a nos dividir na tarefa. Dessa vez, Lola fez uma lista para mim, sabendo que na minha atual confusão mental provavelmente eu apenas vagaria pelos corredores e acabaria voltando para casa com o porta-malas cheio de comida congelada e vinho.

Estou na metade da lista quando meu celular toca com uma chamada de um número desconhecido. Franzo a testa, confusa, antes de perceber que pode ser Jason, retornando a minha chamada.

– Alô?

– Ei, Logan.

Afasto um pouco o aparelho e pisco de novo para a tela com o número que está ligando para mim.

– Luke?

– É, sou eu... Eu... hum... Será que você pode conversar por alguns minutos?

– Hum... – Olho ao meu redor, ainda confusa e pensando de onde ele está ligando. – Claro.

– Primeiro, quero dizer que sinto muito e...

Paro no meio do corredor das frutas, interrompendo:

– Não quero que você se desculpe. Eu não deveria ter dito aquilo. Foi horrível. Eu não estava raciocinando.

– Tudo bem – ele diz baixinho. – Entendo seus motivos. Sei que temos que conversar sobre algumas coisas, e fiquei pensando se poderíamos. Se você quiser.

– Quero conversar – digo, o coração batendo tão forte que mal consigo formular uma resposta. – Mas o q... – Sou interrompida por uma voz esganiçada no alto-falante do supermercado. Retraio-me ante o som, e depois de novo, quando ele parece reverberar através do aparelho celular.

– Espere, onde é que você...?

– Você está...? – dizemos os dois antes que uma garganta pigarreie atrás de mim.

É ele. A minha pulsação lateja na base da garganta.

Olho para meu aparelho, depois de novo para Luke, antes de encerrar a ligação e guardar meu celular na bolsa.

– Estou tão confusa – admito, rindo.

– Vim para estes lados para conversar com você – ele explica. – Achei melhor fazer umas compras enquanto tentava descobrir o que dizer.

– Ah... – Fico me perguntando se essa é a parte da mudança sobre a qual Lola estivera falando: esse Luke, que mal respondia mensagens de texto antes, quanto mais telefonemas, prefere ter uma conversa de verdade comigo em vez de trocar textos impessoais por meio de mensagens. – Desculpe – repito.

Luke se aproxima e envolve minha cintura com o braço, levantando-me do chão ao me puxar para um abraço. O cheiro dele é de sabonete e de xampu, e não consigo fazer nada mais a não ser me agarrar a ele. Quando ele pressiona o rosto contra o meu pescoço e geme, sinto o som descendo pelo meu corpo até o meio das pernas.

– Eu também sinto muito. – Ele me abaixa com suavidade e me dá um beijo na testa. – Me dê o seu telefone.

– Por quê? – pergunto, mas já estou entregando-o.

Luke passa o braço ao redor do meu ombro, puxando-me para perto antes de fazer uma *selfie* de nós com seus lábios pressionados contra o meu rosto. Ele está adorável na foto: feliz, de olhos fechados, sorrindo no beijo. Em comparação, pareço confusa e meio descabelada.

Soltando-me, ele responde:

– Porque tenho que salvar o meu novo número nele.

Observo enquanto ele entra na minha lista de contatos e coloca seu número e seu nome. E só então entendo: Luke me ligou de um número novo.

– Você está com um celular novo? – pergunto.

Ele ainda está digitando seu nome, endereço e e-mail no contato, mas olha de relance na minha direção.

– Estou.

– Por quê?

Devolvendo meu celular, ele diz:

– Distrações demais no antigo.

Engulo e sinto o peso do que ele acabou de me dizer me assolar.

– Puxa.

– Não quero mais que todas aquelas mulheres tenham o meu número – acrescenta baixinho. – Não é justo com elas porque agora tenho uma namorada.

– Puxa – repito, sem saber o que mais dizer. Por fim, consigo: – Isso faz sentido.

– E, o mais importante, não é justo com você, uma vez que sei que eu não aguentaria ter que passar pela mesma coisa. – Ele inclina a cabeça, prendendo o meu olhar. – Tudo bem?

Tenho certeza de que nunca estive melhor na vida. Dou dois passos para a frente e acabo com a distância entre nós, beijando-o. Minhas mãos escorregam pela extensão do seu abdômen, subindo pelas costelas e acabando no peito. Meus dedos tocam seu mamilo e seus lábios se curvam num sorriso.

– Estou tentando manter a situação apropriada para um corredor de supermercado – ele grunhe, lembrando-me da última vez em que estivemos na sua cama, com o peso do seu corpo se movendo sobre mim, suado e intenso. – Você não está facilitando muito.

– Desculpe – murmuro, ao mesmo tempo que fico na ponta dos pés para me aproximar ainda mais.

Ele se dobra para me encontrar na metade do caminho, os lábios se movendo sobre os meus, familiares e cálidos, sugando o de baixo e depois deixando que seja a minha vez de sugar o dele. Ele me cede a ponta da língua em lambidas diminutas, em meio a beijos sorridentes e sons baixinhos conforme as mãos descem pelas minhas costas até minhas nádegas, puxando-me para junto de si. Quero-o no meu quarto, andando de costas até que o empurre na minha cama, subindo em cima dele, sentindo a pele bronzeada pelo sol deslizando pela minha, aquecida pela fricção. Existem roupas demais e muito espaço nos separando, e só quando alguém esbarra em nós para pegar cenourinhas é que me lembro de onde estamos.

Percebemos isso ao mesmo tempo, e Luke recua um passo antes de limpar a garganta.

– Então... – Aliso meu cabelo, incitando meu corpo a recuar e relaxar. – As compras.

– Certo. As compras. – Ele inspira fundo para se recompor antes de arregalar os olhos e apontar para o meu carrinho. – Uau, quantas frutas e verduras.

– Lola é uma garota saudável. – Com mãos trêmulas, pego uma caixinha de morangos, vejo a data, e coloco-a no carrinho.

Andamos alguns passos e consulto a lista da Lola. Estou estranhamente distraída e não consigo me concentrar em nada além do fato de o Luke estar ao meu lado.

– Iogurte – Luke lê, sorrindo amplamente ao nos guiar para o corredor seguinte.

– Isso. Iogurte.

– Então, o que fez hoje? – ele pergunta, e eu dou uma risada.

– Terminei o site da Lola e fiquei pensando em coisas de adulto.

Apesar de eu estar inclinada lendo alguns rótulos, sinto que ele se virou de frente para mim.

– Mais "coisas de adulto"? Andei fazendo um pouco disso também hoje.

É como se meu coração tivesse acabado de se acalmar após beijá-lo na seção de frutas, e ele dispara de novo enquanto tento explicar.

– Além do óbvio – digo –, eu estava pensando a respeito de um trabalho novo.

Ele tenta parecer relaxado, fingindo ler o conteúdo nutricional na embalagem do iogurte.

– Mesmo?

Faço que sim.

– Um cara que o Oliver conhece me ligou para fazer um trabalho para ele.

– Um site? – ele pergunta, sem conseguir sustentar o fingimento, puxando meu braço para que eu me vire de frente para ele. Sinto a tensão da conversa crescendo entre nós, a pergunta sobre o que acontecerá quando ele se mudar para Berkeley.

– Um site, e também um projeto para todos os seus itens promocionais. É uma oferta de trabalho bem grande.

Vejo-o engolir ao assentir algumas vezes.

– Grande... grande como?

– Eu receberia mais do que recebo num ano inteiro trabalhando no bar. – Luke fica absolutamente imóvel ao ouvir isso. – Então, depois que tentei ligar para você – Luke se sobressalta com isso –, liguei para a Bliss e pedi demissão. Talvez eu também tenha que sair do Fred's. E essa parte está me fazendo hesitar um pouco. É bom, mas... Não sei... – Eu me debato e acabo repetindo: – É *grande*.

– Grande pode ser bom – ele diz.

Ele pende a cabeça para um lado, sugerindo que a gente continue a andar, e nos movemos lado a lado pelo corredor. Luke parece entender a minha necessidade de mudar de assunto e me conta que a irmã dele encontrou a Lola e acabaram conversando sobre nós por uma meia hora. Concluímos que elas todas são um bando de fofoqueiras, mas que as amamos mesmo assim, e já demos a volta na metade do supermercado quando percebo que, a certa altura, Luke abandonou o cesto dele e que suas compras estão lado a lado com as minhas no carrinho.

E isso não é esquisito.

No corredor dos cereais, pego uma caixa de Rice Krispies enquanto ele pega Corn Flakes, e seguimos em frente.

Uma fileira de Pop-Tarts chama minha atenção e eu paro, pego uma caixa sabor mirtilo e a coloco com o resto das minhas coisas.

– Esse é o meu favorito – ele diz.

Dou uma piscada para ele.

– Sei disso.

Ele olha para mim, confuso.

– Como sabia?

– Havia uma caixa vazia no seu lixo reciclável e outra fechada no armário. Você já deve ter acabado com ela, mesmo comendo um de cada vez. Isso ainda é estranho, a propósito.

Ele me lança a mais esquisita das expressões, mas não comenta nada enquanto terminamos a lista da Lola e pegamos mais alguns itens para ele. Vamos juntos para o caixa e entramos na fila.

– Sabe – ele diz –, somos bons nisso.

Inclino a cabeça na direção dele, à espera de uma explicação.

– Nessa coisa doméstica. Veja como nossas maçãs ficam bem juntas no carrinho. O meu xampu do lado do seu absorvente interno? É como se fôssemos feitos um para o outro dentro deste carrinho.

Não discutimos sobre que tipo de atum comprar, e concordamos que Ruffles são mais gostosas do que Lay's. É só... bom saber.

Sorrio para ele.

– Saber? Saber o quê?

Ele se inclina e me beija na bochecha.

– Saber que não somos simplesmente incríveis na cama, ou num bar juntos, mas *juntos* de verdade.

– É mesmo. – Viro-me para ele, deixando que nossos lábios simplesmente fiquem grudados enquanto nos fitamos. Sinto a boca dele se curvando num sorriso e vejo seus olhos formarem minha expressão divertida predileta.

– Eu amo você – ele sussurra, recuando alguns centímetros, e depois me beija de novo. A minha garganta se contrai de necessidade de dizer o mesmo para ele.

Mas não ali. Sinto a pessoa atrás de nós nos observando, sinto como estamos nos destacando sob a luz forte e impessoal do supermercado. Mas não consigo desviar o olhar: Luke Sutter é uma tremenda maravilha neste instante, e as palavras da Lola ecoam nos meus ouvidos. Ela tem razão: *ele é meu agora.*

A moça do caixa começa a passar nossas compras, e o momento transcorre tranquilo, sossegado. Pago pelas minhas compras, ele pelas dele, e depois empurramos o carrinho até o meu carro.

– Você teria que ir para um escritório para executar esse trabalho? – ele pergunta, inclinando-se para empurrar uma sacola para o fundo do meu porta-malas. Pego outra sacola do carrinho de compras, e ele a tira das minhas mãos, dizendo: – Deixe que eu pego.

– Não – respondo. – Todos os programas de que preciso estão no meu computador, por isso posso trabalhar de casa. Ou talvez numa cafeteria de vez em quando para mudar de cenário.

– O que está dizendo é que você pode morar em qualquer lugar? – ele pergunta, e essa pergunta está carregada de esperanças.

– Posso. – Há uma revoada de passarinhos batendo asas dentro do meu peito.

Depois que a última sacola é acomodada, ele abaixa o olhar para mim por um instante antes de se inclinar, beijando-me com suavidade. É o beijo mais suave que já recebi, e quero pedir que ele me dê uma centena mais.

Será possível ovular só por causa de um beijo?

– É bom saber – ele diz e depois vira o carrinho na direção do carro dele. – Vejo você no Fred's hoje à noite, Logan.

~

Fred está atrás do bar quando chego ao trabalho, e sinto a primeira pontada de tristeza ante a possibilidade de ir embora, mesmo para fazer algo que adoro. Não tenho um relacionamento próximo com meu pai, por isso passar as noites ao lado do Fred se tornou algo pelo que eu esperava sempre.

A vovó teria adorado o Fred.

A maioria dos filhos únicos suporta o fardo de ser o único foco dos pais, carregando o peso das esperanças e dos sonhos de todos em seus ombros. Os meus pais – especialmente minha mãe – descobriram muito cedo que eu não era a menina perfeita que eles sempre desejaram, e optaram por me desaprovar em vez de tentar se relacionar comigo. Eu não era rebelde, mas também nunca fui de querer agradar ninguém e passei boa parte da minha adolescência sendo repreendida por um ou por outro motivo.

A minha avó, por sua vez, simplesmente me entendia e, mesmo tendo certeza de que muitas vezes a minha personalidade forte fez com que ela desejasse me vender para o circo ambulante mais próximo, ela sabia que esses traços que faziam de mim uma adolescente desafiadora me transformariam numa mulher independente e confiante.

Quando começo meu turno, reflito bastante sobre o que devo fazer da vida e onde, sobre o monte de mudanças que vejo no horizonte.

Fico retornando à conversa que tive com Luke no supermercado, e ela me parece mais pesada e importante a cada hora que passa. Luke parece ter decidido se mudar para Berkeley, mas ainda não conversamos exatamente sobre isso. Alguma coisa dentro do meu peito se contrai com a ideia de permanecer distante dele, mesmo agora. San Diego sempre foi o meu lar – mesmo quando estive aqui apenas de visita durante as férias de verão, era assim que eu me sentia. Será que consigo ir embora agora?

Hoje à noite está acontecendo um jogo importante e a casa está lotada. Vejo alguns dos clientes de sempre, mas muitos rostos novos. É uma boa mistura: alguns mais jovens, outros mais velhos e um punhado no meio. Tomo conta das bebidas daqueles sentados nos banquinhos junto ao bar e fico de olho num grupo barulhento de garotas novinhas de uma irmandade, num reservado perto do *jukebox*.

Luke chega lá pelas dez, acomodando-se no bar quando estou ajudando uma das garçonetes. Ele está rindo com o Fred quando me aproximo deles. Ele estica a mão, prendendo-me pelo passador do cinto, e abre um sorriso enorme.

O meu corpo inteiro fica repleto de pequenas bombas prestes a explodir quando ele me dá esse sorriso.

– Oi – ele diz.

Ele trocou de roupa, está com jeans azul-marinho e uma camiseta azul que se estica sobre os bíceps e ao longo do tronco. Deslizo as mãos pelas laterais do corpo dele, sentindo-o. O cabelo está macio, caindo sobre a testa, e vejo a voracidade surgir em seu sorriso quando digo:

– Aí está você.

– Posso levá-la de carro para casa?

– Vim de carro – lembro-o. – Você não tem que trabalhar amanhã de manhã? – Coloco um porta-copo diante dele e, abrindo a geladeira, pego uma caneca gelada e sirvo uma cerveja nova que sei que ele vai gostar.

Ele segura minha mão por um segundo quando coloco o copo na frente dele, só pelo tempo suficiente para que seus dedos resvalem no meu pulso.

– É você quem fecha aqui e ainda acorda antes de o sol nascer para ir surfar. Quero ir para casa com você. Ainda não estive na sua cama.

Ele diz isso sem nenhum vestígio de hesitação e, de repente, só consigo pensar nisso.

Luke na minha cama.

Luke nu entre os meus lençóis.

Luke com a cabeça afundada no meu travesseiro enquanto goza.

A minha voz sai notavelmente trêmula quando digo: "Ok". E depois aceno para alguém na ponta do bar tentando chamar a minha atenção.

– Vá brincar com os seus amigos para eu poder trabalhar.

– Sim, senhora – ele diz, pegando a cerveja e ficando de pé. – E, Logan?

– Oi?

– Você está linda hoje.

~

Não deixo de perceber – nem Fred, para falar a verdade – que acompanho Luke com o olhar a noite toda. Ele conversa animadamente com os amigos e depois se junta a eles numa partida de bilhar, mas fica olhando para o relógio, deparando-se com o meu olhar quando se vira para mim e me flagra fitando-o.

Fico sem ar toda vez. Estou quase embriagada com a sensação entorpecente que preenche meu peito e as palavras que parecem determinadas a abrir caminho pela minha garganta:

Eu te amo.

Pisco e volto a prestar atenção ao cartão de crédito na minha mão, que devo usar para abrir uma comanda, e tenho que recomeçar todo o processo.

Uma hora mais tarde, mais ou menos, vejo uma das garotas da irmandade se afastar do grupo perto do *jukebox* e vagar até a sala dos fundos. Luke não está prestando atenção; seus olhos estão fixos na tela acima da mesa de bilhar e ele parece estar comentando sobre o jogo com o Grosseirão, por isso não reage de imediato quando ela se senta na cadeira ao seu lado. Inclina-se para ele, dizendo algo ao pé do seu ouvido, enredando o braço no dele.

Eu não sabia que estava segurando a respiração até ele se virar para ela, mudando de posição o suficiente para colocar algum espaço entre eles e tirando o braço do dela. Luke sacode a cabeça e, sem dar mais atenção, volta a olhar para a televisão. Ele evidentemente não fez aquilo para que eu visse, pois nem sequer se virou na minha direção para ver se eu estava assistindo.

Minhas mãos tremem quando enxugo a bancada e olho para o relógio, contando as horas para que eu possa levá-lo para casa e beijá-lo: *confio em você.*

~

No fim, acabo deixando o meu carro no estacionamento do bar e permito que o Luke me leve de volta até o centro da cidade. Não quero ficar longe dele; as coisas entre nós parecem acertadas, mas não estão. Quando ele vai se mudar? O que eu vou fazer?

Ele segura a minha mão enquanto dirige e ouvimos uma música suave, e uma sonolência tranquila toma conta do espaço entre nós.

Lá no apartamento, escovamos os dentes lado a lado. Luke levou a escova dele, e, quando vejo que ele trouxe uma maleta, conto para ele a história da escova de dentes da Ashley que encontrei na casa do Justin. A resposta dele é cuspir, enxaguar e enxugar a boca, e então ele me dá um beijo demorado na têmpora.

– Bando de babacas – diz quando se afasta.

– Vou tomar uma chuveirada rápida – digo. E falo sério com esse "rápida". Entro no chuveiro antes que a água esquente, me ensaboo e passo xampu à velocidade da luz, e praticamente voo até meu quarto só de toalha.

E, Deus. Nada é mais lindo do que Luke nu na minha cama.

Ele já está entre os lençóis, as roupas numa pilha arrumada na cadeira da minha escrivaninha. Sem piscar, ele me observa deixar a toalha cair e prender o cabelo molhado num coque alto. Seus olhos descem pelo meu pescoço, demorando-se nos seios.

– Você dorme nua? – ele pergunta.

– Com você, sim.

Ele assente, enfeitiçado, e eu afasto o lençol, montando nele.

Ele é meu agora.

Sento-me em cima dele e sinto como se estivéssemos nadando no feixe de luz que emana do pequeno abajur no criado-mudo. Mal posso ver o rosto dele nas sombras, mas meu tronco inteiro está iluminado, e ele ergue as mãos, circundando meus seios. Entre minhas pernas abertas, sinto-o endurecer ainda mais.

– Logan?

– Hum?

Os polegares dele circundam lentamente meus mamilos.

– Você é minha namorada?

Faço que sim com a cabeça, e ele prende o lábio inferior entre os dentes conforme observa os polegares expandindo círculos ao redor dos meus mamilos já rijos. O calor inunda meu corpo cheio de desejo, e eu me inclino para baixo, beijando-o uma vez.

– Você teve saudades de ter uma namorada?

Suas sobrancelhas se abaixam enquanto reflete sobre minha pergunta, e ele ampara meus seios de novo, apertando-os de leve.

– Não do jeito que está pensando. Gosto de estar num relacionamento, mas eu não queria estar em nenhum que não fosse com você.

A pergunta parece vir de nenhum lugar:

– Você sente saudades da Mia?

Ele parece momentaneamente confuso.

– Quero dizer, você um dia já...

Seus olhos clareiam quando ele entende e me interrompe:

– Você sente saudades do Justin?

Dou uma gargalhada.

– Não é a mesma coisa. Ele me traiu.

– As pessoas superam as outras por uma infinidade de motivos – ele diz com paciência. – Só porque a Mia não me traiu não significa que eu ainda a ame como eu amo você.

Observo meus dedos deslizarem pela pele macia do peito dele.

– Entendo.

E entendo mesmo. Mas ajuda o fato de ele dizer isso.

– Vou errar algumas vezes, sei que vou – ele diz com um sorrisinho maroto. – Vou me esquecer de datas importantes e vou comprar a marca errada de absorventes quando você me mandar fazer compras, e vou comer a quantidade errada de Pop-Tarts e muito provavelmente direi coisas sexistas não intencionalmente que você terá que me apontar, mas jamais – e isso eu juro – serei infiel. – As mãos dele escorregam do quadril para minha cintura. – Eu não sou assim.

Beijo-o por isso, endireitando-me acima dele e percorrendo seu peito nu com as mãos. Nesse instante, sinto meu cérebro pisar no freio, indo fundo enquanto observo meus dedos seguindo o mapa de músculos do corpo dele. As pontas dos meus dedos exploram os vales e as colinas, as linhas longas sobre as costelas envolvendo suas laterais.

Ele é meu agora.

Ninguém mais vai tocar neste peito nu.

Ninguém mais vai apreciar a transição do peito para o abdômen, do abdômen para o quadril.

Ninguém mais vai sentir a maciez da trilha de pelos bem ali.

Ele se contorce na minha mão quando o seguro, sussurrando meu nome, sentando-se embaixo de mim para chupar o meu pescoço.

Ninguém mais vai segurar o pau dele.

Ninguém mais vai fazê-lo gozar.

Ninguém mais vai ouvi-lo dizer *eu amo você.*

Os lábios de Luke se movem para cima, para meu maxilar, e ele emite um som indefeso quando o afago, para cima e para baixo, inclinando-me para mordiscá-lo no lábio inferior.

Um grunhido baixo retumba dentro do peito dele.

– No que está pensando? Ficou tão quieta de repente.

– Estou pensando que você é meu – sussurro.

Ele se afasta, olha para nossos corpos unidos, para a minha mão ao redor dele.

– Seu pra cacete, só seu.

Nós assistimos ao que estou fazendo por mais alguns segundos de silêncio.

– O que vai fazer comigo? – ele pergunta, olhando meu rosto de novo.

– O que você *quer* que eu faça?

– Toque em mim, me beije. – Ele volta a se deitar e estremece um pouco ao encontro do travesseiro. – Não sei. Quero fazer tudo.

Minha barriga se contrai com a intensidade de seu olhar.

Fico um pouco mais perto, sentindo o pau deslizar por mim, e ele entoa, sorrindo:

– Isso está dando certo. Você podia gozar assim e me deixar assistir. – O sorriso dele se expande. – Gosto muito de ver você gozando, senhorita London.

Sorrio para ele, tracejando a linha da sua clavícula com a ponta do dedo.

– Você é o meu predileto.

Seus olhos se arregalam brincalhões.

– Predileto dentre todo mundo?

Algo se infla dentro do meu peito, sobe pela minha garganta. Assinto, incapaz de concordar em voz alta porque é verdade. Ele é a minha pessoa predileta no mundo inteiro.

– Você é tão carinhoso comigo.

– Ora, espero que sim. Eu a *amo*. – Ele sorri de novo quando repete, e o modo como seus olhos se curvam um pouco para baixo enquanto sua boca se curva para cima faz meu coração tropeçar em si mesmo.

– Sei que ama. Sinto isso – inclino-me, beijando-o. Meu coração vai até a beira do precipício e não vê nada além de um espaço aberto. – Eu amo você também.

Ele para de respirar, as coxas estão tensas debaixo de mim.

– Você não tem que...

Interrompo-o.

– Não estou dizendo isso só porque você disse. Sabe que eu não diria se não fosse verdade.

Só de olhar Luke se debatendo com tantas emoções, sinto dor e alívio ao mesmo tempo. Seus olhos estão apertados, ele engole algumas vezes.

– É mesmo? – ele consegue dizer por fim, mas a voz ainda sai um pouco estrangulada.

Assinto.

– Eu amo você.

Sei sem sombra de dúvida que nunca senti esse tipo de bem-estar profundo com Justin, e mesmo o mais amplo dos sorrisos dele nunca me derreteu tanto quanto o mais simples dos olhares do Luke.

Os olhos dele buscam os meus enquanto ele respira fundo.

– London?

– Hum?

– Você quer se mudar comigo para Berkeley?

O meu sangue se transforma em fumaça, os músculos derretem. Eu sabia que isso aconteceria, pelo menos a inevitável escolha entre morarmos juntos ou transpormos a distância.

Ele está observando a minha boca, não atrás de uma resposta, mas porque estou sorrindo. Sei que ele não entende o que isso significa, e seu olhar fica ansioso.

Inclino-me para beijá-lo.

– Não, amor, pare. – Ele me mantém afastada com a mão ao redor do meu ombro, e meu coração falha. Ele me chamou de *amor*. Não a caçoada intencional de Logan ou Covinhas, mas algo mais instintivo, algo que escapou num reflexo da ponta da sua língua. – Seja franca comigo agora – ele prossegue. – A ideia de estar lá longe e você aqui... Eu ainda posso escolher a UCSD.

Encaro seus olhos e eles não estão sorridentes, mas estão bem lúcidos. Percebo pela primeira vez que o olho esquerdo é um pouco mais claro que o direito, e me ocorre que eu nunca vou esquecer esse detalhe sobre ele. Toda vez que estamos juntos, estamos coletando essas coisas que formam um NÓS incrível, e isso faz com que minha garganta se contraia ao refrear as lágrimas.

Ele me chamou de amor.

Seus olhos têm cores diferentes.

Ele quer que eu me mude com ele para Berkeley.

– Eu vou com você.

Seus olhos se arregalam.

– *O quê?*

– Vou morar em Berkeley com você – digo. – Quero que você fique com a sua primeira escolha. Não quero ficar longe de você.

– Vai morar comigo?

O meu peito dá um salto ante esse enorme detalhe.

– É... Quero dizer, desde que seja a isso que esteja se referindo. Podemos ficar em apartamentos separados, se quiser.

– Não – ele diz de pronto, sacudindo a cabeça. – É isso mesmo o que eu quis dizer. Morar junto. – A cabeça dele se ergue num rompante de ceticismo. – Espere. É sério? Você está falando sério?

Refreio uma risadinha contente.

– É. Estou falando sério.

– Você me ama e vai *morar* comigo?

Mal consigo administrar sua adorável obsessão. Inclinando-me, deslizo os lábios sobre os dele.

– Eu o amo e vou morar com você.

Falando ao encontro da minha boca, ele murmura.

– Puta merda. Agora nós vamos transar pela primeira vez na sua cama. Como é que vou conseguir me segurar até você gozar antes?

Rio ainda mais alto, e ele balança a cabeça, rolando para cima de mim, acomodando-se entre as minhas pernas.

– Estou falando sério. Nunca fiquei tão excitado antes – balbucia. O pau pressiona meu clitóris, e eu mal consigo me concentrar no que ele está dizendo; ele está tão gostoso, tão duro. – O meu coração está prestes a explodir. Nem sei o que estou dizendo. E o meu pênis está feliz demais para satisfazê-la adequadamente neste instante. Tenho uma London que vai morar comigo. Tenho uma London que vai dividir a cama comigo. Tenho...

Estico-me para cobrir a boca dele com a minha, arqueando o quadril, e o pau dele está ali, bem *ali*, e, quando mudo de posição, a ponta me penetra. Sua inspiração surpresa sai entrecortada quando ele desliza dentro de mim com tanta facilidade e, sem nenhuma outra negociação, ele está se movendo, rolando o quadril sobre o meu, exigindo cobiçoso. Sinto-o ali – sinto-o em *todas as partes* – e a intensidade da nossa decisão, a ideia de ter uma cama que será nossa, uma rotina só nossa, um *amor* que é nosso, torna meu corpo hipersensível, a pele apertada demais e quente demais. Empurro-me ao encontro dele, mexendo o corpo junto com o dele, querendo-o mais fundo, mais rápido, mais duro também. A noite anterior se tratou de algo lento: ele me beijou em todos os lugares, fez amor comigo em quase todas as posições imagináveis, mas hoje somos rápidos, imediatamente selando o trato que acabamos de fazer.

Ele se eleva sobre mim, segurando meus joelhos dobrados e afastando ainda mais minhas pernas, abrindo-me por completo para ele. Nada é mais íntimo do que como ele me observa, como ele olha para o ponto em que desaparece dentro de mim uma vez depois da outra. Abaixo a mão, tocando nele, em mim, sentindo tudo: umidade e calor, rigidez ao encontro da maciez.

Levanto o olhar para ele e percebo que está olhando direto para mim, aferindo a minha reação ante tudo isso, e sei agora que mais íntimo do que o modo como ele se vê se movendo dentro de mim é *isto*: Luke observando meu rosto enquanto faz amor comigo. Seus olhos estão colados nos meus conforme o prazer começa pequeno e depois cresce, e cresce, até eu sentir que ele me alcançou, me arrastou até um ponto sem volta, e sou incapaz de desviar o olhar, e nada – nada – me deixa mais exposta do que olhar nos seus olhos enquanto me parto em mil pedaços. Os lábios de Luke se entreabrem de êxtase, e ele assente com a cabeça enquanto o prazer toma conta dos meus sentidos, e eu imploro, baixinho, irracionalmente...

estou

Luke, está

está tão

perto, ah, cacete, estou perto

... seus olhos se estreitam no limiar da dor quando ele se concentra em me fazer chegar lá. Mas meu orgasmo me assola por completo e cada pequeno som de alívio faz com que cada partezinha das suas sobrancelhas relaxe até ele estar sorrindo, escancaradamente sorrindo, quase rindo de como me agarro a ele, de como estou descontrolada. Um milhão de pequenas explosões pulsam entre minhas pernas, subindo pelo meu pescoço, na minha garganta, enquanto grito alto, num misto confuso de palavras.

Encaro-o, relaxando de vez, e a boca dele se abre bem, como se ele quisesse dizer algo, mas, em vez disso, só se abaixa para me beijar – desajeitado entre arremetidas conforme se move dentro de mim com interesse renovado – e aquele sorriso enlevado se contrai, concentrado.

Mãos apertadas nos meus joelhos, ele afasta mais minhas pernas, pressionando-me com o quadril. Levanto-me da cama, apertando-o, querendo arrancar tudo de dentro dele. Ele está tão duro, me fodendo com tanta vontade, que sinto em algum lugar suave dentro de mim toda vez que ele me cutuca, mas, se eu pudesse recebê-lo ainda mais dentro de mim, eu receberia. Seguro o quadril dele, incitando-o a ir mais fundo, e Luke larga a cabeça para trás quando goza, gritando um inacreditável:

– Puta merda... Ah... Puta... merda.

E logo fica imóvel, com espasmos sobre mim.

Ele para, e seu peito arfa quando ele baixa o olhar para mim completamente maravilhado. Lentamente ele solta meus joelhos e planta as mãos no colchão, uma de cada lado da minha cintura. Ouço o silêncio, percebendo o quanto fizemos barulho, como estivemos completamente perdidos no ato.

As minhas pernas estão doloridas por terem sido mantidas tão afastadas, por isso as curvo com cuidado ao redor dele, usando-as para trazê-lo para junto de mim. A sua testa está encostada na minha, os olhos estão fechados enquanto recobramos o fôlego.

– Puta merda – ele repete, inspirando fundo. – Caramba, mulher.

– Luke?

Com os olhos ainda fechados, ele sorri de leve.

– Logan?

Minhas mãos sobem para o pescoço dele, amparando-o pela mandíbula.

– Para o caso de não ter deixado claro antes, estou loucamente apaixonada por você.

Seus olhos se abrem, prendem os meus, e seu sorriso se espalha.

– *Já era hora.*

Epílogo

Luke

Existem três coisas maravilhosas neste momento.

Um, estou bebendo uma cerveja realmente ótima.

Dois, a minha família inteira está reunida – com London – e mamãe está preparando meu prato predileto, *rigatoni* ao forno, para o nosso jantar de despedida.

Porque três: na semana passada, London e eu assinamos o contrato de aluguel da nossa casa em Berkeley.

Olho para a extremidade oposta onde London está de pé junto à pia da cozinha, usando um dos aventais da minha mãe sobre o vestido de jérsei que revela o contorno perfeito do seu traseiro. Ela está conversando com a vovó, lavando morangos, como se tivesse estado na casa um milhão de vezes antes.

Quero rugir. Nosso relacionamento já completou três meses, e estou tão completamente perdido por essa garota que mal consigo deixar de falar sobre isso.

Peço-a em casamento todos os dias, e ela só ri para mim e depois me distrai com sexo.

A voz alta e aguda da vovó me arranca dos meus devaneios.

– Quando Luke era menino, ele costumava acordar de manhã e dizer que o pênis dele era *forte*.

Engasgo com a cerveja, arregalando os olhos na direção dela do outro lado. Todos os outros também pararam de se mexer.

Margot dá uma gargalhada.

– Estive esperando por este instante.

Vovó sorri orgulhosa.

– Claro que ele estava se referindo a uma ereção.

London pisca, olhando por cima do ombro para a minha avó e depois para mim, dando uma tossidela.

– Desculpe, o que disse?

Esfrego o rosto com a mão.

– *Vó*.

Vovó me dispensa num gesto.

– Estou esperando há vinte anos para partilhar isso; não estrague este momento. Sabe quanto tempo venho guardando essas pérolas para mim?

Aceno com a mão, dando a minha permissão.

– Ele tinha uma cobertinha favorita que enfiava dentro da calça enquanto assistia ao *Barney* – Margot acrescenta, ajudando bastante.

– *Margot* – mamãe a adverte baixinho perto do fogão, mas também está rindo.

Tomo mais um gole da cerveja.

– Por favor, deem o seu melhor. Todos os dias dou uma de bobo com essa mulher. Não há nada que possam dizer que possa abrandar a adoração que ela sente por mim.

Vejo cada membro da minha família se animar diante de tal desafio, e depois observam London deixar o escorredor na pia e se aproximar de mim, envolvendo minha cintura com o braço.

– Ele me chamou pelo nome errado umas cinquenta vezes na primeira noite em que ficamos juntos.

O silêncio nos cerca por um segundo inteiro e depois minha família explode numa gargalhada. Com isso, London acaba de se juntar às tropas e conquistou seu espaço junto a elas para sempre.

Abaixo a cabeça para ela, lançando um olhar de fingida reprovação enquanto ela repousa o queixo no meu peito e seus olhos azuis cintilam com a traquinagem.

– Eu amo você – ela diz baixinho.

– Você tem sorte de eu também amar você.

Seus olhos se arregalam como se só agora se lembrasse.

– Amanhã nós vamos *morar juntos*.

Levanto a mão e afasto sua franja com suavidade.

– Primeira parada, Six Flags – sussurro.

– Depois surfar em Santa Bárbara.

– E depois mais montanhas-russas em Great America.

– Depois... a nossa casa – ela diz, endireitando lentamente o sorriso. – E nada mais de trabalhar como bartender. – Sei que ela está com medo. Sei que isso é algo imenso para ela. Mas ela tem trabalhos engatilhados por meses e seu trabalho é de fato incrível.

– E então eu volto a estudar. – Inclino-me, beijando-a no nariz.

London vasculha meu olhar, à procura de uma certeza que sei que ela não vai pedir em voz alta.

Vamos ficar bem.

Eu sou seu.

Você é minha.

Vamos fazer isto juntos.

– E depois você se casa comigo? – pergunto.

Já espero que ela ria. Espero que ela segure meu rosto e que me beije na sua suave recusa, mas, em vez disso, ela pisca devagar me fitando fixamente.

– Existe uma montanha-russa em Las Vegas, sabia?

Agradecimentos

A coisa mais engraçada a respeito deste livro foi a nossa sensação, no fim, de que podíamos ter ficado mais tempo com Luke e London. Este livro fluiu tão facilmente, e a história deles foi tão divertida e leve para nós, que, no fim, ficamos ambas surpresas por ela ter terminado. E pelo fato de a termos amado assim como ela é.

Claro, foi muito bom que, depois de termos que reescrever *Misterioso – Selvagem irresistível*, o livro subsequente tenha sido um processo mais fácil, mas isso nos revela, mais uma vez, que às vezes o processo é tranquilo, às vezes é tempestuoso, mas que sempre vale a pena o esforço. Portanto, aqui vai um pequeno conselho para vocês, escritores aspirantes: nós nos esforçamos e é sempre uma surpresa quando é fácil. Por isso, escreva a história no papel sem se preocupar se parece que você está arrancando leite de pedra. Vale a pena.

Obrigada a cada pessoa que lê nossos livros ou tuíta, ou que escreve nos blogs a respeito deles, faz resenhas ou partilha suas histórias conosco. Sem vocês, não teríamos livros. Somos eternamente gratas!

Amamos trabalhar com nosso editor, Adam Wilson, demais – e não só porque ele é fabuloso com a pontuação, a gramática, e por colar os clipes do YouTube perfeitos nas nossas notas de canto, mas também porque consegue enxergar além da sua própria vida e de suas experiências tão bem que fortalece cada um de nossos personagens por meio da sua intuição humana básica. Ser capaz de encontrar as partes de uma personagem que dão certo e as que não dão e nos guiar na direção certa é algo verdadeiramente incrível. Amamos escrever estes livros com você, cara.

Holly Root é uma rara enciclopédia humana. Se temos uma dúvida, ela tem a resposta. Se temos uma ideia, ela tem alguma história ou contexto para nos guiar. Obrigada por tudo o que você faz – desde o menor dos e-mails até o maior dos telefonemas. Você é melhor do que o equivalente matemático de (*cupcakes versus* unicórnios).

Nossa família Simon e Schuster Gallery é sempre maravilhosa: Louise Burke, Jen Bergstrom, Carolyn Reidy, a sempre mágica Kristin Dwyer, Theresa Dooley, Melissa Bendixen, Jen Robinson, Liz Psaltis, Diana Velasquez, John Vairo, Lisa Litwack, Jean Anne Rose, Steph DeLuca, Ed Schlesinger e Abby Zidle. Trabalhar com cada um de vocês faz com que sintamos que acabamos de consumir uns sete litros de poeira estelar borbulhante. Agora podemos voar!

A Equipe CLo não seria o que é sem as leituras prévias, as conversas, o ouvido paciente e a mão editorial de Eric Service, os olhos pré-leitores de Tonya Irving, a energética mídia social de Lauren Suero e os grafismos de Haether Carrier. Por favor, não nos abandonem porque somos péssimas nessas coisas e vocês, mulheres, são muito, muito boas nelas.

Sempre nos esquecemos de agradecer ao Google pela ajuda com as informações quanto ao ofício de um bartender, detalhes sobre pescaria ou os melhores lugares para fazer sexo publicamente em Nova York, por isso um agradecimento retroativo pelos últimos catorze livros e as ajudas por trás das cenas. Toca aqui!

As nossas famílias conhecem o esquema e sabem reconhecer na nossa cara quando os prazos ficam apertados só de olhar em nossa direção. Não conseguimos decidir se isso é algo bom ou ruim, mas obrigada a cada um de vocês, de qualquer modo, por descobrirem como lidar com uma personalidade criativa dentro de casa. Nós amamos vocês, muito, muito.

Para a comunidade de autores, obrigada. Vocês sabem o que significa ter este tipo de grupo de apoio, e somos simplesmente muito gratas pela amizade de vocês e orgulhosas de cada um dos seus sucessos.

E, por fim, para nós duas: porque é um tipo diário de amor, não há nada aqui que possamos dizer melhor pelo telefone, ou pessoalmente, ou num texto ou por e-mail, ou numa simples conversa, mas imaginar fazer isso com qualquer outra pessoa parece algo impossível. Juntas, para sempre.

TIPOGRAFIA ADOBE CASLON PRO, COURIER NEW E DAWNING OF A NEW DAY

IMPRESSÃO IMPRENSA DA FÉ